2003

제48회
現代文學賞 수상소설집

안규철, 「두 개의 빈 의자」, 드로잉

| 현대문학상 기념조각 |

책은 양면적인 요소들이 중첩되어 있는 물건이다.
책에는 왼쪽과 오른쪽 페이지가 있고, 보이는 앞면과 보이지 않는 뒷면이 있다.
안과 밖이 있고, 시작과 끝이 있다. 흰 종이와 검은 잉크가 있고,
드러난 것과 숨겨진 것이 있으며, 저자와 독자가 있다.
서로 상반되면서 동시에 상호의존적인 이런 요소들은 책이 닫혀져 있을 때는 드러나지 않는다.
책은 상자와 같아서, 책장이 펼쳐지기 전에 그것은 무뚝뚝한 한 덩이 종이뭉치에 불과하다.
책을 열면 이렇게 하나였던 것이 둘이 된다. 왼쪽과 오른쪽, 안과 밖이, 저자와 독자가 거기서 생겨난다.
그리고 그 둘 사이에서, 낯선 한 세계의 지평선이 떠오른다.
마술사의 손바닥에서 피어나는 꽃처럼, 작은 책갈피 속에서 세계 하나가 온전한 윤곽을 드러낸다.
문학작품 앞에서 늘 그것이 경이롭다.

제**48**회 現代文學賞 수상소설집

★   ★   ★

# 조경란
## 좁은 문 외

현대문학

# ■ 차례

**수상작**

좁은 문

\*    \*    \*

조경란

**수상작가 자선작**

나는 봉천동에 산다

# 조경란

# 좁은 문

1969년 서울 출생. 서울예대 문예창작과 졸업.
1996년 《동아일보》로 등단. 소설집 《불란서 안경원》《나의 자줏빛 소파》《코끼리를 찾아서》,
중편소설 《움직임》. 장편소설 《식빵 굽는 시간》《가족의 기원》《우리는 만난 적이 있다》.
〈문학동네 신인작가상〉〈오늘의 젊은 예술가상〉 수상.

# 좁은 문

커다란 물방울 하나가 남자의 이마 위로 떨어졌다.

*

　남자는 그날을 정확하게 기억하지 못했다. 남자가 기억하는 것은 그날 안개가 끼기 시작했다는 것뿐이다. 그러나 어쩌면 안개는 그 전날부터 혹은 그보다 먼 며칠 전부터 끼기 시작했는지도 모른다. 아무튼 확실한 건 여자가 온 날 남자는 안개를 보았다. 여자는 안개와 함께 왔다.

　화장실에서 물을 내리고 있을 때 남자는 발짝 소리를 들었다. 계단 모퉁이를 도는 발소리는 약간 망설이는 듯한 조심스럽고도 신중한 소리였다. 하지만 그 소리는 뜻밖에도 너무나 커서 남자는 숨을 죽이고 말았다. 발소리는 사층에서 멈췄다. 사층엔 노래방과 전당포밖에 없다. 남자는 화장실에서 나가지 않았다. 여자가 노래방 유리문을 밀고 들어가는 소리가 들렸다. 남자는 얼른 계단을 올라갔다. 철문은 부주의한 대문처럼 활짝 열려 있었는데도 여자는 곧장 그 문으로 들어서지 않았다. 전당포란 곳을 처음 오는 사람이다.

하나, 둘, 셋, 남자는 숫자를 세었다. 짤랑, 소리를 내며 노래방 유리문이 열렸다, 닫혔다. 넷, 다섯. 여보세요, 문밖에서 여자 목소리가 들렸다. 남자는 전기이불을 밀쳤다. 반달 모양으로 뚫린 유리 칸막이 창구로 여자가 얼굴을 쑥 내밀고 있었다. 아직도 전당포란 것이 남아 있군요? 반신반의하는 눈빛이었지만 남자는 어쩐지 여자의 얼굴이 체념에 길들여진 인상이라는 느낌을 받았다. 그건 아주 짧은 순간이었기 때문에 여자가 계단을 내려간 뒤엔 남자는 여자의 얼굴과 눈빛을 다시 기억해낼 수 없었다. 여자가 사라진 뒤에 남자는 막연한 고통을 느꼈다. 남자는 창밖의 희뿌옇게 낀 안개를 그제서야 발견했고 시정거리가 좁아든 답답하고 막막한 시계(視界) 속에서 약간의 공허감과 불안을 느끼기도 했다. 시간이 더 지난 후 그 느낌이 일종의 안도로 다가올 거라고는 남자는 생각하지 못했다.

경계를 짓는 듯한 유리 칸막이 밖에서 여자는 진열된 색색깔의 보석들을 잠시 바라보더니 가방을 뒤적거려 작은 상자곽 하나를 꺼내 남자에게 내밀었다. 혹시 나를 압니까? 라고 물으려던 남자는 입을 다물고 상자를 열어보았다. 얼핏 보기에도 순금이나 18K는 아니었다. 남자가 검안경으로 반지를 들여다보고 있는 동안에도 여자는 뚜벅뚜벅 소리를 내면서 비좁은 창구 앞을 서성거리고 있었다. 불안정한 여자의 걸음 소리가 남자를 조급하게 만들었다. 그래도, 그래도 말입니다, 남한테 아쉰소리 안 하고 대출해줄 만한 곳은 여기밖에 없습니다. 남자는 우쭐해지고 싶었다. 남자는 잠자코 반지를 들여다보고 또 들여다보았다. 주저하는 듯한 남자의 기색을 느꼈는지 여자의 눈은 각각 따로따로 움직이며 주위를 경계하거나 먹이를 찾는 카멜레온의 눈처럼 시시각각 다른 빛을 내며 반짝거렸다.

남자는 다른 보석들보다 금을 좋아한다. 금의 느낌과 감촉은 다른 보석들에 비해 순수한 느낌을 준다. 그건 아마도 다른 이물질이 거의 섞이지 않은 탓일 것이다. 오랜 경험을 통해 남자는 순금은 만졌을 때 물렁물렁하고 따뜻한 느낌이 난다는 것을 깨달았다. 24K, 즉 순도 99.9퍼센트의 금을 함유하고 있을 때 그걸 순금이라고 부른다. 여자가 내민 반지는 차갑고 딱딱했다. 게다가 융으로 아무리 문질러도 광채가 나지 않았고 반지는 낯을 가리는 생물처럼 남자의 손이 닿으면 닿을수록 더욱 딱딱하고 차가워졌다. 그 느낌은 다소 배타적인 데가 있었다. 여자는 말이 없었다. 여자의 반지는 18K도 14K도 아니다. 금이 아주 함유되지 않은 건 아니었지만 그건 사실 금반지라고 부를 만한 것은 아니다. 남자의 기색을 알아챈 것인지 여자는 상자곽 밑바닥에 딱지처럼 접혀 있는 보증서를 펼쳐보였다. 그 손가락에서 본 긴장 때문에 남자는 웃을 수도 찡그릴 수도 없는 기분이 되는 것을 느꼈다. 순금은 일 그램으로 사방 일 미터의 넓이로 만들 수 있으며 두께는 일 인치 높이에 약 25,000장의 금박을 쌓을 수도 있다. 이때 금박은 불투명한 상태에서 거의 투명에 가까운 상태가 된다. 금의 빛깔이 변하는 건 바로 이 순간이다. 금박을 유리판 사이에 끼고서 햇빛을 통과시키면 금은 녹색으로 변한다. 금이 녹색으로도 변한다는 걸 아는 사람은 많지 않다. 남자는 여자에게 그 빛깔의 찬란함과 투명함에 대해서 이야기해주고 싶다. 그러나 여자는 한시라도 빨리 이곳에서 벗어나고 싶을 것이다.

남자는 유리 칸막이 밖으로 여자의 반지를 밀어냈다.

……뭐가, 잘못됐나요?

여자가 물었다.

태극마크가 없습니다.

하지만 여기, 여기 이것도 있잖아요.

여자는 보증서를 손가락으로 짚어보였다. 남자는 고개를 흔들었다.

무슨 소린지 알겠다는 뜻인지, 아니면 인상대로 순순히 체념을 한 것인지 여자는 더 이상 반박하지 않은 채 반지와 보증서를 챙기곤 천천히 계단을 내려갔다. 여자의 걸음걸이는 계단을 올라올 때와는 다르게, 양쪽 어깨 위에 두 개의 사기그릇을 올려놓고 걷는 듯한 모양새였다. 큰숨이 터져나올 것 같아 남자는 황급히 손으로 입을 틀어막았다. 다음부터 반지를 사실 거면 안쪽에 태극마크가 있는지 꼭 확인하십쇼, 그게 없으면 어딜 가도 받질 않습니다.

여자는 보이지 않았다.

남자는 계단참으로 가 창밖을 내다보았다. 사층 이후부터는 후다닥 뛰어내려간 것인지 여자는 벌써 건물 입구를 빠져나가고 있었다. 순식간에 여자는 인파에 휩싸여버렸지만 남자는 여자의 약간 통통해 보이는 어깨와 등을 놓치지 않았다. 여자의 짤막하고 둥근 실루엣은 두꺼운 외투 속에 웅크리고 있을 순금처럼 부드러운 육체와 그 육체의 쇠락에 대한 깊은 사색을 보여주고 있었다. 카페 여자는 남자를 기억하지 못했다. 언덕 쪽으로 점점 사라지는 여자의 실루엣을 바라보면서 남자는 몽상에 잠기기 시작했다.

남자는 도시 전체를 휩싸고 있는 축축하고 흐린 안개를 발견하곤 당황스러움을 감추지 못했다. 뺨에 와 닿는 감촉은 이제 막 끼기 시작한 안개의 느낌이 아니었다. 그건 더 먼 이전부터 이쪽으로 진군하기 시작하는 요지부동의 기세였다. 안개였다. 남자는 발밑부터 모래의 늪에 빠진 듯한 착각에 빠졌다. 그 느낌은 좀처럼 지워지지 않을 것 같은 보다 집요하고 완강하며 고통스러운 데가 있었지만 마치 순금을 햇빛에 투과해 찬란한 녹색을 발견했을 때의 미묘한 희열마저 섞여 있다는 것을 남자는 알아차렸다. 그 느낌이 쉽게 사라지지 않을 거라는 것을, 모래늪에 빠졌을 때처럼 자신을 서서히 옭아맬 것이라고 남자는 짐작했다. 남자의 짐작은 틀리지 않았다.

맞은편 노래방 주인과 점심을 시켜먹은 후 남자는 전당포로 되돌아왔다. 노래방에서 전당포로 건너오는 그 짧은 복도에 난 창을 남자는 내다보지 않았다. 며칠째 같은 날씨가 되풀이되고 있는 참이었다. 아아, 정말 지겹군. 노래방 남자는 불어터진 면발을 휘저으며 창밖을 내다보는 시늉을 했었다. 노래방엔 창문이 없다. 한데도 축축한 우윳빛 안개가 실내를 휘감고 있는 느낌을 버릴 수 없긴 남자도 마찬가지였다. 여길 내놓고 나면 뭘 할 건데? 노래방 주인이 물었다. 건물 주인이 세를 빼겠다고 통보한 건 두 달 전이다. 늦어도 석 달 후엔 가게를 비워야 한다. 남자는 대답하지 않았다. 어차피 전당포는 사양길에 접어든 지 오래다.

커피를 마시기 위해 물을 끓이다가 남자는 개수대 한가득 물이 고여 있는 것을 보았다. 수챗구멍 속으로 손을 집어넣었다. 썩은 사과 껍질과 미끄덩한 라면스프 봉투가 손에 딸려나왔다. 물은 그래도 쉽게 내려가지 않았다. 남자는 배관공을 부르지 않는다. 이제 여긴 더 이상 오래 살 곳이 아니다. 그럼 어디로? 남자는 말끝을 올리는 노래방 주인의 말투를 흉내내 물었다. 어디로 갈지 무엇을 할지 정하지 못한 건 노래방 주인도 마찬가지다. 남자의 물음에 대꾸라도 하는 양

개수대 물이 희미한 소리를 내며 쏴쏴쏴 흘러내려가고 있었다.

　남자는 여자의 눈빛을 기억하지 못했다. 그러나 다시 여자를 만났을 때 남자는 여자의 눈빛에 익숙해져 있는 자신을 발견했다. 그래서 이번에는 여자의 눈이 아니라 다른 것을 눈여겨볼 수 있었다. 세상의 모든 종(種)이 다 그런 것은 아니겠지만 대개의 나비류가 화려한 날개를 가진 것에 반해 나방류는 주변 환경과 혼동될 정도로 눈에 띄지 않는 날개색을 지닌 게 대부분이다. 그건 일종의 보호색이다. 여자의 보호색은 약간 각별해 보이는 데가 있었다. 여자는 볼 때마다 몸피가 줄어드는 것 같았다. 누군가 여자 몸에 긴 막대를 꽂고 위에서부터 한 입씩 핥아대는 것처럼 말이다. 그러다가 여자는 아주 난쟁이가 되어버릴지도 모르겠다는 생각을 하면서 남자는 명치께에 묵직한 통증을 느꼈다. 여자는 어두운 곳에서 일한다. 그것도 천장 바로 밑에서. 여자는 아래를 내려다보지 않는다. 너무 높은 곳에서는 아래를 내려다보는 게 아니라는 듯이. 여자는 나방, 여자는 한 마리 나방, 이라고 남자는 속으로 읊조렸다. 여자의 정교한 은폐색은 날카로운 부리를 가진 새나 도마뱀 같은 포식자들의 시력과 몸짓이 얼마나 정확한지를 반증하는 것이기도 했다. 나비가 아닌 나방인 여자를 만났다는 것에 남자는 약간 흥분했는지도 모른다. 그건 어쩌면 안도의 감정이었는지도 모른다고 남자는 훗날 기억했다. 그 뒤로 남자는 여자의 눈빛을, 여자의 줄어드는 몸피에서 보았던 나방의 은폐색을 잊지 않았다. 당신은 나방. 남자는 여자가 삶의 질곡이 무엇인지 아는 게 틀림없다고 확신했다. 그러나 여자의 은폐색이 더욱 짙어져 마침내는 검은 숲과 나무들 사이에서 그것들과 아주 흡사해져 남자가 구분해내지 못하게 될까봐 두렵기도 했다.

　이번에 여자가 가져온 것은 삼 캐럿짜리 다이아몬드 반지였다. 짙은 갈색의 보호색 속에서 여자의 표정은 다소 의기양양해 보였으나 그녀 자신은 그 표정 속의 어떤 먼 곳의 하얀 점처럼 혹은 깃발처럼 흔들리는 긴장과 불안을 깨닫진 못하는 것 같아 보였다.

그거, 틀림없는 다이아몬드예요.

여자는 남자가 검안경을 들기도 전에 불쑥 말했다.

남자는 반지를 들여다보았다. 대부분의 다이아몬드는 육안으로 볼 수 없는 매우 작은 이물질을 포함하고 있다. 이물질이 많이 함유되어 있는 다이아몬드는 빛의 굴절과 산란이 깨끗하게 되지 않는다. 좋은 다이아몬드란 이물질이 적은 투명한 것이다. 그래야 눈부신 광채를 발할 수 있고 더 가치 있는 보석으로 평가되는 법이다. 무색의 다이아몬드. 그게 흰색 광선에 의해 밝게 산란될 때의 아름다움을 여자에게 설명할 자신이 없어진 건 여자의 반지를 확인하고 난 후다.

이거, 오이남 다이아몬드 반지예요.

여자가 재차 말했다. 오이남, 그는 유명한 다이아몬드 감정사다. 그는 죽었다. 그의 죽음은 비밀에 부쳐졌다. 그의 죽음을 은폐한 채 그의 아들들과 일가들이 오귀남, 오희남이라는 여럿 유사한 이름으로 감정사 노릇을 하고 있다. 여자가 가져온 보증서에는 오주남, 이라고 쓰여 있었다.

반지는 여자의 말처럼 삼 캐럿도 되지 않았고 투명도를 확인할 수도 없을 만큼 수없이 많은 이물질들로 이루어져 있었다. 연마도와 색상 또한 형편없긴 마찬가지였다. 그 몇 분 사이에 벌써 여자는 착 까부라져 보였다. 그러나 당최 말이 먹힐 것 같지 않은 표정이라 남자는 당황했다. 그렇다고 막무가내인 표정도 아니었다. 그건 거절하기 힘든 온유하고 간곡한 데가 있는 고집이었다. 남자는 마지막 일격을 가하려던 입을 꾹 다물어버리곤 여자에게 물었다.

……얼마나 필요하십니까?

여자는 입술을 지긋이 깨물고 있었다. 그 단순한 표정 때문에 남자는 여자가 전당포란 곳을 처음 와보는 게 아닐지도 모른다는 짐작을 했다. 여자는 이 다이아몬드 반지를 든 채 여기저기서 거절당했을지도 모른다.

여자의 주민등록증을 남자는 유심히 바라봤다. 카페 여자의 본명과 생년월일, 그걸 알게 될 줄은 몰랐다. 여자는 언제나 너무 멀리 있었다. 카페의 푹신한 소파에 앉아 손을 쭉 내뻗어본 적도 있었지만 닿을 턱이 없었다. 여자는 나비처럼 아니 나방처럼 팔랑거리며 카페 안을 날아다니곤 했으니까.

삼 개월 후에.

여자는 말했다. 삼 개월 후. 여자는 다시 온다. 삼 개월 후. 전당포는 이미 문을 닫고 없을지도 모른다. 여자가 온다면, 그전에 와야 할 것이다. 남자는 무뚝뚝한 얼굴로 전표를 끊어주었다. 여자가 돌아서는 순간에 남자는 잠깐만요, 그녀를 불러세워 창구 밖으로 명함 한 장을 내밀었다. 행운기업사. 명함을 받아든 여자가 총총히 계단을 내려가는 것을 지켜보다가 여자의 이미테이션 반지를 진열대 위에 올려놓았다.

안개는 사흘째 연이어지고 있는 중이다. 낮 기온이 예년보다 크게 높기 때문이라고 했다. 높은 기온 속에서 낮에 증발된 수증기가 밤에 기온이 떨어지면 작은 물방울로 응결된다. 그 작은 물방울이 여자의 머리카락을 축축하게 하고 남자의 뺨을 모래처럼 깔깔하게 쓸고 있었다. 사층에서 내려다본 거리는 육안으로 볼 수 없는 작고 건조한 먼지와 매연 같은 고체 입자들이 대기 중에 떠 있어 물을 섞은 우유처럼 탁해 보였다. 두꺼운 구름 속에 숨은 누리끼리한 햇빛 속에서 고체 입자는 미약한 채로나마 산란되어 옅은 노란색, 때론 적갈색, 청색 등이 나타났다 사라지고 있었다. 바람은 약하게 불고 있었다. 그 바람 때문에, 자꾸만 나타났다 사라지는 노란색과 청색의 빛 때문에 남자는 지금 대기가 몹시 불안정하다는 생각을 하지 않을 수 없었다. 그 불안 속에서 남자는 희미한 울음소리를 들었다. 남자는 귀를 기울였다. 여자의 모습은 어디에도 보이지 않았다. 남자는 오늘이 기억할 수 없는 언젠가의 하루와 유사하다는 생각을 한다. 여자가 왔고 안개가 끼었다. 여자가 사라지는 것을 보면서 창밖을 내다본 적이 있다. 그러나 뒤에 남은 모든 날들이 이처럼 반복되지만은 않을 것이란 걸 남자는 알고 있었다.

여자가 사라진 거리 쪽으로 고개를 꺾어보았다. 그 울음소리가 바이올린이나 첼로 같은 현악기의 울음소리라는 것을 깨닫는 사이 어둠이 짙어졌다. 둔중한 악기 소리는 아직 가본 적 없는 그 호수의 종소리를 연상시켰다. 안개는 어둠 속에서도 밤꽃처럼 끈질긴 숨처럼 희게 빛을 발하고 있었다. 창고 속의 현악기들이 울고 있었다. 이젠 아무도 찾아가지 않는 악기들이다. 팽팽했던 악기의 줄들은 습도가 높아질수록 늘어져 신음처럼 소리를 낸다. 남자는 등 뒤로 들리는 울음소리를 들으며 문득 자신도 저 물건들, 악기나 먼지 낀 수십 개의 반지들, 로렉스 시계, 카메라 같은 누군가 잊어버린 채 더 이상 찾아가지 않는 물건일지도 모른다는 생각에 흠칫 몸을 떨었다. 그리고 남자는 골똘히 생각한다. 안개 저편엔 무엇이 있을까.

남자는 더 이상 창밖을 내다보지도 않았고 여자를 기다리지도 않았다. 극심한 안개 때문에 항공편은 줄줄이 결항되었고 출근길은 정체되었으며 대형사고가 잇따랐다. 거리엔 방진마스크를 쓴 사람들이 늘었고 건물 이층 내과엔 호흡기 질환을 호소하는 환자들이 진을 치고 있었다. 안개가 낭만적인 분위기를 만들던 시절은 지나갔다. 안개는 더 이상 신비하지도 몽환적이지도 않았다. 안개는 산성비보다 더 악영향을 끼친다. 산성비의 경우엔 비에 의해 씻겨내려가버리지만 안개는 수분량이 적기 때문에 나뭇잎 등에 부착될 경우엔 웬만해선 씻겨내려가지 않는다. 안개 긴 날은 외출을 삼가야 한다. 남자는 비좁은 전당포 내실에 전기장판을 깔고 앉아 밖으로 나가지 않았다. 개수대는 막히고 손님은 오지 않고 맡긴 물건을 찾으러 오는 사람 또한 없었다. 안개는 소리 없이 피어올라 더 이상 숨길 수 없는 열정처럼 혹은 절박한 열망처럼 세상을 옥죄어오고 있었다. 남자는 그 모든 것을 못 본 척하고 있었지만 그 뜨겁고 희미한 안개 속에 자신을 무방비 상태로 내팽개쳐두고 있다는 것을 알고 있었다. 깊은 밤에 남자는 잠에서 깨어났다. 벽에서 물방울들이 후득후득 떨어져내리는 게 보였다. 베개도 흠씬 젖어 있었다. 전당포 내실은 물속에 잠겨 있었다. 남자는 그게 눈물인지 아니면 안개의 수없이 작은 물방울들인지 분간할 수 없었다. 눈물은, 아니 물방울들은 나무의 단단한 수피를 뚫고 들어가 수액을 빨아먹는 개미 떼들처럼 남자의 방 안으로 바글바글 끓어올었다. 남자는 물속에서 죽은 나무 한 그루를 떠올렸다. 남자는 우비를 꺼내 머리끝까지 뒤집어쓴 채 모로 누워 잠을 잤다. 아직 쓰여지지 않은 전표들과 지폐뭉치들이 둥둥 떠다녔다. 극도의 불안이 남자를 엄습했다. 그러나 그 불안은 며칠 뒤 갑자기 흔적도 없이 안개가 사라져버린 날에 비하면 아무것도 아니라는 것을 그땐 알지 못했다. 남자는 그 땅에 두고 온, 봄이면 적색의 긴 타원형 열매를 맺던 산수유나무와 은사시나무를 기억했다. 이렇게 짙은 안개라면 나뭇잎들은 별다른 저항도 할 수 없을 만큼 빠른 속도로 고사하기 시작할 것이다. 작은 물방울인 안개가 맺혀 있다가 햇빛에 의해 수분이 증발되면서 잎 가장자리부터 싯누렇게 타들어갈 것이다. 남자는 여자의 이름을 부르듯 향수 어린 공허감에 젖은 채 산수유, 은사시, 하고 나무들의 이름을 차례대로 불러보았다.

극도의 불안이 지나간 후 남자에게 남은 것은 긴 침묵이었다. 그 침묵은 남자와 남자의 비좁은 공간, 그리고 낡은 사층 건물을 통째로 휘감아버린 채 저 보이지 않는 광대하고 짙푸른 지평선과 평원 속으로 멀리 퍼져나갔다. 오랜 병석에서 깨어난 사람처럼 비척거리는 걸음으로 남자는 복도로 나가 창문을 열어젖혔다. 습습한 공기가 맨살에 감겨왔다. 높고 뾰족한 건물들은 안개 속에 절반쯤 형체를 감춘 채 여전히 같은 자리에 서 있었고 채 일 킬로미터도 돼 보이지 않는 가시거리 속에서 흰 마스크를 쓴 사람들이 나래비로 선 좌판에서 흥정을 하고 편지를 배달하고 있었다. 불투명한 노란빛과 청색이 어우러진 대기는 이제 막 저물기 시작하는 해질녘처럼 보이기도 했고 어두운 구름을 뚫고 막 해가 뜨기 시작하는 박명의 하늘처럼 보이기도 했다. 시간도 계절도 분간할 수 없는 풍경이었지만 그 풍경이 몹시 익숙하다는 것에 남자는 깜짝 놀라고 말았다. 흐릿한 광채와 습기가 남자의 몸을 에워쌌다. 남자는 숨을 크게 들이쉬었다. 자신의 팔과 다리를 내려다보았다. 산수유나 은사시나무처럼 손끝 발끝부터 서서히 누렇게 고사되고 있는 건 아닌가 하는 불안감 때문이었다. 수모와 고통만이 감옥은 아니었다.

남자는 진열대 가장 위쪽에 놓여 있는 시계들 중에서 가장 크고 화려한 로렉스 시계 하나를 꺼냈다. 금빛 시계는 로렉스만의 정교한 왕관 모양과 열두 시와 여섯 시 방향으로 고유번호가 새겨져 있는 것이었다. 그 시계는 남자가 보유하고 있는 시계 중에서 가장 값나가는 것이다. 육 개월인 유전기간이 지난 건 벌써 몇 달 전이다. 전쟁 중에 만들어진 로렉스 시계는 충격이나 방수기능이 뛰어나다. 그런 면에서 보면 시계는 아직 로렉스만한 것이 없고 업소에서도 가장 높이 치는 게 바로 이 시계다. 로렉스 시계를 차고 난 남자는 약간 우쭐한 기분에 빠지는 것을 느꼈다. 그러나 반지 하나도 제대로 살 줄 모르는 카페 여자가 이 시계의 값어치를 알아봐 줄 수 있을 것인지는 자신할 수 없었다. 남자는 의기소침한 얼굴로 전당포 철문을 굳게 닫고 건물 밖으로 나갔다.

뜨개옷의 한 코가 툭툭 풀어지기 시작하는 것처럼 남자는 기다렸다는 듯 급습하기 시작한 습기 때문에 자신의 몸이 한 코 한 코 툭, 투르륵 풀어져 급기야는 젖은 실뭉치가 된 채 길바닥에 나뒹굴게 되지는 않을까 두려워졌다. 계단 밑의 안개는 사층에서 내려다본 것에 비하면 극히 일부에 지나지 않았다. 안개는 불타는 나무처럼 이글거리는 짐승의 젖은 눈동자처럼 속수무책으로 전신을 육박해오고 있었다. 남자는 옷 앞섶을 꽉 여미곤 버스 정거장 쪽으로 걸음을 빨리 옮겨놓았다.

여자의 의상은 약간 우스꽝스러운 데가 있었다. 차라리 교복을 차려입거나 아니면 밤무대 의상 같은 요란하고 번쩍거리는 옷을 입었더라면 되려 그런 느낌은 없었을 것이다. 여자는 굽이 낮은 단정한 까만 구두에 두꺼운 감색 투피스를 입고 나타났다. 여자가 일층 계단에 나타나자 사람들은 일제히 그녀 쪽을 돌아다봤다. 외설스런 휘파람 소리가 들리기도 했다. 선을 보러 나가는 단정한 여자처럼 여자는 예의 그 어깻죽지 위에 접시를 올려놓고 걷는 듯한 걸음걸이로 이층까지 타박타박 올라왔다. 여자의 옷차림이 교복이나 앞섶이 푹 패인 옷을 입은 것보다 선정적으로 느껴지는 것은 남자로서도 어쩔 수 없는 느낌이었다. 이 카페가 생긴 것은 일 년 전이다. 남자는 여자가 이 곳에서 일하기 전부터 이곳에 와 맥주나 뜨거운 차를 마시곤 했다. 여자가 오고 난 후 달라진 게 있다면 이젠 혼자 온다는 것뿐이다. 카 페는 일이층을 다 텄다. 외곽을 따라 테이블을 둘러놓고 천장을 높게 만들었다. 천장엔 그네가 매달려 있다. 매일 밤 아홉 시가 되면 여자 는 두 시간 동안 그네를 탄다. 카페 손님들은 여자가 그네를 타는 동 안 여자 밑에서 술을 마시거나 담배를 피우면서 여자를 올려다보기 도 한다. 애초부터 거긴 아무것도 존재하지 않는다는 듯 짐짓 딴전을 피우는 사람들도 있다. 남자는 후자 쪽이긴 하지만 오늘은 여자를 뚫 어지게 쳐다보았다. 유행이 지난 감색 투피스를 입긴 했지만 작은 체 구에 약간 통통한 그녀는 남자 눈에는 잔뜩 색깔을 입힌 부활절의 달 걀처럼 화려하게 보였다. 계단을 올라가던 여자가 이쪽의 시선을 느 낀 것인지 남자 쪽을 돌아봤다. 혹시, 나를 기억합니까? 남자는 묻고 싶었다. 여자는 낯선 행인을 쳐다보듯 남자를 일별했다. 그리곤 마저 계단을 올라가 단 한순간에 평균대를 뛰어넘어야 할 사람처럼 숨을 고르더니 훌쩍 그네에 올라탔다. 야야, 저 여자 좀 봐라! 카페 안이 술렁거리기 시작했다.

남자는 이층에 앉아 있었다. 아래층에 앉아 있으면 거뭇한 여자의 아랫도리만 보인다. 남자는 될 수 있으면 여자와 더 가까운 위치에 앉고 싶었다. 그네를 타고 있는 여자는 한순간 아주 가까워졌다가 아 주 멀어지곤 했다. 그 반복 속에서 남자는 차츰 평온해지는 것을 느 꼈지만 여자도 그런 느낌일 거라고는 생각할 수 없었다. 남자는 뜨거 운 차를 후룩후룩 마셨다. 조도가 더 낮아진 카페는 다시 조용해지고 사람들은 쾌락과 유희의 순간을 지나보낸 듯 다시금 술을 마시고 담 소를 나누기 시작했다. 이따금씩 삐걱거리는 그네 소리 외에 실내는 침묵 속에 잠겼다. 여자는 나비처럼, 아니 나방처럼 팔랑거리며 카페 안을 날아다니고 있었다. 남자는 찰나의 행복을 느꼈다. 하지만 그 행복이란 것은 한 올의 말총으로 매단 다모클레스의 칼 밑에 앉아 있는 것처럼 극단적인 쾌감과 싸늘한 생의 절연을 느끼게 한다는 것을 깨닫곤 허리를 바싹 곧추세웠다. 여자는 가느스름한 눈을 크게 뜨고 어디 먼 곳에 시선을 붙박아두고 있는 것 같았지만 그 지점은 분명 여기는 아닐 것이다. 딱딱하게 굳은 여자의 아래턱이 그걸 말해주고 있었다. 안개는 카페 안까지 진군해왔다. 남자는 손바닥 안에 뭉쳐지는 습기를 꽉 모아쥔 채 순금의 반지를 손에 넣었을 때처럼 그 감촉을 즐기고 있었다. 여자는 입을 크게 벌린 채 숨을 들이마셨다. 남자는 여자의 입과 그녀의 깊은 폐 속으로 한없이 밀려들어가고 있는 미세한 물방울들을 지켜보았다. 여자는 가까워졌다 멀어졌다. 여자는 멀어졌다 가까워졌다. 남자는 의아했다. 가까워졌다고 느낀 순간 여자의 얼굴은 일정한 거리를 두고 봐야만 전체가 제대로 보이는 섬세한 모자이크처럼 불분명하고 흐릿하게 보였다. 여자가 이쪽으로부터 멀어질 때, 남자는 비로소 여자의 뚜렷한 형체를 볼 수 있다는 사실을 발견하곤 참고 있던 숨을 토해냈다. 남자는 눈을 크게 벌리곤 멀어질 때 되려 가까워 보이는 여자의 얼굴을 자꾸만 바라보고 또 보았다.

열한 시가 되자 여자는 구르던 발을 멈추고는 그네에서 가볍게 뛰어내렸다. 그녀는 천장에서 어깨를 잡아올리는 듯 상체를 세운 걸음으로 두 시간 전에 올라왔던 계단을 내려갔다. 자칫하면 여자는 그대로 계단 밑으로 굴러떨어질 것만 같이 뻣뻣하고 부자연스러워 보였다. 여자가 직원외금지, 라고 쓰여진 문을 밀고 들어가자 남자는 자리에서 일어났다.

남자는 카페 밖, 어두운 골목 모퉁이에서 여자를 기다렸다.

안개를 피해 숨을 곳을 찾는 듯, 아니면 이젠 익숙해질 대로 익숙해져버린 안개의 집요함에 체념을 한 것인지 남자는 어딘지 분간조차 할 수 없는 낯선 동네를 한참이나 걸어다녔다. 그 낯선 곳에서 남자는 길을 잃었다. 남자는 멍한 눈으로 하늘을 올려다봤다. 희고 붉은 간판이 안개 속에서 간신히 빛을 뿜어내고 있는 것이 보였다. 남자는 손목에 차고 있던 로렉스 시계를 풀어 손바닥 안에 움켜쥐었다. 남자는 길앞잡이 밤벌레처럼 반짝거리는 전당포 간판 조명을 따라 건물 안으로 쓱 기어들어갔다.

낮 기온이 크게 떨어졌다. 초조해진 남자는 기상청으로 전화를 걸었다. 전화를 끊고 나서 떨어진 간장을 사기 위해 슈퍼로 갔다. 하늘을 쳐다보지도 행인들을 쳐다보지도 않은 채 묵묵히 걸었다. 슈퍼에서 돌아온 남자는 사온 식료품들을 정리하다 말고 정작 간장은 사오지 않았다는 것을 깨달았다. 라면과 소금, 참치 캔 등을 창구 앞에 죽 늘어놓고 바라봤다. 남자는 소금 봉지를 뜯어 거꾸로 흔들어보았다. 유리 창구 앞과 바닥에 쏟아진 소금이 진열대의 보석들처럼 반짝거렸다. 남자는 바닥에 주저앉아 손끝으로 소금을 찍어먹었다. 마른 손끝에 소금이 묻지 않자 남자는 손바닥에 침을 뱉었다. 축축해진 손바닥 안으로 소금이 가득 묻어났다. 남자는 아무 데나 퉤퉤 침을 뱉고 물뿌리개로 사방에 물을 뿌려댔다. 습한 냄새가 풍겨났다. 남자는 자신의 아래께가 봉지처럼 팽팽하게 부풀어오르는 것을 느꼈다. 물방울들은 금세 말라버렸다. 남자는 봉지처럼 푹 꺼져버렸다. 어제 아침, 안개는 갑자기 사라져버렸다.

전당포에 오는 손님들에게 남자는 어느 때보다 친절했다. 장물을 갖고 오는 사람들과도 새로 거래를 시작했다. 손님이 뜸한 오전 시간에는 맞은편 노래방에 가 혼자 노래를 불렀다. 점심시간엔 노래방 주인과 자장면을 시켜먹고 커피를 배달해 마셨다. 일찍 잠자리에 들었다. 이따금씩 악기들의 울음소리인지 아니면 그 먼 섬의 종소리인지 잘 분간되지 않는 희미한 소리들이 이명처럼 들리는 것을 느낄 수 있었지만 잠에서 깨어나지 않았다. 남자는 한밤에 잠에서 깨어나는 것이 두려웠으므로 발가락을 오그린 채 아침이 올 때까지 잠든 척했다. 손님이 다소 늘기도 했다. 일상은 반복되었다. 그러나 남자는 예전과는 분명 뭔가 달라졌다는 생각을 하지 않을 수 없었다. 남자는 자신이 다른 사람이 되었다는 것을 깨달았다.

평범하고 무난한 날씨가 이어졌다. 남자는 궁지에 몰린 듯 차츰 초조해지기 시작하는 것을 느꼈다. 마침내 남자는 창문을 열고 밖을 내다보았다. 뜨거운 햇살이 남자의 얼굴로 쏟아져내렸다. 남자는 기겁하듯 얼른 창문 아래로 몸을 숙였다가 다시 기웃기웃 창밖으로 얼굴을 내밀어보았다. 한 점 구름 없는 하늘로 점처럼 작은 새들이 유유히 날아다니고 있었다. 새로 씻어낸 듯한 건물들의 반짝거리는 유리창들, 손을 베일 것 같은 외곽의 형태들이 낯설게 보였다. 때없이 피어난 봄꽃처럼 창밖은 불과 며칠 전과는 전혀 다른 세상이라는 것이 남자를 놀라게 했다. 남자는 청명한 하늘을 호선의 무지개처럼 두른 청색과 노랑과 붉은빛, 그리고 거리의 간판과 버스와 행인들에게서 뿜어져나오는 생경한 빛 속에서 알몸을 드러낸 듯한 착각에 빠졌다. 그 빛은 만지면 만질수록 부드럽고 둥글게 뭉쳐지는 물기가 아니라 수천 개의 바늘이 맨몸에 와 꽂히는 느낌이었다. 색채의 찬란함이 주는 무한한 공포 속에서 남자는 질끈 눈을 감아버렸다. 비상구를 찾듯 남자는 허겁지겁 카페 여자를 만났던 그 밤을 기억해냈다.

여자의 얼굴은 그네를 타고 가까워졌을 때처럼 윤곽이 흐릿했지만 남자는 안심했다. 여자에게도 남자의 얼굴은 그렇게 보일 것이기 때문이었다. 짙은 밤안개 속에서 남자는 용기를 냈다. 대화가 끝났을 때도 문양화(紋洋畵)의 일부처럼 희미한 채로나마 여자는 남자에게 지울 수 없는 무늬로 각인되었다. 남자는 여자의 이름을 불렀다.

……누, 누구세요?

……!

거기 얼굴이, 잘 안 보여요.

여자는 말을 더듬었다.

그쪽 얼굴이 잘 안 보이기는, 나도 마찬가집니다.

여자는 침묵을 지켰다. 남자는 여자가 자신을 알아보지 못할까봐, 전당포 남자를 알아볼까봐 전전긍긍했다.

그 허공 속에서 그네를 탈 때, 당신이 무슨 생각을 하는지, 알고 싶습니다.

두껍고 광대한 구름의 무리가 한꺼번에 우르르 몰려다니는 것처럼 안개가 여자와 남자 사이를 빈틈없이 에워싸고 있었다. 막의 뒤편에 몸을 가리고 있을 때처럼 남자는 평온해지는 것을 느꼈다.

나는……

여자는 말을 잇지 않았다. 남자는 무턱대고 고개를 끄덕였다. 안개 속에서 그 모습이 여자에게 보이지 않을까봐 끄덕이고 또 끄덕였다. 여자의 목소리는 북구의 민요처럼 슬프고 조용했다. 남자는 여자의 어깨에 손을 두를 듯 한쪽 팔을 허공 속으로 치켜올렸다. 발짝 소리가 났다. 남자는 여자가 안개 속을 뚫고 한 걸음 자신의 앞으로 다가오는 거라고 생각했다. 팔목에 찬 금장 로렉스 시계가 번쩍 빛을 발했다.

난, 이제 거긴 다신 안 갈 거예요.

여자의 목소리 때문에 남자는 여자가 한 걸음 더 뒤로 물러났다는 것을 알았다.

그래도, 아직 뭔가 맡기고 찾아갈 게 있다는 건 다행한 일 아닙니까.

……

농밀한 안개가 입김처럼 뜨겁게 다가왔다. 남자는 그러다가 여자의 얼굴이 아주 보이지 않게 될까봐 초조했지만 그것이 막이 걷히듯 확 사라질까봐 더 두렵기도 했다. 사람과 사람 사이에 틈이 있고 중요한 건 그 틈을 없애는 게 아니라 지켜나가는 것이라면 그 순간 남자는 여자와 자신 사이의 틈을 안개가 대신 채워주기를 간절히 원하고 있었다. 그러나 그네를 타는 여자는 너무 높은 곳에 있고, 여자는 안개를 안개라 말하지 않을지도 모른다. 꿈결인 양 여자의 목소리가 들려왔다. 그 어둠과 안개 속에서 남자는 자신이 이 세상에서 진정으로 존재한다는 것을 깨달았다. ……그게 다 지난 일이라는 걸, 남자는 믿을 수 없다.

카페에 다시 가볼 요량으로 철문을 잠갔다가 도로 문을 따고 안으로 들어가버렸다. 그녀 또한 안개처럼 갑자기 사라져버릴지도 모른다는 불안이 엄습했기 때문이었다.

남자는 수천 마리의 말 떼가 이마를 밟고 지나가는 듯한 고통 속에서 눈을 떴다. 깊은 밤이었다. 보안장치가 왕왕 울리고 있었다. 남자는 밖으로 나가보았다. 철문 밖에는 아무도 보이지 않았다. 누군가 다녀간 흔적도, 이쪽으로 계단을 올라오고 있는 기척도 없었다. 거기, 누구요? 자리에 도로 눕던 남자는 벌떡 일어났다. 썩은 냄새를 풍기며 한가득 물이 고여 있는 개수대 속으로 팔을 집어넣었다. 물이 싱크대 밖으로 넘쳐흘러 발등을 적셨다. 수챗구멍 속으로 더 깊이, 더 밑으로 손가락을 쑤셔넣었다. 크륵, 크르륵 물 내려가는 소리가 들리기 시작했다. 남자는 뿌리를 뽑듯 마지막 안간힘을 쓰면서 손을 확 빼냈다. 한 움큼의 머리카락이 딸려나왔다. 죽은 자의 머리카락을 손에 쥔 사람처럼 남자는 진저리를 치며 손을 털어냈다. 갑자기 쏴, 소용돌이를 일으키며 물이 개수대로 빠져나가는 것을 지켜보다가 돌연한 두려움을 느꼈다. 그건 안개가 갑자기 사라져버렸을 때와 비슷한 느낌이었다.

구들장을 뚫고 엄지손가락만한 새순 하나가 돋았다. 남자는 그게 씀바귀나 금낭화 같은 야생화 종류일 거라고 짐작했다. 연둣빛 새순들은 방바닥 전체를 빽빽이 채우며 쑥쑥쑥 돋아났고 눈깜짝할새에 남자의 허리만큼 자랐다. 남자는 허겁지겁 지붕 위로 기어갔다. 새순은 이제 새순이 아니라 순간적으로 바뀐 낯선 꿈처럼 수천 그루의 나무 등치로 변해 있었다. 지붕이 뚫리면서 나무들이 솟구쳐올랐다. 지붕 한 끝에 대롱대롱 매달려 있던 남자는 곤두박질치며 땅으로 떨어졌다. 집 한 채를 통째로 잠식해버린 바오밥나무들이 천천히 녹아내렸다. 남자는 눈앞이 희뿌예지는 것을 느꼈다. 집을 뒤덮고 있는 것은 설원의 폭풍처럼 맹렬한 기세로 회오리치며 차오르고 일어서는, 야성의 힘으로부터 거침없이 밀려나오기 시작하는 안개의 무리들이었다. 남자는 오그린 발가락을 펴고 자리에서 일어났다. 어느 한 군데 젖지 않은 데가 없었다. 다시는 잠들지 않겠다고 입술을 깨물었다.

남자는 날짜를 헤아려보았다.

전당포 문을 잠그고 계단을 내려갔다. 남자는 금은방으로 갔다. 반지를 고르기 전에 남자는 망설였다. 청금석 반지를 사고 싶었고 루비 반지를 사고 싶었다. 사파이어 종류인 청금석은 금빛이 도는 짙푸른 색깔의 단단한 돌이다. 사랑이 부족한 사람에게는 사랑이 싹트게 해

주거나 기쁨을 얻지 못한 사람에게는 기쁨을, 믿음이 없는 사람에게
는 깊은 신뢰를 주며 삶의 용기를 가져다준다는 전설의 돌. 그건 십
이월의 탄생석이다. 남자는 여자의 생년월일을 기억한다. 칠월의 탄
생석인 루비를 만지작거렸다. 강렬한 붉은 빛깔의 루비는 그 빛깔의
정도에 따라서 첫 번째 피, 혹은 황소의 피라고 불린다. 그 중 가장
으뜸으로 치는 것은 짙고 맑고 밝은 비둘기의 피라고 불리는 종류다.
전당포 남자는 자신이 보석에 대해 잘 알고 있다는 게 그때처럼 유용
하고 기쁜 적이 없었다고 떠올렸다. 청금석 반지나 비둘기의 피, 그
리고 순금의 반지는 남자의 전당포에도 있긴 했다. 여자에겐 새것을
사주고 싶다.

　남자는 포장된 상자곽을 가슴팍 주머니에 찔러넣고 금은방을 나왔
다. 금 시세가 떨어지고 있는 것이 께름칙하긴 했으나 남자는 후회하
지 않았다. 아직 순금만큼 현금으로 즉시 교환하기 쉬운 건 없다. 언
제 다시 여자가 전전긍긍하며 전당포를 찾아다니게 될지 그건 남자
도 여자도 알 수 없는 일이다. 남자는 미래를 생각하고 싶었다. 여자
에게 순금으로 만들어진 반지를 줄 것이다. 어쩌면 여자가 투명한 햇
빛 속에서 녹색으로 빛나는 순금의 투명하고 찬란한 빛을 보게 될지
도 모른다. 전당포로 돌아오는 길에 남자는 다시 한 번 생각하면 뜻
밖의 정답을 얻게 될지도 모른다는 불확실한 기대와 일념 속에서 투
명한 유리병 두 개를 더 샀다.

　유리병의 표면은 매끄럽고 균일했다. 작은 유리병을 큰 유리병 안
으로 집어넣었다. 남자는 팔팔 끓인 물을 팔십 도로 식혔다. 유리병
하나에 더운물을 채워 병 전체가 따뜻해지도록 만들었다. 유리병이
따뜻해진 것을 확인하곤 유리병에 채웠던 물을 한 뼘쯤만 남기고 쏟
아버렸다. 병 입구에 얼음덩어리를 올려놓았다. 남자는 어림짐작으

로 한 삼십 분쯤 흘렀을 거라고 생각했기 때문에 그게 불과 일이 분 사이에 일어난 일이라는 것을 깨닫지 못했다. 이 분쯤 더 지났을 무렵부터 바깥쪽 유리병에 물방울들이 맺히기 시작했고 그걸 발견한 지 삼사 초쯤 더 지났을 땐 안쪽 작은 유리병 내부로부터 서서히 김이 서리기 시작하는 것을 지켜볼 수 있었다. 남자는 얼굴 가까이 유리병을 끌어당겼다. 호흡이 가빠지고 있었다. 남자의 입김이 유리병 표면에 성에꽃처럼 피어났다. 남자는 병을 도로 밀어놓고 멀찍이 떨어졌다. 작은 유리병 안에 생기던, 뿌연 김이 한껏 피어오르지도 못한 채 사그러들었다. 남자는 처음부터 다시 생각해야겠다고 결심했다. 남자는 새로 물을 끓이고 유리병을 덥히고 물을 따라버리고 숨을 죽이고 지켜보는 일을 반복했다. 한밤이 돼서야 남자는 새로운 사실들을 발견해냈다. 너무 뜨거운 물에 의해서는 김서림 때문에 막 생기기 시작하는 안개의 관찰이 쉽지 않다는 것, 그리고 병을 데울 때는 물을 병의 입구까지 채워 전체적으로 충분히 따뜻하게 만들어야 한다는 것 등을 말이다. 작은 유리병 안으로 안개들이 몽글몽글 피어나는 걸 남자는 열띤 눈으로 지켜보았다. 유리병 뚜껑을 열었다. 물방울들이, 그 미세한 물방울이 모여 이룬 안개의 무리가 내실 전체로 피어오르는 것 같았다. 물방울들은 남자의 뺨으로 유리 칸막이 창구로 사방 벽으로 다닥다닥 흥건하게 달라붙었다. 한데 뒤엉킨 물방울들은 한줄기 물이 되어 줄줄 흘러내렸다. 남자는 흘러내리는 물방울들을 벽에 찰싹 달라붙어 개처럼 핥아댔다.

맑고 건조한 날씨가 이어지고 있는데도 창고에 처박아둔 악기들의 울음소리가 끊임없이 들렸다. 보안장치가 울리기도 했다. 남자는 자신의 귀를 자꾸만 두 손으로 잡아당겨 늘렸다가 비틀어버리기도 했다. 창밖은 내다보지 않았다. 오래전 이곳에 왔던 한 여자와 또 두어

명의 사내들이 맡겨두었던 노트북과 카메라와 진주반지를 찾아갔다. 오랜만에 남자는 안도의 숨을 내쉬었다. 그러나 계단을 올라오는 발짝 소리는 더 이상 들리지 않았다. 남자의 귀는 흘러내리기라도 할 듯 어깨 밑으로 축 늘어졌다. 신문을 읽고 잠을 자고 녹슨 철문을 닦았다. 날카롭게 날을 민 도루코 면도기로 매일 수염을 깎고 치렁거리는 귀를 싹둑 잘라냈다. 한층 예민해진 귀는 아주 먼 데서 들리는 미세한 소리도 다 감지했다. 현악기들의 울음소리는 자박자박 가슴을 밟아대듯 애절한 데가 있었지만 남자는 창고로 내려가지 않았다. 창고로 내려가는 길은 그 먼 곳의 호수를 혼자 찾아가는 일 만큼이나 멀고 아득할 것만 같았다. 어쩌면 여자도 알고 있는 호수일지도 몰랐다. 그 호수의 작은 섬에는 흰 집이 한 채 있다. 그건 교회라고도 불리고 성당이라고도 했으며 어떤 이는 그냥 버려진 낡은 집이라고도 했다. 그 교회에는 소원의 종이라는 이름의 종이 있다고 한다. 여름에는 배를 타고 겨울이면 얼어붙은 호수를 건너야만 닿을 수 있는 곳이라고 했다. 그 종을 치는 모든 이들은 바라던 소망을 이룰 수 있다고 전해진다. 하지만 아직 누구도 거길 가본 사람은 없다고 한다. 여름이나 겨울이나 짙은 안개가 길을 가로막고 있기 때문이다. 안개 속으로 한번 사라진 사람들은 다신 돌아오지 않는다. 한번 그 길을 떠난 사람의 안부를 누구도 알지 못했다. 그 섬의 이름은 아무도 모른다. 다만 소원의 종이라는 전설을 남자는 기억할 따름이었다. 안개…… 남자는 다시 안개를 생각했다.

　여자도 그걸 안개라고 부를 것인가. 남자는 자꾸만 반문했다. 안개는 지상에 내려온 구름이다. 땅에 서 있는 사람이 높은 산의 정상에 있는 미세한 물방울의 무리를 보면 그 사람은 그것을 구름이라고 할 것이다. 그러나 산의 정상에 서 있는 사람에게는 그것이 주위의 안개

일 뿐이다. 남자는 안개를 본다. 여자는 구름이라고 한다. 남자는 구름을 본다. 여자는 그걸 안개라고 말할 것이다. 여자와 남자는 각각 다른 위치에서 다른 이름으로 그것을 부를 것이다. 그것을 땅의 가장 가까운 곳에서는 이슬이라고 부른다. 남자와 여자는 같은 이름을 제각각 다른 이름으로 부르는 것이다. 남자는 아주 높은 곳으로 올라가고 싶었다. 같은 것을 보고 같은 것이라 지칭하고 싶었다. 가능하다면 아주 그것이 되고 싶었다. 남자는 만약 여자가 그네에서 영영 내려오지 않게 된다면 어떻게 될까 상상해보았다. 남자에겐 안개인 것이 여자에게도 안개일 것이며 남자에겐 구름인 것도 여자에겐 안개가 될 것이다. 물방울일 것이다. 남자는 카페 여자가 그네에서 내려오지 않기를 간절히 바랐다. 전당포는 안개처럼 갑자기 사라져버릴 것이다. 그런데 내가 본 건 정말 안개였을까. 남자는 중얼거린다.

*

여자는 계단을 올라갔다. 긴 치마가 자꾸만 구두에 밟혔다. 넘어지지 않도록 안간힘을 쓰면서 올라가 그네 한끝을 잡았다. 여자는 자신을 주목하고 있는 사람들을 눈여겨 쳐다봤다. 남자의 모습은 보이지 않았다. 여자는 그네에 앉아 천천히 발을 구르기 시작했다. 거리는 눈에 띄게 변해 있었다. 여기가 아닐지도 모른다는 의심 때문에 여자는 조바심치며 전당포가 있던 건물을 찾았다. 새로 반듯하게 지어진 사층 건물로 올라갔다. 전당포가 있던 자리에는 노래방 간판이 붙어 있었고 노래방이 있던 자리는 안과로 변해 있었다. 여자는 노래방 주인에게 전당포 남자의 행방을 물었다. 여자는 사내의 얼굴을 기억했다. 사내는 전당포 맞은편에 있었던 바로 그 노래방 주인이었다. 노

래방 주인은 그가 간 곳을 아무도 모른다 했다. 여자는 두 손으로 밧
줄을 꽉 쥔 채 천장을 올려다보았다. 밧줄은 아주 단단하게 고정돼
있었다. 두 다리로 허공을 탁 찼다. 일층에서 이쪽을 올려다보고 있
는 얼굴들의 윤곽은 뚜렷하진 않지만, 남자는 거기 있을지도 몰랐다.
밑에서 자신을 쳐다보는 사람들의 시선은 늘 한 뼘쯤 엇나가 보인다.
여자는 자신의 반지를 보관하고 있을 남자를 기다리기도 했고 기다
리지 않기도 했다. 시간이 많이 흘렀다. 남자는 어디로 갔을까. 여자
는 발끝이 천장에 닿을 정도로 하체를 쭉 내뻗는다. 그런데 내가 그
를 만난 적이 있었던가. 여자는 장담할 수 없었다. 안개 속에 서 있
던, 아주 잠시 대화를 주고받았던 그 남자는 전당포 남자가 아니었을
지도 모른다. 여자는 혼란스러워지는 것을 느꼈다. 어쩌면 그를 만났
다는 유일한 증거일지도 모를 오래된 전표 한 장이 주머니에서 떨
어지는 것을, 그 전표를 이제 막 계산을 치른 남녀가 무심히 밟고 지
나가는 것을 여자는 알지 못했다.

　그날 밤 남자는 여자에게 물었다. 당신은 그네를 탈 때 무
슨. ……나는, 나는 나비죠, 나는 비에요, 나는 눈이야, 나는 달이야,
나는 한줄기 바람, 나는 새. 생각을 하나요? 나는 구름, 나는 안개야,
나는 물방울. 여자는 어디에 있어도 남자가 자신의 목소리를 들을 수
있도록 한껏 큰소리로 외쳤다. 남자는 커다란 통에 팔팔 물을 끓였
다. 여자는 아랫도리로 한기가 몰려오는 것을 느꼈다. 남자는 내실의
벽을 유리로 덧대고 안쪽에서 틀어막았다. 그네의 회전 속도는 더욱
빨라진다. 남자는 천장을 뒤덮은 유리 위에 차가운 얼음덩어리를 올
려놓았다. 여자는 그대로 새처럼 높이 솟구쳐올라 산산이 부서지고
녹아내리고 증발되며 흔적도 없이 사라져버리는 하나의 물방울이 되
고 싶었다. 여자는 남자가 있는 곳으로 가고 싶었다. 남자의 방문은

오랫동안 열리지 않았다. 여자는 두 다리를 힘차게 구른다. 개포동 전당포 남자는 안개가 되었다. ▪

# 나는 봉천동에 산다

까치가 매미를 물고 날아가던 여름은 이제 지나가 버렸다. 며칠새 밤 기온이 뚝 떨어지고 비가 자주 흩뿌렸다. 루사라는 태풍도 그저 지나가는 비일 거라고 생각했다. 옥상으로 나갔을 때 그 예감이 틀릴 지도 모른다는 생각을 했다. 구름이 몹시 빠른 속도로 흘러가고 있었 다. 수평으로 흐르는 구름들이 안쪽 한 곳을 향해 맹렬하게 파고들어 오는 것 같았다. 빗줄기가 굵어졌다. 저쪽에서 작고 빨간 불꽃이 보 였다. 쿵쿵. 익숙한 냄새가 났다. 쭈그리고 앉아 있던 아버지가 허리 를 펴고 일어났다. 아버지를 옥상에서 만나게 될 줄은 몰랐다. 내가 아래층으로 내려가면 마루에 있던 아버지는 비어 있는 동생 방으로 간다. 그리고 아버지가 귀가하면 나는 얼른 내 방으로 올라간다. 무 슨 특별한 이유도 없이 우린 그랬다. 하지만 밥은 같이 먹는다.

저녁밥을 차려놓고 가족들은 아버지를 찾았다. 현관 앞에도 계단에도 옥상에도 아버지는 보이지 않았다. 크고 헐렁한 아버지의 슬리퍼는 나란히 놓여 있었다. 마당도 없는 넓지도 않은 집에서 아버지는 감쪽같이 사라져버렸다. 가족들은 아버지를 찾는 것을 포기하고 먼저 밥을 먹었다. 과일까지 먹고 나자 배가 불러진 가족들은 각자 자기 방에 들어가 텔레비전을 켰다. 아버지가 사라진 걸 모두 잊어버린 것이다. 내가 옥상에 올라간 건 아버지를 찾기 위해서가 아니다. 나역시 아버지를 잊고 있었다. 옥상에서 아버지를 만났을 때 나는 내가 내려가야 하나 아니면 아버지가 먼저 내려갈 때까지 기다려야 하나 잠깐 망설였다. 아버지가 맨발인 게 좀 이상했다. 우린 먼저 밥을 먹었어요. 나는 미안하다는 어투로 말했다. 저기, 청소를 하느라. 아버지가 노란 물탱크를 가리켰다. 아버지의 키만큼 높고 큰 물탱크다. 나는 고개를 끄덕였다. 집 안에 저렇게 큰 물탱크가 있다는 게 얼마나 든든하고 자랑스러운지 모른다.

아버지도 검은 하늘을 올려다보고 있었다. 그냥 지나갈 것 같지가 않구나. 아버지는 두려워하는 것 같아 보였다. 아버지도 그때를 기억하고 있는 걸까. 길이, 마당이 순식간에 계곡이 되었던 그때를 말이다. 그때 물난리 속에서 아버지는 우리 자매들에게 이렇게 위로했다. 집이 흔적도 없이 떠내려간 것보단 낫질 않느냐. 우린 크게 위로받았다. 1984년도였다. 지금껏 내가 겪은 물난리 중 가장 끔찍했다. 서로 하늘을 올려다보던 아버지와 눈이 마주쳤다. 너도 그때를 기억하냐? 나는 그 눈빛을 그렇게 읽었다. 하지만 나중에야 알게 되었지만 내가 기억하는 건 1984년도 수해였고 아버지가 잊지 못하는 건 1972년도 수해 상황이었다. 연도는 달랐지만 아무튼 우리는 우리가 겪었던 물난리를 동시에 떠올리고 있었다.

1984년도 수해는 그렇게 대단한 것은 아니었는지도 모른다. 그걸

기억하는 사람도 별로 없다. 내가 그 여름의 수해를 잊지 못하는 건
물 때문이다. 하수구가 역류했다. 작은 돌덩이 하나가 하수구를 막으
면 집 한 채도 거뜬히 무너뜨린다. 우리는 그때도 꽤 높은 지대에 살
고 있었다. 그런데도 물이 마당으로 차올랐다. 아버지는 이불로 현관
을 틀어막고 엄마는 방문을 테이프로 봉했는데도 흙탕물이 안방까지
스며들었다. 중학교 3학년이었던 나와 초등학생이었던 여동생들은
양동이를 든 채 아버지 뒤를 쫓아 식수를 받으러 다녔다. 물난리가
났는데도 쓰고 먹을 물이 없다는 건 참으로 이해하기 힘들었다. 가족
들은 물을 아껴 쓰기 위해 화장실 사용도 가능한 한 자제했다. 찌는
듯한 무더위가 이어졌지만 몸을 씻는다는 건 엄두도 내지 못했다. 정
목이 마르면 숟가락으로 물을 떠먹었다. 내 생에 그토록 물을 소중하
게 아껴 써본 적이 없다. 그 수해 이후 우린 평시 때도 초코파이나 컵
라면 같은 비상식량과 부탄가스를 늘 상비했다. 나는 한이 맺힌 듯
그때부터 물을 펑펑 쓰기 시작했다. 우리나라가 물 부족 국가라는 덴
아무런 관심이 없었다. 아버지는 열심히 물탱크를 청소했고 항시 물
을 받아뒀다. 그 다음해 우리는 더 높은 지대로 이사를 갔다. 봉천 10
동에서 봉천 10동으로 갔으니 거기가 거기였지만.

아버지와 내가 옥상에 함께 있는 게 하나도 이상하지가 않았다. 아
버지 역시 마찬가지였을 거라고 생각한다. 먼 데서 불어오는 강한 바
람 속에서 우리는 같은 것을 생각하고 염려하고 있었다. 이번 태풍
이름이 뭐라더냐? '루사'요, 말레이시아어로 삼바사슴이라고 하는
뜻이래요. 태풍이 올 때마다 피해가 큰 건. 아버지는 담배를 꺼내 물
었다. 사람들이 나무를 함부로 베서 그런 거다. 아버진 목수잖아요.
목수는 꼭 써야 할 나무만 쓰는 사람들이니라. 이상한 날이다. 아버
지는 나무 이야기는 잘 안 하는 편이다. 언젠가 내가 아부지 우리 동

네에서 무슨 이상한 냄새 안 나요? 꼭 지린내 같기도 하고 톱밥 냄새 같기도 하고, 했을 때도 아버지는 쓸데없는 소릴 한다, 일축했다. 어떤 부족인데, 아프리카 말이다. 사람들이 하도 나무를 베가서 강렬한 햇빛을 피할 수가 없는 부족인들이 모두 눈이 멀었다는구나. 그건 무슨 프로그램에서 보신 거예요? 아버지는 담배를 비벼껐다. 아버지는 잘 때도 텔레비전을 켜놓는 사람이다. 제가 알기론 절개지 때문이래요. 바위의 위치나 결, 상태완 상관없이 획일적으로 63도 경사각을 유지하도록 한 규정 때문에 태풍이나 집중호우 때면 어김없이 산사태가 일어나는 거래요. 그건 어디서 읽은 거냐? ……잘 모르겠어요. 그거나 이거나 서로 비슷한 얘기 아니냐?…… 이대로라면 교각이며 교량들이 다 무너질 거다, 전기도 통신도 모두 불통될 거다, 사람들은. 나는 아버지를 쳐다봤다. 집을 잃게 될 거다. 무슨 예언처럼 아버지는 말했다. 이튿날, 아버지의 말은 사실이 되었다.

아버지는 그날 밤 몸을 반으로 접고 잤다. 기역자로 구부린 다리는 서로 엇갈려 있었다. 보기에도 영 불편해 보였다. 며칠 뒤 신문을 통해서 강풍에 한쪽 가지가 부러진 채 다른 가지에 위태롭게 걸려 있는 팽나무를 보았을 때 나는 그날 밤 아버지의 잠든 모습을 떠올렸다. 7개월에 걸쳐 내릴 양의 비가 하루에 다 쏟아져내렸다. 루사는 1959년 9월 한반도를 강타한 태풍 '사라' 이후 가장 강력한 태풍으로 기록되었다. 동해 일대는 폭격을 맞은 듯 폐허로 변해버렸다.

한 차례씩 태풍이 지나간 날이면 지금도 나는 물을 뜨러 다니는 꿈을 꾸곤 한다. 겪어본 사람들은 알겠지만 세상에 물처럼 무서운 건 없다는 생각이 들 때가 있다. 물은 모든 것을 휩쓸어가 버린다. 봉천동이 아무리 지대가 높은 곳이긴 해도 여기도 수차례 큰 물난리를 겪었다. 그런데 이상한 건 우리는 아직도 예전처럼 이곳에 살고 있다는 사실이다. 루사가 지나간 후 나는 갑자기 궁금해지기 시작했다. 봉천동엔 어떻게 이 많은 사람들이 모여 살게 되었을까.

내가 사는 곳은 관악구 봉천동이다. 관악구에는 세 개의 동(洞)이 있는데, 신림동·남현동·봉천동이 그것이다. 신림동(新林洞)은 일대에 숲이 무성하다 하여 생긴 이름이고 남현동(南峴洞)은 남쪽에 있는 고개 마을이라는 뜻으로 붙여진 이름이다. 이왕 관악구에 살 거면 이름도 아름다운 신림동이나 남현동에 살면 얼마나 좋을까. 봉천동(奉天洞). 이름하여 떠받들 봉(奉)자에 하늘 천(天)자. 관악산 북쪽 기슭에 있는 마을로 관악산이 험하고 높아 마치 하늘을 떠받들고 있는 것처럼 보인다고 해서 '봉천'이라는 이름이 붙여졌다고 한다. 풀이는 그럴 듯하지만 봉천이라니…… 세상에 이렇게 촌스럽고 우스꽝스러운 지명이 다 있을까. 어휴, 내 이름이 조봉천이 아닌 게 천만다행이다. 사람들은 봉천동, 하면 우선 판자촌을 떠올린다.

할 말이 없어서일까? 자리가 파하면 나를 집에 데려다 줄 것도 아니면서 사람들은 나에게 어디 사느냐고 꼭 묻는다. ……봉천동요. 아, 거기 신림동 있는 데요? 아뇨, 신림동은 바로 옆 동네예요. 아, 거기! 그래요. 지하철, 2호선, 서,울,대,입,구,역, 근처예요. ……아하, 그쪽 잘 알아요. 나를 한 번이라도 만난 적 있는 사람들이라면 '지하철2호선서울대입구역근처예요' 라고 내가 말할 때의 표정과, 마치 지하철2호선서울대입구역은 봉천동과 무관한 것처럼 말하던 어투를 쉽게 기억해낼 수 있을 것이다. 삼청동, 구기동, 홍제동, 방배동, 청담동, 동부이촌동, 학동, 그런 데도 얼마든지 집들은 있을 텐데. 나는 한 편의 시가 떠오르는 성북동 같은 마을에서 살고 싶다. 아버지는 왜 하필 하늘을 떠받드는 동네로 이사를 온 것일까. 거기서도 아주 높은 곳. 웬만한 물난리에도 끄떡조차 하지 않는 곳. 다만 어쩌다 한 번씩 물이 새는 곳. 사실 우리 집은 지하철 서울대입구역보단 봉천중앙시장 쪽에서 더 가깝다. 나는 봉천동에 사는 것이 부끄럽지는 않다. 하지만 봉천동에 산다고 말하는 것은 정말 싫었다. 그건 보여주고 싶지 않은 나와 내 가족의 궁핍을 날것 그대로 드러내버리는 느낌이기 때문이다. 때로 수치스럽기까지 했다.

봉천동의 행정 변천을 살펴보면 이 지역은 서울시 조례 제276호에 의해 영등포구 관할에 속했다. 봉천동이 관악구에 속하게 된 건 1973년의 일이다. 나는 1968년도에 태어났다. 공교롭게도 내가 태어난 곳은 영등포다. 내가 세 살 무렵 아버지는 영등포에서 봉천동으로 이사를 왔다. 나의 본적은 '봉천동 산 1번지'라고 되어 있다. 봉천동 산 1번지는 봉천동에서도 최고로 높은 달동네다. 그러니까 엎어치나 메치나 나는 처음부터 봉천동 키드였던 것이다.

아버지가 봉천동으로 이사를 왔던 무렵에는 이 일대가 온통 저습지대의 계단식 논이었다고 한다. 야산은 깊고 험했으며 나무들이 빽빽했다. 그때는 이곳에 아파트촌이 들어서고 지하철이 개통되리라는 걸 아무도 몰랐을 것이다. 봉천동이 일거에 발전을 시작하게 된 건 서울대학교가 들어서면서부터였다. 그 후 교육지구 진입도로 주변의 지역개발 추진 필요성이 인정되어 구획정리 사업이 시작되었다. 그 이전까지는 자연지형을 따라 형성된 협소한 소로(小路)만 있었을 뿐 도로라고 할 만한 것이 없었다. 지하철 개통도 서둘러 공사를 진행했다. 옆 동네 신림동엔 하숙촌, 고시촌이 우후죽순으로 생겨났다. 어디선가 한꺼번에 사람들이 밀려오는 느낌이었다. 아버지는 그때에 비하면 이건 아무것도 아니라고 했다. 아버지가 말하는 그때란 시간당 112mm가 쏟아졌던 1972년의 집중호우 이후다. 그때도 사람들이 봉천동으로 속속 몰려들었다고 한다. 정확히 말하면 서울대학교는 신림동 관할에 속해 있다. 그러나 우리 집에서 걸어서 기껏해야 삼십 분 거리다. 그곳은 내 산책 코스이기도 하다. 그래서 나는 그 대학이 우리 동네에 있는 거라고 생각한다. 서울대학교가 봉천동으로 이전을 결정한 다음과 같은 이유들, 서울시 중심으로부터 15km 이내에 위치해 있다, 부지가 한강 남쪽에 있어서 漢水以南을 개발하려는 정부방침에 일치된다, 등등의 이유가 있으나 나는 그중 네 번째 이유가 가장 마음에 들었다. '이 부지는 아름다운 自然環境을 보유하고 있다.'

아버지는 서울대학교를 누구보다 먼저 S대라 불렀다. 그리고 당신의 세 딸들 중 누군가가 그 S대에 들어가길 바랐다. 가장 먼저 제외된 건 맏딸인 나였다. 첫째 여동생이 재수를 포기했을 때 아버지는 막내 여동생에게 의지했다. 우린 집에서 버스 타고 5분 거리인 S대에 아무도 가지 못했다. 아버지는 몹시 낙담하였다. 그렇지만 우리 자매들은 모두 S대에 갔다. 바로 아래 여동생은 나와 같은 전문대학을 나왔고 그중 성적이 좋았던 막내는 혜화동에 있는 S대에 합격했다. 기왕지사 대학엘 갈 거면 집 가까운 데로 갈 것이지, 헛. 우리가 대학에 입학할 때마다 아버지는 아무도 들어주지 않는데 혼자 중얼거리셨다.

먼 데서 선배가 찾아왔다. 우리는 봉천중앙시장 일대가 환히 내려다보이는 이층 창가에 앉아 차를 마셨다. 별로 할 말이 없었다. 나는 물끄러미 창밖을 내다보았다. 차츰 지루해지기 시작했다. 그때 선배가 난 이 동네를 잘 알아요, 하고 말을 꺼냈다. 그를 흘깃 쳐다봤다. 한때 아버지가 여기서 사셨거든요. 네에, 그랬군요. 이 일대가 전부 제재소였던 거 알아요? 제재소요? 그래요, 나무를 다루는 곳 말예요. 그때가 언제쯤인데요? 내가 여덟아홉 살 때니까 69년도나 68년

도쯤일 거예요. 나는 아버지를 생각했다. 그리고 다른 데 있다가 우리 동네만 들어서면 나는 냄새. 물 냄새, 땀 냄새, 하수구 냄새 그리고 나무 냄새.

몇 시간 뒤, 나는 관악구청에서 빌려온 《冠岳20年史》라는 책을 읽기 시작했지만 거기엔 이 동네가 제재소였다는 기록은 찾아볼 수 없었다. 기록에 따르면 봉천중앙시장은 '박재궁'이라는 마을이었다고 한다. 재궁(齋宮)이라면 분묘나 무덤을 지키기 위해 그 옆에 지은 집을 말하는 것일 텐데. 그렇다면 무덤 옆에 제재소가 있었을까. 아버지는 처음부터 목수였을까. 아니면 봉천동에 와서 비로소 목수가 되었을까. 궁금한 게 점점 더 많아졌다.

지난 봄, 대림동에 살던 친구 Y가 우리 동네로 이사를 왔다. 나는 누가 시킨 것도 아닌데 며칠 동안 Y와 그녀의 남편과 여섯 살짜리 아들을 데리고 다니며 우리 동네에서 갈 만한 식당들, 산책길, 가격이 싼 마트 등을 안내하며 발품을 팔았다. Y와 그녀의 남편은 별 관심을 보이지 않았다. 나는 섭섭했다. 하지만 망원경을 들고 내 옥탑방 창문에 걸터앉으면 Y가 사는 높다란 아파트가 보인다. 아주 가까운 곳에 친구가 살고 있다는 건 즐거운 일이다. Y가 사는 곳은 봉천 6동 산동네를 철거한 후 2년 만에 완공한 아파트촌이다. 식당과 산책길과 마트. 거기까지 소개하고 나니 더 이상 설명해줄 것이 없었다. 나는 내가 우리 동네에 관해 몰라도 너무 모른다는 생각이 들었다. 이곳에 산 지 30년도 훨씬 넘었는데.

내가 잠깐 딴 생각을 하고 있던 사이에 선배는 한겨울에 저 위쪽 봉천여중 운동장에서 스케이트를 탔던 얘기며 그 맞은편 봉천극장에서 〈도라도라도라〉를 봤던 기억을 더듬고 있었다. 그는 덧붙였다. 아주 옛날옛날이었어요. ……봉천극장이 없어진 건 불과 사오 년 전이다. 아주 옛날옛날은 아닐지도 모른다. 아버지는 이북 출신이었어요. 자리잡기 전에 이곳저곳을 옮겨다녔는데, 그 중 한 군데가 봉천동이었어요. 알고보면 봉천동엔 정작 서울 출신들이 드물 걸요? 내가 아는 사람들 중에서도 한때 봉천동 판자촌에 살았던 사람들이 있어요. 대개 숨어 살아야 하는 형편인 사람들이었죠. 봉천동을 거쳐간 사람들, 찾아보면 정말 많을 거예요.

그가 봉천동에 관해 제법 알고 있다는 게 신기했다. 처음으로 그의 얼굴을 똑바로 봤다. 이성에게 느끼는 호감과는 다른 묘한 친밀감이 느껴졌다. 그의 말대로 봉천동에 서울 출신이 드물다는 건 사실이다. 그건 투표 때마다 결과를 보면 안다. 나의 아버지도 서울 출신은 아니다. 아버지는 참으로 먼 데서부터 출발해 여기까지 왔다.

헤어지기 전에 나는 선배에게 사는 데가 어디예요? 라고 물었다. 그는 분당에 산다고 했다. 지하철역에서 그와 헤어진 후 나는 3번, 관악구청 출구로 빠져나왔다. 사람들이 왜 어디 사느냐고 물어보는지 그 이유를 알 것 같았다. 나는 약 5분쯤 천천히 걸었다. 그 시간이 이상하게 길었다.


E. 애니 프롤크스의 『쉬핑 뉴스』를 읽는 동안 내 머릿속에서는 집을 끌고다니는 사람들의 이미지가 줄곧 따라다녔다. 실제로 그 책에서는 해적인 코일족이 게이즈 섬에서부터 집을 로프로 묶어 바다와 얼음의 땅을 건너 새 정착지까지 끌고가는 장면이 나온다. 집을 끌고가는 사람들의 뜨거운 입김과 땀 냄새, 뺨을 후려치는 눈보라, 지붕의 네 귀퉁이를 꽁꽁 묶고 있는 로프의 불안정한 흔들림, 집 바닥을 지탱하고 있는 나무둥치들. 그 모든 것들이 활자들 사이로 영상처럼 지나갔다. 게나 고둥 같은 생물들 외에 집을 끌고다니는 사람들이 있

다는 게 신기하고 경이로웠다. 그러나 나는 고통을 느꼈다. 밥을 먹다가 나는 우리가 어떻게 이곳에서 살게 되었는지 아버지에게 물어보았다. 아버지는 기억이 안 난다고 했다. 그건 너무 오래된 이야기라고 했다. 아버지가 남쪽 고향을 떠난 건 당신이 아홉 살 때였다. 누구도 다시는 아버지가 고향으로 돌아갈 수 없을 거라는 사실을 알고있다. 아버지만 제외하곤. 아버지는 집을 너무 멀리까지 끌고왔다. 봉천동은 아버지의 제2의 고향이 되었다.

봉천동은 봉천리였던 1933년 당시 인구 1인당 면적이 1,212평 정도로 인구수가 매우 적은 마을이었다. 사람들은 논농사를 일구며 살았다. 장이 서고 지금의 봉천고개인 살피재고개에 이따금씩 호랑이가 나타나 조용한 마을을 놀라게 했다. 저습지대였기 때문에 마누라없이는 살아도 장화 없이는 못 산다는 마을이 여기였다. 현재 관악의 새로 지정된 까치가 울고 관악의 꽃인 철쭉이 피었다 졌다. 계단식논이 있던 자리에 집들이 들어서기 시작했다. 급격히 늘어나는 인구때문이었다. (내가 산책을 하는 시간은 저녁 아홉 시나 열 시쯤이다. 그 시간에도 사람들은 너무나도 많다. 봉천동 사람들은 밤늦게 귀가하고 부지런한 새보다 먼저 일어난다.)

봉천동에 변화가 일기 시작했다.

1961년 당시 7,104명에 불과하던 인구가 1965년에는 10,134명, 십년 후인 1975년에는 그 세 배로 폭발적으로 증가했다. 이는 비단 관악구 지역만의 현상이 아니라 새로 편입된 몇몇 변두리 지역의 공통된 현상이었다. 가장 큰 원인은 도심의 불량주택 철거정책에 따른 철거민의 집단 이주 때문이다. 관악구 지역에 철거민 이주 정찰단지가 조성되기 시작한 것은 1963년 9월 용산구 해방촌 철거민이 관악구 철거민 수용소로 집단 이주하면서부터였다. 신림동 철거민 수용소

입주가 끝나고 난 다음해에는 수해로 인한 이재민 3,600여 가구가 관악구 지역에 이주해옴으로써 봉천동엔 본격적으로 철거민 정착촌이 형성되기 시작하였다.

　1965년 7월 15일, 16일 이틀간 중부 이북지방에 내린 집중호우로 막대한 수해가 발생했다. 이촌동과 영등포지구의 하천연안 일대에 피해가 커 재해민이 생겼다. 서울시에서는 '수재민정착계획'을 마련해서 봉천동에 국유 임야 8만 평을 확보하여 이곳에 300가구를 수용하며 50가구에 우물과 변소를 설치한다는 내용을 발표했다. 이후 1966년부터 1968년 사이에 청계천, 목동, 여의도, 도동, 창신동 등지에서 철거민들이 이주해옴으로써 관악구 지역 곳곳에 밤골, 산동네, 화재민촌 등으로 불리는 대규모 철거민 집단 정착촌이 생겨난 것이다. 이곳이 불과 얼마 전까지만 해도 달동네라고 불렸던 봉천 2동, 봉천 3동, 5동 지역 일대다. 무분별한 주택정책은 그 후로도 계속되었다. 서울시에서 발행한 《서울육백년사(제5권)》에는 광복 후 1960년까지 서울시 무허가 불량주택에 관해 매우 자세하게 기록되어 있는데, 정착지에 관한 부분을 소개하면 다음과 같다.

　서울시는 또 한 걸음 나아가 이른바 定着地라는 것을 만들기 시작하였으니 1959년 초부터의 일이다. 정착지라고 함은 교외의 넓은 산허리를 적당히 整地하여 지형에 따라 8~12평 정도로 분할한 후 도심부 또는 간선도로변의 판잣집이나 수재·화재민을 이주시킴으로써 새로운 판잣집을 세우게 한, 말하자면 無許可板子집의 장소적 移轉政策이었다. 이 계획은 1959년 초부터 착수되었으며 당초의 계획은 미아리 120만 평에 34억환의 예산을 들여 3년간의 연차계획으로 대대적인 택지조성을 함으로써 문화촌을 계획하였으나, 이 계획은 1959년 제1

차년도분 3만 평을 整地하여 여기에 2,934가구를 이주·정착시킴으로써 끝이 났다. 당초 120만 평의 계획이 겨우 30,000평 2,934가구분으로 끝이 난 것은 정지공사와 이주정책의 진행중에 4·19의거, 과도정부, 제2공화국 등 행정의 공백기에 그 주변 일대에 걷잡을 수 없이 많은 무허가 판잣집이 난립한 때문에 더 이상 공사를 진척할 수 없는 상황에 도달한 때문이었다. 그리고 이 미아리 정착지사업은 선례가 되어 1962년 이후 1970년까지에 걸쳐 성북구 정릉동, 상계동, 중계동, 도봉동, 창동, 쌍문동, 번동, 공릉동, 영등포구 구로동, 신정동, 염창동, 사당동, 시흥동, 관악구 봉천동, 신림동, 성동구 거여동, 가락동, 하일동, 오금동 등 20여 지구에 모두 43,509가구분의 판잣집 정착촌을 만듦으로써 이곳을 중심으로 그보다 몇 배 되는 무허가 건축물의 난립을 초래했다.

내가 살았던 봉천동 산 1번지. 나는 동네 아이들과 아카시아꽃을 따먹으러 쏘다녔고 밤이면 빨간 내복을 입은 채 마술사가 되는 꿈을 꾸었다. 새벽에는 아버지가 우리 세 자매를 깨웠다. 아버지는 딸들을 앞세우고 산에 올랐다. 산을 오르면서도 우리는 기술적으로 꼬박꼬박 졸았다. 봉천동의 아이들은 신나게 뛰어놀았다. 집은 게딱지처럼 좁았지만 산은 컸고 길은 넓었고 친구들은 많았다. 어른들은 벽돌과 슬레이트로 아무 데나 뚝딱 집을 지어 올렸다. 아무 데나 물을 버리고 자주 싸웠다. 다리 밑에서 살던 친구도 있었다. 어른들은 모두 가난했다. 늘어나는 노동력을 흡수할 만한 산업시설이 그때는 전무했다. 상·하수도를 비롯한 생활편익 시설이 부족한 건 말할 필요도 없었다. 도시빈민층이라는 말은 그때부터 생겨났다. 내가 서너 살 무렵에 봉천동으로 이사를 온 게 사실이라면 아버지도 수해 이재민이나 철거민들 중에 섞여온 것은 아닐까. 하지만 봉천동엔 그 이후로도 인구가 더 늘었으니, 그건 이촌향도(離村向都) 현상 때문이었다.

1960대에 접어들어 정부에서 계획하고 주도한 경제개발계획이 추진되면서 개발 분위기가 조성되었다. 그때부터 농촌 사람들이 대대로 살던 고향을 등지고 도시로 대이동하는 이촌향도의 사회현상이 확대되었다. 그 때문에 관악구의 인구는 칠 년 사이에 무려 17배나 증가하게 되었다. 이 같은 급격한 인구 증가는 무허가 불량주택 문제라는 심각한 사회문제를 야기시켰다. 관악구 봉천동 · 신림동 지역에 철거민 정착촌이 더욱 늘어나게 된 것이다. 그러니까 봉천동이 가난한 사람들이 모여서 만든 동네라는 건 확실한 것 같다.

수해 때문이 아니라면 아버지도 이촌향도를 한 것일까. 우린 어떻게 이곳에 와서 살게 되었어요? 라고 물었던 며칠 뒤 아버지는 지나가듯 말했다. 수남이 아저씨 때문이라고. 그분은 아버지의 가장 절친한 친구다. 수남이 아저씨가 봉천동에서 살고 있었다고 했다. 아버지는 거기까지만 말했다. 수남이 아저씨는 예전에 고향으로 돌아갔다. 수남이 아저씨의 딸이 국자였는데 그앤 내 친구이기도 했다. 국자는 아카시아나무를 타다 떨어져 죽었다. 봉천동에서 나는 여러 명의 친구를 얻기도 했지만 여러 명을 잃기도 했다. 지금은, 다 기억나진 않는다.

딱 한 번 전학을 간 적이 있는데 그건 봉천동에 인구가 너무 많아져서였다. 나는 관악구에서 가장 최초로 설립된 은천초등학교에 다녔다. 동부이촌동 및 서부이촌동, 용산 해방촌, 여의도 지역 등의 철거민들이 관악구로 이주 정착하면서 학급 수도 늘었다. 단 하나의 초등학교였던 은천초등학교에서 봉천초등학교, 당곡, 구암, 신봉초등학교가 각각 분리하여 개교하였다. 나는 5학년 때 구암초등학교로 전학했다. 졸업할 때까지 그 학교에 적응하지 못했다. 모두가 은천초등학교에서부터 알던 친구들이었지만 우린 더 이상 함께 어울리지 않았다. 서먹해졌고 빨리 멀어졌다. 어느 때 생각하면 나는 초등학교를 중퇴해버린 것 같은 느낌이다. 마치 나의 아버지처럼.

요 며칠 아버지는 나를 피하는 눈치다. ……아버지는 내가 봉천동에 관해 쓰기 시작했다는 걸 눈치챈 것이다.

낮잠을 자다 깨어났다. 어쩐 일인지 아버지 목소리가 집안에 우렁우렁 울렸다. 아래층으로 내려갔다. 아버지는 수화기를 들고 김수남을 찾는다는 말을 되풀이하고 있었다. 나는 얼른 전화 후크를 눌러버렸다. 수남이 아저씨는 왜요? 물난리가 안 났냐. 수남이 아저씨가 죽은 지가 벌써 언젠데요. 아버지는 신발을 신었다. 어디 가세요? 나도 갈 데가 있다. 아버지는 횡 하니 계단을 내려갔다. 나는 텔레비전을 끄기 위해 리모컨을 집었다. 텔레비전에서는 영동 지방의 수해복구 현장을 보여주고 있었다. 태풍 뒤의 무더위 속에서 추석을 앞둔 사람들이 너나할 것 없이 땀을 흘리고 있었다. 수남이 아저씨의 고향은 강릉이다.

나는 방으로 올라와 망원경을 꺼내들고 창가에 걸터앉았다. 갈 데가 있어봤자 봉천동 안일 것이다. 그건 아버지와 내가 친구가 거의 없다는 공통점 외에 한 가지 더 닮은 점이다. 아버지와 나는 가끔 봉천동에서 우연히 만난다. 아버지는 나를 아는 척하지 않고 나 역시 이제는 무심히 아, 하고는 그냥 지나쳐버린다. 아버지는 지금쯤 봉천중앙시장이나 관악프라자 앞을 걸어가고 있을 것이다. 봉천중앙시장이 생긴 건 1969년이니 거의 내 나이와 엇비슷하다. 이들 재래시장은 대부분 시설이 노후하고 영세해 주민들의 욕구를 충족시켜주지 못하고 있는 실정이다. 그래서 관악구 지역은 백화점 및 대형 쇼핑센터를 적극 유치하기 시작했다. 그 결과가 오 년 전에 들어선 관악 롯데백화점이다. 나의 어머니는 지금도 봉천중앙시장에서 장을 보지만 내 친구 Y만 해도 백화점 지하 마트를 이용한다. 시장이 활기를 잃은 건 오래 전부터다.

아버지 모습은 망원경에 잡히지 않았다. 아버지는 또 자운암에 올라갔을까. 거긴 서울대학교 중턱에 위치한, 무학대사가 창건한 사찰이다. 당신 집 한 채를 짓고 난 아버지의 다음 소원은 사찰을 맡아 짓는 것이다. 그 소원은 어쩐지 이루어질 것 같지는 않다. 요즘은 아버지가 낸 《교차로》광고를 보고 전화가 걸려오는 일도 거의 없다. 자운암에 간 게 아니라면 아버지는 관악산에 올라갔을 것이다. 관악산 맨 꼭대기에는 연주암이 있다. 거기 있는 연주대는 신림 9동과 남쪽 경기도 과천시와의 경계에 우뚝 솟은 자연 바위벽이다. 관악의 센 정기를 누르기 위해서 연주대 위에는 작은 못이 있다고 하는데 나는 한 번도 가보지 못했다. 관악산은 개성의 송악, 가평의 화악, 파주의 감악, 포천의 운악과 함께 경기 5악 중 1악으로 장엄하면서도 수려함과 아름다움을 겸비하여 경기의 금강이라 일컬어져 왔다. 일명 백호산이라고도 불렸다. 아버지는 그 백호산의 다람쥐였다. 하지만 아버지는 그 산에서 떨어진 적이 있다. 그건 아버지의 의지였다.

봉천 일대가 훤히 내다보였다. 내가 태어나고 자란 곳이다. 여기가 아버지의 고향이라면 내 고향이기도 할 것이다. 지금으로부터 30여 년 전, 철거민·이재민들이 몰려들기 시작하면서 형성된 마을. 지금도 태풍이 오는 밤이면 집이 날아가지 않도록 아버지가 집을 꽁꽁 묶어대는 소리가 들리는 곳. ……그러나 이러한 역사와는 상관없이 나는 지금껏 봉천동을 떠나기 위해 필사적으로 노력했다.

　친구들은 대개 봉천여자중학교나 당곡중학교로 배정받았다. 나는 이제 막 개교한 신대방동의 여중으로 가게 되었다. 내가 봉천동을 벗어나게 된 순간이었다. 고등학교는 훨씬 더 먼 곳으로 다녔다. 내가 다니던 중학교에서 딱 세 명만이 그곳에 배정받았다. 버스가 한강을 지날 적이면 가슴이 뛰는 것을 느꼈다. 나 혼자 한강을 지나서 어딘가를 가본 적은 그때가 처음이었다. 광화문과 정동은 내가 생전 처음 보는 장소, 생전 처음 보는 사람들로 수두룩했다. 초등학교는 비록 봉천동에서 나왔지만 중학교와 고등학교는 집에서 점점 더 먼 곳으로 다닌 것이다. 이렇게 점점 더 봉천동에서 멀어지고 있는 거라고 생각했다. 내 꿈은 이루어지는 듯했다. 이제 대학만 가면 되었다. 여기보다 더 먼 곳. 지방이라면 더더욱 좋을 것이다. 내 꿈은 수없이 바뀌었지만 집을 떠나야겠다는 꿈만큼은 시간이 흘러도 변하지 않았다.

　대학 입시에 거푸 실패하고 나자 아무 데도 갈 데가 없었다. 봉천동을 벗어나는 건 도무지 불가능해 보였다. 나는 도로 집으로 돌아오고 말았다. 그동안 봉천동은 구청장이 바뀌고 민둥산이 뭉턱뭉턱 깎여나가기 시작했다. 실업자가 줄어들었다. 그땐 아버지도 바빴다. 삼 년 후, 나는 가출을 했다.

　헤어진 애인에게 전화가 왔다. 자동차를 샀으니 드라이브나 한번 하자고 했다. 서로 무슨 마음이 남아 있는 게 아니었으므로 선선이 그러자고 했다. 그는 봉천중앙시장 앞까지 차를 몰고 왔다. 아무튼 남자들의 과시욕은 알아줘야 한다니까. 나는 속으로 투덜거렸다. 커다란 흰색 자동차가 시장통 입구에 서 있는 건 역시 어울리지 않았다. 북한강을 바라보며 점심을 먹었다. 과시욕이 아직 성에 차지 않은 모양이었는지 그는 나를 집까지 바래다 주겠다고 했다. 남태령 고개를 넘었다. 그때 나는 수년 전 이 고개를 넘으면서 가출 끝의 남루한 모습으로 집으로 돌아오던 나를 봤다. 여태도 사무치는 게 있었던지 삐죽 눈물이 났다. 그때 나는 얼마나 봉천동으로 돌아오고 싶었는지 모른다. 그날 결국 그는 나를 집까지 데려다 주지 못했다. 차도가 꽉 막혀 있었다. 그는 네 시까지는 다른 동네로 가야하는 형편이었다. 나를 내려준 그가 샛길로 우회전을 했다. 나중에 듣게 되었는데, 거기서 사고가 났다. 서툰 운전솜씨 때문이었다. 한 여자가 통원치료를 받게 되었다. 그는 생각보다 꽤 많은 액수를 부담해야 했다. 그 소식을 들었을 때 나는 고것 참 깨소금 맛이다, 했다.

남태령 고개는 18세기 말 조선 정조 때 과천현 이방이던 변씨가 여기가 어디인고? 묻던 임금에게 남녘으로 넘어가는 큰 고갭니다, 라고 아뢰서 붙은 지명이라고 한다. 하지만 남태령 고개가 사람들 입에 오르내리게 된 건 천 년 묵은 여우가 사람으로 변해 나타났다는 전설이 전해지는 곳이기 때문이다. 그래서 '여우고개'라고도 불린다. 그날 그는 이십일 세기에 나타난 신종 여우에게 홀렸던 것이다. 전적으로 내 생각이다. 그리고 그것이 한동안 나를 유쾌하게 했다. 그가 새 여우에게 홀려서였을까. 그날 이후 우리는 한 번도 만나지 않게 되었다. 지금은 그곳이 지하철 4호선 개통과 과천 서울대공원의 개장으로 교통의 요충지로 변해버렸지만 내가 가출해 돌아오던 그 무렵만 해도 어둡고 한적한 고개였다. 끝없이 휘어진 긴 길이었다.

다시 여길 떠나야겠다고 작정한 건 아버지 때문이다. 내가 다시는 관악산에 올라가지 않게 된 것도.

아버지가 실종되었다. 폭설이 쏟아지던 날이었다. 가족들의 생계가 걸린 문제였으니 그땐 아버지 인생 중 가장 힘든 시기였을 것이다. 사방팔방으로 아버지를 찾아다니던 가족들은 실종신고를 냈다. 밤이 참 길었다. 새벽에 아버지는 의식을 잃은 채 돌아왔다. 젖어 김이 나기 시작하는 몸은 온통 상처투성이었다. 아버지가 드디어 죽었다고 생각한 나는 차분히 엄마와 경찰들의 이야기를 엿들었다. 아버지는 관악산의 깊은 계곡에서 발견되었다. 아버지는 폭설주의보가 내린 날 산으로 들어갔다. 목탁바위나 고래바위에 앉아서 소주를 마셨다. 아버지는 뛰어내렸다. 그게 내가 한 추측이다. 뛰어내린 것만 빼면 모두 사실이다. 뛰어내린 건지 떨어진 것인지는 엄마도 경찰도 몰랐다. 하지만 백호산의 다람쥐가 그깟 바위 하나에서 잘못 떨어졌다는 건 말도 안 되는 소리다.

안방에 불을 끈 채 엄마는 젖은 아버지의 옷을 모두 벗겼다. 엄마는 나를 안방에 들어오지 못하게 했다. 물을 끓이는 것도 수건과 대야를 안방으로 들이는 일도 모두 혼자 했다. 불 꺼진 방에서 엇갈린 두 겹의 숨소리가 들려왔다. 집은 고요했다. 나는 까치발을 하고 안방 가까이 다가갔다. 어둠이 눈에 익었을 때 엄마가 아버지의 알몸을 닦아내면서 울음을 참고 있는 걸 보았다. ……그래, 당신은 그렇게 죽어. 나는 멀리 떠날 것이야. 저 지긋지긋한 관악산이 보이지 않는 곳으로. 누가 뭐래도 내 마음은 그때 봉천동을 완전히 떠났다. 의식을 잃은 아버지를 싸늘하게 쏘아보았다. 그 순간 나는 궁사가 되려던 꿈을 포기했다. 내 꿈이 또다시 달라지는 순간이었다. 어둠 속의 형체가 더욱 뚜렷해졌다. 내가 맨 처음으로 본 페니스는 아버지의 것이었다. 그것은 까맣고 희미하고 젖은 어떤 늘어진 덩어리였다.

아버지의 원래 이름은 '도수(都秀)'였다. 명이 짧다는 사주 때문에 친할머니는 아버지 이름을 돌아올 회(回), 날 생(生) 자로 바꿔주었다. 죽고 싶어도 죽지 못하는 사람들이 있다. 가족들과 달리 나는 아버지가 사라져도 아버지를 찾지 않는다. 일절 말도 없이 이따금 사라지는 건 가족들의 관심을 끌기 위한 방법일지도 모른다. 너무 빨리 찾으면 아버지가 실망할 것이다. 아버지의 이름을 바꿔준 친할머니는 일 년 후 자살하였다.

내 꿈이 바뀌었기 때문에 이번엔 꼭 대학에 가야 했다. 학교는 한강을 지나 서울역도 지나 시내 한복판에 있었다. 예전의 그 꿈이 또다시 이루어지려는 듯했다. 그러나 이번엔 홀리지 않았다. 대학을 졸업하자마자 역시나 나는 다시 갈 데가 없어졌다. 그래서 얌전히 집으로 돌아왔다. 그게 지금까지 이어지고 있다.

저녁이면 나는 대문 밖으로 나간다. 여길 떠나려던 꿈이 매번 좌절되었기 때문일까. 돌연한 출분도 여행도 흥미를 잃었다. 나는 봉천동의 지도를 새로 만들기라도 할 것처럼 곳곳을 걷고 또 걷는다. 기분이 좋으면 고래처럼 경쾌하게 뛰기도 하고 상심한 날엔 200미터 주자처럼 바람을 가르고 달린다. 봉천고개를 낙성대를 서울대고개를 지난다. ……박재궁을 지나 살피재고개를 넘는다, 쑥고개를 지나 삼막골에 이른다, 호리목을 지나 구암마을로 간다, 꽃다리를 지난다, 청능말이 보인다, 늘봄길 二十三 番地로 간다. 거기가 나의 집이다.

추석이다. 차례를 지내기 바로 직전까지도 아버지는 텔레비전 앞을 떠나지 않았다. 집이 쓸려나간 자리에는 커다란 컨테이너가 세워져 있었다. 그 안에서 사람들은 변변한 음식도 없이 차례를 지내고 있었다. 오후 내내 흐리고 비가 흩뿌렸다. 달을 볼 수 있을 거란 기대는 하지 않았다. 밤이 되자 두꺼운 구름 사이로 보름달이 떴다.

아버지와 나는 옥상에서 다시 만났다. 아버지는 달을 쳐다보고 있었다. 너, 아침에 봤냐? ……뭘요? 그쪽 사람들 말이야. 네, 봤어요.

참으로 큰일이다. 자꾸만 집을 잃는 사람들이 생기질 않느냐. 나는 고개를 끄덕거렸다. 그제서야 아버지가 쳐다보고 있는 게 달이 아니라 난곡 쪽이라는 데 생각이 미쳤다. 거기서도 사람들은 지금 집을 잃고 있는 중이니까.

행정구역상으로 보면 난곡은 관악구 신림 7동에 속한다. 난곡은 서울에 남은 최후의 달동네이기도 하다. 태풍 루사가 지나간 것처럼 거기도 폐허가 되었다. 지난 9월, 관악구의 재개발사업 시행 인가 후 2,500여 채의 가구 중 2,300여 가구가 난곡을 떠났다. 2006년에 그곳은 지금의 봉천동 일대처럼 3,300여 채의 거대한 아파트촌이 형성될 것이다. 아직 난곡에 남아 있는 사람들은 늦어도 내년 봄까진 그곳을 떠나야 한다. 지금 관악구의 가장 큰 현안이 바로 난곡이다. 철거는 지금도 진행중이다. 난곡은 봉천동 이야기를 할 때 빼놓을 수 없는 동네다. 봉천동 주택재개발사업 때 봉천동 산동네에서 떠밀려나간 사람들의 일부가 난곡으로 옮긴 것이다. 어쩌면 그곳엔 두 번이나 집을 잃게 된 늙은 사람들이 있을지도 모르겠다. 봉천동을 거쳐 거기까지 간 사람들, 또 거기서 다른 낯선 곳으로 집을 옮겨야 하는 가난한 사람들. 나는 아버지가 어떻게 이 지상에 방 한 칸 가질 수 있었는지, 어떻게 지금까지 이 집을 잃지 않고 버틸 수 있었는지 몹시 경이로운 느낌이 들었다. 그럼 사람들은 또 어디로 갈까요? 그 사람들 이제 봉천동으로 다시 돌아오면 안 돼요? 나는 아버지에게 물었다. 봉천동에 관해서는 나보다 아버지가 더 많은 것을 알고 있으니까 아버지에게는 뭔가 남다른 해결책이 있을 것 같았다. 그 사람들, 다시 돌아오기 힘들다. 더 이상 깎아낼 산도 없질 않나. 집은 사라져도 거기 살았던 사람들에 대한 기억까지 모두 잊어서는 안 되느니라. 남의 집을 지어주는 일로 한평생 먹고 살았던 아버지가 나에게 말했다.

이따금 자동차를 몰고 한강을 건너 이곳까지 나를 만나러 오는 H 생각이 났다. 그는 봉천동에 관해 잘 알고 있었다. 그의 여동생이 한때 이곳에서 살았다고 했다. H에게 호감을 느꼈다. 처음 그를 만나기 시작하던 무렵 나는 어쩌면 그가 나를 봉천동에서 벗어나게 해줄 수 있을지도 모른다고 기대했다. 한강 너머엔 아직도 다른 세상이 있을 것 같았다. 그 기대는 오래 가지 않았다. 나는 실망하진 않았다. 대신, 걸어다니는 것을 나처럼 H가 좋아한다는 걸 다행으로 여겼다. 그가 오면 관악구청 주차장에 차를 주차시키고 우리는 봉천동 일대를 끊임없이 걸어다닌다. 좋은 곳에 가 밥을 먹고 차를 마시는 건 누구와도 할 수 있는 일이다. 어느 날인가 나는 H의 손을 슬쩍 끌어당기며 이렇게 속삭였다. 아예 이쪽으로 이사를 오는 게 어때요? 어쩌면 나는 한강 너머로 내가 옮겨 살고 싶은 게 아니라 H를 봉천동으로 편입시키고 싶었는지도 모른다. 그러고 보면 나에게 친구가 별로 없다는 말은 틀린 데가 있다. 봉천동에서 한강을 건너 이태원 쪽으로 가면 지금은 이해할 수 없는 이유로 헤어진 친구 K가 살고 이수교를 건너 반포에는 O가 살고 동작대교를 건너면 S가 살고 있다. 보고 싶어도 볼 수 없는 건 거리 때문은 아닐 것이다. 그건 내가 봉천동에 살아서도 아닐 것이다. 하지만 모두들 가까운 거리에 살고 있다. 가까운 거리는 서울뿐만이 아니다.

관악의 상수도 현황에 관한 글을 읽고 나서 나는 마음을 고쳐먹기로 했다. 관악의 1인당 급수량이 서울시 평균에 비해 약간 많은 수치를 보이고 있었다. 1984년 그 물난리 이후부터 나는 집이 아닌 어디 다른 데 가서도 물만 보면 다 퍼쓰고 와야 직성이 풀리게 되었다. 그렇게 내가 쓰고 버리는 오염된 물이 우리 집 하수구를 통해 지금은 복개된 봉천천으로 흘러들어간다. 그 물이 신림 5동, 신림주유소 부분에서 구로구와 영등포구의 경계인 마제천을 거쳐 안양천에 합류된 후 강서구의 한강 하류로 합류된다. 그리고 그 물이 인천 앞바다까지 흘러가는 것이다. 인천 앞바다의 물은 또 어디로 흘러흘러갈까.

이제 봉천동은 서울특별시 25개 구(區) 중 일곱 번째로 넓은 구에 속하게 되었다. 우리 동네를 지나는 지하철 2호선은 서울의 중심부를 동서로 흐르는 한강을 사이에 두고 시청을 기점으로 하여 강북의 도심지와 강남을 연결하는 연장 48.8킬로미터의 순환선이다. 그걸 타면 누구든 만날 수 있고 어디든 갈 수 있다. 어디서도 봉천동은 그리 먼 데가 아니다.

봉천의 하늘 한가운데로 휘영청 보름달이 떠올라 있었다. 키가 큰 아버지가 한번 껑충 뛰어오르면 정수리에 달이 닿을 것만 같았다. 지난 초여름에 상원사 적멸보궁에 올라간 적이 있었다. 거기서 보는 보름달이 기가 막히게 아름답다고 했다. 동행들은 어머 세상에 달을 이렇게 가깝게 볼 수 있다니! 감탄을 연발했다. 나는 흥 요까짓 것, 코웃음쳤다. 봉천동, 내가 사는 집 옥상에서 보는 달은 그것보다 두 배는 크고 가깝게 보이기 때문이다.

아버지는 이제야 보름달을 쳐다보았다. 달이 꼭 무슨 말인가 걸어오는 듯 보였다. 아버지, 뭘 기도하실 거예요? 기도는 무슨 기도, 내가 더 이상 바랄 게 뭐가 있겠냐. 아버지는 늘 솔직하지 못하다. 하지만 이번에도 나는 그냥 속아주는 척 넘어간다. 아버지가 그런데 말이다, 하고 다시 말을 꺼내서 나는 깜짝 놀랐다. 저 달을 들어내면 하늘엔 뭐가 남겠냐? ……글쎄요. 나는 아버지처럼 짧게 대답했다. 잘 모른다거나 기억이 안 난다거나 하는 대답은 그 질문엔 어울리지 않았으므로 아버지 흉내를 낼 수 없었다. 저 달을 들어내면 하늘에 구멍 하나 남질 않겠냐. 너는 작가가 아니냐. 모든 사람의 생에는 구멍으로 남아 있는 부분이 있느니라. 그 구멍을 오래 들여다보너라. ……아버지, 전 어느 땐 양말이나 신발 신는 것부터 다시 배워야 하지 않을까 하는 생각이 들 때가 있어요. 무슨 그런 말을 하냐. 아버지는 나를 위로하고 있었다. 아버지. ……왜 그러냐? 《벼룩시장》하고 《교차로》하고 광고값이 그렇게 차이가 많이 나요? 얼마 차이 안 나면 다음부턴 그냥 《벼룩시장》에다 광고 내세요, 거기가 더 전화가 많이 온대잖아요. 내 일은 내가 알아서 한다. 아버지가 말했다. 나는 고개를 끄덕이는 수밖에 없었다. 그래도 언제나 아버지를 믿는다는 말은 차마 하지 못했다. 그 말은 진심이 아닐 테니까. 달빛이 너무 밝았다. 아버지, 무슨 냄새 안 나요? 킁킁. 이리로 이사 왔을 적엔 저짝 중앙시장 일대가 제재소 아니었냐. 그럼 이게 나무 냄새란 말예요? 무우슨. 그럼 이게 무슨 냄새죠? 담배를 끊어야 할 모양이다, 나이 들수록 몸에서 나쁜 냄새가 나냐? 그럼 이게 겨우 담배 냄새란 말예요? 에이 아버지는. 그 냄새가 그 냄새 아니냐. 어느 날 내가 집을 떠날 때가 되어 돌아보니 부모는 이제 파파할머니가 되어 있었다. 아부지, 저 그냥 여기서 오래오래 살까 봐요. 나는 아버지에게 진심으로 말했다. 아니다, 넌 여길 떠나거라. 먼 데로 가라. 아버지는 가서 다시는 돌아오지 마라, 는 말은 하지 않았다. 그래서 나는 그냥 봉천동에 눌러 살기로 했다. 어디 가서 물난리 같은 걸 만나게 된다면 나는 우선 봉천동으로 돌아가고 싶어질 것이다.

달을 쳐다보는 아버지 눈은 간절한 데가 있었다. 아버지는 어떤 기원을 하고 있을까. 아버지가 새 집을 짓는 동안 나는 다른 것으로 집을 지어야지. 그게 집을 지어 이백 년 됐을 때가 가장 튼튼해진다는 편백나무가 되길 바란다면 그건 꿈이겠지. 내 꿈은 아마 이루어지지 않을 것이다. 나는 언제나 너무나 큰 걸 바라니까. 그래서 나는 기도 하지 않았다. 노란 달빛이 봉천 일대로 한껏 쏟아지고 있었다. 우리 집은 봉천동에서도 높은 지대에 있다. 게다가 내 방은 옥상 위 높고도 높은 옥탑방이다. 달도 태양도 이웃이다. 奉天洞은 하늘에서 가장 가까운 동네다. ■

※《冠岳20年史》참조

# 수상후보작

## 타블로 비방 혹은 비너스의 내부 – 작품번호 1
박정규

\*　\*　\*

## 봉인
이나미

\*　\*　\*

## 마니아
오수연

\*　\*　\*

## 누군가 문을 두드리다
윤성희

\*　\*　\*

## 나릿빛 사진의 추억
정미경

\*　\*　\*

## 파괴적인 충동
정영문

# 박정규

# 타블로 비방 혹은 비너스의 내부–작품번호1

1946년 서울 출생.
고려대 국문과와 한양대 국문과 대학원 졸업. 1991년《문학정신》으로 등단.
소설집《로암미들의 겨울》.

# 타블로 비방 혹은 비너스의 내부-작품번호 1*

    아내는 어디를 간 것일까. 하늘 한자락을 기울여 들어붓듯이 쏟아
지고 있는 이 빗속에서 아내는 대체 어디서 무엇을 하고 있는 것일
까. 한여름의 저녁 여덟 시가 조금 넘은 시간이면 설핏하게나마 저
녁 빛이 남아 있을 때지만 쏟아붓는 빗속에 하늘은 칠흑이었다. 살
을 관통해서 뼈의 얼개를 비추는 엑스레이처럼 번개가 창문을 뚫고
들어와 벽면에 푸르스름한 빛을 쏘고 사라지면 먼 데서 들리는 뇌성

---

    * "문자 그대로 해석하자면 '살아 있는 그림'이라는 뜻의 타블로 비방Tableux Vivants은
특정한 신체적·물리적 순간을 회화나 조각으로 재연(再演)하는 미술. (……) 발리에 엑
스포트, 엘리노르 앙탱, 하나 윌케는 여성 신체에 대한 남성의 관음주의를 이슈로 삼아 퍼
포먼스 사진으로 형상화한다. (……) 하나 윌케Hannah Wilke는 자신의 얼굴과 신체를 비디
오와 스틸사진으로 옮겨 신체만 남고 이름은 상실한 여성의 정체성에 의문을 제기한다."
('타블로 비방'에 대한 이 설명은 박진아(미술사가) 씨의 글 중에서 필자가 임의로 발췌한
것임.) 「비너스의 내부—작품번호 1 Intra-Venus No. 1」은 하나 윌케의 타블로 비방 계열에
속하는 비디오 스틸 작품(1992-1993)임.

이 악몽처럼 어렴풋하면서도 가슴 조이는 음향으로 밀려오곤 했다. 그 뒤를 따라 아내의 가냘픈 목소리가 들리는 것 같아 나는 후닥닥 달려나가 현관문을 열어보기도 했다. 그러나 열려진 문밖에는 검은 어둠과 쏟아붓는 빗소리가 시각과 청각을 가로막고 있을 뿐이었다. 아내가 가 있을 만한 곳에 연락을 해보려 해도 전화는 불통이었다. 폭우로 전화선로에 이상이 생긴 모양이었다. 아내 역시 마찬가지 입장일지도 모른다. 평소 내 지론이었던 휴대전화무용론에 대한 회의가 들기 시작했다. 적어도 생활의 방식에 있어서 시대와 흐름을 달리하는 소신과 신념은 필요 이상의 대가를 지불해야 하는 어리석음일 수도 있겠다는 생각이 들었다. 담배를 피워 물었다. 창문을 모두 닫아버린 방 안엔 곧 담배연기가 가득해졌다. 답답한 마음에 티브이를 켜보았다. 기성을 발하는 젊은 관중들과 남녀 혼성그룹의 어지러운 춤이 흥건한 화면 하단에 '중부지방 호우경보 발령, 특히 경기 동북부지역 게릴라성 집중호우 대비 요망'이라는 자막이 반복되며 흐르고 있었다. 담배연기와 화면 속 무대 위의 사이키델릭 조명과 관중들의 광란적인 기성과 가수와 백댄서들의 어지러운 몸짓이 창밖의 빗소리에 뒤섞이면서 만들어내는 소음에 나는 구토를 할 것 같았다. 서둘러 티브이를 껐다. 밖의 빗소리가 갑자기 커졌다. 나는 지금 무엇부터 해야 하나. 비가 이렇게 몇 시간 동안 쏟아지면 집으로 들어오는 비포장 진입로 중 최소한 서너 곳은 자동차의 통행이 힘들어질지도 모른다. 차체가 낮은 아내의 소형 승용차로는 그곳들을 통과하는 것이 거의 불가능할 수도 있다. 나는 벌떡 일어났다. 저 빗속에서 우산은 제구실을 못할 것이다. 신통치는 않지만 그래도 방수기능이 있는 등산복을 찾아 걸치는데 번쩍 하는 강한 섬광에 뒤이어 곧 산이 무너져내리는 듯한 뇌성과 함께 정전이 되었다. 가까운 배전시설에

낙뢰가 있었던 모양이었다. 나는 라이터를 켜들고 한참을 더듬어 손전등을 찾아들었다. 운동화를 신었다가 벗고 다시 등산화 차림으로 집을 나섰다. 등산화가 미끄러운 흙길을 가는 데 운동화보다는 나을 것 같아서였다. 퍼붓는 빗줄기에 손전등의 빛이 흡수되고 굴절되는 데다가 건전지의 수명이 다해가는지 가시거리가 오륙십 센티미터에 불과했다. 앞을 분간할 수조차 없었다. 몇 걸음에 한 번씩 발을 헛디뎌 휘청거렸다. 돌아다보니 집은 어둠 속에 윤곽조차도 사라지고 없었다. 빈집에 촛불을 켜둘 수도 없어서 그냥 나선 것이었다. 나도 모르게 서너 필지를 격해 있는 유일한 이웃인 아랫집 마당 쪽에 힐끗 시선을 주었다. 손전등의 빛이 미치는 작은 면적을 제외하고는 나를 포함해서 거대한 어둠의 덩어리일 뿐, 아무것도 눈에 들어오지 않았다. 나는 몇 걸음 더 다가가 손전등을 비추며 대강 살펴보았다. 빗소리 틈으로 장고의 낑낑거리는 소리가 들려왔다. 서너 달 제 주인 노릇하는 동안 정이 든 때문이었을까. 퍼붓는 빗줄기를 온몸으로 맞으며 목에 매인 쇠사슬의 길이가 허용하는 최대한으로 내게 가까이 오려고 버둥대는 놈을 쓰다듬어 제 집 안으로 밀어넣어주었다. 늘 그곳에 세워두었던 사내의 구형 코란도 지프는 눈에 들어오지 않았다. 사내도 출타했다가 비로 길이 끊겨 돌아오지 못하는 것인지도 모른다. 지프형 차가 운행 못할 도로사정이라면 심각할 것이라는 생각을 하며 길을 재촉했다. 얼굴을 후려치는 빗줄기가 아프게 느껴질 만큼 거셌다. 거기다 사방을 둘러싸고 있는 완벽한 어둠은 방향을 분별하기도 힘들었다. 발부리를 비추기에도 힘겨운 손전등의 불빛에 의지해서 빗속을 걷는 일은 여간 힘들지 않았다. 일 킬로미터쯤 아래로 이십여 가구의 마을이 있고 거기서 한 이 킬로미터쯤 더 나가면 서울과 철원을 잇는 사차선의 큰 도로가 있다. 큰길에서 집에 이르는 삼 킬

로미터쯤의 길이 문제였다. 비포장이기는 해도 평소에는 차가 다니
는 데 별 지장이 없었지만 이렇게 폭우가 쏟아지면 어떤 상황이 될지
이곳에서 아직 여름을 나보지 않은 나로서는 짐작이 가질 않았다. 나
는 철벅거리는 빗속을 걸으며 아내가 하필이면 이런 날 어디를 갔을
까 하는 생각에 공연히 짜증이 났다. 하기는 게릴라성 호우였다면 아
내가 나갈 때쯤에는 이곳에 지금처럼 폭우가 쏟아지지 않았을지도
모를 일이었다. S출판사에서 의뢰받은 독일작가 되블린의 《베를린
알렉산더 광장》 번역일을 미루고 미루다가 어제 오후에야 손을 대기
시작한 거였다. '프란츠 비베르코프의 이야기' 라는 부제가 붙어 있
는 이 장편소설은 사물들에게 사람처럼 말하게 하여 의식의 흐름을
다루는 등 독특한 문체에다가 베를린의 방언과 속어가 자주 등장하
여 번역하는 데 적잖이 애를 먹였다. 천구백이십칠, 팔 년의 베를린
을 무대로 하는 이 소설은 자신을 배반한 여자를 죽게 한 혐의로 사
년 간의 수형생활을 마친 후 행상을 하며 건실하게 살아가려는 프란
츠라는 사람이 악당의 마수에 걸려 악랄하게 이용당한 뒤 한쪽 팔까
지 잃는 불행을 당하는 등 우여곡절 끝에 종국에는 올바른 삶을 찾게
된다는 이야기이다. 되블린은 한 인간을 불행의 늪 속에서 헤어나지
못하게 하는 악으로 가득 찬 대도시의 구조적 모순에 초점을 맞춤으
로써 이 작품을 사회소설로서 성공할 수 있게 했다. 그는 신경과 의
사답게 작품 속에서 정신분석적인 방법을 원용하고 있었다. 이 작품
속에서는 주인공 프란츠를 악운처럼 따라다니는 악한이 등장한다.
거대한 도시의 모순이 빚어낸 구상화된 악의 형상이랄까. 내가 그 악
한의 모습 속에서 문득 아랫집 남자를 떠올린 것은 우리 울안에서 잘
놀고 있는 장고에게 발길질을 해대던 그에 대한 반감에다가 그의 굵
은 팔뚝 근육의 움직임에 따라 움찔거리던 커다란 문신의 섬쩍지근

한 느낌이 상승작용을 했기 때문이었을 것이다. 장고는 갓 이사 온 우리에게 그가 반 강제로 떠맡기다시피 해서 서너 달째 기르고 있던 도베르만 수놈이었다. 남자는 우리도 모르는 사이에 그놈을 개집째 우리 마당에다 옮겨놓은 것이었다. 개집에는 볼펜으로 휙휙 날려쓴 메모가 가는 못으로 꽂혀 있었다. 이런산중에서는산즘생도더러내려오고허니까큼지막한개한마리는기르는거이조울꺼외다.이웃이드리는선물이우.다섯살난도베르만이구이름은장고라고하우. 밑도끝도없는 이 일방적 호의에 우리 내외는 적잖이 당혹해했다. 우리 집 뒤뜰은 불과 십여 미터 뒤쪽으로 제법 굵직한 나무들이 숲을 이루고 우거진 야산 기슭으로 이어져 있었다. 큼직한 개 한 마리 기르는 것도 괜찮겠다 싶었다. 적정한 사례를 하려 했으나 남자는 아예 대꾸도 없이 고개를 돌려버렸다. 그러던 그가 서너 달이 지난 어느 날 느닷없이 쳐들어와서는 장고에게 발길질을 해대는 것이었다. 그래도 옛 주인이라고 꼬리를 치며 반기는 놈에게. 이게 무슨 짓이냐는 내 항의에도 아무 대꾸도 없이 눈을 휘번득이며 막무가내로 발길질만 해댔다. 나는 그의 눈빛을 보는 순간 섬뜩한 느낌이 들어 장고의 목사리를 풀어 그의 손에 쥐어주고는 등을 밀어 내보냈다. 그는 잔뜩 성난 얼굴로 한 마디 말도 없이 장고를 데리고 갔다. 장고는 도베르만 특유의 짧고 윤기 흐르는 검은 털이 늘씬한 근육질 몸매를 덮고 있는 멋지게 생긴 놈이었다. 내가 외출했다 들어올 때 어디 눈에 띄지 않는 곳에라도 있다가 제 딴에는 반갑다고 휙 달려들 때면 그 날렵한 움직임이며 체구가 맹수를 연상케 했다. 그런데다가 영리하고 사람을 잘 따랐다. 밤을 새워 작업을 한 이른 아침 아직은 어둑한 숲길을 산책할 때 그놈을 앞세우면 적이 든든했다. 녀석은 대여섯 걸음 앞서 가다가도 갈림길이 나오면 그곳에 서서 나를 기다리고 있다가 내가 길을 잡은 후에야 또 앞서가곤 했다. 제 먹이를 주는 아내에게는 그 큰 몸으로 안기려고 달려들어 아내를 넘어뜨리기도 하고 얼굴을 핥으며 친밀감을 표현하기도 했다. 목소리가 커서 한번 짖으면 골짜기가 우렁우렁했다. 알고 보니 놈은 제 생긴 값을 톡톡히 했던가보았다. 아내는 외출하는 길에 더러 만나면 태워다주곤 하는 아랫마을 여자들에게서 이런저런 이야기들을 전해 듣곤 하는 모양이었다. 아랫마을 암캐들은 거의 한두 배씩 장고의 새끼를 낳았다는 것이었다. 아무리 비리비리한 개라도 제 구역에 들어오는 놈한테는 목덜미 털을 세우고 위세를 부리며 달려들게 마련인데 장고에게 몇 번 당하고 나서는 제법 몸집이 큰 수캐들도 이놈이 턱 나타나면 꼬리를 말고 자리를 피해버린다는 것이었다. 주인들은 주인들대로 훤칠한 좋은 종자를 받을 수 있으니 구태여 막을 까닭도 없었을 것이다. 이렇게 해서 장고는 이 골짜기에서 그야말로 〈마카로니웨스턴〉의 돌아온 장고마냥 군림하고 있는 모양이었다. 아랫집 남자는 버섯을 재배하며 혼자 살았다. 후리후리한 키에 등판이 넓은 남자의 희끗희끗한 머리는 항상 흩어져 있어서 잠자리에서 막 일어난 것 같은 인상이었다. 사십대 후반쯤으로 보이는 남자는 늘 술 취한 사람처럼 눈이 충혈되어 있었고 말이 없었다. 코란도 지프에 소형 트레일러를 달고 임로를 따라 간벌한 통나무를 한두 토막씩 실어나르는 모습은 가끔 볼 수 있었지만 차를 몰고 마을 쪽으로 나가는 경우는 좀처럼 없었다. 생활용품조차도 재배한 버섯을 정기적으로 수집하러 오는 트럭을 통해서 공급받는 눈치였다. 차가 없는 것으로 보아 남자는 지금 이 폭우가 쏟아지는 어두운 산속의 임로를 헤매고 있는 것이 아니라면 외출을 했을 터였다. 남자는 공교롭게도 왜 오늘 외출을 한 것일까. 나는 머리를 흔들었다. 다만 우연일 뿐이겠지. 어제 오후부터 오늘 오전까지 나는 서재에 틀어

박혀 《베를린 알렉산더 광장》과 씨름하고 있었다. 그리고 정오가 훨씬 지나서야 아내가 차려주는 밥을 몇 술 뜨고는 그대로 잠이 들었다가 깨어보니 폭우가 쏟아지고 있었고 아내는 없었다. 아내는 어디를 간다는 말 한 마디 없이 차를 몰고 나갔다. 지금까지 그런 일은 없었다. 아니 아내는 나를 깨워 행선지나 외출 사유를 이야기했지만 잠에 취한 내가 잠결에 건성으로 대답하고 나서 그 후 새카맣게 잊고 있는지도 모를 일이었다. 발밑의 어둠도 제대로 걷어내지 못하는 손전등에 의지해서 철벅거리며 걷던 나는 아랫마을 진입로 한켠에 서 있는 아름드리 팽나무 아래서 마을 쪽을 살폈다. 저만큼 훤하게 보여야 할 불빛들은 간 곳이 없고 오직 시커먼 어둠뿐이었다. 이곳 역시 정전인 모양이었다. 마을사람들이 어떻게든 신고를 했을 테니 시간이 좀 걸리더라도 전기는 들어올 것이다. 지금처럼 이렇게 앞이 캄캄했던 기억이 있다. 아내는 다른 남자의 아이를 가진 적이 있었다. 결혼한지 일 년이 다 되어서야 임신한 아내와 함께 산부인과에 갔다가 우연히 알게 된 사실이었다. 오십대 초반의 여의사는 나를 따로 불렀다. 시종 힐난조였다. 중절수술을 소홀히 생각해선 안 돼요. 부인을 아끼는 마음이 있다면 병원을 잘 선택했어야지요. 전에 받은 수술후유증이 심각해요. 지금 같아서는 정상 출산을 기대하기 힘들겠어요. 임신하면 신경이 날카로워지는 거니까 임산부에게는 상태를 알리지 않는 것이 좋겠어요. 나는 앞이 캄캄했었다. 보수적인 여성관을 가졌던 내게 그것은 견디기 힘든 충격이었다. 화장실에 들어가 변기에 걸터앉아 담배를 거푸 네 대나 피운 후에야 겨우 제정신을 찾을 수 있었다. 나는 의사의 지시대로 아내에게는 아무 이야기도 하지 않았다. 칠 개월 만에 세상에 나온 아이는 보름 동안 인큐베이터 안에서 고통을 받다가 떠났다. 선천성 심장기형이었다. 나는 인큐베이터 안에서 코와

입과 혈관에 튜브를 꽂고 있는 핏덩이를 보고는 아내 모르게 정관절
제수술을 했다. 그러고 얼마 후부터 우리는 침실을 따로 썼다. 얼굴
을 때리는 빗줄기의 강도가 조금 약해진 듯했다. 소맷부리며 목덜미
쪽에서부터 척척하게 젖어오기 시작하면서 한기가 들었다. 발목까지
첨벙첨벙 빠지는 물속에서 걸음을 좀 더 빨리 했다. 몸을 덥히기 위
해서였다. 지금까지는 통행에 불편을 줄 만큼 길이 파손된 곳은 다행
히 없었다. 한참을 걷다보니 희뿌연 빛의 줄기가 저만치서 나타났다
사라지는 것이 보였다. 큰길을 지나는 차량의 전조등 불빛인 모양이
었다. 빗줄기는 현저히 가늘어지고 있었다. 굵은 빗줄기는 우선 피하
고 보는 것이 현명한 처신이다. 아무리 세찬 빗줄기도 기다리노라면
언젠가는 가늘어지거나 그치기 마련이니까. 나는 그 이치를 너무 늦
게 깨우쳤던 것이다. 내가 신문사를 그만둔 것은 결국 자업자득이었
다. 그때 ㄷ일보사는 후계자 자리를 둘러싸고 형제간에 갈등이 있었
다. 나는 여러 갈래의 정보를 통해 가능성이 월등한 작은사람 편에
섰다. 그러나 눈에 띄는 업적도 없고 특별한 재능도 가지지 못한 내
가 초조한 나머지 충성경쟁에 무리하게 뛰어든 것이 화근이었다. 하
루는 회식자리에서 그날 실린 ㄷ일보 사설에 시비를 걸고 나온 것이
었다. 우리나라 상품의 생산소요비용이 너무 높아서 국제경쟁력이
현저히 떨어지는데 이러한 고비용 저효율을 타개하기 위해 정부는
속히 특단의 대책을 마련해야 한다는 것이 사설의 논지였다. 큰사람
쪽 논설위원이 집필한 것이었다. 나는 개발독재시대도 아닌데 정부
가 나서서 땅값 묶고 금리 내리고 임금 동결시키고 파업 막고 하면
시장경제는 이제 물건너간다는 논리 아니냐고 목소리를 높였다. 양
진영에서 상반되는 눈길이 나를 향했다. 나는 확실히 한 건 했다는
심정이었다. 그런데 그 얼마 후에 사주의 갑작스런 죽음으로 후계는

자연스럽게 장자상속으로 결론이 나버렸다. 일주일이 못 되어 나는 판매국으로 전보발령이 났다. 이것은 신문사에서 눈 밖에 난 기자들을 내쫓을 구체적인 명목이 없을 때 통상적으로 사용하는 퇴직통보에 준하는 징계방법이었다. 다른 신문사에 영입될 만한 인맥이나 능력도 없었고 주간지를 기웃거리기에는 자존심이 허락지 않아 결국 퇴직금 받아들고 나와 까먹으며 번역으로 소일하게 된 것이었다. 여성잡지에 돌아가며 연재소설도 게재하고 잡문도 쓰던 아내가 내게 이사를 하자고 제의한 것은 이 무렵이었다. 어차피 복작거리는 도시에서 굳이 살 이유도 없고 바글바글한 인간들에 멀미가 나서 이사문제는 아내에게 일임해버렸다. 부동산 매기가 뜸한 때인 데다가 더구나 아파트도 아닌 단독주택 매도는 상당한 손실을 감수할 수밖에 없었다. 그러나 물가의 변동을 감안하더라도 매입비용에 비해 상당히 남는 장사였다. 약삭빠른 사람들이 부동산에 불을 켜고 덤벼드는 이유를 알 수 있을 것 같았다. 큰길에 다다를 때쯤에는 뿌옇게 벗겨진 하늘에서 가늘어진 빗줄기가 추적추적 내리고 있었다. 이 큰비에도 포장도 하지 않은 길이 파손되지 않고 그런대로 견뎌낸 것은 아랫마을 사람들이 도로 양 옆의 물길을 잘 관리했기 때문인 듯했다. 오랜 경험에서 우러난 지혜이리라. 나는 큰길이 저만큼 보이는 길가의 돌덩이 위에 앉아 가끔씩 지나다니는 차들을 바라보며 아내를 기다렸다. 혹시 아랫집 남자가 나를 보고 자기의 차에 타라고 하면 나는 타야 할까. 문득 《베를린 알렉산더 광장》에서 프란츠가 악당들의 차에 실려가다가 달리는 차에서 떠밀려 한쪽 팔을 잃는 장면을 떠올렸다. 장고에게 발길질을 해대던 남자의 섬뜩한 눈길이 다시 떠올랐다. 남자의 차에는 절대로 타지 않으리라. 남자도 아내도 오지 않았다. 자리에서 일어섰다. 함빡 젖은 몸이 덜덜 떨려서 더 버티기 힘들었다.

하기는 비도 그쳐가고 도로도 손상되지 않았으니 내가 여기 앉아서 더 이상 아내를 기다릴 이유도 없었다. 빗줄기가 가늘어져 걷기가 한결 수월해지기도 했지만 추위를 이기기 위해 거의 뛰다시피 했다. 숨이 턱에 닿았다. 속도를 늦췄다. 등줄기에 비로소 따뜻한 기운이 돌았다. 아내는 어떻게 이 골짜기를 찾아냈을까. 아내는 친구의 소개로 이 골짜기로 오게 되었다고 했지만 아내의 친구 중 누구도 이사한 후 우리 집을 방문한 사람이 없는 것으로 보아서는 아마도 아내는 친구들에게 이곳을 아직 알리지 않은 눈치였다. 뛰는 대신에 걸음을 빨리했다. 팽나무 밑을 지나며 건너다보니 아랫마을의 몇 집에서 촛불인 듯 흔들리는 흐릿한 불빛들이 흘러나왔다. 비는 이제 거의 멎어가고 있었다. 아랫집과 우리 집의 시커먼 윤곽이 올려다보이는 곳에서 숨을 골랐다. 한참을 그러고 서 있자니 또 추워졌다. 다시 걸었다. 나는 아랫집 앞을 지나다가 하마터면 비명을 지를 뻔했다. 무심결에 비춘 손전등의 불빛을 받아 반짝하고 반사되는 아랫집 남자의 차체가 눈에 들어왔기 때문이었다. 어떻게 된 것일까. 남자가 그 빗속에 산속의 임로를 헤매고 있다가 내가 길에 나간 사이에 내려왔거나 아니면 내가 모르는 사이에 감쪽같이 내 옆을 통과한 것이어야 한다. 나는 정신을 가다듬고 다시 찬찬히 살펴보았다. 남자의 차는 늘 세워두던 곳에서 조금 옆으로 비껴 있는 듯했다. 이동된 거리는 불과 몇 미터 사이지만 헛간의 거적이 가리고 있어서 폭우와 어둠 속에서 내가 미처 못 보았을 수도 있었겠다는 생각이 들었다. 나는 쓴웃음을 지으며 서둘러 집으로 들어갔다. 전화는 여전히 먹통이었다. 젖은 옷을 벗었다. 정전으로 보일러를 켜는 것은 물론 모터를 돌려 지하수를 퍼올려야 하는 수도도 사용할 수가 없었다. 마른 수건으로 대강 닦고 이불을 들써 쓰고 캄캄한 어둠 속에서 멍하니 앉아 있자니 견딜 수 없을 만큼 쓸쓸해졌다. 아이가 인큐베이터 안에서 숨을 거둔 후, 아니 아내가 다른 남자의 아이를 가졌던 사실을 알고 난 이후 내 삶 속에서 철저히 소외시키고 배제해버렸던 아내가, 아내의 따스한 체온이 갑자기 그리워졌다. 아내의 눈빛은 항상 내게 닫혀 있었다. 그런데 왜 아내는 내 곁을 떠나지 않는 것일까. 아내에게 있어서의 글쓰기는 어떤 의미를 갖는 것일까. 나는 아내가 어떤 글을 쓰는지 알지 못한다. 단 한 줄도 읽어본 적이 없다. 아내는 정말 어떤 글을 쓰고 있을까. 아내는 무엇을 생각하며 지금의 이 어색한 동거를 지속하고 있는 것일까. 아내의 그 닫혀진 눈길 저편에 숨기고 있는 진실은 무엇일까. 나는 아내에게 어떤……존……재……일……. 번개가 치는 듯한 섬광에 눈을 떴다. 오랫동안 어둠에 익숙해져 있던 시신경이 눈꺼풀 밖의 자극에도 예민하게 반응한 모양이었다. 형광등 불빛에 눈이 부셨다. 새벽 네 시가 조금 지난 시간이었다. 아내는 아직 돌아오지 않았다. 전화는 여전히 불통이었다. 우선 보일러를 돌리고 따뜻한 물에 샤워부터 했다. 그리고 커피를 끓여 우유를 듬뿍 타 마시고 내 컴퓨터 앞에 앉았다. 《베를린 알렉산더 광장》 후반부 번역원고를 몇 줄 쳐내려가다가 문득 이메일이 떠올랐다. 아내가 친구들과의 연락에서 전화보다 더 즐겨 이용하는 통신수단이었다. 더구나 전화가 불통인 상황에서라면 아내는 이메일로 내게 연락을 주었을 법했다. 나는 안방으로 들어가 인터넷 모뎀이 설치된 아내의 컴퓨터 앞에 앉았다. 예상은 적중했다. 전화가 불통이네요. 비가 많이 와서 그런가요. 저는 아까 얘기한대로 일 보고 내일 점심때쯤 들어갈 거예요. 아내는 역시 나를 깨워서 행선지와 일정을 이야기했었나보다. 나는 컴퓨터를 끄려다가 책상에 놓인 플로피디스켓을 드라이브에 꽂았다. 《오늘의 여성》 게재 연재소설 〈타블로 비방 혹은 비너스의 내부-작품번호 1〉

마지막 회' 라는 디스켓 타이틀을 보는 순간 문득 아내의 소설이 읽고 싶어졌던 것이다. 그런데 그 제목부터가 도대체 요령부득이었다. 힌트가 될 만한 설명이 있는 것도 아니고 원어철자가 첨부된 것도 아니어서 국적불명의 이 어휘를 사전에서 찾아볼 도리도 없었다. 내용을 읽다보면 감이 잡히겠지 하는 생각으로 우선 읽어보기로 했다. 방안에 들어서자 사내는 내게 의자를 권했다…… 아내의 소설은 그렇게 시작되었다. 나는 담배를 피워 물고 계속 읽어 내려갔다. 나는 사내가 건네주는 투박한 질감의 머그잔을 받아들었다. 진하면서도 감미롭게 후각을 자극하는 커피향이 사내의 첫인상을 닮았다는 생각을 하며 나는 더운 커피를 한 모금씩 목구멍 속으로 흘려넣었다. 시종 내게서 눈길을 떼지 않던 사내는 그 근육질의 우람한 몸을 일으켜 내게로 다가왔다. 나는 얼굴이 조금씩 달아오르는 것을 느꼈다. 사내는 나와 한 걸음쯤 사이를 두고 멈춰 섰다. 나는 고개를 숙이고 그의 발끝에 시선을 고정시킨 채 그 다음에 이어질 상황에 대해 마음준비를 하고 있었다. 커피잔을 들고 있는 내 손이 가늘게 떨렸다. 잠시 시간이 흘렀다. 내 정신은 아득하게 내 몸을 빠져나가는 느낌이었다. 갑자기 낮고 굵은 현악기의 음향이 울려나왔다. 그리고 이어서 사내의 목소리가 들렸다. 바흐를 좋아하시나요. 나는 엉겁결에 고개 들고 소리나는 쪽으로 시선을 돌렸다. 턴테이블이 달린 낡은 오디오 옆으로 백 장은 될 것 같은 엘피판들이 꽂혀 있었다. 저는 음악을 잘 몰라요. 갑자기 터져나온 내 목소리가 분위기와 어울리지 않게 컸던 것은 기대감이 깨어진 데 대한 무의식적인 분노의 감정 때문이었는지도 모른다. 저 역시 뭘 아나요. 듣다보면 그냥 좋아지지요. 한동안 나와 사내 사이에는 아무 말도 없었다. 느리면서도 우아하고 장중한 첼로의 선율만 침침하고 좁은 방 안을 가득 채우고 맴돌았다. 바흐의 무반주 첼로 모음곡이었다. 나는 가슴속으로 흘러들어 환상으로 이어지는 감정의 경로를 차단하기 위해 가능한 한 청각을 닫고 시각을 활짝 열어 방 안 구석구석으로 시선을 옮겼다. 벽에는 낡은 작업복이 아무렇게나 걸려 있었고 오디오와 나란히 놓인 작은 책꽂이 앞에 식탁인지 책상인지, 어쩌면 그 두 가지 용도로 다 쓰일 것 같은 앉은뱅이 탁자가 하나 놓여 있었다. 사내는 의자 등받이에 비스듬히 기대어 편안한 얼굴로 눈을 감고 있었다. 이 궁핍이 묻어나는 방 안에서 사내가 왕자처럼 당당해 보이는 것은 바흐의 음악 때문이었을까. 장중하고 힘찬 주제가 끝나고 다음 곡으로 넘어가기 위해 음악이 잠시 멈췄다. 사내는 천천히 몸을 일으키며 말했다. 무반주 첼로 조곡 일번 여섯 곡 중에서도 이 사라방드는 매우 아름다운 곡이지요. 가장 짧고요. 뒤에 덧붙인 가장 짧다는 것은 클래식음악에 별로 조예가 없어 보이는 나에 대한 사내의 배려였을까. 사내가 내 옆으로 다가와 턴테이블에서 판을 들어내는 순간 나는 갑자기 자리에서 일어섰다. 사내와 나는 한 발자국 사이에서 얼굴을 마주보고 선 꼴이 되었다. 나는 사내의 얼굴을 올려다보았다. 사내의 눈에 불길이 확 스쳐가는 듯했다. 사내는 새의 문신이 새겨진 근육이 울퉁불퉁한 팔을 들어올렸다. 나는 숨을 멈췄다. 사내는 팔을 뻗쳐 내 머리 위쪽에 있는 작은 들창을 열고 있었다. 방 안이 어둡고 좁아서 답답하지요. 나는 대답 대신 그의 작은 책꽂이 앞으로 걸어가 쭈그리고 앉아서 꽂혀 있는 책들을 살펴보는 척했다. 버섯재배에 관한 것이 대부분이었다. 아내의 소설은 거기서 몇 줄의 여백을 주고 있었다. 나는 다시 담배를 붙여 물었다. 우람한 팔에 문신이 있고 버섯을 재배하는 사내라……. 나는 아랫집 남자를 떠올렸다. 악귀같이 장고를 걷어차던 그 남자가 바흐를 좋아한다? 나는 담배연기를 폐 깊숙이 빨아들였다가는 천장을 향해 길게 내뿜고 나서 서둘러 그 다음을 읽어내려갔다. 나는 십 호짜리 유화작품에 시선을 고정시키고 있었다. ㄱ화랑이 기획한 소품전에 출품할 작품이었다. 좀더 손을 볼 것인가 이대로 끝낼 것인가 결정을 못하고 있었다. 출품요청이 왔을 때 잠시 망설였지만 몇 번의 거래 전력도 있는 메이저급 ㄱ화랑의 거듭되는 권유를 거절하는 것이 마음에 걸려 결국 출품에 동의했었다. 팔십 호나 백 호 크기의 작품만 주로 해오다가 오랜만에 손댄 소품이었다. 나이프로 겹쳐 바른 징크화이트와 아이보리블랙의 극단적 색채대비가 두툼한 마티에르로 화폭을 메운 가운데쯤에 작은 면적을 차지하면서도 강하고 환상적인 인상을 심어주는 푸르시안블루와 버밀리온이 색다른 긴장을 이루고 있는 반추상작품이었다. 그냥 끝내기로 했다. 나는 늘 하는 대로 화폭의 왼쪽 위에서 사분의 삼 지점에 사인을 했다. 작품 하나를 끝냈을 때 오는 해방감과 그것에 딸려오는 나른한 피로감은 작품의 규모와 상관없이 늘 마찬가지라는 생각을 하며 벽에 등을 대고 쭈그리고 앉았는데 갑자기 커피가 마시고 싶어졌다. 진한 커피를 목구멍으로 흘려넣으며 나는 문득 사내를 생각했다. 바흐를 좋아하느냐고? 나는 종교적인 경건함이 뒷목을 슬그머니 누르는 오르간곡이나 지루한 합창과 독창으로 구성된 칸타타의 작곡가 바흐를 좋아할 준비가 채 안 된 상태였다. 그러나 바흐의 '무반주 바이올린 소나타 모음곡'이나 '무반주 첼로 모음곡'은 곧잘 내 속으로 흘러들어와 철철 소리내며 내 몸을 휘감아 흐르곤 했다. 특히 '무반주 첼로 모음곡'을 듣노라면 익숙한 손길처럼 내 몸 깊은 곳까지 어루만져주는 첼로의 낮고 부드러운 음색에 취해서 나는 꿈꾸듯 환상 속에 빠져들곤 했다. 나는 오디오에 씨디를 걸어놓고 침대에 벌렁 누웠다. 첼로의 음향이 흘러나왔다. 내 환상 속에선 늘 굵은 빗줄기가 쏟아져내렸다. 어디선가 칡꽃 향기가 풍겨왔었다. 어깨쯤 자란 관목 숲에서 나는 온몸이 비에 흠뻑 젖은 채 반듯하게 누워 있었다. 턱이 덜덜 떨릴 만큼 추웠다. 얼굴을 때리는 빗줄기에 나는 눈을 뜰 수 없었다. 따뜻한 손이 내 몸을 더듬기 시작했다. 부드럽던 손길이 점차 격렬해졌다. 천둥과 번개 속에 빗방울은 더 굵어졌다. 그러나 나는 추위를 잊어가고 있었다. 그 손은 내 몸에서 젖은 옷들을 한 꺼풀씩 벗겨냈다. 그리고 그는 내 몸속으로 들어왔다. 나는 점점 뜨거워졌다. 얼굴을 때리는 빗줄기의 감각도 천둥소리도 느끼지 못하고 번개에 실려가는 듯 끝없이 떨어져내리는 아득한 속도감에 나를 놓아버린 순간이 있었다. 그런 느낌은 처음이었다. 그는 내게 화인처럼 이 기억과 아픔을 새겨놓고 가버렸다. 나는 그 후 한 번도 그런 느낌을 가져보지 못했다. 내가 수소문 끝에 이곳에 내놓은 집이 있다는 말을 듣고 요 아랫마을에 들러 집주인과 함께 이곳에 왔을 때 사내는 자기 집 뒤뜰에서 종균을 심는 데 사용되는 듯한 통나무를 운반하고 있었다. 순간 나는 하마터면 소리를 지를 뻔했다. 멀리서 본 사내의 옆모습이 그와 너무도 닮아 있었다. 아까 그분은 어떤 분이신가요. 하나뿐인 이웃이니 신경이 쓰이는군요. 예, 외모는 거칠어 보여도 좋은 사람입니다. 그런데 그 삼청교육댄가 때문에…… 버섯을 키우면서 혼자 살지요. 학식도 높구요. 아, 법 없어도 살 사람이에요. 집을 돌아보고 가는 길에 내가 넌지시 묻자 집주인은 삼청교육대 부분에서 쓸데없는 소리를 꺼냈다는 듯 꼬리를 흐렸다가 끝내 말머리를 돌려버렸다. 나는 이사하기 전 집을 손보는 문제로 드나들면서 사내와 이야기를 나눌 기회가 있었다. 사내는 그보다 십여 년쯤 연상으로 보였는데 옆모습 이외에도 낮고 굵은 목소리까지 그와 흡사했다. 말수가 적고 신중한 것도 그랬다. 같은 대학 이년 선배였던 그는 운동권학생으로 총학생회 간부였다. 우리 대학에

서 개최하기로 되어 있는 서울지역 연합집회 준비를 도와 달라는 총
학생회측의 요청을 받고 동급생들과 함께 피씨(플래카드) 제작 지원
차 나갔다가 그와 식사를 함께 한 것이 인연의 단초였다. 때로는 두
서너 달씩 소식을 끊고 있다가 경직된 표정으로 홀연히 나타나 밤을
함께 지내고 아무 설명도 없이 훌쩍 떠나는 그에게 서운한 표정이라
도 보일라치면 늘 돌아오는 대답은 '동지적 입장에서 이해해 달라'
였다. 그가 동지적 입장에서 이해해주는 총학생회 여자 간부와 가깝
다는 소문이 내게 들려올 무렵 수배자였던 그는 검거되었다. 면회하
러 간 내게 그는 자신에겐 동지로서 그녀가 필요하다고 했다. 나는
그때 그의 아이를 가지고 있었다. 십삼 주째였다. 그길로 병원으로
갔다. 소파수술을 하거나 진공흡입기를 사용하기에는 너무 늦어서
위험하니 약물주입법으로 자궁을 수축시켜 임신내용물을 만출시키
는 방법을 쓸 수밖에 없는데 그러기 위해서는 십오륙 주가 될 때까지
기다려야 한다는 것이었다. 나는 그 기간 동안 견뎌낼 자신이 없었
다. 사흘 동안 병원을 드나들며 매달린 끝에 나는 끝내 그 무리한 수
술을 받았다. 아, 나는 아내의 글에서 눈을 떼고 신음 소리를 내며 자
리에서 벌떡 일어섰다. 아내의 소설은 허구라기보다는 아내의 자서
전 같았다. 이웃집 남자를 등장시킨 것까지도. 나는 담배를 거푸 두
개비나 피우고서야 다시 아내의 소설을 읽어내려갈 수 있었다. 내가
이곳으로 이사를 한 후 함께 커피를 마시는 기회가 잦아지고 피차 미
소만으로 형식적인 인사를 대신할 수 있게 되면서 전에는 묻는 말에
만 마지못한 듯 짧게 대답하곤 하던 사내가 자신의 신변에 대해 입을
열기 시작했다. 그날 아침 무렵 뒷산 숲길로 산책을 나섰던 나는 간
벌해놓았던 통나무들을 트레일러에 싣고 있는 사내를 만났다. 좀 쉬
었다 하라는 내 말에 그는 손을 멈추며 땀을 닦았다. 우리는 통나무

위에 걸터앉아 이런저런 이야기들을 나누었다. 드문드문 이어진 사내의 단편적인 이야기들을 모으면 대강 이런 줄거리였다. 사내는 대학에서 경영학을 전공했다. 대학 졸업 후 장교로 복무를 마쳤다. 자영업을 해보겠다고 이것저것 손을 댔으나 하는 일마다 실패였다. ㄷ시에서 유도도장을 열고 있는 후배를 도우며 몸을 의탁하기로 했다. 오랫동안 운동을 함께 하던 후배였다. 후배에게서 첫 달치 '수고료'를 받는 날 사내는 복잡한 심정으로 혼자서 ㄷ시의 중심가에 있는 맥주집에서 술을 마시고 있었다. 옆자리에 앉았던 패거리들과 종업원들 사이에 티격태격하던 다툼이 패싸움으로 번졌고 곧이어 경찰들이 출동했다. 신군부가 들어서며 폭력청소의 구호 아래 삼청교육대가 운영될 때였다. 사내는 그들과 같은 패거리로 오인되어 경찰서 유치장에 구금되었다. 그곳에서는 아예 해명의 기회조차 주어지지 않았다. 상대편의 행동대원이라고 주장하는 피해자측 패거리의 주장에다가 큰 덩치와 특히 팔뚝의 독수리 문신(실은 평화를 상징하는 비둘기였는데 그들은 한결같이 그것을 독수리라고 주장했다) 그리고 경찰의 실적건수가 작용하여 사내의 신원은 조폭행동대원으로 확정되었다. 경찰의 신속한 처리로 사내는 다음날로 삼청교육대에 입소조치되었다. 교육대의 생활은 인간한계를 벗어난 것이었다. 사내는 참다못해 이런 인권침해라면 공산주의와 다를 게 무엇이냐고 교관에게 대들었다. 집단폭행으로 반죽음에 이른 사내는 정보기관으로 넘겨졌다. 대학 졸업과 장교복무기록이 문제였다. 고문이 이어졌다. 특별한 목적을 가지고 삼청교육대에 위장잠입했다는 것이었다. 목적과 배후를 대라는 것이었다. 특히 전기고문은 혹독한 것이었다. 아무리 다그쳐도 나오는 것이 없자 그들은 사내를 고무·찬양죄로 기소하여 일년 동안 가둬두었다가 풀어주었다. 그때 받은 몸과 마음의 상처는 나를 끝내 무너뜨렸지요. 반년 넘게 정신병원을 드나들어야 했어요. 이제는 이렇게 몸도 마음도 건강해지셨잖아요. 그런데 결혼은요? 내 물음에 사내는 미소로 대답을 대신했다. 그런데 그 미소는 내 가슴을 저릿하게 할 만큼 아주 묘하게도 슬픈 것이었다. 남자의 표정 속에서 나는 문득 피카소의 청색시대 자화상을 떠올렸다. 아주 늙은이의 모습처럼 그려진 피카소의 이십 세 때 자화상에 대해 시인 아폴리네르는 '이 흠뻑 젖은 그림—심연과 비탄의 진득거리는 바닥과 같다'고 했다던가. 나는 그에게 더 이상 아무것도 물을 수 없었다. 흰색과 보라색이 어우러진 초롱같이 생긴 칡꽃이 뿜어내는 달착지근한 향기를 맡으며 나는 임로변을 따라 지천으로 피어 있는 노란 달맞이꽃 몇 송이를 꺾어 그에게 내밀었다. 그의 얼굴이 조금 밝아졌다. 이 꽃은 달빛 아래서만 활짝 핀답니다. 지혜의 왕 솔로몬은 해 아래에서 행하는 모든 일이 헛되다고 노래했는데 그렇다면 달 아래에서 행하는 일 중에는 헛되지 않은 일도 있나보지요. 달맞이꽃을 피어나게 하는 일 같은 거요. 그는 내 시답지 않은 농담에 미소를 지었다. 부군께서는…… 예, 남편은 재택 근무하는 컴퓨터 프로그래머지요. 자기가 하는 일을 헛된 것으로 만들고 싶지 않아서 밤에 일하고 낮에 잠을 자지요. 철저한 솔로몬 신봉자인 셈이죠. 우리는 쿡쿡 소리내어 웃었고 나는 사내의 어깨에 내 어깨를 살짝 기대고 그의 얼굴을 올려다보았다. 순간 사내의 눈에는 불덩이가 휙 스치고 지나갔다. 숨이 막힐 듯한 짧은 침묵이 흘렀다. 사내는 몸을 일으켰다. 볕이 더 뜨거워지기 전에 마저 마쳐야겠군요. 한동안 멍하니 서서 사내의 꿈틀거리는 팔뚝근육만 쳐다보고 있던 나는 사내에게 손을 흔들어주고는 등성이를 내려왔다. 사내의 눈에 스치던 번갯불 같은 불덩이를 다시 떠올렸다. 저토록 번개는 치는데 왜 소나기는 내리지 않는 것일까. 얼굴이 아프도록 쏟아지는 소나기 속에서 나는 다시 아득한 속도감을 느끼며 무한공간으로 떨어져내리고 싶다. 별똥별처럼 내 몸이 타버려 사라진다고 해도. 나는 아내의 글에서 시선을 떼고 벌떡 일어섰다. 앉았던 의자를 걷어찼다. 나는 담배를 피우며 곰곰이 생각했다. 나는 지금 무엇에 분노하고 있는가. 아내가 만들어낸 픽션 속의 인물에게 인가 아니면 그 인물과 아내를 동일시하면서 아내에게 분노하고 있는가. 그렇다면 나는 지금 픽션과 현실을 혼동할 만큼 비이성적 상태에 있는 것인가. 아니 그것이 아내가 택한 현실이라고 하더라도 내가 아내에게 분노할 자격이 있는 것일까. 그동안 나는 아내에게 무엇이었을까. 나는 세 개비째 담배에 불을 붙여 물고 다시 아내의 소설을 읽어내려갔다. 하루는 사내가 개를 한 마리 끌고 왔다. 윤기 흐르는 털에 근육질의 늘씬한 체구를 가진 도베르만 수놈이었다. 산속에서 살자면 개 한 마리쯤은 필요하지요. 의지가 되거든요. 남편은 별로 탐탁해하는 기색이 아니었지만 우리는 그 개를 기르기로 했다. 나는 개에게 놈이라는 이름을 붙여주었다. 놈은 사람을 잘 따랐다. 며칠이 지난 후였다. 마당 끝, 자잘한 분홍색 꽃이 다닥다닥한 싸리울타리 밑에서 한가롭게 앉아 놈의 목덜미를 쓰다듬어주고 있었다. 그런데 놈이 발정기였던지 사타구니 사이에 돌출되어 있는 주머니처럼 생긴 곳에서 페니스를 쭉 빼어 내놓는 것이 아닌가. 놈은 길고 새빨간 페니스를 쭉 뻗친 채 고개를 틀어 제 등을 쓰다듬는 내 손을 핥으려고 했다. 나는 끝이 뾰족하고 약간 꾸불텅한 그 시뻘건 물체를 조금은 묘한 기분으로 들여다보고 있었다. 그때 사내가 막 들어오다가 이 광경을 목격했다. 사내의 손에는 긴 줄기에 활짝 핀 큼직한 보라색 꽃 몇 송이를 달고 있는 도라지가 심겨진 화분이 들려 있었다. 아마도 그것을 내게 갖다주러 오는 길이었던 모양이다. 사내의 얼굴과 마주치는 순간 나는 비행을 들켜버린 아이처럼 얼굴이 달아오르고 행동이 어색해졌다. 놈은 눈치도 없이 그 긴 페니스를 뻗친 채 반갑다고 사내에게 달려들었다. 사내는 말없이 내게 도라지 화분을 넘겨주고는 다짜고짜로 놈의 엉덩이를 걷어찼다. 사내의 눈에는 내가 그에게서 보았던 그것과는 다른 불길이 쏟아져나왔다. 그때 놈의 낑낑거리는 소리에 마당으로 나온 남편이 놈의 목사리를 풀어 아직도 발길질을 해대는 사내에게 쥐어주고는 어서 데리고 가라고 했다. 사내는 말없이 놈의 목사리를 끌고 가버렸다. 그리고 며칠 후 만난 사내는 내게 화가 아직 덜 풀린 것 같은 목소리로 놈 대신 암놈을 한 마리 구해주겠노라고 했다. 그래도 그동안 정이 들었노라는 내 말을 가로막듯이 그는 새로 암놈을 구해주겠다는 말을 다시 한 번 되풀이했다. 사내의 목소리는 매우 단호했다. 며칠 후 나는 화구를 챙겨들고 사내를 앞세워 매미 소리가 극성스러운 뒷산에 올랐다. 나무그늘에 사내를 앉히고 포즈를 잡게 했다. 캔버스 위에 목탄으로 스케치를 하던 나는 손을 멈추고 그를 바라다보았다. 웃옷 좀 벗어보실래요? 사내는 잠시 머뭇거리다가 땀이 밴 작업복 상의를 벗었다. 아니 런닝셔츠도요. 사내는 난감한 표정을 짓다가 땀으로 흥건히 젖은 런닝셔츠마저 벗어버렸다. 저기요, 왼쪽 어깨가 앞으로 오게 좀 비스듬히 앉아보세요. 왼쪽 팔뚝 위에 새겨진 사내의 문신이 보이게 하기 위해서였다. 나는 캔버스 위에 사실적인 기법으로 사내의 모습을 옮겨넣기 시작했다. 좀 튀어나온 광대뼈에 턱이 발달되어 사각형에 가까운 얼굴 윤곽. 짙은 눈썹 아래 약간 꼬리가 치켜올라간 가늘고 긴 눈. 높지는 않지만 큼직한 콧방울이 얼굴 한복판에 완강하게 버티고 있는 코. 넓은 이마 위로 몇 가닥 흘러내린 굵은 웨이브가 진 머리카락. 꾹 다물어진 두툼한 입술. 굵직한 목. 그리고 근육으로 뭉쳐진 넓은 어깨와 가습. 푸른 점으로 조잡하게 새겨진 새 모양의 문신이 자리잡고 있는 다부진 팔뚝. 혹독한 전기고문후유증으로 인한 육신과 마음의 불구 상태라고? 정신병원을 드나들어야 했었다는 마음의 상처는 이해가 갔지만 사내의 꿈틀거리는 근육질의 건강미에서 육신의 불구상태를 감지하기란 쉽지 않은 일이었다. 힘드시죠. 좀 쉬시지요. 예, 움직이지 않고 가만히 있는다는 것이 생각보다 쉽지 않군요. 전문모델 이상이시네요. 몸이 참 멋지세요. 곯은 달걀이지요. 겉으로 보기에는 멀쩡해 보여도 속은 다 상해서 아무짝에도 못 쓰게 돼버렸지요. 매미 소리를 따라 나뭇가지 꼭대기로 옮겨가는 사내의 시선이 초점을 잃고 흔들리는 듯했다. 술 담배는 전혀 안 하시는 모양이에요. 네, 시작하면 너무 의존하게 돼서요. 알코올중독 직전까지 간 적도 있었지요. 그때 끊었지요. 담배도 함께요. 담배나 술 대신에 바흐를 들으시는군요. 그는 여전히 시선을 허공에 둔 채 엷게 미소지었다. 바흐는 내면의 성찰로 인도하는 길잡이이면서 내 소통의 대상이 되어지는 타자의 역할도 하지요. 어떤 사람이 자신에게 골몰하게 되면 결국 자신을 모든 외부세계와 단절시키게 되고 자신의 그러한 고독을 숭배하는 경지에까지 이르게 된다지요. 자신의 모든 활동을 내적 성찰에 집중시키다보면 결국 자기 주위의 모든 것에 대해서 무감각해진다고 합니다. 우리가 사고할 수 있는 것은 대상과 대상에 대한 관념에 의해서인데 타자로부터 지나치게 격리되면 더 이상 의식의 원천과 소통할 수 없게 된답니다. 내 말이 아니라 뒤르켐이라는 사람이 한 말이지요. 이제 내 의식은 오래된 우물 속 같은 내 안의 심연에서 더 깊어지지 못하고 제자리를 맴돌고 있지요. 그 의식이 오르내리는 사다리가 내겐 바흐입니다. 우리는 칡꽃 향기와 매미 소리와 정오에 가까워지는 태양의 열기와 사내의 삶의 무게와 그로 인해 다시 살피게 된

내 삶이 얹혀진 저울눈금과 그리고 지열처럼 피어오르는 서로에 대한 신뢰를 감지하며 침묵 속에 함께 앉아 있었다. 나머지 작업은 기회를 보아서 다음에 마저 하기로 하지요. 나는 화구를 챙겼고 사내는 주섬주섬 옷을 입었다. 사내는 혼잣말처럼 중얼거렸다. 내일은 비가 오려나보군요. 이렇게 맑은데요? 잠자리들이 낮게 나는 걸요. 거의 틀림없지요. 나는 산길을 내려오면서 내일은 정말 비가 왔으면 좋겠다는 생각을 했다. 얼굴이 아프도록 비가 쏟아졌으면. 그 빗줄기 속에서 우리들의 잃어버린 것들을 찾을 수 있을 것 같았다. 아내의 소설은 거기서 끝나 있었다. 완전히 끝맺음을 한 것인지 더 이어서 쓸 것인지 알 수 없지만 일단 거기서 끝이었다. 나는 불을 붙이려고 입에 물던 담배를 던져버리고 서둘러 현관 쪽으로 걸어나갔다. 언제 비가 왔나 싶게 맑은 하늘을 이고 있는 산등성이에는 막 솟아오른 햇빛을 받은 수목들이 매미 소리를 쏟아놓으며 기지개를 켜고 있었다. 어제 내린 그 폭우 속에서 아내는 정말…… 나는 중얼거리며 정신없이 아랫집 남자의 집으로 달려갔다. 장고가 꼬리를 흔들면서 다가왔지만 모르는 척하고 지나쳤다. 문을 두드려도 기척이 없었다. 방 안에서는 이름 모를 여자 가수의 유행가 소리만 들려왔다. 나는 벌컥 방문을 열었다. 방 안의 침침한 어둠에 눈이 익어지자 사물들이 하나둘 눈에 들어오기 시작했다. 노랫소리의 진원지는 낡은 트랜지스터 라디오였다. 그리고 로터리식 티브이 한 대만 달랑 있을 뿐 턴테이블이 달린 오디오나 백여 장쯤 되는 엘피판들은 눈에 들어오지 않았다. 방 한구석에는 작은 식탁 위에 반쯤 비워진 소주병이 있었다. 남자는 없었다. 남자의 부재는 나를 넋 나간 사람처럼 멍하게 만들었다. 한동안 남자의 방문에 기대어 멍청히 서 있던 나는 간신히 다리에 힘을 모아 터덜터덜 걸어서 나왔다. 집 모퉁이를 막 돌아서려는데 인기척이 나서 돌아다보니 남자가 버섯재배장 쪽에서 걸어오고 있었다. 손에 연장통이 들려 있는 것으로 보아 어제 폭우로 손상된 곳을 손보고 오는 모양이었다. 나는 남자를 보는 순간 갑자기 힘이 솟았다. 그에게 다가가 어제 비로 피해를 본 것은 없느냐고 묻고는 그가 미처 대답할 틈도 없이 우리 집에 가서 차나 한잔 하자며 그의 손을 잡아끌었다. 남자는 영문을 몰라 어리둥절하다가 마지못해 나를 따라나섰다. 나는 남자와 함께 우리 집까지 걸어오는 얼마 안 되는 시간 동안 조증환자처럼 들뜬 목소리로 혼자서 그 일을 다 하자면 힘들겠다는 둥 하나밖에 없는 이웃이니 앞으로는 도울 일이 있으면 돕고 살자는 둥 어제는 정말 비가 무섭게 내리더라는 둥 시답지 않은 이야기들을 일방적으로 쏟아놓았다. 나는 어색해하며 두리번거리는 남자를 거실에 앉혀놓고 커피를 준비하다가 문득 남자의 방에서 본 소주병이 떠올라 이른 시간이지만 술을 한잔 하겠느냐고 물었다. 남자는 고개를 끄덕였다. 나는 지금까지 남자가 한 마디의 말도 하지 않았다는 것을 상기하고는 기이하다는 생각을 떨쳐버릴 수가 없었다. 그것은 과묵하다는 말로는 설명이 되지 않았다. 말소리를 알아듣는 것으로 보아서 청각장애는 아닌 것 같았다. 나는 반쯤 남은 꼬냑 병을 들고 나와 남자에게 거푸 몇 잔을 권했다. 남자는 사양하지 않고 잔을 받아 소주를 마시듯 단번에 목구멍 속으로 털어넣었다. 그의 얼굴에 불콰하게 취기가 번졌다. 요전번에 장고한테는 왜 그렇게 화가 나셨더랬어요? 남자는 겸연쩍은 웃음을 띠우며 손짓으로 펜과 종이를 달라고 했다. 나는 몇 장의 백지와 볼펜을 가져다주었다. 우리는 필담으로 대화를 시작했다. 장고가 목사리를 풀어놓은 사이에 버섯재배장에 들어가 재배중인 버섯을 적잖이 망쳐놓았던 모양이었다. 괜찮다면 장고를 다시 데려다 길러도 좋다는 말도 덧붙였다. 선천적인 것은 아

닌 것 같은데 어쩌다가 말을 못하게 되었느냐고 물었다. 젊은 시절
공사판을 전전할 때 사고로 혀가 반 가까이 잘려져나갔다는 대답이
었다. 왜 가족과 헤어져 혼자 사느냐고 물으니 스무 살도 채 안 되어
결혼한 부인과는 삼 년 전에 사별했고 외아들은 호주로 이민을 갔다
는 것이었다. 나는 남자를 보내고 아내의 컴퓨터 앞에 앉아 조금은
허탈한 마음으로 아내의 소설 마지막 부분에 눈길을 주었다. '그 빗
줄기 속에서 우리들의 잃어버린 것들을 찾을 수 있을 것 같았다.' 자
판을 만지작거리던 나는 무심코 커서를 그 다음 페이지로 넘겼다. 작
품 제목의 원어철자가 눈에 들어왔다. ※ 'Tableux Vivants' 나는 사전
을 뒤지기 시작했다. ■

# 이 나 미

# 봉인

서울 출생. 서울예대 문예창작과 및 모스크바 고리끼 문학대학 졸업.
1988년 《서울신문》으로 등단.
장편소설 《실크로드의 자유인》 《기우뚱거리며 작아지는 섬 하나》, 소설집 《얼음가시》.

# 봉 인

## 1

"죽었어. 죽어부렀어. 사지가 빳빳시 굳었당게로!"

여자의 넋두리가 여름밤을 가로세로 길게 찢는다. 나는 멈칫, 들고 있던 얼음 주머니를 방바닥에 떨어뜨린 채 소리의 근원지를 찾아 귀를 세운다. 자정이 다 된 시각에 들려온 단말마적 비명이 너무 생뚱맞아 부리나케 앞 베란다로 향한 문턱을 넘는다. 소리가 도로 겸 주차장인 빌라 앞마당에서 들려왔기 때문이다. 여태 부부싸움은커녕 주차다툼조차 없던 동네에 무슨 날벼락인가. 나는 방 불을 끈 채 시야를 가로막은 화단의 전나무 그늘에 얼굴을 숨기고 창밖을 주시한다. 앞동 다용도실 유리창마다 사람들이 머리를 내밀고 서 있다. 어둠 속에서도 그걸 의식한 걸까? 여자가 더욱 허겁스레 두 팔을 허우적거리더니 급기야 무릎을 치며 주저앉는다. 가로등에 비친 여자의 얼굴이 낯익다. 날마다 현관 계단에 앉아 동네 여자들 모아놓고 이 집 저 집 소식 옮기느라 사무가 바쁜 통장이다. 순식간에 주민들이 모여들었다.

"어매 어쩌까! 어째야 쓰까?"

느닷없는 여름밤의 횡액을 알리느라 여자의 목소리가 한층 고조된다.

"이 집 남자가 홀딱 벗고 피칠갑을 해서 엎어졌당게요."

그녀의 손이 대번에 내 집 쪽을 향하는 바람에 하마터면 주저앉을 뻔한다.

"피요? 어디에? 자세히 말 좀 해봐요."

"몰러, 몰러. 어마 놀랬어라."

"119 요청해야지! 도둑이나 강도당한 거 아냐?"

주민들 중 남자 하나가 휴대전화를 꺼내자, "벌써 연락했어요!" 외침이 바로 현관문 앞에서 울린다. 머리털이 쭈뼛 곤두선다. 그렇다면 우리 옆집? 문을 삐끗 열자 계단에 몰려 서 있던 사람들의 시선이 내게로 쏟아진다. 모든 게 분명해졌다. 벽 하나를 사이에 둔 옆집 사람이 변을 당했다는 것. 그들 짐작대로 강도나 도둑을 맞았다면 대문 하나 사이로 내게 향할 수도 있었던 앙화를 비껴갔다는 사실에 안도하기는커녕 께름칙하다. 아무 소리 못 들었는데⋯⋯. 여름이라 집집마다 창문을 다 열고 살아서 윗집에서 설거지하는 소리며 옆집 자명종 소리까지 들리는 판에 대체 무슨 일이 벌어졌던 것일까. 살갗을 친친 휘감는 열기 때문에 겨드랑이며 등줄기가 끈끈하다. 오늘도 열대야다.

"죽은 지 한두 시간 지났어요. 벌써 뻣뻣해진 걸요. 내가 만져봤어요."

활짝 열린 옆집 대문에서 고등학생쯤 돼 보이는 앳된 얼굴이 누구에게랄 것 없이 큰 소리로 외친다. 자신만만한 말투와 달리 얼굴이 어정쩡하게 일그러져 있다. 아직 시신의 버드러진 기운이 손에 남아 있는 탓인가.

"흉기에 찔렸어요? 피를 많이 흘렸다면서요?"

"피는 뭐……. 혈압 같아요."

그는 마치 자신이 검안의라도 된 듯 대수롭지 않게 말한다. 현장을 본 두 사람의 증언이 너무나도 다른 사실에 어이가 없다. 머쓱해진 여자가 또다시 허겁을 떤다.

"심장이 아직도 벌떡거려. 여봐. 가슴 뛰는 거 좀 봐. 이 집 딸래미가 발견 못했으면 이 더위에 어쩔 뻔했을까."

여자의 목청이 119 앰뷸런스의 요란한 사이렌 소리에 묻힌다. 들것을 들고 뛰어내린 구급대원들의 움직임이 일사불란하다. 쉼 없이 돌아가는 경광등 불빛에 둘러선 주민들의 얼굴이 교차된다. 나는 팔짱을 낀 채 하늘을 올려다본다. 별이 한 점 떠 있을 뿐 하늘은 짙푸르다. 비루한 육신을 벗어던지고 홀가분하게 자유를 찾은 영혼이 거기 어디쯤에서 내려다보고 있을 것만 같다.

"죽은 지 이미 여덟아홉 시간 됐어요. 사망자는 저희 소관이 아닙니다. 병원 영안실에 연락하고 경찰에 신고하십시오."

자로 잰 듯 정확한 대처에 걸맞게 119 구조대원들은 후퇴도 신속하다. 예상했으면서 주민들이 웅성거린다. 여덟아홉 시간 전이면 낮 서너 시경이었단 얘긴데, 그때 나는 뭐 하고 있었던가. 어떤 기척이나 비명도 못 들었는데.

"샤워하고 나오다 심장마비 일으켰나봐요."

"혈압이 터졌나?"

"목욕탕에서 나오다 미끄러져서 뇌진탕 일으켰을 수도 있지."

발가벗은 채 목욕탕 문 앞에 길게 엎드린 시신을 두고 추측이 무성하다. 둘러선 남자들의 다리 사이로 나는 본다. 몸은 현관 모서리에 가려진 채 삐죽 나온 허연 두 발을. 이미 경화(硬化)가 시작됐을 맨발. 수세를 거두기엔 늦은 것일까. 죽어 엎드린 남자의 마음이 언짢을 것이다. 식육점에 막 배달돼 널브러진 통돼지처럼 구경거리로 전락한 자신의 몸 때문에. 엎드린 채 온몸으로 저항하고 있는 것 같다. 할 수만 있다면 홑이불이나 식탁보라도 끌어내려 덮어주고 싶다. 그의 벗은 몸을.

옆집 남자. 나는 그를 한 번도 본 적이 없다. 그가 언제부터 옆집에 살았는지도 기억에 없다. 나이나 직업 역시 모른다. 다만 그가 혼자 기거해왔다는 사실만 유추할 따름이다. 어느 순간부터 누군가 스스로 대문을 잠그고 여는 것으로 봐서 출입하는 사람이 한 명이라는 사실을 짐작했을 뿐이다. 처음에는 여잔지 남잔지조차 분간이 가지 않았다. 늘 허방을 밟고 다니듯 조용하고 단정한 발소리에는 체중이 실리지 않았다. 열쇠로 열고 들어가 닫는 문소리도 얌전하다 못해 문틈으로 스며든 듯 고요했고, 슬그머니 문이 닫히면 벽 하나를 사이에 둔 그 집에선 아무런 기척도 들려오지 않았다. 그가 남자일 것이란 짐작을 가능케 한 것은 어느 새벽녘 화장실에서였다. 타일을 붙인 벽 하나 사이로 마주보고 있는 화장실은 환기통이 한 군데로 통했다. 잠결에 소변을 보고 있는데 저쪽 벽에서 미세하게 두루마리 화장지 푸는 소리가 타닥타닥 들려왔다. 화장지를 덮고 있는 양철 뚜껑이 벽에 부딪치는 소리였다. 곧이어 헛기침 소리가 들려왔다. 그는 제 집 화장실에서조차 헛기침도 매우 조심스러웠다. 끓는 가래를 목구멍으로 토해내거나 울음을 삭이는 소리. 그때는 별 주의를 기울이지 않았다.

또 얼마나 세월이 흘렀을까. 크득크득 울음소리가 벽을 타고 넘어왔다. 불과 얼마 전이었다. 더워서 화장실 문을 열어놓고 식탁에 앉아 국수를 먹고 있을 때였다. 울음소리에 하마터면 사레가 들릴 뻔했다. 그만큼 그의 울음은 소리 죽였지만 죽일수록 절절해서 처음에는 울음소리 맞나 몇 번 확인해야 했다. 퉁퉁 불은 소면이 그릇 가장자리에서 말라붙어가도록 그의 울음은 그치지 않았다. 비로소 혼자 사는 말 못할 사연이 있나보다 어렴풋이 짐작했다.

119 구급대가 후진으로 겨우 단지를 빠져나간 것과 동시에 경찰 순찰차가 도착했다. 구경꾼들은 많이 줄었지만 나는 여전히 화단가에 서 있다. 작달막한 키에 대머리 남자를 선두로 정복 차림의 젊은 순경과 스트로보가 달린 카메라를 멘 남자가 경비원의 안내를 받아 옆집으로 들어선다. 유리창에 그들의 그림자가 어른거리더니 곧이어 카메라 플래시 불빛이 화르르 만개한다. 제 집에서 죽었어도 일단 변사니까 현장보존 사진이 필요한 모양이다. 불온한 셔터 소리에 이어 펑펑펑, 폭죽처럼 한여름밤을 수놓는 스트로보의 발광(發光)에 베란다며 현관 유리창이 몸살을 앓는다. 피리 소리처럼 구슬프면서도 끈질긴 울음소리가 새나온다. 오늘 우연히 아버지 집을 방문했다가 참변을 목도한 딸의 울음이리라.


2


그해 초여름, 살인적인 무더위가 온 도시를 마비상태에 빠뜨렸다. 모스크바 6월 평균 기온인 16.8도의 두 배 넘는 기온이 2주 동안 계속되더니 급기야 34도까지 치솟으면서 기숙사 사람들은 창문과 방문을 죄 열어놓고 침대에 누워 산소 공급이 끊긴 어항 속 물고기처럼 헉헉거렸다. 하루 동안 8명의 어린이를 포함한 75명이 익사했고 심장발작으로 입원한 환자가 무려 1109명이라고 했다. 그뿐 아니었다. 폭염으로 6ha의 산림이 불탔고 시민 가정용수 사용량이 무려 580만㎥로 사상 최대라며 모든 것이 최고 기록을 갱신했다고 떠들었다. 급기야 기상관측사상 두 번째로 1901년 이후 처음 겪는 가마솥더위라는 보도가 나오자 사람들은 경악했다. 기상청에서는 불볕더위가 사나흘 더 지속된 후 비구름이 형성되면서 비가 한 차례 내려야 더위가 식을 것이라는 예보를 끝으로 입을 다물었다. 그것은 끝이 아니라 그 여름의 시작을 의미했다.

학교에 가려고 방을 나선 순간 맞은편의 굳게 닫힌 방문에 빗장처럼 길게 드리워진 줄을 보고 멈칫했다. 줄에 매달린 '출입금지'라고 쓰인 붉은색 팻말은 더욱 섬뜩했다. 주 선생 방이었다. 무슨 일이 생겼나……? 잠시 한국에 다니러 갔다면 구태여 출입금지라고, 그것도 붉은색으로 써붙일 이유가 없었다. 더구나 체류 삼 년이 다 되도록 한 번도 한국에 간 적이 없다는 그가 소리 소문 없이 떠났을 리 만무했다. 비행기 티켓 마련할 돈이 없어서라는 소문도 있고, 한국에 가족이 없다는 말도 들렸지만 정작 본인이 입을 굳게 다물고 있어 확인된 바는 없었다. 그럼 결국 방세를 못 내 쫓겨난 것인가. 그쪽이 훨씬 설득력 있었다.

주문도 씨. 그는 복도를 사이에 둔 맞은편 방에 살았던 내 이웃이다. 아침마다 학교에 가기 위해 거의 동시에 방문을 열고 나와 딸깍, 문을 잠그고 비슷한 속도로 복도를 걸어나와 엘리베이터 앞에 서서 수위와 눈인사를 나누며 문이 열리기를 기다리는 길고도 지루한 시간, 일층 현관을 빠져나와 지하철역까지 앞서거니 뒤서거니 걸어가는 기회가 잦아지면서 어느 때부턴가 그를 의식하게 됐다. 처음에는 막연히 그가 중국인이거나 베트남 사람일 거라고 짐작했다. 그 연배의 한국인이라면 외교관이나 특파원, 상사 직원일 테니까 외인 아파트 혹은 고급 호텔에 장기 투숙하면서 외제 승용차를 굴리는 것이 보통인데, 그는 우리처럼 가난한 유학생이 애면글면 차례 기다려서 겨우 손에 쥔 거주허가증에 몸을 의탁한 기숙사생이었으니 어디로 보나 한국인일 것이라는 추측을 배제한 것은 당연했다. 게다가 늙수그레한 외모에 늘 똑같은 옷차림, 누구와도 눈을 마주치지 않고, 말문을 트지 않으며 항상 귀에 이어폰을 꽂고 있는 것도 그랬다.

그는 언제나 땅바닥을 눈으로 훑으면서 무언가 중얼거리고 다녔다. 알아들을 순 없었지만 노어인 것은 분명했다. 보따리 장사를 하기 위해 온 지 얼마 안 된 중국 상인을 연상할 수밖에 없었다. 그가 내리는 전철역은 루즈니키 강변 벼룩시장과 가까웠고, 거긴 가죽 제품을 파는 중국 보따리 상인들로 득실거렸다. 가죽 옷뿐만 아니었다. 엄청난 규모의 노천시장 상권 절반을 차지한 중국인들이 보따리로 가져다 파는 물건의 종류는 상상을 초월할 정도로 다양했다.

나는 그를 중국인 장사치로 단정지었다. 항상 역에 도착하도록 양쪽 귀에서 이어폰을 빼는 적이 없어 안내방송을 놓치고 두리번거리다 허둥지둥 뛰어내렸고, 가방은 불룩했으며 차림새도 한결같았다. 목둘레가 때에 전 단벌의 흰 와이셔츠에 엉치에 흘러내릴 듯 걸쳐진 바지. 비쩍 마른 체구에 작은 키의 그는 표정이 밀랍처럼 굳어 있었다. 어쩌다 시선이 마주치면 그쪽에서 황급히 거두는 바람에 무심히 건너다보던 나 역시 겸연쩍어 고개를 돌리곤 했다.

와이셔츠 한 장으로 버틸 만큼 모스크바 날씨가 무덥기만 한 것은 아니었다. 한번은 갑자기 서늘해진 날 엘리베이터에 동승하게 됐는데 그의 윗옷 차림을 보는 순간 입이 딱 벌어졌다. 성긴 올이 바늘 끝만 대도 투두둑 벌어질 만큼 남루한 와이셔츠를 두 벌이나 겹쳐 입고 있었기 때문이다. 속 칼라는 칼처럼 치켜올라가 까치둥지 같은 뒷머리 속으로 파고들었고, 겉 칼라는 숨죽은 배춧잎처럼 축 늘어진데다, 커프스를 채우라고 덧댄 소맷단 두 장이 겹쳐져 손목에 벌건 자국이 나 있었다. 일교차가 급격해진 날씨에 점퍼도 아니고 바랠 대로 바랜 두 장의 와이셔츠라니…… 나는 그의 굽은 등에서 시선을 떼지 못했다. 묘한 서글픔이 배어났다. 그러거나 말거나 그는 여전히 입술을 달싹이며 무언가를 중얼거리고 있었다.

그가 기숙사에 사는 한국 학생들 사이에서 유명인사라는 걸 알게 된 것은 한참 후였다. 매달 마지막 주 토요일 저녁때 한국관에서 유학생들에 한해 음식값을 할인해준다는 공고가 붙었다. 한 그릇에 18달러씩 하는 설렁탕, 육개장을 반값에 김치까지 맘껏 먹을 수 있다는 사실은 상당히 고무적이었다. 학생들은 영양보충할 기회라며 아예 그날을 유학생 친선도모의 날로 정하자고 이구동성 떠들었다. 매 끼니를 제 손으로 챙겨 먹어야 하는 남학생들이 특히 쌍수를 들고 환영했다.

처음 음식값을 할인해주던 날, 유학생 위안잔치 겸 해 서울 모스크바간 운항하는 항공회사에서 추첨을 통해 한 명에게 무상으로 왕복 항공권을 제공한다는 입소문이 돌았다. 정말이야? 공짜로 비행기 티켓을 준다는 게 사실이냐구? 학생들은 혹시나! 기대가 앞선 맘에 만사 제치고 몰려갔다. 300석 규모의 식당은 입추의 여지없이 꽉 들어찼고, 호기를 부려 소주까지 시켜 마신 테이블에선 김칫국 들이키는 소리가 흘러나왔다.

"너희들 눈독들이지 마! 비행기표는 내 거니까!"

"너야말로 김칫국 마시지 마라. 임마! 내가 어제 무슨 꿈 꿨는지 알면 입도 뻥끗 못할 거다."

그들의 호언장담이 밉지 않았다.

"야, 나 서울땅 밟아본 지 이 년 넘었어. 너희들은 작년에 갔다 왔잖아. 나한테 행운 몰아주면 안 되겠냐? 울 엄마 보고 싶어 눈가가 짓물렀다. 네 꿈 나한테 팔아라 엉?"

아무래도 좋았다. 누군들 한시라도 고향과 가족을 잊었겠는가. 공짜라서 더욱 간절하고 설레는 기분에 설왕설래 장내가 시끌짝했다. 그날 저녁 최고의 관심사는 단연 서울행 왕복 비행기 티켓의 행운을 누가 거머쥘 것인가였다. 항공사 지점장이 제비를 뽑아 호명하자 일순간 터질 듯한 침묵이 흘렀다.

"78번! 78번 가진 분 앞으로 나와주십시오!"

행운이 자신을 비켜갔다는 아쉬움과 함께 78번의 주인공이 누군지 궁금해진 이들이 고개를 빼고 사방을 두리번거렸다. 촘촘히 늘어선 테이블과 의자를 뚫고 앞으로 나가는 남자를 본 나는 깜짝 놀랐다. 아니, 저 아저씨가 여길 왜 왔지?

"주 선생이잖아? 잘됐네!"

"정말, 이번에 모처럼 서울 한번 다녀오시겠군!"

"저 사람 알아요? 한국 사람이에요?"

"그럼요. 내 대학 후배예요."

"후배요?"

"아아, 학번상으로요. 우리 학교 노문과 나왔거든요. 늦게 편입했기 때문에 학번만 그렇지, 나이는 우리 아버지뻘이죠. 아니 아버지보다 더 되셨을걸?"

러시아 문학에 경도돼 오십대 중반에 노문과에 편입학해 학위를 받고도 성에 안 차 모스크바로 유학 떠나온 지 이 년이 넘었다고 했다. 모스크바 국립대학교 어문학부 석사과정으로 19세기 문학 중 '도스토예프스키' 전공이라는 그가 유창한 한국어로 말문을 열었다.

"생각지도 않았던 행운을 얻게 돼 우선 기쁩니다. 여기 걸어나오면서 생각한 것이, 에, 살다보니 이런 날도 있구나! 행운이란 놈은 늘 나를 비켜 다녔거든요. 제 인생에 있어서 처음 겪는 행운 같습니다. 먼저 이런 자리를 마련해주신 항공회사 관계자 여러분께 감사드리며, 유학생들의 가벼운 주머니를 생각해 매달 하루 '유학생의 날'을 공포한 식당 사장님께도 고마움을 전하는 바입니다. 그리고 에에……"

연설이 길어지고 있었다. 유학생들 학부모를 대표한 인사 같았다. 여기저기서 수저며 반찬그릇 옮기는 소리가 들릴 즈음 그가 본론을 말하겠다고 했다.

"본인은 물론 여러분도 마찬가지겠지만, 뭐랄까 저보다 더 한국에 가고 싶어도 경제적 사정 때문에 오랫동안 가지 못했던 다른 학생을 위해 이 행운을 포기할 생각입니다. 유학생회에 일임할 테니 거기서 한 명 선정해 티켓을 선물해주십시오."

우레 같은 박수가 터져나왔다. 양보의 미덕에 감동한 순간이었다. 거기까지였으면 좋았을 것이다. 박수 소리가 그치기도 전에 그가 마이크를 고쳐 잡았다.

"그리고 모처럼 우리가 단합해 친선을 도모하는 자리인 만큼 몇 가지 당부 말씀을 드리고자 합니다. 에에, 여러분도 공감하시겠지만 우리 유학생들 중에 특히 여학생 여러분! 옷차림이 그게 뭡니까? 큰일입니다. 화장은 또 왜 그렇게 짙어요? 공부하러 온 건지, 관광하러 온 건지…… 문제예요. 문젭니다."

그의 말이 떨어지기가 무섭게 싸늘한 침묵이 흘렀다. 특히 여학생들끼리 모여앉은 테이블에서 볼멘소리가 터져나왔다.

"어우, 뭐야아? 별일이야."

청바지에 티셔츠 차림의 여학생들이야 기가 막힐 노릇이었다. 그가 지적하는 여학생들은 오늘 같은 자리에 나타날 리가 없었다. 그녀들이 뭐가 아쉬워 음식값 할인과 한국 음식에 연연할 것인가. 그들의 냉장고엔 한국서 가져온 갖가지 밑반찬에 곰팡이가 피어도 맥도널드 햄버거와 피자헛 피자만 먹고 산다는데.

기숙사 14층 복도는 모스크바시 유고자파드나야구(남구) 청담동 로데오 거리로 통했다. 일찌감치 대학에 떨어지자 부모 강요에 못 이겨 떠밀리다시피 날아와 유학생 신분을 유지하고 있는 몇몇 여학생들이 수시로 패션쇼를 벌인다고 해서 생긴 별칭이었다. 그들은 매 학기 방학마다 서울로 날아가 최신 유행하는 옷가지와 장신구를 사들고 와서 쭉 빼입고 주로 밤 시간에 할 일 없이 기숙사 복도를 배회하며 열린 방문을 기웃거리다가 끼리끼리 모이면 어디론가 사라진다고 했다. 그래서 일부러 외부에서 기숙사 복도로 구경 갈까 벼르는 남학생도 있다고 했던가.

"에에, 그리고 남학생 여러분들도 잦은 술자리, 카드, 카지노 출입을 삼가야 합니다. 서울에 있는 여러분들 부모님을 생각해보십시오. 물론 주말에 한두 차례 벌이는 술판이야 뭐라겠습니까만 정도가 문젭니다. 문제!"

"또 시작이군. 문제 타령!"

과묵한 줄 알았는데 말문이 터지자 평소 무슨 불만이 그리 많았는지 누구도 못 말릴 정도로 문제를 열거하고 나섰다. 그의 말만 들으면 유학생들 전체가 상당한 문제를 안고 있다고 여길 정도였다.

"원래 저렇게 말씀이 많으세요?"

"아뇨. 그렇진 않아요. 평소엔 거의 말을 안 하다가 한 번 입이 떨어졌다 하면 무섭게 야단치시죠. 선생님 주관이 워낙 강해서요."

그의 선배라는 남학생이 고개를 설레설레 저으며 말했다.

"윤리 주임 같은 분이에요. 못 말려요. 그냥 나이 대접 해드리는 거죠. 뭐!"

또 다른 사람이 삐딱하게 말했다.

"그래도 순수하신 거지. 열정도 있으시고……."

"여러분, 민태원의 「청춘예찬」 아시지요? 청춘! 듣기만 해도 가슴이 설레지 않습니까? 청춘의 끓는 피가 아니었더라면 우리 인간이 얼마나 쓸쓸했겠습니까? 이성은 투명하되 얼음과 같고, 지혜는 날카롭지만 갑 속에 든 칼이라고 했습니다. 여러분! 우린 모두 빛나는 이상, 귀중한 이상을 품고 있기에 이 땅에서 묵묵히 고단한 유학생활을 견뎌내고 있는 것입니다. 우리 인생 최고의 황금시대인 청춘의 가치를 한시라도 잊어서는 안 됩니다!"

아무도 박수로 호응하지 않았다. 학생들의 얼굴이 소태 씹은 듯 일그러졌건만 그는 벌겋게 상기된 얼굴로 마지막까지 하고 싶었던 말을 다 하고 자리로 돌아갔다. 그가 자리를 찾아가느라 끼익끼익 의자 치우는 소리만 허공에 보이지 않는 균열을 만들었다. 누구도 입을 열지 않았다. 가라앉은 분위기를 띄우느라 진땀 빼는 사회자가 안쓰러울 지경이었다.

기숙사로 돌아오는 전철에서 나는 골똘히 생각에 잠겼다. 처음 보는 그의 열띤 표정과 한 치 양보 없이 밀어붙이던 단호한 말투. 그리고 썰렁한 분위기를 감지하지 못했을까. 그의 질타에 화답하는 한숨과 야유를 듣지 못했을까. 상대가 동의하든 말든 나는 하고야 말겠다는 고집 뒤에 밀려드는 회의나 후회는 없었을까. 용기가 없으면 하기 힘든 행동이었다. 그의 용기와 열정에 비해 무겁게 가라앉았던 행사장 분위기가 못내 안타깝고 착잡했다. 그에게 타협이란 없는가. ㄷ자로 꺾어지는 복도 모퉁이에서 사선으로 보이는 그의 방 창에 불이 환히 켜져 있었다. 벌써 돌아온 그가 책상에 정좌하고 있는 것이 보였다.

추석이 코앞으로 다가왔다. 외국생활에서 명절은 치명타다. 가슴 깊숙이 묻어두었던 고독이나 소외감이 자신도 모르는 새 독 오른 뱀처럼 고개를 바짝 쳐들고 시익시익 독을 내뿜기 때문이다. 손에 잡힐 듯 둥실 떠오른 보름달을 보자 아무 일도 손에 잡히지 않았다. 두고 온 가족들, 지인들. 그들은 나를 기억할까. 나만 동그마니 외따로 떨어져 있다는 단절감이 사무쳤다. 한국 사람들이 모여 사는 층에는 정체를 알 수 없는 조바심이 감돌았다. 허둥대면서 전화통에 매달려 서울의 명절 분위기를 전염받고서야 거리감을 해소하는 사람들. 삼삼오오 모여 술추렴하느라 떠들썩하고 어수선한 방들. 나는 다분히 장난기 섞인 심정으로 종이에 그림을 그렸다. 전유어며 잡채, 갈비찜, 송편 접시가 놓인 교자상. 냄새 맡고 싶고, 정말 먹고 싶은 명절 음식들이었다. 가스레인지에선 냄비가 김을 뿜어올리고 있었다. 밤새 불려서 물기를 뺀 쌀을 원두커피 가는 머신에 넣고 갈았더니 방앗간에서 빻았던 쌀가루와 비슷했다. 궁하면 통한다더니……. 흐뭇해진 나는 쌀가루를 익반죽해 꿀 소를 넣고 송편을 빚었다. 모든 것이 소꿉장난하듯 어리쩍었지만 그것도 재미였다. 머신 용량이 작다보니 쌀가루는 두 컵 정도밖에 안 됐고, 오후 내내 빚은 송편이라야 겨우 아홉 개였다. 그 중 네 개를 담은 접시와 명절음식이 먹음직스럽게 그려진 종이를 얹은 쟁반을 들고 조심스레 그의 방을 노크했다. 그의 안경 속 두 눈이 벌겋게 충혈돼 있었다.

"누구요? 무슨 일로……?"

그가 경계하는 눈빛으로 쟁반과 나를 번갈아 쳐다봤다.

"저, 앞방 사는 학생인데요. 이거 드셔보시라구요."

김이 모락모락 오르는 송편을 바라보는 입가에 보일 듯 말 듯 미소가 스쳤다.

"어서 난 겁니까?"

"제가 빚었어요."

"모스크바에서 송편을 직접 빚었다……? 허어 참!"

거절할까봐 황급히 쟁반을 떠안기고 돌아섰다.

그 일 이후로 아침저녁 엘리베이터나 복도에서 마주치면 눈인사를 나누게 됐다. 여전히 그가 먼저 말을 거는 적은 없었다. 그는 가방 속에 든 카세트테이프에 녹음된 강의 내용을 반복해 듣느라 곁을 주지 않았고, 어쩌다 시선이 마주쳐도 한참 눈을 끔벅인 후에야 비로소 어어! 그래요! 알아봤다.

식당 사건 이후로 그는 여간해서 사람들과 말을 섞지 않았고 내왕도 사절했다. 한국 말을 하다보면 노어가 늘지 않는 데다 쓸데없이 잡담하는 시간에 책 한 줄 더 보고 단어 한 개 더 외우겠다는 것이 그의 철칙이었다. 그런 면에서 기숙사 통틀어 그를 따라갈 학생은 없었다. 대신 그는 시선으로 사람들을 제압했다. 그의 시선이 몸을 훑으면 대부분 개운찮아했다. 알 듯 모를 듯한 일별의 의미에 전전긍긍하거나 아예 기분 나쁘다는 듯 몸을 털며 혀를 찼다. 뭐야? 이번엔 또 뭐지?

한국 식품점에서 기다리던 컨테이너가 도착했다고 일층 게시판에 공고를 써붙였다. 나는 학교에서 돌아와 까라질 듯 피곤한 몸을 끌고

레닌스키 프로스펙트를 달려갔다. 한국 라면 먹어본 게 까마득했다. 컨테이너가 들어오면 제일 먼저 동나는 것이 신라면과 짜파게티였다. 중국집이 있긴 했지만 자장면 한 그릇에 10달러라 짜파게티 역시 라면 못지않게 인기 품목이었다. 그날은 부지런을 떤 탓인지 라면 한 박스를 차지할 수 있었다. 뿌듯했다. 내 몫의 라면이 남아 있었다니……. 사람들은 너나없이 라면을 몇 박스씩 머리에 이고 지고도 모자라 진공포장된 고추장, 된장, 단무지와 오이지를 봉투에 쑤셔넣고 호기롭게 달러를 지불했다. '한국 거잖아!' 한 마디면 모든 게 허용됐다. 누가 먼저 집느냐가 문제였다. 한국 식품점의 진열대를 구석구석 훑는 사람들은 고향과 가족에 대한 갈증과 그리움을 그렇게라도 풀지 않으면 미치기 일보직전처럼 보였다. 운 좋게 차지한 라면 박스를 전리품처럼 어깨에 메고 돌아온 나는 흐뭇해서 라면 봉지를 쓰다듬다가 네 개를 들고 주 선생 방을 두드렸다. 내 손에 들려 있는 라면을 뜨악하게 쳐다보던 그가 말했다.

"난 괜찮으니까 두고 먹어요."

그는 철저히 러시아식으로 먹고 생활했다. 러시아에 왔으니 그렇게 사는 게 당연하지 않냐고 되물었다. 아침은 챠이 한 잔과 비스킷. 비스킷이라야 건빵처럼 무미건조해서 입을 찢어도 먹기 힘든, 동그란 고리 모양에 킬로그램 단위로 포장된 아주 싼 과자였다. 점심은 학교 식당에서 해결하고, 저녁 땐 버터 바른 밀빵 두어 조각 아니면 오이와 스메타나(발효유)로 때운다고 했다. 식사 마련하는 시간조차 아깝다며 사람이 먹는 데 시간을 낭비해선 안 된다고 누누이 강조했다. 일 분 일 초라도 의식하지 못하는 가운데 흩어져버린 시간은 결코 돌아오지 않는 법이라고……. 시간에 대한 그의 강박관념은 집요하고 철두철미했다. 그가 유일하게 먹성에 사치를 부린 것이라면 신선한 버터와 스메타나였다. 버터는 입에서 살살 녹을 듯 맛있지만 방부제가 들어 있지 않아 금방 부패했다. 그의 방에는 그 흔한 냉장고도 없었다.

딱 한 번 그의 방에 들어갔다가 침대와 책상을 제외한 모든 공간에 아무렇게나 쌓여 있는 엄청난 책더미에 놀란 적이 있다. 텅 빈 옷걸이와 냄비와 그릇 몇 개를 제외하곤 오로지 책, 발 디딜 틈 없이 부려진 책뿐이었다. 고서점을 방불케 했다. 천천히 방을 둘러보다가 벽에 붙여진 종이에 눈길이 멈췄다. '머리는 차갑게! 배는 고프게! 발은 따뜻하게!' 비뚜름한 글씨체지만 애옥한 살림살이와 찢어진 벽지를 배경으로 돌올한 빛을 발하고 있는 글귀. 그는 삶이 고통스럽다고 여겨질 때마다 그 구절을 보면서 자신을 다잡았을 것이다. 청빈한 삶이 바로 그런 것인가. 삶이란 모든 조건이 다 갖춰져야 만족스런 것은 아니리라. 겸연쩍어서 화제를 바꾸고 적당히 얼버무리다 방을 나오는데 그가 등 뒤에서 말했다. "배부르고 등 따시면 아무것도 못해요!" 나는 정곡을 찔린 듯 오스스 떨었다. 사는 게 힘들고 피곤하니까, 외롭고 고달파서, 먹는 게 시원찮다보니…… 온갖 구실을 대며 학업을 등한히 하진 않았던가. 무언가 핑곗거리를 찾아 나태해진 자신을 합리화하진 않았는지. 곰곰이 돌아볼수록 무안하고 짓쩍었다. 그는 나를 보이지 않는 끈으로 조종하고 있는 듯했다. 대다수의 학생들 역시 마찬가지였으리라. 행여 그와 마주칠까봐 꺼려하면서도 그가 보이지 않으면 궁금해했고, 그가 침묵으로 일관하는 것에 불안해했다. 서로 데면데면 굴면서도 무시할 수 없는 이상한 관계. 그는 말한 마디 하지 않고도 기숙사 내에서 존재한다는 이유만으로 조종과 군림이 가능했다. 그러나 자신은 미처 알지 못했을 것이다. 그런 희한한 종속관계를. 어쨌든 나는 진작에 파악하고 있었다. 그의 시선에

담긴 노심초사와 격려와 호의와 동지의식을. 카리스마는 사람을 고
독하게 만든다. 그도 외롭고 동지가 필요했을 것이다. 송편 접시를
들고 그의 방문을 두드렸던 날, 그늘진 눈빛을 본 순간 이미 그는 내
게 두렵거나 까다롭고 상대하기 힘든 사람이 아니었다.

　기숙사 건너편의 빵공장으로 빵을 사러 나가던 길이었다. 엘리베
이터에서 내린 그가 시무룩한 얼굴로 어깨를 축 늘어뜨린 채 복도를
걸어오고 있었다.

　"선생님, 무슨 일 있으세요?"

　그가 대답 대신 슬그머니 방문을 닫고 들어가버렸다. 귀에는 이어
폰도 꽂혀 있지 않고 낯빛은 파리했다. 그렇게 기운 빠진 모습은 처
음이었다. 어디 아프신가? 일체의 관심을 거부하는 터라 더 이상 아
는 체할 수 없었다.


3


　모스크바로 떠나겠다고 하자 아내와 자식들은 격렬하게 반대했다.
당신 미쳤어요? 아버지 연세를 생각하세요. 아빠 가족이 안중에도 없
어요? 몇 년 전 노문과 편입을 묵인했던 것부터 잘못 끼워진 단추였
다는 말까지 했다. 평생 당신 고집에 져주면서 살았지만 이번만큼은
못 참아요. 주책이 하늘에 뻗쳤지! 아버지가 지금 연세에 유학 가서
학위 받고 오면 뭐 하실 건데요? 뭘 하겠다는 게 아니라 그저 공부를
하고 싶다. 너도 석사과정까지 밟아놓고 애비 심정 이해 못하겠니?
제가 공부하고 싶어서 대학원 갔어요? 취직이 어려우니까, 워낙 고학
력자들끼리 경쟁하니까 할 수 없이 갔죠. 그래서 지금 고작 하고 있는
일이 뭡니까. 대기업 나사밖에 더 됐어요? 그것도 제가 빠지면 얼마

든지 갈아 끼울 나사가 널려 있는, 있으나마나한 나사요. 공부는 목적
이 있어서 하는 게 아니다. 파고드는 재미, 과정에 의미를 두는 게지.
네가 하겠다고 나설 때 난 말리지 않았다. 어쩔 수 없었어요. 아들애
는 그쯤에서 입을 다물었다. 하지만 딸애는 달랐다. 아빠는 자신밖에
몰라요. 어떻게 그런 기가 막힌 생각을 할 수가 있어요? 기가 막힌다
고? 그럼요. 노골적으로 표현하지 않았지만 노망든 거 아니냐는 듯
백안시하던 그애의 표정을 잊을 수 없다. 당신이 아무리 평생을 외곬
으로 살아왔다지만 이건 정말 말이 안 돼요. 애들 보기 민망하지 않아
요? 정 갈 거면 이혼 도장 찍고 가! 이혼 운운하는 아내의 눈에 불똥
이 튀었다. 애들 다 출가시켰겠다, 가장으로서 한시름 놓고 이제야 오
랜 소망이었던 공부를 하겠다는데 이기심이니 무책임이니 들먹이며
벌집 쑤신 듯 들고일어서는 것에 솔직히 화나고 어이없었다.

　가난한 농부의 6남매 중 장남으로 태어난 나는 동생들 건사하느라
제때 공부를 못했다. 도시로 나와 간신히 고등학교를 마친 후 곧바로
생활전선에 뛰어들었고 줄줄이 딸린 동생들은 평생 내 등짐이었다.
등짐을 제자리에 부려놓기까지 끝이 없을 줄 알았는데 다행히 제 나
름대로 앞가림을 하게 됐고, 야간대학을 다니면서 결혼한 나는 아내
와 함께 죽을 둥 살 둥 일을 해 집이며 조그만 공장을 마련했고, 애들
가정까지 다 꾸려주고 돌아보니 오십이 넘어 있었다.

　사실 환갑을 바라보는 나이에 러시아 문학을 공부하러 가겠다는
데 선뜻 동의할 사람은 많지 않았을 것이다. 친구들만 해도 손주들
재롱과 건강에 대한 관심, 집안 대소사에 관여해 가장으로 위신을 세
우는 데 만족하며 여생 보낼 궁리를 하지 않았던가. 그러나 평생 내
적성과 상관없이 오로지 돈벌이 때문에 이 바닥 저 바닥을 전전할 때
고달픈 현실을 버티게 해준 것은 책이었다. 나는 천성적으로 책읽기

를 좋아했다. 그 속에는 무궁무진한 세계가 펼쳐져 있어 갑갑한 현실에서 벗어나 대리만족을 얻을 수 있었고, 막연하나마 미래에 대한 희망을 품을 수 있었다. 그래서 아무리 형편이 궁해도 책 사는 돈은 아깝지 않았고 항상 손에서 책이 떠나지 않았다. 자그마한 규모의 공장을 마련하고부터는 사무실이 곧 서재였다.

젊은 시절 금형 보조 기술자로 피곤한 몸에도 불구하고 밤잠을 잊어가며 백열전구 밑에서 읽었던 러시아 소설들. 비록 일역이나 영역의 중역판으로 오역이 많았지만 그 속엔 생활고에 찌들려 술에 도피한 알코올 중독자 마르멜라도프의 쓸쓸한 장례식이 있었고, 줄줄이 딸린 동생들의 한 끼 빵을 마련하기 위해 노란 딱지(매춘허가증)에 연연하는 가련한 창녀 소냐와, 어머니의 땅에 무릎 꿇고 키스하며 절규하던 라스콜리니코프, 평생 여자의 뒤꽁무니를 쫓아 정력을 낭비하다 제 아들 손에 비참한 죽음을 당한 음탕하고 미천한 난봉꾼 표도르 카라마조프가 있었다. 그들의 삶의 '조건'과 '생활'에 나를 동일시하면서 남루한 현실에서 위로받고 지혜를 터득했던 것이다. 기억속에 생생한 그 장면들이야말로 그때까지 나를 버티게 해준 버팀목이었다는 생각에 뒤늦게 노문과에 편입했고 졸업하던 해, 러시아까지 가보자고 작심했다. 아직도 그 땅엔 그들이 살아 숨쉬고 있을 것같았다. 그들을 만나고 싶었다. 냉전의 이데올로기가 충천했던 시절엔 꿈이나 꿀 수 있었겠는가. 원어로 다시 한 번 읽으면서 그들의 분위기와 정서를 제대로 이해하고 싶었다.

나는 순순히 아내가 내민 이혼 서류에 도장을 찍었다. 평생 유순하게 살아온 그녀로선 최대 반항이었을 테고, 도장 찍는 나를 바라보는 그녀의 표정에 경악이 깃들었다. 이걸로 당신과 나, 우리 애들과는 끝난 거예요. 나는 동의의 표시로 모든 재산을 아내와 애들 앞으로 명의이전해주었다. 마지막까지 합의와 절충을 기대했던 애들은 실망과 증오의 눈빛을 굳이 감추지 않았다. 만삭의 딸아이 배가 시야를 가렸지만 곧 할아버지가 되리라는 기대도 접었다. 갔다 오면 손주 녀석은 서너 살쯤 돼 있겠지. 김포를 이륙할 때 나는 방랑자처럼 홀가분하면서도 허전함에 심사가 허우룩했다.

　모스크바에 도착하자 맨 처음 나를 맞아준 것은 사회주의 잔재들이었다. 공동분배 조건에 오래 길들여진 노동자들은 남녀 구분 없이 요소요소에 배치돼 있었고, 그들은 굼뜬 동작이지만 꾸준히 사회주의 종주국이라는 거대한 풍차를 돌리고 있었다. 개흙이 늘어붙는 잘착한 인도, 가지치기를 하지 않아 산발한 가로수, 퇴락한 건물, 쓰레기더미가 산을 이룬 공터와 골목과 복도, 깨지고 금간 유리창들, 낡아서 금세라도 바퀴가 퉁겨나올 것 같은 자동차들과 인적 드문 거리, 어둠만 내리면 암흑에 휩싸이는 도시. 그러나 그 모든 것이 내게는 눈물겨운 감회로 다가왔다. 살아서 내 발로 옛 소련 땅을 밟았다는 흥분과 아직도 19세기 문학작품 속 배경이 시공간을 초월해 곳곳에 남아 있다는 사실 때문이었다. 그럴수록 마음이 조급하고 초조했다. 하루 빨리 어학 실력이 늘어야 한다는 강박관념에 비해 단어는 외우고 돌아서면 깜깜하고, 교수의 강의는 어렴풋한데다, 기숙사 건이며 최소한의 생활비로 숙식을 해결해야 하는 부담 등등 사사건건 조바심 나고 답답한 것 투성이었다. 발탄 강아지처럼 까마귀들이 시도 때도 없이 텁텁한 목청으로 엄마아! 엄마아! 시틋한 심사를 긁어댔다. 영락없이 울다 지쳐 격격대는 어린애의 엄마! 소리였다. 음산하게 허공을 맴돌다 내 방까지 기어든 잔망스런 울음소리에 기신없던 그 무렵.

　인생에 대한 지독한 회의가 밀려왔다. 삶이 일회적이라는, 이대로 죽으면 모든 게 끝이라는, 다시 태어나도 그땐 내가 아니고, 이전의 나를 기억할 수 없다는 절박함. 그건 죽음에 대한 공포와는 별개였다. 궁극적으로 나는 누구고, 무엇이며, 어디서 와서 어디로 가고 있는가에 관한 엄정한 자기 검열이었다고 할까. 당혹스러웠다. 가족들의 만류까지 뿌리치고 올 때는 상상도 못했던 심정적 무기력이었다. 마음의 균형이 무너지자 매사 초조하고 허둥대며 조바심치는 자신을 바라보는 것이 고통스러웠다.

궁금이 독기처럼 번지고 도무지 미래를 종잡을 수 없었던 젊은 시절, 한때 자살을 꿈꿨던 적이 있다. 죽음에 큰 의미를 부여할 필요없다고, 죽음 그 자체는 절대 괴로움이나 고통이 아니라며 스스로를 위무하던 그때, 무릎에 얹어놓고 공 굴리듯 갖고 놀던 죽음과는 근본적으로 다른 문제였다. 그건 내 삶이 우연을 가장한 필연이라고 단정짓고 있을 때나 부릴 법한 오만이었다.

삶과 죽음은 뫼비우스 띠처럼 맞물려 있다. 죽음을 직시할 때 비로소 삶의 의미를 깨닫는 법이라고 하이데거는 말했다. 순리에 따른다면 조바심친다고 띠가 뒤집어질 리도 꼬일 리도 없고, 새삼 두려울 것이 무엇이며 집착과 강박관념에 휘둘릴 것이 무엇인가. 내가 매달리고 지켜나갈 것은 이상과 열정뿐이었다. 죽음은 불확실한 미래에 가장 마지막으로 오는 큰 손님이다. 시기를 예측할 순 없지만 올 것이 확실한 손님. 그렇다고 마냥 손놓고 기다릴 것인가. 그건 유한한 삶에 대한 모독이다. 본질적으론 자유를 추구하면서도 선택에선 늘 자유롭지 못했던 지나온 삶을 돌아보면서 그동안 내가 얼마나 역할과 의무에 대한 부채감에 시달렸던지, 고정관념과 선입견, 소심증에 전전긍긍했던지 알 것 같았다. 한바탕 신열과 근육 마비와 피로, 신경성 위염증세에 시달리고 나니 비꽃이 개고 비거스렁이가 일 듯 몸과 마음이 가뿐해졌다.

　요즘은 마음도 편하고 공부가 재미있다. 그동안 쌓은 실력이 이제 효력을 발휘하는 모양이다. 귀도 뚫린 느낌이고 웬만한 문장은 사전 없이도 쭉쭉 읽어나가면 뜻이 통한다. 이번 여름 방학 내내 다 읽겠다는 목표로 바흐친의 《도스토예프스키 시학의 문제점》을 붙잡았다. 바흐친의 대화이론이 가장 체계적으로 잘 정리되어 있어서 오래전부터 벼르고 별렀던 비평서다. 물론 계획에 비해 성과는 더디지만 뭔가 손에 잡히는 느낌이 있어 그런대로 만족한다. 다만 하루가 다르게 눈이 침침하고 체력이 따라주지 않아 안타까울 뿐이다. 안경을 새로 맞춰야 할 것 같은데 이 나라는 제대로 된 안경점이 없어 지하도나 노점에서 골라잡아야 한다. 그렇다고 달러숍의 안경점에 가자니 돈이 많이 들 것이다. 가져온 돈도 거의 바닥났는데. 서울에서의 송금을 기대하는 것은 어림없다. 온 지 삼 년이 가깝지만 서울에 한 번도 다니러 간 적이 없다.

　낮에는 환전하러 나갔다가 어처구니없는 일을 당했다. 꼬깃꼬깃한 일 달러짜리 열 장을 창구에 디밀었더니 그 중 한 장을 들고 환전소 여자가 암상을 떨며 경찰을 부를래? 돈을 찢을래? 수화기를 들고 비아냥거렸다. 무슨 소리요? 이거 위조지폐야. 맙소사! 일 달러를 위조하는 위조 지폐범이 어딨소? 흐음, 그래도 가짜는 분명 가짜인 걸! 루스키들은 의심이 많은 편이다. 달러를 손에 쥐면 형광등에 비춰보고 렌즈를 들이대고, 감식기에 통과시켜보고 그것도 모자라서 연신 손가락 끝으로 쓰다듬고 네 귀퉁이를 까슬러본다. 새로 나왔다는 감식기도 조악하기 짝이 없다. 안 바꿀 거니까 이리 내! 천만에. 미쳤니? 반 찢거나 신고하거나 둘 중에 하나 선택하라구! 완전히 범죄자 취급이었다. 나는 더 이상 항의할 여력이 없어 찢으라고 했다. 무슨 구경거리난 양 빙 둘러서서 수군거리는 사람들 틈에서 한시 바삐 벗어나고 싶었다. 여자는 뇌꼴스런 웃음을 흘리며 찢은 반쪽을 던져주었다. 지금 내 손에는 50센트짜리 지폐가 있다. 지금도 결코 위조라곤 생각지 않는다.

여기 와서 생활하는 젊은 유학생들 중 가끔 '루스키들은 인간의 탈 속에 개의 뇌를 이식한 못 말릴 종자들'이라고 독설을 퍼붓곤 한다. 온갖 외제 전자제품과 외제 승용차 홍수 속에 천정부지로 뛰는 물가와 루블의 가치 하락으로 생활은 팍팍한데, 달러가 흔해지면서 텔레비전에선 해외 여행객을 모집하는 여행사 광고와 펀드와 은행, 복덕방 광고가 판을 치고, 외국인에 대한 무차별 습격이 늘어나면서 달러만 준다면 청부살인도 마다하지 않겠다는 루스키들을 두고 개탄하는 말이다. 사실 이율배반적이고 모순은 모순이다. 돈으로 모든 게 환산되는 자본주의 국가경제를 흉내낸 시장경제로의 이행에서 오는 필연적인 부작용이라는 걸 감안하고 이해하지 않으면 감당하기 어려운 현실이다. 그러나 모든 게 뒤엉키고 비틀리고 제약투성이고 불안한 격동기에 겪는 파란과 몸살이라는 걸 염두에 두고 견뎌내줬으면 하는 게 솔직한 내 바람이다.

모든 걸 다 잊고 공부에 몰두할 때가 제일 속 편하다. 날씨가 너무 덥다. 그냥 덥다고 말하기엔 여기 와서 처음 겪는 찜통더위다. 가만히 있어도 겨드랑이로 땀이 줄줄 흐른다. 물을 마셔도 땀으로 다 빠져나가 목구멍이 간질간질하고 눈앞이 빙빙 돈다. 더위로 재갈을 물린 듯 입만 벌리면 숨이 턱에 찬다. 어제도 세 시간밖에 못 잤다. 어서 빨리 이 더위가 지나갔으면 좋겠다. 머지않아 가을이 올 것이다. 항상 비로 시작해 진눈깨비로 바뀌는 날씨와 먹장구름을 품은 하늘이 양 어깨를 끌고 진창으로 곤두박질치는 가을. 비록 삭신이 쑤시고 노그라져도 폭염보단 나을 것 같다. 가을이 오면 더 피치를 올릴 수 있겠지.

4

　기숙사 복도 모퉁이에 분향소가 설치됐다. 검은 리본이 둘러진 영정 앞에는 모금함도 설치됐다. 그의 장례식 비용으로 쓰기 위해서였다. 대사관에서 서울의 가족에게 시신을 인도해 가라고 연락했다가 거절당하자 결국 유학생회장(葬)으로 치르기로 했다.

　무더위가 정점에 올랐던 어제, 기숙사 뒤편 호수에서 수영하던 그가 물속으로 쑤욱 빨려들어가는 것을 마침 창가에 서 있던 한 학생이 보고 뛰어내려갔지만 그는 온데간데없었다. 그를 삼킨 수면은 폐쇄된 우물 속처럼 고요할 뿐이었다. 잠수부를 동원해 호수 바닥까지 이 잡듯 뒤진 끝에 끌어낸 그는 이스트를 넣은 호밀빵처럼 부풀어 있었다. 심장마비로 인한 익사라고 했다.

　평소 13층 내 방 창가에서 내려다보이는 호수는 기괴한 느낌을 주었다. 흐름이 거의 없는 수면은 수직 낭떠러지 아래 펼쳐진 울창한 숲의 우듬지처럼 혹은 녹이 잔뜩 낀 거대한 거울처럼 교교한 빛을 뿜어 마성(魔性)마저 풍겼다. 도심인데도 새벽녘이면 물안개를 피워올렸고, 날빛이 끄느름할 때면 거대한 맹수가 화살촉에 찔려 웅크린 듯 찰싹찰싹 물결을 뒤채며 신음했다. 무심코 창가에 서면 내려다보는 것이 두려워 일부러 시선을 멀리 던지곤 했다. 직각으로 고개를 꺾는 순간 호수가 당길심을 이용해 확 빨아들이거나 머리채를 끄잡아내릴 것 같은 착각 때문이었다.

　장례식에서 그의 지도교수 나탈리아는 그를 '순례자'로 칭했다.

삶에 완성이란 있을 수 없지만 완성을 향해 끊임없는 노력을 보여준 그의 고귀한 삶의 태도에 존경을 표한다고. 이제 그는 진정으로 자유로운 죽음을 맞이한 것이며, 누구보다 우리 러시아를 사랑했던 이방인이자 고독한 순례자로 오래 기억하겠노라며 오열했다. 나는 검푸른 주검얼룩이 내려앉은 그의 얼굴에 깃든 담연한 표정을 보면서 '행복한 삶을 산 사람이야말로 행복한 죽음을 맞이한다'는 말이 근거 있는 모양이라고 생각했다. 약력과 조사가 이어지고 헌화를 끝으로 장례식이 끝나자 비로소 관 뚜껑이 덮였다. 천장에서 한 줄기 빛이 내려와 어룽어룽 그의 관을 비추었다.

화장장에서 그가 한줌 재로 살아지는 동안 나는 다른 학우들과 함께 음식을 마련했다. 달러숍에서 파는 캘리포니아산 기름진 쌀밥 한 그릇과 구운 생선, 나물 몇 가지. 평소에 러시아식 음식을 고집했지만 마지막 가는 길마저 뻣뻣한 밀빵 한 덩이와 식은 수프 한 접시로 보낼 순 없었다.

모스크바강 상류로 거슬러 올라가 가장 아늑하고 외지고 그가 머물기에 안성맞춤인 장소를 찾아 조촐한 음식을 차려놓고 유학생들이 둘러섰다. 하늘은 쟁명했다. 바람도 숨죽인 듯 고요하고 사위가 잘 닦인 유리창처럼 투명한 대기 속으로 돌아가며 한 줌씩 그를 놓아보냈다. 그가 못내 아쉬운 듯 허공에서 소용돌이쳤다. 하늘은 여전히 푸르고 햇빛도 장난질이 한창인데 그가 흔적 없이 사라지려 하고 있었다. 그의 음택(陰宅)인 모스크바강은 강폭이 좁은 대신 깊고 충충했다. 끊임없이 사품치는 물결에 그가 둥실둥실 몸을 실었다. 우린 이승과 저승의 경계가 모호한 지점에 서서 그를 배웅했다.

안경과 신발, 와이셔츠, 손가방 따위를 쌓아놓고 불을 지피는 남학생들의 표정이 무겁고 착잡해 보였다. 불땀을 돋운답시고 자꾸만 자작나무 가지를 뒤적여 불티가 날아도, 발밑으로 불꽃이 날름날름 기어와도 누구 하나 제지하거나 화들짝 피하는 이가 없었다. 모두를 깊은 상념 속으로 밀어넣은 것은 무엇이었을까. 너나없이 얼굴이 벌겋게 상기된 것이 순전히 불김 때문이었을까.

5

불을 다 끄고 누운 나는 옆집 동향에 귀를 기울인다. 아까 보니까 불도 환히 켜 있고, 간헐적으로 그릇 달그락거리는 소리와 두런두런 말소리가 들려온다. 낮에 통장 여자가 계단에 앉아 떠드는 얘기를 들었다.

"평생 다니던 우체국을 맹태하고 이혼꺼정 당한 뒤 혼자 월세로 들어왔디야!"

퇴직금은 위자료로 뺏기고 손에 쥔 몇 푼으로 채소 장사한다고 중고 트럭 샀다가 사고내면서 합의금 조로 트럭마저 날리자 울화가 깊어졌다고 했다.

"핀지 배달만 하고 산 그 양반 깜냥에 장사가 당키나 했겠어? 참말로 이래 벌겋게 눈 뜨고 살았어도 산 목심이 아녀. 북망산 멀다더니 문턱 아래가 북망이고, 모퉁이 돌아 저승이라잖여!"

죽은 뒤 여덟 시간 동안 방치됐다가 정든 집을 뒤로하고 어디론가 떠난 채 여태 돌아오지 않고 있는 옆집 남자. 그는 지금 어디쯤 가고 있을까. 돌발적이라 우연이라고밖에 할 수 없는 죽음의 덫에 걸린 그의 가칫한 뒷모습이 눈에 밟히는 것 같다. 오래전 차가운 모스크바 강물에 들어앉아 여태 나오지 않고 있는 주 선생이나 옆집 남자. 그들은 이제 죽음의 비밀을 알아차렸을까. 살아서는 결코 풀 수 없는,

철저하게 봉인된, 은밀하고도 성스러운 비밀을.

소주 생각이 간절하다. 저녁 나절 후배들이 술 한잔 하자고, 먹고 죽자는 거 아니니까 나오라고 구슬릴 때도 단호히 거절했는데……. 이럴 줄 알았다. 오늘처럼 무더운 밤에 독주는 치명적이다. 그렇다고 맥주는 취하지도 않고 배만 불러서 성가시다. 아무래도 소주 반병이 낫겠다. 지갑 챙겨들고 나서니 평소 열어두는 빌라 현관 유리문이 닫혀 있다. 바람 때문인가. 유리문을 활짝 열고 괴려는데 화단의 소나무 밑에 뭔가 허연 것이 놓여 있다. 10원짜리 동전이 한 개씩 박힌 세 그릇의 쌀밥과 소금 한 접시가 놓인 쟁반. 그리고 구두 한 켤레. 골목 골목 누비던 제 주인의 고단한 발을 감싸주느라 뒤축이 다 닳고 옆구리가 터진 랜드로바다.

소주 사오거든 쟁반에 한 잔 따라놓아야겠다. ■

# 오수연

# 마니아

1964년 서울 출생. 서울대 국문과 졸업.
1994년 《현대문학》으로 등단.
소설집 《난쟁이 나라의 국경일》《빈집》《부엌》.
〈한국일보문학상〉 수상.

# 마니아

"잤니?"

어머니가 나직이 묻는다.

"몇 시예요, 지금?"

"여섯 시 십 분."

"무슨 일 있어요?"

잠이 달아났다. 어머니가 이 시각에 전화를 걸 때는 보통 일이 아니다.

"……세상에, 이 애, 정식이 엄마가 죽었구나, 글쎄."

"누구?"

"십팔 호."

"그 여자?"

평소에 그 여자는 그저 '십팔 호'라고만 불렸다.

"말 좀 낮춰. 뭐 좋은 일이라구."

전화를 하는 사람이나 받는 사람이나 혼자뿐인데도 어머니는 더욱 목소리를 낮췄다.

"그게 참…… 그 여잔 죽을 때도 참 별나게두, 맞아죽었대. 어젯 밤에 머리에서 피를 흘리면서 놀이터에 쓰러져 있는 걸 경비가 발견 했대. 아무리 세상 무섭다지만, 아무리 그 여자가 흉물스럽긴 했지만서두 참 모진 일 아니냐. 내 하도 심장이 뛰어서 종철이 엄마한테 그 얘기 듣고 밤새 한 잠도 못 자고 구심을 두 번이나 먹었어. 그래도 아직도 두근두근해. 오싹오싹하고. 이 동네는 난리가 났어, 아무려면 집 앞에서 살인사건이 다 났는데. 겁나서 이제 어찌 살겠니? 그 여자 가면서도 곱게 가지 못 허구, 참 여러 사람 고생시키게 생겼어, 흐이구."

"진수네도 알아요?"

"애 데리고 잘 텐데, 이따가 전화해보든지. 그러니까 내가 그 여자랑 일절 아는 체 하지 말라 그랬잖아!"

"엄마!"

내 음성은 한 옥타브 단번에 상승한다. 모처럼의 공휴일, 아들의 아침잠은 깨우면 안 되고 딸은 된다.

"에구, 잠이나 더 자!"

"내가 그리로 가요?"

말과는 반대로 나는 베개에 도로 누워버렸다.

"안 돼! 니네들 여기 당분간 얼씬도 하지 말아! 내가 이럴까봐 전화한 거야!"

어머니는 일방적으로 전화를 끊었다. 맞아, 자식들이 오지 말라고 내가 전화했던 거야. 수화기에 손을 얹은 채 어머니는 미처 몰랐던

명분을 찾아내고 고개를 끄덕이고 있을 것이다. 나는 화장대 거울과 컴퓨터와, 침대 옆 탁자에 엎어진 책의 표지를 멀뚱히 쳐다보았다. 그 여자가 죽었다. 그러나 나는 슬프지도 않고 급한 일이 생각날 듯 말 듯 관자놀이에서 심장이 뛴다. 자리에서 일어나 옷걸이에 걸린 옷들을 하나씩 잡아 내렸다. 다 빨아야 한다. 휴일이 아니고는 세탁기를 돌릴 새가 없다. 발치에 수북이 쌓인 옷더미를 안아 베란다에 있는 세탁기 위에 던지고, 나는 욕실로 뛰어들어갔다. 이게 아니다. 지금 내가 해야 할 일은 따로 있다. 어머니가 나를 부른다.

그 여자의 첫인상은 기억나지 않는다. 이름은 아직도 모른다. 올봄에 어머니의 아파트 복도에서 마주쳤을 때, 나나 그 여자나 서로 얼굴은 이미 알고 있었다. 나는 그 여자가 어머니의 한 집 건너 이웃인 천백십팔 호의 아기엄마라는 걸 알았고, 상대도 내가 천백십육 호에 혼자 사는 할머니를 방문하러온 딸임을 아는 눈치였다. 그리고 나와 마찬가지로 인사를 할지 말지 고민하는 것 같았다. 유모차를 밀고 한 걸음씩 천천히 떼어놓으며 나를 유심히 살펴보고 있었다. 나는 허리를 세우고 보폭을 좀 넓혔다. 또각또각 발소리가 커졌다. 둘의 거리가 좁아지면서 흥분으로 가빠진 숨결을 억누르느라 여자의 어깨가 오르락내리락했다. 그 여자는 도리어 자기가 관찰당하고 있으리라는 생각에 얼굴이 상기되었고, 절대로 먼저 고개를 숙이지는 않겠다는 결의로 목이 뒤로 젖혀졌다.

"안녕하세요."

힐끔거리는 두 눈길이 부딪쳤을 때 나는 냉랭하게 한마디 던졌다. 어머니는 남들의 평판을, 본인만이 아니라 자식들에 대한 것까지 목숨보다 중히 여기는 사람이기 때문이다.

"어머, 안녕하세요!"

종달새처럼 답변이 날아올랐다. 그 여자 어깨 너머 어머니의 아파트 문에 꽂혔던 내 시선이 황망히 돌아왔다. 여자는 치켜든 한쪽 손을 하느작거리며, 세 겹으로 접혀 아파트 복도에 주저앉으려는 중이다.

"토요일이라 일찍 퇴근하셨나봐요."

접히던 역순으로 허리와 무릎이 탄력 있게 펴지고, 여자는 과감히 유모차를 밀어 내 앞을 막아섰다.

"전 전문직 여성들이 얼마나 부러운지 몰라요. 저도 뭔가 의미 있는 일을 해보고 싶은데 아이가 원체 약해서. 구 개월만에 제왕절개를 했는데 피가 모자라서 여섯 봉지나 수혈을 받았지 뭐예요."

여자는 제왕절개라는 단어를 말하면서 손가락으로 제 사타구니를 가리켰다.

"애가 이 쩜 이 키로밖에 안 됐는데두 의사들이 인큐베이타 안 들어가도 된다 그랬는데, 집에 데리구 오자마자 황달인 거예요. 일주일만에 중환자실에 들어가서 보름이나 있었죠. 좀 괜찮은가 했는데 이번에는 폐렴에 걸려서 한 달간이나 보리차하고 설탕물밖에 못 먹었어요. 기저귀 습진 때문에 두 달 보름이나 그 고생을 하고, 얼마 전에는 구내염에 걸려서 여태까지 포도당 주사로 살아요."

"네에."

나는 눈살을 찌푸리며 유모차 속의 아이를 내려다보았다. 불행의 목록에 비해서 아이는 멀쩡해 보였다.

"애가 그래요. 원래 서울대 병원에서 치료를 받았지만 워낙 복잡하고 대기하는 시간이 오죽 길어야 말이죠. 웬만한 병이면 동네 쪼끄만 병원에 가도 괜찮겠지 싶어서 요 앞에 김소아과 있잖아요. 럭키상가 말고 농협 건물 이층. 동방한의원하고 전치과, 아시죠? 연대 치대

나온 의사가 하잖아요. 그 사이에 김소아과가 있어요, 꽤 커요. 우리 애한테 지극정성으로 해주길래 고마워서 케익을 사다줬죠, 삼만칠천 원 주고 삼단 생크림 케익으로다가요. 아, 그런데 의사가 간호원한테 손짓을 이렇게, 이렇게 하니까 다짜고짜로 나를 문밖으로 밀어내잖 겠어요? 이건 뭐 간호원이 아니구 깡패더라구요, 여자깡패."

"네에?"

"나 원 참, 수운 돌팔이라니깐요. 간호원 교육을 그렇게 시키는 법 이 어디 있어요, 요즘 같은 문민시대에. 안 그래요? 그래서 내가 당 신이 잘못한 거 없으면 차트를 내놔라 하니까 못 주겠다는 거예요. 가만있나 봐라, 재판 걸면 당신 감옥 간다, 막 해주니까 그 다음부터 는 우리 애만 가면 순서대로도 안 하고 사람 푸대접하는 거예요. 아 니 병원에까지 가서 차별받고 살아야겠냐구요, 우리 서민들이. 몰라 도 너무 몰라 때가 어느 땐데. 그런 치도 의사라구 할 수 있어요? 기 본부터 틀려먹었다구요. 우리 애기 병이 걸린 문제니까 덮어둘 수도 없구, 여간 골치 아픈 게 아니에요, 정말."

"아, 전"

나는 뒤로 두어 걸음이나 물러섰다. 여자가 화사한 미소를 지었다.

"맞아, 오늘 같은 날에는 쉬셔야지. 요즘 전문직 여성들이 남자들 한테 뒤지지 않으려면 뼈를 깎는 노력을 해야겠죠. 같은 여자 입장에 서 제가 얼마나 자랑스러운지 모르겠어요. 분투하세요! 십육 호 할 머니는 이렇게 똑똑한 따님과 착한 며느님을 두셔서 얼마나 좋으실 까!"

"십팔 혼지 뭔지, 그 여자 뭐예요?"

나는 오만상을 쓰고 어머니 집에 들어섰다. 징그럽고 불결한 것이 몸에 끼친 듯 기분이 더러웠다. 올케는 비죽 웃었고, 어머니는 고개를 설레설레 저었다.

"이 동네 사람들 그 김소아과 얘기 아예 외울 지경일 걸요, 어쩌다 오는 저도 그 여자한테 네 번씩이나 들었으니까. 제 입으로 그래요. 진찰실에 들어서자마자 그 의사하고 찌리리 통했대나. 그게 다 자기 혼자 생각이지, 뭐. 꼭 하고 싶은 말이 있어서 점심시간에 병원 문 앞에서 기다리고 그랬대요. 의사가 학을 뗐나봐요. 안 만나준다고 지금 그 난리잖아요. 하도 귀찮으니까 의사가 무작정 사과를 하긴 한 모양인데, 그 여자는 간호원을요, 자기를 밀어낸 간호원을 해고시키라고 야단이에요. 남편이 조건 때문에 자기하고 결혼했다고, 자기가 직접 얘기한다니까요. 웃겨."

"그 어려운 공부해서 개업한 사람 얼굴에 똥칠만 했지 뭐니. 그러니까 처음부터 사람보고 잘해주든가 해야지 그 의사도 문제가 있어. 그 여자가 말을 옮겨서 십칠 호 종철이 엄마하고 십오 호 지희 엄마하고 싸움 났잖아. 그래놓고 또 두 집이 합세해서 자기를 괴롭힌다고 온 동네 떠들고 다니고. 똑같은 얘기도 하루 이틀이지, 아파트 여자들이 이젠 상대도 안 해 줘. 십팔 호가 나타나면 얘기하다가도 입 딱 닫고, 지나가고 나면 자기들끼리 쑤군쑤군해. 그러니까 그 여자가 뭐라는 줄 알어? 왜 다들 조용히 애 키우고 사는 사람 못 잡아먹어서 야단이네. 이 아파트 공동묘지 밀어내고 지어서 여자들이 다 악이 바락바락 올랐대. 공동묘지는 무슨, 자기가 전세 사니까 하는 얘기지. 그 여자랑 말 터 갖고 좋게 끝난 사람이 없어. 애초에 상종을 말아야지."

그러나 어머니는 그 여자를 상종하고야 말았다. 주말에만 자식들을 봐서 평소에는 적적하기도 했겠지만, 성격 탓이다. 어머니는 불의를 보고 참지를 못한다. 모처럼 날 잡아 온 가족이 외식하러가도 어머니는 반드시 문제점을 발견해낸다. 먹는 데만큼은 일가견이 있다고 자부하는 남동생이 엄선하여 안내한 그 유명한 식당들 중에도, 어머니를 만족시킨 집이 아직 없다.

"저, 저 노친네 봐, 바로 옆에 육교를 두고 저따위 짓이야! 젊은 사람들 피곤한데 운전하다가 사고 나라는 거야 뭐야! 차들이 가지를 못하잖아! 저런 사람 하나 때문에 길이 얼마나 막히고 기름은 또 얼마나 들고, 그 동안 매연이 얼마나 많이 나오겠어!"

당신도 관절염 때문에 고생하는 처지임에도, 어머니는 찻길을 무단횡단하는 노인들을 보면 분개한다. 자기 딴에는 서두른다고 허둥대다가 노란 선을 넘을 즈음부터 노인이 고꾸라질 듯 절뚝댈 때마다, 어머니는 에구! 에구! 장단맞춰 주먹을 부르쥔다. 그리고 아들이 운전하는 차에서 당장이라도 뛰어내려 노인을 원래 자리로 끌어다 놓을 기세로, 몸을 문 쪽으로 틀면서 양팔을 점점 더 벌린다.

"저러니까 늙으면 죽어야 한다는 말이 나오는 거야!"

노인이 건너편 보도에 도착하고 차가 다시 달리기 시작한 뒤에도, 어머니는 손자 앞에서 독설로 확실한 교훈까지 남기기를 잊지 않는다. 어머니 말로는 한 아파트, 같은 복도에 사는 네 집 중에 세 집이 다 싸움이 붙었으니, 제일 나이 많은 사람 입장에서 계도를 하지 않을 수가 없었다는 것이다.

"누가요? 언제 그랬어요? 이천십사 호죠? 천이백이 호 아녜요? 맞죠? 그 여자가 바르르 따져 물어. 내가 그 종철이네, 지희네랑 싸움한 얘기 좀 작작 해라, 사람들이 앞에서는 듣는 체 해도 돌아서면 자네가 말이 많다고 그런다, 그랬거든. 누가 말이 많다 그러네, 자기는 뭐 세 집한테밖에 말 안했대. 세 집이 뭐야, 저번에 보니까 약국에서도 그 얘기를 하고 있고 과일 가게도 알고, 청소 아줌마도 알고 있던데, 그랬지. 약국에서는 두통약을 달랬더니 요즘 신경 쓴 일이 있느냐고 물어서 얘기했고, 뭐 청소 아줌마는 헌옷도 챙겨줬는데 험담한다고 그 돼지 같은 예펜네래. 그래서 자네가 반상회에서도 십칠 호, 십오 호 욕만 내내 하다 갔다더라, 내가 딱 그런 거야. 네, 할머니니까 저한테 그런 말씀 해주시는 거겠죠, 그러면서 얌전히 물러가더니만 그 길로 반장한테 전화 걸어 반상회에서 자기 욕한 사람 누구냐고 캐물었나봐. 반장이야 대충 얼버무렸겠지. 아무도 안 그랬다는데 할머니는 왜 그런 말씀하시느냐고, 또 조르르 달려 온 거야…… 그러니까 사람한테 기대하지 말구, 자식? 자식 믿고 살았다가 그 실망감 당해본 사람 아니면 몰라, 내가 그랬지. 나두 한땐 자식 우상 같이 섬기던 사람이야, 다 부질없는 짓, 흐이구."

그 여자에게 했던 얘기를 재연하며 어머니는 비난하듯 자식들을 둘러보았다.

"남편도 다 소용없구, 부모형제도 따지고 보면 남이구, 이 세상에서 우리는 나그네. 잊지도 않으시고, 변치도 않으시고 자넬 사랑하시는 분이 딱 한 분 계시다, 하늘에 계신 우리 아버지. 내가 좋게 타일렀어. 귀찮다고 다들 피하면 길 잃은 어린 양은 누가 구하냐? 지가 뭐 친정 엄마보다 나를 더 믿고 따른다나, 원래 그 어머니하고 정이 별로 없대. 흥, 난 저 같은 딸 그냥 줘도 싫어."

"거 왜 주거니 받거니 하세요? 그 여자 입에서 나오는 말은 죄다 쓰레기던데!"

입 다물고 있자고 몇 번이나 되삼켰건만, 나는 기어코 대꾸를 하고야 말았다. 그 여자 얘기만 들으면 악취라도 맡은 것처럼 견딜 수가 없다.

"그래도 그 여자는 순진하기나 하지. 복음이라면 귓구녕을 틀어막는 강퍅한 인간보다는 백 배 낫다."

어머니는 눈을 가느다랗게 뜨고 나를 향해 비웃음을 흘렸다. 가족 중에 유일하게 어머니가 전도를 하지 못한 인간이 나다. 어머니는 그 여자에게 전도할 속셈이 있었을 것이다. 어머니에게 계도는 곧 전도이며, 불신은 불의다. 어머니는 진리는 단 하나뿐이고 그것은 신이며, 세상이 그 유일한 진리로 통일되는 날 정의가 실현된다고 믿는다. 나는 교회에 나가지 않음으로써 정의의 실현을 방해하고 있는 셈이다. 십팔 호가 어머니를 친정 어머니처럼 생각한다고 말했을 때, 아마 어머니도 그 여자를 딸처럼 여긴다고 얘기했을 것이다.

몇 년 전 병원에 입원했을 때 이후로는 화장도 하지 않은 얼굴은 처음 본다. 어머니는 눈 밑에 그늘지고 뺨이 헐렁하고, 염색한 머리 밑으로 백발이 손가락 한마디만큼씩이나 덧자란 섬뜩한 몰골로 왔다. 게다가 외투 대신 집에서 걸치는 숄을 두르고, 십 년 전쯤 유행했던 베개 모양 가방을 들고 있으니 노숙자가 따로 없다. 자식들을 만나기 전날인 금요일 어김없이 목욕탕에 다녀오고, 집 앞 가게에 잠깐 나갈지라도 금테 안경으로 바꿔 끼는 예전의 어머니가 아니다. 새 아파트에 좋아라 입주한 지 일 년만에 어머니는 너무 늙고 피폐해졌다. 그 여자 때문이다. 나는 올케한테 전화를 걸었다.

"어머니 여기 오셨어."

"그쪽으로요?"

내 집보다는 동생네가 어머니 집에서 가까우니 올케가 놀랄 만도 하다. 그러나 어머니는 이런 초췌한 꼴을 며느리에게 보일 리가 없다. 나는 어머니에게, 올케는 남동생에게 전화를 바꿔주었다.

"나다, 전철 갈아타는 게 싫어서 그냥 일루 왔어. 종철 엄마가 자꾸 전화해서 성가셔서. 여기서 한잠 잘란다. 괜히 나 잠 깨우지 않으라거든 여기도 올 필요 없어. 아까 한 얘기 잘 알아들었지, 응? 이따가 집에 가야지, 글쎄, 나 너네 집 가도 내 집만큼 안 편안해…… 진수네는 어제 외할아버지 댁에 다녀왔대."

전화를 끊으면서 어머니는 내게도 한마디 했다. 나도 안다. 나중에 한다더니 어머니는 내 전화를 끊고 바로 남동생네 전화를 걸었다. 절대로 어머니 댁에 오지 말라고. 그럼에도 불구하고 동생 부부도 나처럼 어머니께 가려고 결심했다. 출발한다고 전화를 드렸으나 그새 받지 않으신다고, 올케가 내게 전화를 했다. 한 시간 가까이 두 집이 번갈아 전화를 하며 어머니를 걱정하고 있었다.

"왜 이렇게 오래 걸렸어요? 아침 드셨어요?"

이 와중에도 너저분한 내 방을 못마땅한 듯 미간을 좁히며 둘러보는 어머니에게, 나는 수더분하게 물었다. 어머니가 내게 오셨다. 내가 이리로 이사오는 날 도와준다고 와서, 전세금도 못 뺄 집이라는 둥 흠을 잡아 내 속만 뒤집어놓고 간 뒤로는 처음이다.

"어제 김치 담그면서 간보려구 몇 잎 집어먹은 게 체했는지 영…… 물이나 한 잔 줘."

집을 나와 헤매는 처량한 신세답게 어머니는 무너지듯 침대에 등을 기대고 앉았다. 어머니는 찬 물을 좋아하지 않으므로, 나는 냉장고에서 물을 꺼내 전자 레인지에 돌렸다. 일 분간이 이토록 긴지 몰랐다. 전자 레인지 시간조절판의 숫자가 하나씩 줄어드는 동안 나는 싱크대를 뒤지고, 방금 전에 닫은 냉장고도 다시 열어 들여다보았다. 뭐라도 어머니에게 빨리 해드려야 한다. 오신다고 얘기했으면 가게라도 다녀왔을 것이다.

"종철이네가 어지간히 켕기나봐. 입 조심, 말 조심 하라구 거듭 다짐을 놓으니 나까지 안절부절 못 하겠잖아. 그 집이 십팔 호하고 오죽 앙숙이었니? 에구, 끔찍해."

딸이 무릎꿇고 쟁반에 받쳐 올리는 보리차를 어머니는 짐짓 딴 데를 보며 근엄하게 집어들어, 한약 마시듯 한 모금씩 천천히 넘겼다.

"그 남편은요? 마누라가 없어진 것도 몰랐대요?"

"독서실에 가잖아."

어머니는 컵을 반도 못 비우고 앉은자리에서 그대로 옆으로 쓰러져 누워버렸다. 나는 발딱 일어나 침대에서 이불을 끌어내렸다.

"그 자격증인가, 아직도 못 땄대요?"

"복도 없는 사람이야. 덩치도 작은 남자가 그래도 그 가정을 유지해보겠다고, 그 마누라 수발 들며 직장 다녀, 시험공부까지 했는데."

밤마다 잠자리 뒷바라지를 받은 사람처럼, 어머니는 내가 이불을 덮어드릴 때 사지를 편안히 늘어뜨리고 천장을 올려다보았다.

"수발은 무슨 수발? 조건 때문에 결혼했다면서요."

나도 밤마다 이부자리를 펴드렸던 것처럼 어머니 목 언저리 이불을 다독였다.

"형사들이 나보고 간밤에 뭐했느냐고 물으면 뭐라고 하니? 괜히 흉한 일에 연관이 돼갖구 경찰이 오라 가라 그러면. 늘그막에 이게 웬 봉변이냐?"

"사실대로 얘기하면 되지, 엄마는?"

"한 번 잘못 걸리면 생사람도 잡는다 너? 거기 가기만 하면 나이고 인격이고 있는 줄 아니? 나 진수 때문에 데어서 지금도 경찰서 앞만 지나가면 가슴이 떨리는데."

어머니는 한숨을 토하며 일어나 앉았다. 이불을 젖히는 어머니의 손과 내 손이 스칠 듯 엇갈렸다. 언제부터 어머니의 손이 이토록 핏줄이 불거지고 손마디가 굽었을까.

"내가, 글쎄 들어봐라, 내가 어제 밤에 알리바이가 없잖니."

이불깃을 만지작거리며 어머니가 힐끔 나를 쳐다보았다.

"뭐가요?"

"알리바이."

"참내."

피식 나는 웃었다.

"나야 테레비 보다가 불끄고 잤지만서두 내내 혼자 있었으니, 그걸 누가 증명해준다냐?"

"환갑 지난 노인네가 사람을 치긴 어떻게 쳐요? 맞으면 맞았지."

"그러게, 내가 나잇살이나 먹었기 망정이지 좀만 젊었더라면 꼼짝없이 쇠고랑 찰 뻔하지 않았니."

어머니의 얼굴이 한결 밝아졌다.

"종철이 아빠가 뭐 하는지 난 암만해도 모르겠어. 무슨 기술직이지방으로만 돌아다니고 집에 잘 들어오지도 않아. 공사판 십장인가? 그 여자 언니네 전화번호는 어떻게 알았을까?"

"지희네는 이사 가고 난 뒤에 십팔 호하고 아주 끊어졌대요? 그 집이 장사한다는 그 가게 전화번호, 그 여자가 몰랐을까?"

어머니와 나는 서로의 눈동자를 의미심장하게 들여다보았다. 참으로 오랜만에 어머니는 입술을 뒤틀지 않았고 나는 눈꼬리를 치켜올리지 않았다. 그러고 보니 어머니를 모시고 목욕탕에 가본 지도 한참이나 되었다.


아버지 기일이었다. 내가 퇴근하고 어머니 댁에 도착했을 때는 어머니와 올케가 음식 장만을 거진 끝내가고 있었다. 제사 대신 추도예배라지만 평소보다야 부엌이 번잡했다. 남동생이 늦는다기에 우리끼리 전 몇 점 놓고 요기나 하려던 참이었다. 막 첫입을 무는 순간 문이 벌컥 열리고 그 여자가 현관에 들어섰다.

"우린 한 달 전에 애가 설사를 해서 돌잔치 온 사람 다 돌려보내고 케익은 먹지도 못하구 썩어갖구…… 생리대를 저 위에서 저 룸싸롱 나가는 것들이 내가 뭐 미쳤다고 애엄마가 생리대를……"

너무 빨라서 입안에서 범벅이 된 말을 쏟아내면서, 여자는 두 손으로 사방을 이리저리 가리키고 발을 구르기도 했다. 프라이팬을 돌보던 올케가 화들짝 돌아섰고 어머니는 접시에 젓가락을 내밀다가 굳었다. 양 볼이 축 늘어지고 입은 헤벌어지고 눈동자마저 멀게져서, 어머니는 꼭 천치처럼 보였다. 그 여자는 말을 끝맺지도 않은 채 들어올 때처럼 뛰쳐나갔다. 문이 쾅 닫혔다. 올케는 여전히 서 있고 어머니는 조용히 젓가락을 식탁에 내려놓았다. 제일 먼저 전을 집어먹은 나는 입안에 든 것을 고역스럽게 씹어 삼켰다. 세 여자가 시선을 엇갈려, 각자 생각에라도 잠긴 것처럼 말 한마디 나누지 않았다. 옆집에서 와장창 뭔가 부서지는 소리가 들렸다. 어머니와 나까지 튕기듯 일어섰다. 문짝을 떨어져나가라 열어젖히고 이번에는 종철 엄마가 사색이 되어 뛰어들어왔다.

"쟤가 왜 저래요? 할머니가 뭐라 그랬어요?"

옆집에서 그 여자가 고함을 지르고 있다.

"종철 엄마 다 네 년 때문이야! 네 년 때문에 내가 욕 들어먹고 여기저기서 당하고, 우리 애가 경기를 일으켜서 다 죽어간다!"

"아아니, 내가 무슨 말을 했다고 그래애."

어머니는 말을 더듬었다.

"아 제가 어떻게 알아요? 할머니가 뭐라고 그런 게 나 때문이라면서, 갑자기 들어와서 다짜고짜로 욕을 해대는데 영문이나 알아야 당해도 당하죠. 나가라고 해도 안 나가길래 좀 밀었더니만 지금 신장을 뒤엎고 난리를 쳐요. 할머니가 무슨 얘기 했어요?"

"아니 난, 오늘 아침에 복도에서 혼자 울고 있길래 안된 생각이 들어서, 사람들하고 사귀려면 행실을 조심하라고 말한 거밖에 없는데. 기두 죽은 거 같구, 좀 달라졌나 해서. 쓰레기를 복도에 쌓아 놓지 말아라, 봉투도 좀 잘 여무리고, 옆집두 생각을 해야지, 뭐 별 말 한 것두 아니……."

"무슨 합작을 해 갖고 이것들이 날 모략할려구!"

십팔 호 집 여자가 들이닥쳐 종철 엄마를 밀쳤다. 종철 엄마가 되밀쳤다. 그 여자는 무기가 될 만한 것을 찾는 듯 두리번거리더니, 슬리퍼를 신은 채 한 발 성큼 마루로 올라섰다. 그리고 식탁 위에 있던 음식들을 집어던졌다. 접시가 날아가고 간장이 바닥에 엎어졌다. 완자전 몇 개가 데구르르 굴러 싱크대 밑으로 들어갔다. 그 여자의 등에 업힌 아이가 자지러지게 울음을 터뜨렸다. 좀 전에는 빈 몸이었던 여자는 어느 새 자기 집에 들러 아이를 들쳐업고 왔다. 정상적인 어머니라면 이 악다구니판에 등에 업고 있던 아이도 내려놓고 왔을 것이다.

"미친 년!"

종철 엄마가 주먹으로 그 여자의 어깨를 쳤다. 그 여자가 두 손의 손가락을 갈고리처럼 웅크려 종철 엄마의 머리카락 속으로 쑤셔 박았다. 두 여자가 뒤엉켰다.

"아이 참, 걸레가 다 어디 갔담. 너 방문 못 닫아?"

올케가 그 여자 한 팔에 매달리기도 하고 종철 엄마 쫄바지를 잡아당기기도 하다가, 마침 안방에서 고개를 내민 조카한테 빽 소리 질렀다. 그 여자가 뒤로 자빠졌다. 넘어질 때마다 하필이면 아이를 들쳐

업은 등 쪽으로만 쓰러지며 악을 썼다. 그럴 때마다 아이는 고개가 뒤로 꺾어지면서 숨이 넘어갔다.

"죽여라, 죽여! 애하고 에미하고 한꺼번에 죽여라! 어디 네 새끼는 무사한가 보자!"

종철 엄마가 멈칫하고 돌연 야무진 표정을 지었다. 뭔가 알았다는 듯, 결심했다는 듯이 입술을 앙 다물고 두 손바닥을 모았다. 그리고 그 여자의 코앞에 바짝 들이밀고, 싹싹 비비기 시작했다.

"뭔지 모르지만 내가 다 잘못했다. 내가 이렇게 손이 발이 되도록 빌잖니. 나 너한테 손톱만치도……."

종철 엄마는 검지손가락 끝을 엄지손톱으로 눌러 보였다.

"손톱만큼도 유감없는께 제발, 제발 날 용서해다고."

얼굴은 경멸로 뒤틀리건만 말만으로는 비굴하게 항복하고 종철 엄마는 등을 돌려 나가버렸다. 잠시 정적이 흘렀다. 그 여자한테 뽑힌 종철 엄마의 짧은 파마 머리 두 움큼이 마루에 남아, 느껴지지 않는 바람에 숨쉬듯 부풀었다가 잦아들었다.

"남의 집에서 이게 무슨 짓인가? 자네 집에 가서 싸우든지 하게."

어머니가 형편없이 떨리는 목소리로 말했다.

"나이 드신 분이 왜 여기저기 이간질이나 하고 다녀요?"

적의 돌연한 퇴장에 흔들리던 그 여자의 눈동자가 어머니에게 고정되었다. 어머니가 낯빛이 바래면서 뭔가 항변하려고 입을 벌렸다. 나는 어머니의 옆구리를 찔렀다. 어머니가 알아들었다는 듯 입을 다물었다. 하지만 곧바로 걸려들었다. 어머니는 목숨보다 평판을, 특히 시어머니로서의 평판을 중히 여기는 사람이므로.

"나잇값이나 하지, 며느리하고 나하고 친하니까 질투가 나서 그러죠?"

그 여자가 말마디를 짓씹으며 내뱉었다. 순간 어머니가 그 여자의 뺨을 향해 손을 날렸다. 그 손을 올케와 내가 막았다. 어머니의 손끝이 그 여자의 얼굴을 스쳤다. 세 여자는 의자를 끌어안고 식탁 쪽으로 넘어지고, 그 여자는 황소한테 받친 것만큼이나 쿵 엉덩방아를 찧었다. 여자의 얼굴은 울상이었지만 눈빛은 이제부터야말로 마음껏 울부짖을 수 있다는 환희로 이글거렸다.

"미친 노인네가 사람 죽인다아! 하다하다 이젠 구타까지 해! 애기 업은 엄마를 때려?"

그 여자는 복도로 뛰쳐나갔다.

"지가 케익 상자 버려놓고 나한테 누명을 씌워서 생사람 잡고 이젠 사람을 쳐? 우리 애기 병신되면 니가 갖다 기를 거야? 이 살인자, 마귀 같은 할망구! 내가 니 딸이야? 니가 내 시어머니야? 니가 왜 참견이야, 왜 남의 일에 미주알고주알, 나이는 어디로 처먹었어?"

그 여자는 일층 난간을 짚고 주차장으로 상체를 내밀며 외쳤다. 고함소리가 삼 면을 막아선 아파트 벽에 메아리쳤다.

"여기 증인이 있어!"

그 여자가 손을 들어, 현관문 앞에서 양손을 쥐어짜고 있는 올케를 가리켰다. 올케는 새파랗게 질렸다.

"며느리가 증인이야. 말해 봐, 오늘 나한테 케익 상자 자기 시어머니가 버렸다고 그랬잖아!"

"무슨, 무슨 케익 상자?"

올케가 모깃소리만하게 대답했다.

"아, 아까 점심 때 애 데리고 올 때, 내가 이 앞에 있는 케익 상자 어느 집에서 내놨느냐고 그러니까, 우리 어머니가 내놓으셨다고 그랬잖아, 왜애."

"난, 우리 베란다에 케익 상자가 하나 있었길래, 우리 어머니가 내놓으셨을지도 모른다고 그랬지. 근데 그게 아니구 집에 와보니까, 그 상자는 어제 어머니가 갖다 버리셨……."

"이제 와서 왜 말 바꾸니? 시어머니가 무섭긴 무섭구나? 너 나한테 시집살이가 고달프다구 맨날 눈물 질질 짜구 할 때부터 내가 알아봤다. 야, 너 커피 한 잔 마시재도 시어머니가 무서워서 발발 떨면서……."

마루에 주저앉아 있던 어머니가 튀어 일어났다. 나는 어머니를 등 뒤에서 부둥켜안았다.

"이 손 못 놔? 못 놔! 넌 또 왜 이래? 넌 왜 항상 에미 기를 콱 못 죽여놔서 안달이니? 내가 저 년 한번 본때를 보여 줄라는 데 니가 왜 나서? 니 에미 사람들 앞에서 개망신 당하는 꼴 보니 이제 속이 다 시원허냐아?"

어머니는 내 팔을 잡아뜯으면서 몸부림쳤다.

"내가 언제 우리 어머니가 케익 상자 버리셨다구 그랬어? 그러셨는지도 모른다구 그랬지. 그러셨는지도 모른다구, 모른다구 그랬는데……."

올케의 다리가 후들후들 떨렸다.

"그래놓고서 왜 괜히 젊은 사람한테 뒤집어 씌우냐구, 노망을 하려면 곱게나 하지. 니 며느리나 잘 단속해, 남 며느리한테 어따 대고 훈계는 훈계야? 쓰레기통 뚜껑 니가 더 시끄럽게 닫지 한마디로 무식해갖구. 난 대학 교육까지 받은 사람이라, 알어? 너네 집 다 지지리 공부 못해갖구 삼류 사류 고등학교나 겨우 나왔지만 우리 집은, 싸악 다."

"왜 저래요? 남자들 퇴근해서 들어올 시간인데, 지나치잖아요."

"맞았대나봐요."

"고부간 싸움에 끼여들었나봐요."

"그렇다고 때려요?"

"부녀회에서 참깨 팔았어요?"

구경꾼들의 말소리가 전단처럼 쏟아져 내렸다. 아파트 각 층의 여자들이 복도 난간을 짚고 내려다보고 있다. 지나가는 척 우리 집 현관으로 쑥 들어왔다가 나가는 머리통도 몇 개 있다.

"어디 대학 나왔대요?"

"신고 오자마자 동이 났어요. 근데 질이 좀, 접때보다 안 좋은 거 같드라."

"비씨지 맞으면 그거 수두도……."

"무슨 과?"

누군가 신고를 했는지 경찰차가 등장했다. 구경꾼들이 조용해졌다. 그러나 경찰은 경비원들이 그랬듯이, 어디까지나 여자들 싸움에 끼지 않겠다는 자세로 멀리서 지켜보다가 돌아갔다. 뒷짐을 지고 구경하던 경비원들도 덩달아 사라졌다.

"심하다 말이."

"뭔가 이유가 있겠지 그냥 저러겠어요?"

"구타했다잖아요."

"교회 나가는 할머니라면서요?"

"치매라던데?"

구경꾼들이 다시 떠들썩해졌다.

"반상회 한 번 안 나가면 벌금 얼마예요?"

"아무튼 좀 조용히 해야지, 애들이 다 놀래겠어요."

올케가 현관문을 닫았다. 집 안이 갑자기 조용하고 어두컴컴해졌다. 아무도 불을 켤 엄두를 내지 못했다.

"미친……. 완전히 미친, 여자라구요."

조각상처럼 현관에 서 있다가 올케는 흠칫 몸을 떨더니, 두 손을 차례로 들어 눈물을 닦았다. 악악! 절규와 함께 드드득, 복도 쪽으로 난 부엌 창문에 처진 방충망이 뜯겨나갔다. 반투명 유리창으로 나비처럼 팔락이는 그 여자의 두 손이 아련하게 보였다. 슬리퍼가 끌리는 발소리가 오른쪽으로 멀어지더니 십칠 호 종철이네 방충망이 드드득, 뜯겼다. 슬리퍼 소리가 우리 집 앞을 가로질러 왼쪽으로 이동하자 드드득, 지희네 방충망이 뜯겼다. 슬리퍼 소리가 다가와서 드드득, 어머니의 방충망이 재차 뜯겼다. 슬리퍼 소리가 오른쪽으로…….

그 여자의 어머니가 병원에서 데굴데굴 굴렀다고 한다. 영선이 살려내라, 우리 불쌍한 영선이 살려내라! 울부짖으며, 종철 엄마 전화를 받기 싫어 집을 나왔다면서, 어머니는 시간마다 종철이네 전화를 걸었다. 오늘에야 비로소 우리 식구들은 그 여자의 이름을 알았다. 영선 씨는 죽지는 않았지만 중태다.

"이 애, 십팔 호야 그렇다 쳐도 가족들이 무슨 죄냐, 응? 평소에는 그 애를, 애를 먹이고 또 폭행까지 당해서 가족들 가슴에 못을 박니. 정식이는 이제 친할머니가 기를 거야, 아 친정어머니가 천년만년 살 아갖구 거둬줄 거야? 남편은 끔찍끔찍해서 자격증이라도 따겠어? 그래도 그 사람이 자기 예펜네라고 얼마나 역성을 들었는데, 한 집안을 망쳐도 유분수가 있지. 내 그 나이 지긋한 친정어머니만 생각하면 절로 눈물이 나. 내가 그 할머니한테 할 소리 못할 소리 다한 게 영 맘에 걸려서……."

전화할 때마다 침통해지더니, 어머니는 기어이 자신이 딸을 잃게 된 장본인이라도 된 것마냥 운다. 두 다리를 뻗고 침대에 비스듬히 기대앉아, 내가 갖다준 새 수건으로 눈물을 닦았다가는 팽개치고 금세 다시 집어든다.

"그게 다 쓸쓸하고 외로워서 그런 거지, 그 여자가 제 정신이야? 제 정신이 아니면 그런가보다 할 일이지 그 꼴을 두고 못 봐서. 무슨 놈의 세상이 이러니, 꼴 보기 싫다고 다 쳐죽이면 지구상에 남아날 인간이 어디 있어? 요즘 젊은 것들 정말 무서워, 버스 안에서 부딪치기만 해도 잡아먹을 듯이 노려보고 말이야. 나 이 사악한 세상에 오래 살고 싶지도 않아."

나는 가게에 다녀온다고 현관을 나섰다. 계단참에 서서 휴대전화를 걸었다. 전화가 연결되자마자 귀에 고막을 따는 듯한 충격이 온다. 경찰차 사이렌과 연거푸 울리는 총성을 배경으로 올케가 총에 맞은 사람처럼 기운 없이 대답한다.

"그렇잖아도 전화해보려고 했어요."

배경음의 어떤 남자가 고자질하려는 듯이 노! 노! 영어로 부인한다.

"걔는 또 비디오 봐?"

"벌써 두 편쨌데, 애도 똑같이 앉아서 보고. 아이, 머리 아파."

올케가 방으로 옮겨가 문을 닫았는지 수화기 속이 조용해진다.

"그 여자가 자꾸 생각나서 뭘 봤는지도 모르겠어요. 참 가엾어서, 너무 애처로워서⋯⋯. 어머니는 좀 어떠세요?"

나는 대답하지 않았다. 어머니가 통곡하고 있는데 남동생은 비디오에 심취해 있다.

"아무래도 저희가 가봐야겠죠?"

올케의 목소리에 아연 긴장이 감돈다.

"걔가 어제 어느 비디오 가게 갔다왔대?"

"그 시간에 여는 데가 이십사 시간 매장밖에 더 있어요? 거기 대여점 딱지가 붙어 있던데, 왜 그러세요?"

남동생은 비디오광이다. 원래는 영화를 좋아했으나 영화관에 갈 시간이 없어 비디오로 바뀌었다. 휴일이면 비디오를 쳐다보며 하염없이 먹어대는 게 유일한 낙이어서 몸이 엄청나게 불어버렸다. 어제도 처가에 다녀오느라 텔레비전 특선 영화를 놓쳐버린 걸 못내 아쉬워하더니, 오밤중에 나가 비디오를 빌려왔다고 했다.

"차 몰구?"

"그렇겠죠. 왜요?"

남동생은 비디오 가게에 가서 또 비디오 상자에 적힌 줄거리를 일일이 읽어보면서, 어지간히 뜸을 들였을 것이다.

"어머니는 뭐…… 괜찮으셔."

그러나 나는 말 중간에 길게 한숨을 내쉼으로써 어머니가 괜찮지 않음을 역력히 표시했다. 이번에는 올케가 딴 생각에 잠긴 듯 대답이 늦다.

"……네에."

이 애가 언제 오나 문만 쳐다보고 있다가, 어머니는 내가 들어서자 슬그머니 고개를 돌렸다. 갖다드린 귤을 힘겹게 껍질 벗겨 한 쪽을 떼 입에 넣더니, 씹는 둥 마는 둥 삼키고 입을 다시 연다. 손에 든 귤은 안중에도 없다.

"그 때 니 아버지가 사고만 안 쳤어도 우리가 그 집 샀어. 일 년만 더 버텼으면 그 집 사고, 빚도 안 지고 집안이 불 일 듯 일어났을 텐데. 니 아버지라는 인간은 꼭 살만 하면 훼까닥해갖고, 이 나이에 예펜네가 이 고생을 하게 만들어."

나도 먹던 귤을 내려놓고 일어나 싱크대 수돗물부터 틀었다. 식탁 위에 올려두었던 비닐봉지를 쏟아 사과를 바득바득 문질러 씻었다.

"매달 은행빚 갚느라고 뼛골은 빠지지, 동네가 후져 갖고 이웃이라고는 죄다 저질이고. 우리 앞의 전철역이 유독 깊어. 서울 시내에서 제일 깊은 것 같아. 전철에서 내리면 출구가 까마득히 창문 만하게 보이고 저기까지 내가 어떻게 올라가나아……."

수돗물을 잠그자 어머니의 푸념이 이어진다. 이제 어머니의 동정의 대상은 그 여자도, 친정 어머니도 아니고 자기 자신이 되었다. 휴일이 아니고는 청소할 새가 없으므로 나는 구석에 세워둔 진공청소기를 끌어냈다. 의자다리에 부딪치고 밀치며 식탁 밑을 휘젓고, 전깃줄을 잡아채어 방으로 들어갔다. 난입하는 청소기 주둥이에 어머니는 발을 번갈아 들었다가, 손을 짚고 엉덩이를 들어 한 바퀴 돌아앉았다. 그러면서도 그 입만은 요란한 모터 소리에 질세라 맹렬하게 벌어지고 닫히며, 동의를 구하려고 아기가 엄마 찾듯 눈을 맞추려든다.

방충망이 뜯겨나간 날 저녁, 종철 엄마의 전화를 받고 그 여자의 친정 어머니가 왔다. 의가 틀어지기 전까지 그 여자가 가끔씩 친정에 가있는 동안 관리비 따위에 대한 연락을 해주느라, 종철 엄마는 그 친정 전화번호를 알고 있었다고 한다. 친정 어머니는 세 집에 머리 조아려 사과하고 방충망 값을 물어주고, 딸과 외손자를 친정으로 데려갔다.

딸이 정신과 치료를 받고 있다고 비로소 그 할머니는 실토했다. 가족들한테도 차마 입에 담지 못할 말로 욕을 퍼붓고 싸움을 걸어, 셋이나 되는 언니들마저 모조리 동생하고 인연을 끊었다고 한다. 아들이 있으면 상의라도 하겠는데 사위들은 아무래도 남이더라, 막내 때문에 다른 딸들까지 가정불화 날까봐 더는 하소연도 못 한다고 했다. 병원에 입원을 시켜도 봤지만 반 년 혹은 일 년 있으면 낫는다는 보장도 없이 한 달에 백오십만 원씩이나 하는 병원비를 무작정 물 수도 없을 뿐더러, 시립 정신병원은 세 달 이상은 받아주지도 않는다고 했다. 그래도 남편 있고 자식 있는 정상적인 생활을 해야 딸의 병이 덜 하고, 꾸준히 약을 복용시키고 있으니 언젠가는 낫겠지 하는 희망으로 친정 어머니가 살림살이를 대신 해주었다는 것이다. 오로지 낳은 죄 하나로 칠순이 넘은 나이에 반찬 해다 나르며 파출부 노릇을 하건만, 딸은 고마워하기는커녕 엄마 때문에 자기가 이혼당하게 생겼다는 등 오장육부가 뒤틀리게 하는 소리만 골라서 한다고 했다. 그 여자가 전에 살던 동네에서도 비슷한 일이 있었다는데, 짐작컨대 그 동네만이 아니라 그 전, 또 그 전의 전, 살던 곳마다 그런 일이 있어 친정 어머니는 비는 데 이골이 난 듯했다. 담담하게 얘기를 이어나가면서 흐느낌조차 없이 눈물만 뚝뚝 떨구는 모습이, 그 어떤 읍소보다 애절해 보였다.

두 달쯤 뒤에 그 여자가 말끔한 모습으로 돌아왔다. 예전의 그 일이 꿈이 아닐까 싶을 만큼, 그 여자는 전혀 기억이 없는 사람처럼 깍듯이 인사를 했다. 그러나 지나치게 예의가 바른 것 또한 좋지 않은 조짐이었다. 그 여자는 계란이며 과일 몇 알 같은 소소한 선물을 들고 너무 자주 세 집의 벨을 눌렀다. 이웃들은 오직 그 여자와 상종 않는 것만이 소원이라 별별 이유를 대가며 한사코 거절했다. 그러자 그 여자는 차마 받지 않을 수가 없게끔 음식을 만들어 돌렸다.

"오늘 아침 테레비 요리 시간에 나온 장떡이에요. 주말이라 손주도 왔는데 재미나게 드시라고 좀 갖고 왔어요."

그 여자 목소리가 나면 올케와 나는 하던 말도 끊고 불안하게 눈길을 주고받았다.

"뭐 이런 걸, 나 가루음식 소화 잘 안 되는데……."

어머니는 마지못해 접시를 받고 황급히 문을 닫는다. 그러나 그 여자가 바깥 문고리를 잡은 손에 힘을 주어서 문은 도리어 더 열린다.

"하여간 고마워!"

억지 웃음 지으며 어머니는 좀더 세게 문을 당기지만, 여전히 문은 닫힐 듯 말 듯 주먹 하나 만큼 벌어진 채 힘의 평형 상태를 유지한다. 그 비좁은 틈으로 여자가 다급히 묻는다.

"저, 우리 애가 설사를 하는데 삶은 밤을 먹여도 될까요?"

"글쎄, 나는 모르겠네."

대답했다가 혹시 화근이 될까봐 어머니는 고개를 젓는다.

"된장찌개에는요, 마늘쫑을 넣는 게 나아요, 그냥 대파가 나아요?"

"입맛 따라 다르겠지."

"어머, 어머 그래요오?"

그 여자가 감탄하는 사이 어머니는 문을 와락 잡아당기고 문고리를 건다.

"이런 거 받을 때마다 구역질이 다 나. 또 빈 접시 돌릴 수 있어? 나중에 얻어먹었다는 소리 못하게 자그마한 거라도 사다 바쳐야 돼!"

어머니는 접시를 식탁에 내던지다시피 했다. 그 여자는 슬리퍼를 끌며 집에 들어갔다가 금세 나와 옆집 지희네 벨을 누른다. 지희네도 충분히 뜸을 들인 후에 할 수 없이 문을 열기는 하지만 볼멘 목소리다. 그 여자가 장떡에 대한 설명에 덧붙여 말한다.

"그런데 내가 참다 참다 이제 와서 하는 말이지만, 저번에 나한테 분명히 지희네 휴가 가느라고 애 잠시라도 못 봐준다고 그랬죠? 그쵸? 아 작년 겨울에! 내가 보니까 지희 아빠 차가 아침저녁으로 들락 날락 하던데 뭘. 어쩌면 이웃 간에 편리 한 번 봐주는 법도 없구."

지희네 문이 쾅당 닫힌다. 종철이네는 아예 문을 열지 않았다. 곧 세 집은 그 여자와 복도에서 마주쳐도 외면하고, 말을 붙여도 일절 대꾸하지 않게 되었다. 그 여자가 벨을 누르면 설거지하다가도 수돗물 잠그고, 노는 아이를 윽박지르며 아무도 없는 체 응답을 하지 않았다. 그 여자는 지나가는 척 복도를 수시로 오가며 줄지은 세 개의 문을 차례로 톡톡 건드리고 문고리를 살그머니 돌려보았다. 어쩌다 문이 잠겨 있지 않으면 문을 열어 고개를 들이밀고 물었다.

"세탁기가 고장났는데 애기 기저귀 한 번만 빨아 가면 안 될까요?"

다들 안 된다 했다.

"비디오를 두 개나 빌려왔거든요. 같이 보시지 않을래요?"

다들 안 본다 했다. 그 여자가 아쉽게 문을 닫자마자 안에서 문고리가 찰칵 잠겼다. 한여름에도 그 복도의 아파트 세 집은 문이 철통처럼 잠겨 있었다. 십팔 호만 시원하게 문이 열려 있고, 그 여자는 온종일 복도에 나와 살았다. 딸의 병세가 좋지 않은 줄 알고 그 친정 어머니가 외손자를 데려가서 그 여자는 할 일이 없었다. 여자의 슬리퍼 소리가 다가오면 집 안에 있는 사람들은 자기도 모르게 귀를 쫑긋하며 긴장하고, 슬리퍼 소리가 멀어지면 다음에 다가올 슬리퍼 때문에 더욱 인상이 구겨졌다. 슬리퍼는 집요하게 복도를 왕복했다. 사람들은 한숨을 내쉬었다. 이게 무슨 짓이야 이게, 이 더위에 내 집 문 내 맘대로 열고 살지도 못하고.

그러나 이웃들이 더위를 참기보다, 그 여자가 침묵을 참기를 더 못 견뎌했다. 여자는 전화를 걸기 시작했다. 때를 가리지 않고 전화 걸어 울면서 용서를 빌다가, 지구 끝까지 쫓아가서 복수하겠다고 악을 썼다. 전화번호를 바꿔봤자 같은 아파트, 같은 줄에 사는 처지에 공통우편함의 고지서 따위를 보고 그 여자가 새 전화번호를 알아낼 터였다. 종철이네는 착신표시 기능이 있는 전화기를 사봤는데, 전화를 안 받으면 받을 때까지 한 시간이건 두 시간이건 벨을 울려대니 소용이 없더라고 했다. 전화코드를 빼놨다가 꽂으면 곧바로 벨이 울리고, 부아가 나서 수화기를 들면 그 여자가 대뜸 외쳤다.

"끊지마! 전화 끊으면 네 새끼 잡아다 죽여버릴 거야!"

특히 종철이네는 사내아이라 밖에 나가 놀기 좋아하는 종철이 때문에 이만저만 걱정이 아니었다. 종철이 아빠가 남성의 권위로 기를 눌러 보려고 그 여자에게 눈을 부릅뜨고 고함을 질렀다가, 세 집 중 가장 심하게 전화벨이 울리게 되는 역효과만 봤다. 종철이 엄마가 그 여자를 이 동네에서 이사가게 하자는 주민들의 연대서명을 받으러 다녔다. 그러나 세 집말고는 서명을 하려는 사람들이 없었다. 십팔 호가 좀 이상한 것 같기는 하지만 자기들이 직접 겪어본 것도 아니니 나서고 싶지는 않다고, 다른 층 여자들이 꽁무니를 뺐다고 한다. 사람이 설마 전혀 이유도 없는데 그러겠느냐, 십팔 호와 싸운 세 집도 문제가 있다는 의견이 지배적이라고 했다. 종철 엄마와 제일 친한 삼층 아기 엄마마저, 자기야 그 여자가 미쳐도 되게 미쳤다는 걸 잘 알지만 바로 그래서 안 되겠다고 서명을 거부했다고 한다. 얼마나 지독한 줄 알기 때문에 그 여자랑 원수지기 겁난다고. 그러자 지희네도 자기는 두 달만 더 살면 전세계약이 끝나 이사갈 거라면서 손을 씻었다.

종철이네는 다시 전화기를 바꿨다. 녹음 기능이 있는 전화기를 구입해서 그 여자의 전화 내용을 녹음했다. 그리고 용케 그 여자 둘째 언니네 전화번호를 알아내어 전화를 걸고, 그 녹음 테이프를 틀었다. 종철이네 생각으로는 그 언니들이 친정 어머니하고 끊지 않는 한 동생하고 인연이 끊어질 리가 없다는 것이다. 옆집들이야 고생하건 말건 이렇게 지내는 게 동생한테나 자기들한테나 제일 편하니까, 늙은 모친을 방패삼아 이 상태를 유지할 속셈이라고 했다. 얼마나 괴로운지 본인들이 당해봐야 동생에 대한 근본적인 대책을 세울 거라면서, 종철이네는 그 여자가 그러듯이 한밤중에도 전화 걸고 새벽에도 걸고, 상대가 전화를 끊으면 받을 때까지 다시 걸었다. 그러나 이 주일 넘게 종철이 엄마, 아빠가 교대로 전화기에 달라붙는 비상한 노력에도 불구하고, 그 언니네는 전화번호를 바꿨을 뿐 동생에 대한 대책을 세우지는 않았다. 종철이네도 바뀐 전화번호까지 알아낼 재간은 없는 듯했다.

어머니도 같은 전화기를 구입해서 그 여자의 말을 녹음했는데, 내 주장에 따라 그 여자를 고발하기 위한 증거물을 확보하기 위해서였다. 영 심사가 뒤틀리면 딸네 살림을 해주러 온 친정 어머니를 붙잡고 기막힌 부분을 들려주기도 하지만, 그 할머니야 딸의 패악을 모르는 바도 아니니 효과는 없었다. 하냥 미안하다는 판에 박은 사과에다 아들 없는 푸념, 딸의 병이 악화돼서 하루에 팬티를 스무 장씩 바꿔 입는다는 하소연까지 들어야 하니 차라리 얘기 안 하느니만 못했다.

주말에 가서 일주일 동안 쌓인 그 녹음 테이프들을 내가 들었다. 남동생 부부는 한두 번 들어보고 똑같은 얘기라며 들으려 하지 않고, 세 살배기 조카가 매달리기까지 해서 작은방에 들어가 나 혼자 들었다. 내가 듣기로는 녹음 테이프마다 똑같은 얘기가 아니었다. 조롱과 저주와 모략과 비방의 레퍼토리와 강도가 날이 갈수록 심해졌다. 나는 그 여자의 죄상을 확인하기 위해 테이프를 들었다. 속이 뒤집힐 줄 알면서 테이프를 틀고, 부르르 떨면서도 끝까지 들었다. 들으면 들을수록 그 여자에 대한 증오가 불타오르고, 심장이 곤두박질치고 천장이 아득하게 현기증마저 일었다. 그 증오로 더 많은 죄악을 기억해두기 위해 나는 다음 테이프를 녹음기에 넣었다.

"이런 거 참으면 안 돼요! 정식으로 고소해서 감호소에 집어넣고 정신적 피해보상까지 받아야 할 일이야!"

내가 비칠거리며 작은방에서 나와 소리치면 동생네와 어머니는 밥 먹다가 어이없이 웃었다.

"누나 참 취미도 이상해. 왜 그런 걸 다 챙겨듣고 있어?"

"형님은 예민하셔서……."

"얘는 꼭 하나마나 한 소리만 해. 현실이 어디 그래? 고소하면 뭐 선고 꽝꽝 때리고 잡아 가둘 줄 알아? 일 년도 걸리고 이 년도 걸리고, 예로부터 소송 한 번 걸리면 집안이 망한댄다. 그동안 그 미친 년 더 발악을 할 텐데 그 꼴을 어떻게 봐?"

어머니는 염소처럼 목소리를 떨며 이죽거렸다.

"그 여자랑 싸운 사람들 이제껏 한 둘이 아닌데 아무도 고발 안 했어. 제발 좀 용서해달라고 십팔 호한테 다들 빌었대잖아. 그 사람들이 뭐 너만큼 법 모르고 자존심 없어서 그랬겠어? 본격적으로 원수 져봤자 좋을 게 없으니까 그렇지. 그 여자가 병원에 끌려간대도 평생 거기 있겠니? 정신병자들은 정신병원에서 나와 자기를 병원에 넣은 사람들한테 복수하다가 다시 정신병원에 들어가고, 나와서 또 그 짓 하고, 죽을 때까지 괴롭힌대."

"어차피 그 친정에서 데려간다잖아."

"그 친정 식구들이라고 더 이상 뾰족한 수는 없잖아요. 저라도 입장을 바꿔서 생각해보면……."

나는 험악한 눈길로 올케부터 기를 꺾었다. 올케가 찔끔해서 말을 삼키고 남동생은 허허 웃었다.

"나이 든 사람의 살아온 경험이란 게 있는 거야. 나도 다 생각이 있어. 남들 가만히 있는데 왜 내가 총대를 메? 십팔 호가 저러다 싸움질할 다른 사람 생기면 나를 잊어버리겠지. 그게 제일이야."

어머니는 제갈량이라도 된 듯이 속눈썹을 드리우고 눈동자를 굴렸다.

"평소에 그렇게 시비를 잘 따지시던 분이 왜 이러세요?"

나는 턱을 치켜들고 코웃음 쳤다. 명백한 불의, 이유 없는 언어적, 정신적 폭력 앞에서 난데없이 현명하고 간교해진 어머니에게 배신감을 느꼈다.

"글쎄, 그 친정 어머니가 미안하다잖아. 그 여자가 정상이 아니라서, 미쳐서 그러는 건데 이웃 간에 좀 참아주는 인정이 있어야지……. 넌 어째 틈만 나면 남을 미워하지 못해서 안달이냐? 세상 그렇게 살면 못 써!"

초조하게 치마에 손바닥을 문지르다가 어머니는 버럭 역정을 냈다.

"그 남편은 뭐하구요? 바로 그 작자를 고발해야 하는 거예요!"

"그 사람도 답답하겠지."

남동생이 혼자 고개를 끄덕였다.

"너 같은 것도 남자냐?"

나는 쏘아붙였다. 남동생은 허허 웃는데 올케가 눈이 동그래졌다.

세상에서 그 여자를 제압할 수 있는 인간은 그 남편뿐이었다. 몇 번인가 어머니와 종철 엄마가 그 남편에게 항의를 했는데, 그때마다 그 집안에서 물건이 깨지고 아구구 두드려 맞는 신음소리가 나고 나면 여자가 한동안은 잠잠해졌다. 그 여자는 남편을 무서워해서 그가 집에 있을 동안에는 전화질을 하지 않고 밖에 나오지도 않았다. 그 여자가 누군가에게 전화 걸어 고래고래 고함 지르기 시작하면 이웃들은 그 남편이 출근한 줄 알았고, 복도에서 헤매던 그 여자가 얌전히 문닫고 들어가면 그가 퇴근한 줄 알았다. 남편이 저녁 먹고 독서실에 가면 그 여자는 또 뛰쳐나와, 머릿속의 인물들과 싸우느라 줄기차게 말대답하며 깜깜한 놀이터를 맴돌았다. 그 여자를 조용하게 만드는 가장 확실한 방법은 그 남편에게 이르는 것이었다.

이웃들은 되도록 그러기를 삼갔다. 그가 신종 자격증을 따기 위해 공부를 하고 있기 때문이다. 그 여자의 친정 어머니가 할 말 있으면 자기한테 하지, 자격증 시험을 볼 때까지만이라도 사위는 가만 놔둬 달라고 신신당부를 했다. 다른 남자에게 시집갔으면 진작에 버림받았을 딸을 데리고 살아주는 고마운 사위라는 것이다. 그는 아내를 사랑하고, 병만 나으면 예전의 단란한 가정으로 돌아갈 수 있다고 믿는다고 했다. 그가 자격증을 따려는 것 또한, 아내의 병원비마저 감당할 수 없는 월급쟁이 생활을 벗어나 보려는 안쓰러운 몸부림이라고도 했다. 이 자격증 관련 대목이 내게는 특히 가증스러웠다. 남들이 제 마누라 때문에 못살겠다는 데 어떻게 자격증 공부를 하고 앉아 있을 수가 있을까. 남의 평안한 일상생활보다 자기 자격증이 중요하다는, 이런 이기적인 인간들이 출세를 하니까 나라가 요 모양 요 꼴인 것이다.

젊은 여자가 제 남편과 대면한 줄 알면 십팔 호가 또 무슨 말을 지어낼 줄 모른다고, 어머니가 나는 나서지 못하게 극구 만류했다. 나서지 않는 대신 나는 어머니에게 그 남편 앞에서 군시렁대지 말고 법에 호소하겠노라고 강력하게 밀고 나가라고 다짐을 놓고, 할 말을 조목조목 일러주었다. 담판은 출근하는 그 남자를 붙들고 복도에서 벌어졌다. 그 남자가 퇴근하고 집에 들르지 않은 채 곧바로 독서실로 가기도 하고 거기서 밤을 새우기도 해서, 아침 말고는 만나기가 여의치 않았다. 나는 일요일 밤 어머니 댁에서 묵고, 월요일 아침 어머니가 문소리에 귀를 기울이다가 복도로 나간 후 창가에 서서 대화를 엿들었다.

"직장에 나가시는 길에 이런 말씀을 또 드리게 돼서 어떻게 하죠?"

호호. 어머니가 희한한 소리로 웃었다.

"전화기를 없애버렸는데요."

"그래도 공중전화로 거는 걸요?"

"죄송합니다."

"우리 좀, 제발 가만 놔두게 해주세요. 이대로는 정말 못살겠어요. 내가 정식이 엄마 때문에 심장병에 위염이 다 생기고……."

"우리 말을 믿어주세요. 집에 계시는 시간이 별로 없어서 정식이 엄마가 얼마나 심한지 잘 모르시는 것 같아요. 굉장히, 아주 굉장히 심각해요."

종철 엄마는 울음이라도 터뜨릴 것 같았다.

"죄송합니다."

그 남편은 더 이상 할 말도, 들을 말도 없는 게 분명했다. 잠깐 멈춰서는 시늉조차 하지 않고 걸어가서 말소리는 멀어지고, 어머니와 종철 엄마는 따라 가며 애걸을 하고 있다.

"진짜로 이러시지 말구요."

"전들 더 이상 어떻게 합니까. 노력은 하고 있어요."

"주인이신데, 가장이신데, 방법이 왜 없으시겠어요."

"네?"

"방법이, 왜, 방법이 있으시잖아요."

"으이구!"

나는 머리통을 감싸쥐었다. 법 얘기 하랬더니 어머니는 시방 구타를 암시하고 있다. 마누라를 두드려 패서 조용히 시키라고.

"죄송합니다."

그 남자의 말투는 더욱 싸늘해졌다.

"있잖아요…… 그, 그……."

더는 못 참고 나는 창문을 열어 젖혔다. 굵직한 목소리와는 달리 복도를 꺾어지는 그 남자는 작고 꼬챙이처럼 말랐다. 수험 공부에 찌든 사람답게 안색이 누렇게 뜨고, 짓밟힌 지푸라기 같은 머리카락마저 얼마 안 남았다.

"나쁜 놈!"

그 남자가 왜소해서 나는 한층 더 가증스러웠다. 날로 살이 쪄가는 그 여자 몸집의 반밖에 안 되면서 아내를 폭행하고, 때리면서도 자기는 큰 소리 한 번 안 지르는 무서운 인간이다. 아이 양육과 집안 살림은 장모가 해주고, 자기는 집에 있을 시간도 별로 없는데 그동안 마누라는 얌전하니, 이대로 시험 공부하기에는 문제가 없는 환경이라고 생각할 것이다. 그가 이혼하지 않는 이유는 사랑이 아니라 자격증 때문이고, 단지 시험 공부에 방해가 되는 일은 벌이고 싶지 않은 것은 아닐까.

방이 좁다. 몇 분만에 청소기로 쑤셔볼 구석이 더 이상 없다. 모터 소리가 잦아들자 폭증된 어머니의 말소리만 울려 퍼진다.

"니네들이 공부 아무리 많이 해도 부모 세대의 현실감각을 무시할 게 아닌 거야. 너 자꾸 실버타운, 실버타운 하는데 우리 또래들 모이면 다들 그래. 실버타운이라고 첩첩산골에 지어놓으니 아무리 공기 좋고 새소리 들려도 쓸쓸해서 어떻게 살겠어. 서울 근처 실버타운은, 실버타운 안 가도 될 돈 많은 부자들이나 간댄다. 나 니네들 기르면서 아들딸 차별 안 했다고 자부할 수 있어. 하지만 나이가 들면 들수록 생각이 달라져. 이상만 갖고는 안 돼. 우리나라는 아직 멀었어."

"옆집에 다 들려요."

생각보다 먼저 내 입이 오물거린다.

"이 연립주택 바닷모래로 지었다고, 엄마가 그랬잖아요."

가까스로 덧붙이는 미소.

"사람 하나 죽어나간다는데 어째 네 눈에서는 눈물 한 방울 안 나오냐? 지 애비 닮아서 인정머리라고는 하나도 없이."

내가 아양까지 떨었건만, 어머니는 어색했던 일이 초 간조차 그냥 넘기지 않고 새침하게 돌아앉았다. 나는 청소기를 내려놓고 부엌 벽면에 꽂힌 플러그를 뽑으려 전깃줄을 잡아당겼다.

"천만다행이지, 니 말대로 그 여자 때문에 법 찾았다가는 이제 어쩔 뻔했어?"

나는 아무 말도 안 했는데 어머니가 고개를 꼬고 올려다보았다. 이미 양쪽 귀를 잡아당긴 듯 얼굴이 팽팽하고 눈이 가느스름해졌다.

"그만해요, 엄마."

나는 손사래를 쳤다. 그러나 플러그가 거칠게 뽑혀 전깃줄이 식탁 의자에 휘감겼다.

"내가 뭐랬어요? 언젠가 이런 일 생긴다 그랬죠?"

나는 소리질렀다.

오수연 | 마니아  153

"그러니까 너하고 나는 생각이 달라서, 너는 너대로 살고 나는 나대로 살잖니? 내가 언제 너한테 부담준 적 있어? 오늘 말고. 나아, 모처럼 쉬는 날 너 이렇게 방해해서 미안하다, 응?"

네가 그러면 그렇지 하는 비웃음으로 어머니의 입술이 뒤틀린다. 욕설보다도 불쾌한 사과를 하는 이 고약한 버릇은 그 여자 때문에 생긴 것이다.

"엄마!"

내게도 인정이 있다는 것을 증명하려는 듯이 눈에서 눈물이 쑥 비어져 나왔다. 어머니는 가방을 홱 끌어당기더니 지퍼를 열고 성경책을 꺼냈다. 지퍼를 닫고 책을 펼치고, 어머니는 독서등처럼 고집스럽게 성경책 위로 고개를 꺾었다.

나는 현관을 뛰쳐나왔다. 사람 하나 죽어가도 달라지는 게 없다. 어제까지는 그 여자가 어머니와 종철 엄마에게 퍼붓고, 어머니는 그 친정 어머니에게 퍼부었다. 그리고 오늘부터는 그 친정 어머니가 종철 엄마에게 퍼붓고, 종철 엄마는 어머니에게 퍼붓고, 어머니는 내게 퍼붓는다. 순서만 역전되었다. 영문 모르고 넘겨받아 이유 없이 떠넘기는 이 원망의 연쇄에, 나는 끼고 싶지 않다. 중간에 끼여 눈물이나 흘리기 싫다.

"네, 형님."

올케가 날선 목소리로 전화를 받았다.

"걔는 아직도 비디오 봐?"

"어머니 모시러 방금 그쪽으로 출발했어요."

"그러려면 어머니가 직접 그리로 가셨지, 이리 오셨겠어?"

"아이 참, 어머니는 또 왜 그러시는지 몰라! 형님, 제가 뭐 잘못한 거 있어요?"

"누가 올케가 잘못했대?"

"어젯밤 그 일이 난 게 한 시쯤이랬죠? 십팔 호가 깨어날 가능성도 있대요? 범인의 얼굴을 봤을까요? ……남자겠죠?"

"그 여자가 기운이 오죽 세야 말이지."

물론 남자다. 이 일을 진작 해결해야 했을 사람은 그 남편이었고, 결국 해결한 사람 또한 어떤 남자였다. 그들은 원망을 전가하지 않는다. 야기하거나 해결한다.

"저희도 그새 한바탕 했어요. 제가 비디오 좀 그만 보라고 잔소리를 했더니만. 그이는 정말 문제가 있어요. 휴일이면 가족하고 등산을 가든지, 하다못해 근처 놀이공원에라도 나가면 좋잖아요. 하루 종일 어두컴컴하게 커튼 치고 말 한 마디 없이 그놈의 비디오만. 애 교육상으로도 안 좋구 건강에도……. 형님, 저도 힘들어요."

"걔가 나하고 나이 차이가 두 살밖에 안 나는데, 어머니가 과보호를 해갖고 철이 안 들어. 아버지가 돌아가신 판국에 대학교 때 진수는 데모까지 지가 하고 싶은 짓 다했잖아."

"어떨 때 멍하게 비디오 보고 있는 모습을 보면 이 사람이 지금 속으로 무슨 생각을 하고 있을까, 제가 이상한 상상이 다 들어요. 어제 비디오 빌리러 가서 두 시간쯤은 있다 온 것 같아요. 기다리다가 저 먼저 잤거든요. 왜 그렇게 오래 걸렸느냐고 물어도 그냥 비디오 골랐다고만 하니, 그게 말이나 돼요?"

"요새 어머니가 그 여자한테 얼마나 시달렸는 줄 알아? 어머니가 한사코 말려서 내가 여태껏 얘기 안 했는데, 어머니는 진수 때문에 그 전화를 받아줬던 거야. 그 여자가 진수 직장에 자꾸 전화할까봐."

"어머, 그러실 필요는 없는데. 그렇게까지 나오면 저희도 가만있지 않죠."

"가만있지 않으면, 어쩌려구?"

"고발을 하든지……."

올케는 말을 잇지 못했다. 충분히 기다렸다가 나는 쯧, 혀를 찼다.

"어머니가 그러시는 거, 올케는 정말 몰랐어?"

"가끔씩만 전화 오는 줄 알았죠. 형님, 저한테도 얘기해주세요. 그이는 알았어요? 그 사람 좀처럼 화를 안 내서 그렇지 한번 화나면 무섭잖아요."

올케가 쿨쩍대기 시작한다.

"아, 마누라가 모르는데 내가 어떻게 알아?"

"당최 대화가 안 되니 답답해서 미치겠어요. 형님이 붙잡고 한번 잘 좀 얘기해보세요. 그리고 저한테 바로 전화주세요. 전요, 지금 막 심장이 뛰고 다리가 떨리고……."

고소는 어머니가 아니라 여자가 했다. 그 여자는 자기가 우리 어머니한테 맞아 유산을 했고, 종철이 아버지한테는 강간을 당할 뻔했다고 경찰에 투서를 썼다. 어머니와 종철이네에 경찰의 조사에 응하라는 연락이 왔다. 마침내 그 여자의 언니들이 나타나 경찰서에 가서 해명을 하긴 했으나, 그들도 그 남편처럼 이웃들과는 할 말도 들을 말도 별로 없다는 태도를 취했다. 이웃들이야 마음 같아서는 당한 만큼 그 가족들한테 되돌려주고 그 동생과 똑같이 행패를 부려보고 싶기까지 하지만, 그들은 동생과는 달리 정상인들이었다. 못난 막내 탓에 고개를 숙여야 하는 자신들의 처지를 억울해하며 얼굴이 자존심으로 일그러졌고, 저급한 얘기가 나오면 질색을 하며 자기들끼리 눈짓을 주고받았다. 이웃들이 호소하는 사연들은 죄다 입이 더러워지는 낯뜨거운 내용들일 수밖에 없었다. 그 언니들이 차라리 정상적이고, 그 여자와 욕지거리의 진구렁에 뒹굴며 격앙된 이웃들이 더 비루하고 비정상적으로 보였다. 당해보지 않은 사람은 결코 이해할 수 없는 심각한 불행에 자신들이 봉착해 있음을, 이웃들은 다시 한 번 실감했다. 친정 어머니만 또 백배사죄하고 딸을 데려갔다. 그러나 친정에 가서도 그 여자는 집요하게 전화를 걸어왔다.

지희네는 이사 가고 종철이네는 전화번호를 바꿨다. 그러나 어머니는 어느 쪽도 하지 못했다. 남동생 때문이다. 어머니가 전화를 받지 않자 그 여자는 동생 회사로 전화를 걸어 괴이한 소리를 늘어놓았다. 아들이 대기업에 다닌다고 어머니가 늘 자랑으로 삼았던 터라, 그 여자는 전화번호를 쉽게 알아냈을 것이었다. 남동생은 상관없다고 했지만, 그때쯤 그 회사는 투자 실패네 구조조정이네 심심찮게 언론에 이름이 오르내리고 있었다. 이상한 여자한테 자꾸 전화가 걸려오는 것이 직장 상사나 동료들에게 좋은 인상을 줄 리는 없었다. 어쨌거나 이유가 있으니까 여자가 저토록 집요하게 달라붙는다고, 그들도 아파트 여자들처럼 생각할지도 모를 일이었다.

"돈 달라는 것도 아닌데, 그깟 전화 받아주지 뭐."

어머니는 자식을 위해 고통을 감수하기로 결심했다. 당신마저 응대를 해주지 않으면 그 여자가 남동생에게 죽기살기로 달라붙어 해코지를 할 거라고 했다. 설사 재판을 걸어 시비가 가려진다 해도, 한번 금간 남동생의 평판과 경력은 복구될 수가 없다는 것이다. 남동생한테는 그런다는 내색 않고 나한테도 묵언을 강요하면서, 어머니는 그 여자의 전화를 꾸역꾸역 받아내었다.

그 여자는 일주일 동안 소식이 없기도 하고 하루에 여섯 번씩이나 전화를 걸기도 했다. 언제 그 전화가 걸려올지 종잡을 수가 없기 때문에, 어머니는 전화벨만 울리면 움찔 몸이 굳고 얼굴이 창백해졌다.

그 친정 어머니 말로는 가둬두다가 조금만 풀어주면 딸이 뛰쳐나가고, 문 잠가 놓으면 창문을 뛰어넘고, 베란다를 타고 내려가서까지 공중전화에 매달린다고 했다. 그저 미안하다, 주의하겠다는 말뿐 대책이 없는 모양이었다. 친정에 갇혀 싸움질할 새로운 이웃을 더 이상 개발할 수 없는 그 여자는, 결코 어머니를 잊지 않았다. 마지막으로 싸웠던 상대가 세 집인데 지희네와 종철이네가 연락이 끊기자, 그동안 수많은 싸움을 거치며 차례로 누적된 그 여자의 분노는 오로지 어머니에게로 분출되었다.

"할머니 때문에 육 개월 동안 잠 못 잤어요. 할머니가 한 짓을 생각 못해요? 정말 아직도 후회를 못해, 자기 자신을. 내 애가 어떻게 됐는지 알아요? 들어요? 듣고 있어요? 할머니가 반성하고 기도라도 하면 내 이런 전화 안 해요. 방금 전에 공중전화에 오백 원 넣었는데 그냥 먹었어요. 문방구 아줌마한테 얘기했더니 그냥 나라에서 먹는 거래."

"풀자 해도 안 풀고 사과해도 안 되고, 더 이상 어떻게, 어떻게 빌면 되겠어? 수백 번도 더 빌었잖아."

어머니는 다시 용서를 빌었다. 그러나 경멸로 뺨이 꿈틀거린다.

"니가 뭘 잘했어? 학벌 있어? 대학 나왔어? 남편이 왜 간암으로 죽었는지 아직도 몰라? 우리 집은 다 배웠어. 다아 대학 나왔다구!"

오백 원 아깝다는 얘기 안 해줬다고, 그 여자의 말투는 대뜸 반말로 격하한다.

"아, 알았어, 알았으니까……."

"아들 병신 만들지 마. 아들도 내 말 듣고 너 원망해. 니 며느리, 너 때문에 심장이 졸여서 못 살겠다더라. 왜 늙은이가 휩쓸고 다니면서 이간질하니? 종철 엄마도 나한테 그러더라. 그 할머니한테 속아갖구 인형처럼 놀아났대. 천백십오 호! 그 여자 우리 집에 와서 오일 동안 울면서 빌다 갔어. 사람이 좀 깨달아야지, 내 말 잘 들어. 할머니는 뭐 하러 내 욕을 하고 다니는 거야?"

"무슨 욕?"

"우리 시골 목장에서 우유가루도 갖다주고, 내가 얼마나 잘했냐, 니네들한테."

"어떻게 해야 그 은혜를 다 갚겠니. 니 속이 후련하겠니."

어머니는 수화기를 귀에 댄 채 턱이 점점 천장 쪽으로 치켜 올라간다.

"내가 손주 생일날 생과자……."

"나도 백일 때 정식이 내복 사다줬잖아."

"돌이야 돌!"

"그래 돌 땐가"

"할머니는 말귀를 못 알아들어. 내 얘긴, 제발 나를 모함하지 말란 말이야."

"나 모함한 적 없어! 맹세해!"

어머니는 갈비뼈가 깨지도록 주먹으로 제 가슴을 팡팡 친다.

"시어머니가 처음엔 우리편을 들다가 우리가 전세 사는 거 알고 무시해갖구 배신하드라, 내가 그랬드니 니 며느리가 고개 끄덕끄덕 하더라구. 걔 철이 없어, 걔두 잘못했대니까. 시어머니 험담을 하긴 왜 하냐? 내가 지 시어머니 안 좋아한다니깐, 시어머니니까 남남이 래. 내가 그랬지 시어머니가 아무래두 어려운 모양이지? 걔두 시어 머니라면 학을 떼는 애드라구. 니 며느리 속으론 너 사람 취급도 안 해."

"모함이 뭔 줄이나 알아? 지금 니가 하는 게 모함이야."

어머니는 숨이 점차 거칠어진다.

"오천 원 꾸어간 거 너 알아? 나한테 오천 원!"

"우리 며느리가?"

"그래, 단돈 오천 원이 없어 갖구."

"안 갚았어? 내가 당장 갚아줄게!"

전화기 속으로 돈을 던져 넣을 듯 어머니는 호주머니를 격렬하게 뒤진다.

"아니 갚긴 갚았는데, 할머닌 왜 남을 헐뜯냐구, 그거 나쁜 습관이야. 심심하면 가만히나 있지, 여기저기 다니면서 간암으로 죽은 남편 욕을 먹여."

"언제 헐뜯었냐구, 참내, 내가 언제 자네를 헐뜯었냐구."

"내가 정식이 임신 칠개월 때 구로동으로 이사갔는데 강적을 만난 거야. 이백오십만원 띠었다는 얘기했죠?"

"글쎄 누차 그 얘긴 했으니까."

에구, 정신병자하고 시비 가려봤자지, 어머니는 한숨을 내쉬며 달래려고 든다.

"김소아과하고 나하고는 피차 가정이 있는 사람들이야."

"그 얘기도 했잖아!"

"했어요 내가 그 얘기?"

"아이구, 속 터져!"

어머니는 전화기를 떨구고, 탁한 어항에 갇힌 붕어처럼 천장을 바라보며 헐떡거린다.

"여보세요, 여보세요? 너 끊지 말고 잘 들어. 내가 똑똑히 말해줄 테니까. 너 때문에 우리 애가 경기하구 토하구, 너 때문에 나 애도 못 낳는 여자가 됐어. 니가 날 때려갖구. 뭐 꼬집기만 했다구? 니가 꼬집기만 했어? 여길 때려갖구 뱃속에 있던 애기가 죽었잖아! 경찰이 너 전깃불로 지져죽인대……."

어머니는 전화를 끊고는 단추를 눌러 그동안 녹음된 테이프를 되감고, 테이프를 꺼내 그 위에 날짜를 썼다.

"고발도 안 하겠다면서 뭐 하러 녹음해요?"

나는 어머니 손에서 테이프를 빼앗아 내팽개쳤다.

"아서! 이건 마귀 짓이지 사람이 하는 게 아니야!"

어머니는 놀랍도록 신속하게 두 손을 번갈아 짚어, 방바닥에 미끄러지는 테이프를 나꿔챘다.

"그 년을 누가 말려? 늙은 친정 어머니가 말려? 무능한 남편이 말려? 살아 있는 여자를 죽이겠니? 입을 꿰매 놓겠니, 다리를 분질러 놓겠니? 사람은 아무도 못 말려. 그 여자는 마귀 들렸어. 마귀가 들려서 우리 집을 시험에 들게 하고 있는 거야."

그러나 내 생각에는 그 친정 어머니는 늙은 것만큼이나 교활하고, 남편은 무능력하다기보다는 자격증에 미친 것이다.

"그거야 우리가 알 바 아니죠. 재산을 다 병원비로 탕진하든지, 기도원 같은 데 처박아 놓고 쇠사슬을 채워두든지, 그것도 안 되면 정말 다리라도 분질러 놔야죠. 어떻게든 책임을 져야지, 남이 이렇게 시달리는데 대책이 없다는 게 말이나 돼요?"

"세상에 말이 안 되는 게 어디 하나 둘이냐? 인간은 무력한 존재야."

어머니는 도통한 사람처럼 신비한 표정을 지었다.

"법으로도 안 되고 말도 안 통하면, 다른 수가 있겠죠. 무슨 수를 써서라도 당한 만큼 되돌려 줘야죠. 이게 바로 정당한 거예요!"

나는 침을 튀기며 손으로 방바닥을 두드렸다. 그 여자가 계속 자극하고 있는데 어머니가 저항하지 않으므로, 그 자극은 어머니를 통과해서 내게로 왔다. 그 여자를 생각하기만 해도 나는 온몸에 전기가 오른 듯 찌릿찌릿했다.

"정당? 이 세상에 그런 게 어디 있어? 난 이제 인간 세상에 아무런 기대 안 해, 손톱만치도 미련 없어. 심판 날 하나님께서 내 원통함을 알아주실 거야!"

어머니는 눈을 질끈 감고 소리쳤다. 방충망 사건으로 어머니의 체면은 망가졌고, 그 가족들한테 화풀이하면서 어머니는 예의를 잊었고, 그 여자와 대거리하면서는 자존심과 이성마저 잃었다. 목숨만큼 중히 여기던 모든 덕목을 잃고 어머니는 자식들을 보호해야 한다는 일념에 매달렸다. 이 모든 일은 마귀의 역사이고, 당신이 가족을 위해 단신으로 마귀와 대적하고 있다는 것이다. 어머니는 그 여자가 공중에 떠 있는 것을 보았다고 했다. 복도에서 슬리퍼 소리가 나기에 다 지나가기까지 한참이나 기다렸다가 가게 가려고 문을 열었는데, 그 여자가 아직도 복도에 서 있었다는 것이다. 주차장 쪽으로 등을 돌리고 서 있는 그 여자의 슬리퍼가 분명히 한 치쯤 바닥에서 떠 있었다고, 어머니는 주장했다.

어머니는 전화가 끝나면 녹음한 테이프를 꺼내 문갑에 넣고, 다음번에 걸려올 전화에 대비해 새 테이프를 녹음기에 끼웠다. 그리고 구부정한 어깨를 좌우로 흔들며 까마귀처럼 갈라진 목소리로 열렬히 찬송가를 불렀다. 전화가 오면 어머니는 수화기를 들고, 욕설도 사과도 아닌 말들을 음산하게 되뇌었다. 그리고 단추를 눌러 녹음 테이프를 되감았다. 전화기 앞에 쭈그려 앉아 어머니는 야비하고 비겁하게 늙어갔다. 불과 일 년 전까지 파르르 끓어오르던 패기와 깔끔한 성깔은 자취도 없이 사라졌다. 그리고 그 여자는 전번처럼 두어 달만에 보다 복스러운 얼굴로 친정에서 돌아왔다.

우리 집에 도착했을 때보다 더 까칠하고 눈이 쑥 꺼진 얼굴로, 어머니는 미라처럼 누워 있다. 나는 다소곳이 어머니 옆에 섰다. 반사적으로 어머니의 눈꺼풀이 떨리건만, 어머니는 고집스럽게 눈을 뜨지 않는다. 동생이 오면 단 하루도 어머니를 모시지 못하는 몹쓸 누나와, 학대당한 어머니를 보게 될 것이다. 오늘도 그 애는 앙숙의 모녀지간을 화해시키는 역할을 떠맡게 될 것이다. 모든 일은 남동생이 등장해야 해결된다. 짠! 나는 베란다로 나섰다. 어머니는 내가 사라지기만을 기다렸다는 듯이 이불을 홀랑 젖히고 일어나 앉아, 전화기를 끌어당겼다. 나는 세탁기 위에서 옷가지들을 밀어내고 뚜껑을 열었다.

"주여!"

어머니가 외쳤다.

"그 여자가 깨어났대. 의사들이 그냥 넘어져서 다친 걸 거라고 한다는데?"

어머니가 활짝 웃으며 베란다 유리문을 통해 내게 수화기를 흔들어 보였다.

"언제요?"

나는 빨래를 하나씩 세탁기에 던져 넣었다.

"몰라, 종철 엄마가 병실에 가봤더니 엄청 먹어대구 있더래."

"그럼 중태도 아니네. 그 친정 식구들 일부러 호들갑떤 거예요. 그 여자 때문에 자기들이 그동안 죄인 취급당했으니까, 이 쪽도 한 번 맛 좀 보라고."

나는 세제를 뿌리고 세탁기 뚜껑을 덮고, 작동 단추를 눌렀다. 수돗물이 쏟아지는 소리가 났다.

"꼭 그렇게 부정적으로만 생각할 게 아냐. 그 남편이 옆에서 극진히 간호하고 있더래잖아. 그 사람들 돈 없고 빽 없어서 해결을 못해서 그렇지, 나쁜 사람들은 아니야. 병 걸리면 부모건 자식이건 죄 갖다 버리는 세상에, 그래도 제 식구라고 끝끝내 감싸고 돌잖아. 그래도 자기 아내고 딸인데, 어디 정체도 모르는 기도원에 처박아 두고 싶겠어? 너라면 내가 미치면 그러고 싶겠니?"

어머니는 우아하게 수화기를 잠깐 눌렀다가 다시 들고 전화를 걸었다.

"나다! 별 일 아니래. 응, 제 풀에 넘어져서. 그 여자 정말 여러 가지로 사람 골탕 먹이지?"

어머니는 염소처럼 높이 웃었다. 올케는 그 못잖게 발랄하게 웃고 있을 것이다.

"너희도 마음 고생 많았다. 이리로? 피곤한데 쉬라니까 뭘 여기까지……."

어머니는 전화를 끊고는 머리를 매만졌다.

"진수가 이리로 온대. 난, 혹시 그 애가 에미 웬수 갚는다고 그런 짓을 했으면 어떻게 하나, 그런 생각까지 들었어."

"엄마, 지금 좋아할 일이 아녜요. 이제 다시 그 여자 전화를 받아야 하잖아요."

"……그러게 말이야."

어머니의 팔이 힘없이 처졌다.

"계속 그러고 사실 거예요?"

"어쩌겠니. 할 만큼 하면 저도 잊을 날이 오겠지."

어머니는 엉거주춤 엉덩이를 들고 낡은 가방을 끌어당겼다. 치켜 올라간 엉덩이가 죽도 못 얻어먹은 할망구마냥 각이 졌다.

"언제까지, 도대체 언제까지요?"

어머니는 잠자코 가방의 지퍼를 열었다. 위에서 내려다보니 그 가방에는 조그만 사각 플라스틱이 가득 차 있다. 소형 녹음 테이프들이다. 경찰에 고발할 것도 아니고 나중에 천국에 가서 하나님께 들려드릴 것도 아니면서, 어머니는 그 여자의 전화를 꼬박꼬박 녹음해왔다.

"그런 걸 왜 들고 다녀요?"

세탁기가 돌아가기 시작했다. 세탁기를 짚은 내 한쪽 팔이 모터의 울림 때문에 덜덜 떨린다.

"증거물이라며."

어머니는 가방 속에 성경책을 넣고 지퍼를 닫았다. 오늘 아침 혹시라도 아들이 이 폭행사건에 연관되었을까봐, 어머니는 증거물을 없애야 한다는 일념으로 허둥지둥 그것들을 들고 나왔던 것이다. 그러나 얼마나 그 테이프들이 아까웠으면 끝내 버리지 못하고 헤매다가, 아들네는 못 가고 이 사건과 관련이 있을 리 없는 딸네 집에 오게 되었다.

"주여!"

어머니는 가방을 허벅지에 붙이고 허리를 꼿꼿이 세웠다. 두 손을 모아 배에 붙이고 얄팍한 어깨를 좌우로 흔들기 시작했다. 속으로 찬송가를 부르고 있을 것이다. 그러나 심판 날 그동안에 흘린 눈물을 보상받을 것임을 확신하는 어머니도, 지상의 위로 또한 필요로 했다. 어머니에게는 위로자가 있었다. 그 여자를 비롯한 모든 여자들이 원하는 그 아버지 같고 오빠 같은 위로자. 묵묵히 들어 주고 절대 화를 내지 않는 도량 넓은 가슴. 어머니는 그 여자로부터 들은 모든 원한의 말들을 자기 혼자 간직하지 않고 녹음기에 떠넘겼다. 녹음기가 있음으로써 어머니는 그 여자의 폭력을 견뎌내었고, 녹음기가 들어주는 한 앞으로도 자식을 위해 그 폭력을 혼자 막아낼 것이다.

"난 처음부터 알았어, 진수가 아닌 줄. 걔가 그런 인물이 돼요?"

세탁기의 요동 때문에 나는 턱까지 덜덜 떨린다.

"진수가 욱 하는 성격이 있잖아."

"그런 애가 왜 여지껏 가만있어요?"

더 이상 올케에게도 퍼부을 길 없는 분노가, 어머니에게로 되돌아갔다. 이유도 없이 어머니로부터 넘겨받아 근거 없이 올케에게 떠넘겼던 분노가, 올케 쪽이 차단되자 고스란히 어머니에게로 반환되었다.

"너 진수한테 내가 그 여자 전화 받는다고 얘기했어?"

어머니의 얼굴이 고통스럽게 구겨졌다.

"얘기 안 하면 모르나? 진수는 정말 눈치 못 챘을까?"

설령 동생이 안다고 해도 변화는 없을 것이다. 제 아무리 동생이 말려도 어머니는 전화를 받을 것이고, 고발을 하겠다고 설쳐도 어머니가 원하는 것은 고발이 아니라 전화일 것이며, 동생이 고소하면 어머니가 취하하고 계속 전화를 받을 것이다. 어머니는 희생에 중독되었다.

"절대로 하지 마라, 응?"

어머니가 애원했다. 세탁기 속에서 세제와 물살에 씻겨지는 옷가지를 때문에 나는 괴롭고, 수치스럽다. 죄다 핏자국 하나 없이 멀쩡하다. 난 내가 몽유병이 있어 잠자는 동안 나도 모르게 뛰쳐나가, 살인 무기를 휘두르고 피범벅이 되어 돌아온 것은 아닌가 하는 생각을 했다. 그러나 그런 의심을 품은 사람은 나 말고는 단 한 명도 없다. 그 누구도 감히 딸이 어머니의 원수를 갚았으리라고는 상상조차 하지 못했다. 그리고 역시 영악한 딸은, 마음 맞아본 적 없는 까탈스러운 모친을 위해 사소한 일에 목숨 거는 어리석은 짓은 하지 않았다.

"난 괜찮아, 네가 걱정이지. 월급 작아도 제발 그 직장이나 좀 때려치우지 마. 그 나이 되도록 자리를 못 잡으니, 내가 너 생각만 하면 잠이 안 와."

어머니는 손을 이마에 짚으며 한숨을 내쉬었다. 이제 어찌할 것인가, 나는 온몸이 떨린다. 법으로도 안 되고 말도 안 통하니, 이제야말로 세속의 시비를 초월한 정의의 수단을 강구해야 한다. 심판을 내려야 한다. 응분의 대가를 치르게 해야 한다. 불의를 뿌리까지 불로 지져 버리고 이 땅에 신의 의지를 관철해야 한다. 그러나 생각이 안 난다. 아무런 전략도 전술도 떠오르지 않는다. 그 여자의 테이프를 들으면서 내가 이를 악물 때마다 그랬듯이, 머릿속이 하얗게 비면서 현기증만 난다. 대책이 없다. 가슴속에서 화롯불 같은 분노만이 벌겋게 타오른다.

"냉장고가 텅텅 비었던데 밥 좀 잘 챙겨먹고. 나, 너한테 다른 거 안 바래. 너 하나 잘 사는 게 바로 효도야."

경쾌하게 초인종이 울렸다. 비참하게 쪼그라진 어머니의 얼굴이 대번에 풍선처럼 환히 부푼다.

"진수냐?"

어머니는 높이 외치며 무릎을 짚고 일어나, 문에 잡아 끌린 듯 마루를 활주한다. 죽어가던 사람이 살아나고 육순 노인이 회춘하는, 초인종 소리 하나에 일어난 이 놀라운 기적은 어떤 비난보다도 날카롭게 내 명치를 쑤신다. 나는 고개를 떨구었다. 이게 내 탓인가. 나는 부당한 일에 분노했다. 그런데 왜 내가 정당하지 않다는 말인가. 세탁기에서 더러운 물이 쏟아졌다. 물살은 벽에 부딪쳤다가 돌아왔다. 내 발이 그 속에 갇혔다. ■

# 윤 성 희

# 누군가 문을 두드리다

1973년 수원 출생. 서울예대 문예창작과 졸업.
1999년 《동아일보》로 등단.
소설집 《레고로 만든 집》.

# 누군가 문을 두드리다

그는 호루라기를 길게 불었다. 호수에 비친 구름이 빠른 속도로 지나갔고, 5미터 간격으로 심은 벚나무에서 아직 영글지 않은 버찌 열매가 떨어졌다. 탁자 위에 놓여 있는 종이컵 안으로 빗방울이 떨어졌다. 호루라기 소리를 들은 사람들이 빠른 속도로 자전거를 몰았다. 30분도 못 탔는데…… 만화 주인공이 새겨진 티셔츠를 입은 사내아이가 말했다. 돈을 돌려드릴게요. 그에게 천 원을 거슬러 받은 사내아이는 매점으로 들어갔다. 그는 자전거를 가지런히 세워놓고 그 위에 비닐을 덮었다. 그러고는 비가 새지 않도록 천막을 덧씌웠다.

그는 시청 녹지공원과에서 7년을 일했다. 7년 동안 단 한 번도 결근을 하지 않았다. 취직을 하자마자 그는 3년짜리 적금을 부었다. 3년이 지나면 패러글라이딩을 배울 생각이었다. 적금을 타면 그 돈으로 자동차를 사고, 주말이면 트렁크에 패러글라이딩 장비를 실어 매산리나 대부도로 떠나는 게 그의 소원이었다. 적금을 타던 해에 남동생이 유학을 갔다. 그는 남동생을 좋아했다. 그래서 패러글라이딩은 나중에 배워도 늦지 않는다고 스스로에게 말했다. 남동생이 태어나던 해에 그는 초등학교 1학년이었다. 남동생이 태어나던 날 작은 지진이 있었다. 칠판에 적힌 선생님의 글씨가 여러 겹으로 보였다. H시에서는 지진 때문에 몇 명의 사람이 죽었다는 말이 들려왔다. 남동생은 자주 울었다. 남동생은 그가 달래주어야만 울음을 멈추었다. 지진 때문이야! 그가 말했지만 아무도 그의 말에 귀기울여주지 않았다. 남동생이 떠나고 그는 또 적금을 부었다. 3년이 지나자 여동생이 결혼을 한다고 했다. 오빠, 그 사람은 의사야. 여동생은 처녀 때 쓰던 물건은 단 하나도 가져가고 싶지 않다고 했다. 그는 패러글라이딩을 타다 사고로 죽은 사람에 대한 신문기사를 오려두었다. 자꾸 생각해보니 패러글라이딩은 너무 위험했다.

그가 녹지공원과에서 일하는 동안 시는 세 개의 공원을 조성했다. 그는 공원에 앵두나무, 살구나무, 사과나무, 복숭아나무 같은 과실수들을 심도록 과장을 설득했다. 과장은 사람들이 열매를 따가면 어떻게 하냐? 라고 물었다. 과실수를 심은 공원이 시민들에게 호응을 얻자 과장은 시장에게 특별휴가를 받았다. 그 후 공원에 심을 나무를 결정하는 것은 그의 몫이었다. 두 번째 공원에는 어린잎을 따서 산나물로 먹을 수 있는 나무들을 심었다. 나무마다 자세한 설명을 붙여놓았다. 공원은 인근 초등학교에서 가끔 야외수업을 하는 곳이 되었다. 세 번째 공원에는 잎이나 열매로 물감을 만들 수 있는 나무들을 심었다. 시민들이라면 누구나 천연염료를 만들어볼 수 있도록 실습실도 만들 계획이었다. 감사과에서는 공원에 심어진 나무의 수보다 훨씬 많은 나무들이 주문되었다고 그를 추궁했다. 공원에 심어지지 않은 나무들은 여러 군데로 흩어졌다. 시장의 앞마당에도, 계장의 고향집에도, 과장의 처갓집에도 모두 그 나무들이 심어졌다. 그는 시청을 그만두었고, 복숭아나무를 50그루나 빼돌렸던 과장은 그에게 공원 한켠에서 자전거 대여점을 할 수 있도록 해주었다. 그는 패러글라이딩을 배우는 대신 자전거를 배웠다. 안전했고 무엇보다 돈이 들지 않았다.

그는 한 평 남짓한 사무실에 앉아서 밖을 내다보았다. 공원에 세워진 동상들이 비에 젖기 시작했다. 축제를 알리는 현수막이 바람에 흔들렸다. 그는 두통이 찾아와 왼쪽 눈동자를 지그시 눌렀다. 호수 저편에서 한 여자가 우산도 쓰지 않은 채 공원을 거닐고 있었다. 먹구름이 끼면서 공원을 감돌고 있는 공기가 낮게 가라앉았다. 가로등이 일제히 켜졌다. 가로등 불빛이 호수 안으로 빨려들어간 듯 순간 호수가 환하게 보였다. 저 사람은 왜 비를 맞고 있는 걸까? 그는 호수 위를 분주하게 움직이는 오리떼들을 보면서 그런 생각을 잠깐 했다. 종이컵이 쓰러지면서 빗물에 엷어진 커피가 탁자 위로 쏟아졌다. 이 공원에서 제일 맛있는 커피였다. 공원에는 여러 개의 자동판매기가 있는데, 그는 그 중에서 농구장 옆에 있는 자동판매기의 커피를 좋아했다. 여자는 호수를 두 바퀴나 돌더니 제자리에 서서 호수를 빤히 내려다보았다. 지난겨울, 호수에 한 청년이 빠져 죽었다. 자살이었는지 단순한 실족사였는지 밝혀내지 못했다. 여자가 바라보고 있는 곳은 그 청년의 시체가 발견된 자리였다.

오늘 아침에 그는 횡단보도 앞에서 미친 여자를 보았다. 그녀는 그에게 다가오더니 다짜고짜 만 원 있니, 라고 말했다. 천 원도 아니고 만 원이라니. 그는 자신도 모르게 피식 웃음을 터뜨렸다. 그녀는 다른 사람들에게 가서 만 원 있니, 라는 말을 연신 했다. 아무도 돈을 주지 않았다. 그는 고개를 돌려 교통신호제어기라고 씌어져 있는 박스를 보았다. 그 박스를 열어 그 안에 얽혀 있는 전선들을 잘라내고 싶은 충동에 사로잡혔다. 파란불이 켜지고 사람들이 도로를 건너갔지만 그는 움직일 수 없었다. 자전거를 타는 사람들은 지나치게 자주 웃었다. 자전거를 고르면서도 웃고 넘어지면서도 웃고 돈을 거슬러 받으면서도 웃었다. 파란불이 다시 빨간불로 바뀌자 차들이 움직이기 시작했다. 그때, 미친 여자가 버스를 향해 뛰어들었다. 긴 경적 소리가 울렸다.

그는 유리창을 두드리며 외쳤다. 이봐요. 저편에서 여자가 그를 쳐다보는 것 같았다. 유리창에 오늘 아침에 보았던 장면이 떠올랐다. 머리에 피를 흘리면서 눈을 껌벅이던 여자. 그 미친 여자의 모습 위로 지금 호숫가를 서성이는 여자의 모습이 겹쳐졌다. 그 화면을 지우기 위해 그는 손바닥으로 유리창을 두드렸다. 이상한 일이었다. 손을 멈출 수가 없었다. 유리창을 두드리면 노크 소리가 저 멀리까지 퍼져나갈 것만 같았다. 그러면 남동생은 편지를 보내올 것이고 여동생은 하루 종일 들여다보던 홈쇼핑 채널을 끄고 그에게 전화를 걸 것 같았다. 유리 깨지는 소리가 들리더니 그의 오른손 위로 유리가 쏟아졌다. 비가 사무실 안으로 들이쳐 손목에서 흘러나오는 피를 씻어주었다. 비가 멈추지 않듯이 피도 멈추지 않았다.

그는 눈을 떴다. 순간, 안경을 안 끼었는데도 시계가 선명하게 보였다. 7시. 그는 다시 눈을 감았다가 천천히 눈을 떠보았다. 늘 그랬던 것처럼 눈앞에 보이는 모든 사물이 흐릿하게 보였다. 그는 안경을 찾기 위해 손을 위로 뻗었다. 그제야 오른손 손목에 붕대가 감겨 있고 왼손 손등에 링거 주사가 꽂혀 있다는 것을 알아차렸다. 그를 발견해 병원으로 옮긴 사람은 매점 여자였다. 그가 농구장 옆에 있는 자판기에서 커피를 뽑아 먹는 것을 본 이후로 매점 여자는 그에게 말을 걸지 않았다. 응급처치를 잘했더라구요. 의사가 다가와 말을 했다. 아마도 매점 여자가 응급처치를 한 모양이었다. 앞으론 매점에서 커피를 사먹어야겠어. 그런 생각이 들자 그는 자신도 모르게 웃음이 났다.

그렇게 웃을 걸, 왜 그랬어요?

의사는 가지런한 이를 살짝 드러내며 말했다. 흰 가운이 잘 어울리는 사람이었다. 보기만 해도 신뢰감이 느껴질 정도로.

운이 나빴죠.

그는 항상 자신의 생은 운이 좋은 편이었다고 생각했다. 두 동생들은 원하는 대학에 쉽게 입학을 했다. 공무원 시험도 한 번에 합격했고 짧은 기간이었지만 인정도 받았다. 비록 전세이긴 하지만 10평짜리 원룸 아파트도 하나 있었다. 여동생은 50평이 넘는 아파트에 살았는데 가끔 그에게 고급 브랜드의 옷을 보내곤 했다. 매제는 일주일에 한 번씩 신문에 건강 칼럼을 실었다. 그는 그 기사를 전부 보관해두었다. 시청을 그만둘 적엔 잠시 실의에 빠지긴 했지만, 자전거 대여 일이 공무원 일보다 훨씬 재미있다는 사실을 금방 깨달았다. 시청에 다닐 적에는 아침마다 이렇게 중얼거렸었다. '아 오늘이 일요일이면 얼마나 좋을까.' 그런데 그는 지금은 이렇게 말한다. '아 오늘 비가 오면 얼마나 좋을까.' 그는 자신이 낭만적인 사람이 된 듯했다. 이 정도의 사소한 사고쯤은 일어날 수도 있었다.

제 친구 이야기를 해드리죠.

의사가 말을 시작하려는데, 가슴에 온통 피투성이인 남자가 응급실로 들어왔다. 의사는 그의 어깨를 한 번 치더니 새로 들어온 환자에게로 달려갔다. 남자에게선 술냄새가 났다. 다 죽여버릴 거야. 남자는 고함을 질렀다. 간호사들은 그런 장면은 익숙하게 보아왔다는 듯이 태연했다. 일단 이거 치료하고 죽이세요. 그렇게 농담 섞인 말을 하는 사람도 있었다. 그에게 말을 건넸던 의사가 남자의 팔을 꺾었다. 남자는 침대에 묶였다. 그의 옆 침대에 누워 있는 할아버지는 남자가 소란을 피우는데도 눈 한 번 뜨지 않았다. 혹시? 그는 자리에서 일어나 할아버지의 코밑에 손을 대보았다. 숨을 쉬고 있었다.

한참 만에 의사가 다시 그에게 왔다. 제 친구 이야기를 해드린다 그랬죠. 고등학교 때 부모님이 이혼을 하자 그 충격을 못 이겨서 자살을 기도했대요. 응급실에서 위세척을 하고 살아났죠. 그 후로 그 친구는 우울증에 시달렸어요. 한번은 사랑니를 빼러 치과에 갔다가 스케일링을 하게 되었대요. 병원에는 스케일링을 정기적으로 하면 늙어서 풍치에 걸리지 않는다는 포스터가 붙어 있었던 거죠. 스케일링을 하고 집으로 돌아오는 길에 친구는 자신의 존재가 너무 우스워 견딜 수가 없었답니다. 늘 자살만 궁리하는 자신이 풍치에 걸릴 것을 걱정했으니 우스운 거죠. 제가 무슨 말 하는지 알겠죠? 그는 의사를 똑바로 쳐다보았다. 그제야 그는 의사가 왜 그랬어요? 라고 묻던 의미를 알아차렸다. 그게 아니에요. 그는 고개를 저으면서 말했다. 누군가 신음 소리를 내며 간호사를 불렀다. 정신과 의사가 필요하면 제게 부탁하세요. 아까 말한 그 친구는 지금 정신과 의사가 되었으니까요. 의사는 그의 손등에 있는 링거 주삿바늘을 빼주었다. 그는 천천히 응급실을 빠져나왔다. 그는 오른쪽 뒷주머니에 있는 지갑을 꺼낼 수가 없어 지나가던 간호사에게 부탁을 했다. 그는 왼손으로 사인을 했다. 카드 뒷면에 있는 자신의 사인과 너무 달랐지만 여직원은 그걸 확인하지 않았다. 응급실 밖에서 아이를 업은 여자가 울고 있었다. 그는 내딛는 발에 힘을 주었다. 그렇지 않으면, 발이 땅속으로 빨려들어가 병원 지하에 갇혀버릴 것만 같았다.

택시 운전사가 힐끔거리며 옆자리에 앉은 그를 보았다. 와이퍼는 두 개가 조금 어긋나게 움직였다. 그는 조수석 쪽에 있는 와이퍼의 움직임에 맞춰 다리를 흔들었다. 택시 운전사가 다시 한 번 그가 앉은 쪽으로 고개를 돌렸다. 그게 아니에요. 그는 자신도 모르게 불쑥 그렇게 말을 했다. 뭐가요? 운전기사는 차가 신호에 서자 와이퍼 작동을 멈췄다. 비가 서서히 그치고 있었다.

육교를 오르다 말고 그는 뒤를 돌아봤다. 누군가 그의 귀에 대고 휘파람을 부는 듯했기 때문이었다. 그러나 뒤에는 누군가와 통화를 하고 있는 여학생이 있을 뿐이었다. 그는 입술에 침을 묻히고 휘파람을 불어보았다. 여학생이 전화를 하다 말고 놀란 눈으로 그를 보았다. 육교 아래에는 좌판을 펼쳐놓고 여러 가지 잡동사니들을 파는 남자가 있었다. 남자는 육교가 생겼을 때부터 지금까지 하루도 빠짐없이 육교 아래에서 물건을 팔았다. 그는 여러 종류의 손톱 손질도구가 들어 있는 세트를 구경했다. 손톱깎이가 두 개나 들어 있어요. 그리고 가위도. 이건 V밀대라고 손톱 가장자리를 다듬는 데 쓰는 거예요. 남자는 그에게 여러 가지 기구들에 대해 설명해주었다. 그는 열 가지 기구들이 들어 있는 손톱깎이 세트를 만 원에 샀다. 거, 손을 다친 모양이네요. 검은 비닐에 손톱깎이를 넣으면서 남자가 말했다. 그래도 손톱은 깎을 수 있어요. 그는 퉁명스럽게 대꾸했다.

엘리베이터에서 그는 위층에 사는 여자를 만났다. 이젠 조용할 거예요. 여자는 자신이 사는 13층과 그가 사는 12층을 동시에 누르면서 말했다. 여자에게는 하루 종일 뛰어다니는 사내아이가 하나 있었다. 그는 편히 낮잠을 잘 수도 없었고 차분히 앉아서 음악을 들을 수가 없었다. 애가 어디 갔나요? 엘리베이터는 5층부터 층마다 섰다. 누군가 장난을 친 모양이었다. 엘리베이터가 열리고 닫힐 때마다 여자는 깊은 한숨을 쉬었다. 기운내세요. 그는 붕대에 감긴 오른손을 여자에게 보여주었다. 절 보세요. 아무리 괴로워도 이런 짓은 어리석은 거예요. 그렇게 말하고 나니 그는 진짜 자신이 자살을 기도한 사람 같았다. 빵을 물 없이 백 개쯤은 먹은 기분이었다. 가슴이 먹먹했다. 낯선 사람의 그림자가 자신 안에 숨어 있는 것 같았다. 집으로 돌아오니 이사를 온 첫날처럼 집 안 풍경이 낯설었다.

형광등이 켜지지 않았다. 그는 침대에 비스듬히 누워 텔레비전 위에 있는 자명종을 보았다. 시침과 분침이 야광으로 되어 있는 시계였다. 자명종에는 유명 연예인의 캐릭터가 그려져 있었다. 그 연예인은 몇 년 전에 금요일 저녁마다 토크쇼를 진행했는데, 그는 침대 귀퉁이에 베개를 서너 개 쌓아놓고 비스듬히 누워 토크쇼를 보곤 했다. 요즘은 스캔들이 터져서 방송계를 떠난 연예인이었다. 시계는 전에 살던 세입자 앞으로 배달되었다. 아마도 토크쇼에 시청자소감을 보낸 모양이었다. 그 옆에는 오리 모양의 자명종이 있었다. 시청에 다닐 적에는 그는 두 개의 자명종을 5분 간격으로 울리게 해놓았다. 덕분에 지각을 하지 않았다. 오리 모양의 자명종은 남동생의 애인이 보낸 것이었다. 남동생이 군에 갔을 적에는 일주일에 한 번씩 편지를 보내던 여자였다. 자명종은 소포로 배달되었다. 남동생이 유학을 가고 난 다음이었다. 아무리 찾아봐도 니가 나한테 사준 건 이게 전부더라. 쪽지에는 그런 글이 적혀 있었다. 그는 책상 위에 있는 액자를 보았다. 거기에 어떤 사진을 끼워야 할지 그는 결정을 하지 못했다. 액자를 선물한 사람은 초등학교 동창인 P였다. 그는 동창생을 찾아주는 인터넷 사이트에서 P를 만났다. 어떻게 변했는지 궁금하구나. 너, 설마 나를 기억 못하는 건 아니겠지? P는 이런 쪽지를 보냈다. 그는 P의 얼굴이 기억나지 않았기에 베란다에 쌓아둔 상자들 속에서 초등학교 졸업앨범을 찾아야만 했다. 단체사진 속의 P는 고개를 약간 아래로 숙이고 있었다. 아! 이 아이. 그는 졸업앨범을 찍던 날이 떠올랐다. 사진을 찍는 순간 앞에 있는 아이의 머리에 검지로 뿔을 만들었던 아이였다. 그것 때문에 그의 반만 다시 단체사진을 찍어야 했다. 혹시, 짓궂게 장난을 잘 치던? 그는 약간 모호하게 답장을 보냈다. 강남에 있는 호프집에서 동창회가 열렸다. P는 얼굴을 보고 싶다고 그에게 세 번이나 쪽지를 보냈다. 호프집 입구에는 초등학교 이름과 테이블 번호가 적힌 종이들이 붙어 있었다. 사람들은 1,000피스 퍼즐을 맞추듯 서로의 기억을 꿰맞추고 있었다. 야 Q라고 기억나니? W라고 100미터 달리기를 잘하던 그놈은? 그런 식으로 자신이 알고 있는 친구들의 이름을 대는 것만으로도 몇 시간이 흘렀다. 헤어질 때 P는 길에서 파는 액자를 하나 사더니 그에게 내밀었다. 늦었지만 사과의 뜻으로. 근데 이마에 있던 상처는 없어졌네? 그날 저녁, 잠을 자다 말고 그는 P가 자신을 왜 만나고 싶어했는지 알아차렸다. P는 같은 반이었던 A와 그를 혼동한 것이었다. P가 휘두른 대걸레에 A의 이마가 찢어졌던 적이 있었다. 단체사진을 찍었을 때 P의 앞에 서 있던 아이는 A였다.

　방에 있는 물건들 중에서 애당초 그의 것은 없었다. 여동생은 결혼하면서 그에게 침대와 장롱을 물려주었다. 내가 오빠 결혼할 때 집 하나 해줄게. 혼수를 준비하면서 여동생은 자주 그 말을 했다. 농과 침대는 모두 흰색이었다. 여동생은 그가 흰색을 싫어한다는 사실을 모르고 있었다. 컴퓨터를 올려놓은 책상은 남동생이 중학생일 때부터 쓰던 거였다. 책상은 작은 흠집들로 가득했다. 남동생은 볼펜으로 책상을 찍는 버릇이 있었다. 그는 책상 위를 손으로 쓰다듬었다. 펜 자국이 그의 가슴으로 옮겨졌다. 긴 한숨을 내쉬었다. 가슴속에 숨어 있던 그림자가 밖으로 나와 방 안을 떠돌았다. 그는 텔레비전을 켰다. 화면이 밝아지면서 방 안에 있는 물건들이 언제 그랬냐는 듯이 우울한 표정을 거둬들였다. 낯선 그림자도 이내 사라졌다. 그는 오리 모양 자명종의 알람버튼을 눌렀다. 자기야! 일어나. 아침이야. 남동생의 목소리가 방 안에 울려퍼졌다. 여자는 아침마다 자신을 버린 애인의 목소리를 듣는 게 괴로웠으리라. 나쁜 놈. 텔레비전에선 변비약을 선전했던 신인 여배우가 화장실 거울을 들여다보며 소리를 질러대고 있었다.

그는 손톱깎이를 꺼냈다. 손톱을 깎기 위해 텔레비전 앞으로 바짝 다가갔다. 이 방 안에 온전히 자신의 것은 이 손톱깎이 세트 하나뿐인 것 같았다. 왼손을 깎을 때 꿰맨 상처가 따끔거렸다. 텔레비전을 너무 가까이서 보았기 때문인지 눈이 시큰거렸다.

새벽에 누군가 조심스럽게 현관문을 두드렸다. 텔레비전에서는 오래된 서부영화가 방영되고 있었다. 그는 텔레비전의 볼륨을 낮췄다. 누구세요? 노크 소리는 더 이상 들리지 않았다. 문을 열어보니 작은 상자가 하나 있었다. 혹시, 손목에 흉터가 생기면 그때 사용하세요. 1305호. 상자에는 가죽으로 만든 팔찌가 들어 있었다. 자세히 보니 영화에 나오는 주인공의 팔찌와 모양이 비슷했다. 그는 왼손에 팔찌를 끼고는 주먹을 쥐어보았다. 그러고는 고맙다는 뜻으로 책상에 올라가 천장을 두드렸다. 한참 후에 위층에서 똑똑 하고 대답을 했다.

그는 생활정보지를 뒤져 중고품 전문점을 찾았다. '숨쉬는 물건들'. 가게 이름이 독특했다. 한 시간 후에 녹색 티셔츠에 멜빵이 달린 청바지를 입은 직원이 왔다. 티셔츠에는 '숨쉬는 물건들'이라는 로고가 새겨져 있었다. 안녕하십니까. 무엇을 파실 생각이시죠. 직원은 방을 둘러보면서 말했다.

　그는 텔레비전을 가리켰다.

　텔레비전이오? 아니면 이 위에 자명종이오?

　직원은 텔레비전을 이리저리 살펴보면서 물었다. 청바지는 엉덩이 아래가 뜯어져 있어 고개를 숙일 때마다 팬티가 보일락 말락 했다.

　텔레비전이오. 저기, 근데 바지가 뜯어졌네요.

　아 이거요. 이건 우리 회사의 방침입니다. 직원들의 유니폼도 중고로 들어온 옷 중에서 고르게 되어 있거든요.

　직원은 25인치 텔레비전을 번쩍 들더니 밖으로 나갔다. 텔레비전은 여동생이 3개월 할부로 구입한 거였다. 여동생은 고등학교 동창에게서 텔레비전을 샀다. 고등학교 동창은 사기결혼을 당해 결혼한 지 한 달 만에 이혼을 해야 했는데, 그 뒤로 피라미드 조직에 빠져 헤어나오질 못했다. 걔가 자기 부서에서 실적이 제일 낮대. 그러니 어쩌겠어. 텔레비전을 사자마자 여동생은 실직을 했고 할부금은 그가 부어야 했다. 텔레비전은 그가 싫어하는 프로야구팀이 소속된 회사의 제품이었다.

　텔레비전을 들고 밖으로 나갔던 직원이 되돌아오더니, 주머니에서 수첩을 꺼냈다.

　텔레비전에는 어떤 사연이 있죠.

　사연이라니요?

　그는 손목을 감은 붕대 끄트머리를 만지작거리면서 대답했다.

모르셨어요? 저희들은 물건을 살 때, 그 물건에 담겨 있는 사연도 같이 삽니다. 제가 입은 청바지는 아버지가 대학 입학 기념으로 딸에게 사준 거랍니다. 딸은 이제는 너무 뚱뚱해져서 청바지를 입을 수 없게 되자 저희에게 팔았죠. 딸이 입학한 대학은 S대였어요. 그래선지, 이 바질 입은 다음부터 운이 좋은 일이 많이 생기더라구요.

그는 직원에게 동생의 고등학교 동창에 대해 이야기를 해주었다. 빚이 1억이 넘었다고. 텔레비전도 팔고 정수기도 팔고 전동칫솔기도 팔았지만 빚은 줄어들지 않았었다고. 보다 못한 동창들이 동창회를 열어 물건을 하나씩 사주었다고. 직원은 그의 이야기들을 수첩에 적었다. 그는 장롱도 팔고 침대도 팔았다. 장롱에서 꺼낸 옷들이 방 한 구석에 수북하게 쌓였다. 옷들에게는 어떤 사연도 없었다. 그래서 그는 허리 사이즈가 맞지 않는 옷들을 팔 수가 없었다. 이삿짐 직원들이 떨어뜨리는 바람에 취사가 제대로 되지 않는 밥통, 남동생이 교내 달리기 대회에 나가 받아온 기념 쟁반, 국회의원의 이름이 새겨진 냄비를 팔았다. 직원은 남동생의 책상을 비싼 가격으로 샀다. 책상이 밖으로 실려 나갈 때 그는 약간 후회했다. 남동생은 늘 무엇인가에 대해 화가 나 있었고, 그 화풀이를 책상에 했다. 이 상처를 어루만져 줄 수 있는 사람에게 팔아주세요. 그는 직원에게 당부를 했다.

그는 남동생의 주소를 몰랐다. 여동생에게 전화를 걸었으나 받지 않았다. 휴대폰은 결번이었다. 그는 오리 모양의 시계를 작은 상자에 담았다. 그는 컴퓨터의 자판을 무릎에 올려놓고는, 왼손만으로 글자를 쳤다. 이건 니 시계니 니가 처분해라. 새로 녹음을 해서 다른 여자에게 선물을 하든지. 두 줄을 치는 데 꽤 오래 걸렸다. 상자에 편지를 담고 겉에는 남동생이 다니는 대학의 이름을 적었다. 초등학교 동창인 A를 찾기 위해 그는 동창생을 찾아주는 사이트에 들어갔다. 게시판을 뒤지니 3년 전에 인사말을 남겨놓은 게 있었다. 나를 기억하는 사람이 있을라나? 혹시 저녁 여섯 시에 하는 고향은 살아 있다, 라는 프로그램 보는 사람 있니. 그거 내가 만든다. A는 그런 말들을 남겨놓았다. 신문을 뒤져보았지만 고향은 살아 있다, 라는 프로그램은 어느 방송국에도 없었다. 그는 방송국마다 전화를 걸어 A의 이름을 댔다. 전화를 받은 사람들은 그가 누구인지만 캐물을 뿐 자세히 대답해주지 않았다. 그는 각 방송국의 사이트를 뒤져서 3년 전에 어느 방송국에서 고향은 살아 있다, 라는 프로그램을 방영했는지 찾아냈다. 이 액자는 초등학교 동창인 P가 너에게 주는 사과 선물이야. 아직도 이마에 상처가 있는지? 이번에는 아까보다 조금 빨리 타자를 칠 수 있었다. 그는 유리가 깨지지 않도록 액자를 수건으로 감쌌다. 그러고는 우체국에 가서 소포를 부쳤다.

밤이 되자 그는 커튼을 열고 베란다의 불을 켰다. 방이 조금 환해진 듯했다. 컴퓨터를 켜자 조금 더 환해졌다. 하지만 모니터는 5분마다 자동으로 꺼졌다. 그는 화면보호기 작동을 멈추고 절약모드를 해제시켰다. 그는 모니터를 스탠드 삼아 장롱 아래에서 나온 철 지난 잡지들을 뒤적이기 시작했다. 라면이 먹고 싶었지만 왼손으로 젓가락질하기가 귀찮아서 참았다. 대신 그는 중국집에 전화를 걸어 짬뽕밥을 시켰다. 가끔 누워서 천장에 새겨진 얼룩을 보았다. 위층 화장실이 새면서 생긴 얼룩들이었다. 천장에 누군가 웅크리고 있는 것 같았다. 그는 휘파람을 불었다. 바람이 베란다 창문을 똑똑 하고 두드렸다. 새벽에, 그는 1305호 앞에 연예인 캐릭터가 그려진 자명종을 갖다놓았다. 아침이 되자 위층에서 바닥을 두드리는 소리가 들렸다. 책상이 없어져서 그는 천장을 두드릴 수 없었다. 그래서 신발장에서 신발을 꺼내 천장으로 던졌다. 천장에 발자국이 선명하게 찍혔다.

'숨쉬는 물건들'의 매장은 시 외곽에 있었다. 그곳까지 가기 위해 그는 버스를 두 번이나 갈아타야 했다. 예전에 섬유공장이 있던 자리였다. 섬유가 사양산업이 되면서 공장은 부도를 맞았고, 그것 때문에 시의 경기가 한동안 위축되기도 했었다. 건물에는 '사연이 없는 물건이란 없다'라는 글귀가 적혀 있었다. 네모난 뿔테 안경을 쓴 사람이 그에게 다가오더니 인사를 했다. 처음이신가요? 뿔테 안경은 그에게 지도를 한 장 주었다. 안에 들어가면 길을 잃을 수가 있습니다. 이 지도를 보고 쇼핑을 하세요. 뿔테 안경은 그에게 파란색 종이를 한 장 더 주었다. 만약 사고 싶은 물건이 있으면 여기에 물건들의 번호를 적어서 나갈 때 제게 주세요. 배달은 무료입니다.

매장 안은 대형 할인마트와 흡사했다. 모든 물건들이 선반에 가지런히 정리가 되어 있고, 물건마다 사연이 적혀 있는 꼬리표가 붙어 있었다. 할인마트와 다른 점이 있다면 물건의 정리 방식이었다. 매장은 사연의 내용에 따라 네 가지 테마로 구분되어 있었다. 그는 '기쁨의 세상'으로 들어갔다. '돈을 빌려간 친구가 돈을 갚을 길이 없자 대신 자신이 쓰던 오디오를 주었다. 오디오는 그 친구의 재산목록 1호였었다.' '중·고등학교 시절을 같이 보낸 책상. 대학에 합격하는 날 이 책상에 엎드려 눈물을 흘렸다.' '하숙집 아주머니가 선물로 준 선풍기. 더운 여름에 힘들지? 라는 편지와 함께.' 그는 물건들에 달려 있는 꼬리표들을 천천히 읽었다. 어제 자신이 판 물건들은 어느 곳으로 분류가 되었을까? 그런 생각을 하면서. 풀빵을 굽는 기계도 있었다. '아버지 회사가 부도가 났을 때, 우리 가족을 먹여 살린 건 풀빵이었다. 이제 아버지는 다시 사업을 시작했다.' 겨울이면 사람들은 자전거를 타지 않았다. 겨울이면 풀빵을 구워 파는 것은 어떨까? 그는 그런 생각을 잠깐 했다.

'믿거나 말거나 세상'에서 그는 목이 잘린 인형과 한쪽 팔이 없는 로봇을 보았다. 애인과 헤어지던 날 너무 화가 나서 인형의 목을 잡아뜯었는데 다음날 애인이 교통사고로 죽었다는 사연과, 기르던 강아지가 로봇의 한쪽 팔을 삼켰는데 신기하게도 강아지는 죽지 않았다는 사연이 적혀 있었다. 한 사내가 선반 위에 올라가서 낮잠을 자고 있었다. 그는 사내를 흔들어 깨웠다. 여기서 자면 어떻게 해요. 사내는 대답하기 귀찮다는 듯이 팔을 내저었다. 팔에는 꼬리표가 붙어 있었다. 그는 꼬리표에 적힌 글을 읽었다. '올해 마흔. 노래 부르는 것과 자동차 운전하는 것을 제외하고 모든 일을 할 수 있음.'

'슬픔의 세상'으로 가는 도중 그는 길을 잃었다. 지도상으로는 '믿거나 말거나 세상'에서 나와 왼쪽으로 꺾어지라고 되어 있었는데, 그대로 따라가다 보면 '기쁨의 세상'이 나왔다. 그는 똑같은 코스를 한 번 더 돌았다. 선반에 누워 있던 사내는 이제 자리에서 일어나 나무 의자에 앉아 있었다. '슬픔의 세상'으로 가려면 어디로 가야 되죠. 그는 사내에게 지도를 보여주면서 물었다. 사내는 눈을 감은 채 손가락으로 오른쪽 길을 가리켰다.

분홍색 카디건을 입은 할머니가 만년필을 뚫어지게 쳐다보다가는 비명을 질렀다. 오! 이럴 수가. 사람들이 비명 소리를 듣고 모여들었다.

이 만년필, 내가 고등학교에 입학하던 해에 삼촌이 사준 거예요.

할머니는 믿을 수 없다는 듯 고개를 저었다.

그걸 어떻게 알 수 있어요?

누군가 물었다. 할머니는 만년필 뚜껑을 가리키며 말했다.

여길 보세요. MK라고 새긴 거. 내 이름이 민경이에요.

할머니는 짝사랑하던 남자가 일본으로 유학을 떠나는 날 만년필을 선물로 주었다고 했다. 벌써 50년도 더 된 이야기네요. 사람들은 할머니의 사랑 이야기를 듣기 시작했다. 할머니는 만년필에 적힌 사연을 읽고는 눈물을 흘렸다. 맨 앞자리에 앉은 주부가 손수건을 꺼내 할머니에게 건넸다. '할아버지가 아끼시던 물건. 치매에 걸린 후로 할아버지는 만년필만 보면 눈물을 흘렸다.' 할머니는 떨리는 목소리로 사람들에게 꼬리표에 적힌 내용을 읽어주었다.

매장 안에는 시계가 없었다. 그는 시간이 얼마나 흘렀는지 짐작할 수 없었다. 이대로 매장 안에서 몇 년을 살 수 있을 것만 같았다. 그는 바닥에 주저앉아서 민사소송법을 읽었다. '한숨의 세상'에는 고시에 관련된 책들이 많았다. 책 표지에는 포기하지 말자, 라는 글이 적혀 있었다. 읽다가 힘들면 바닥에 누워 잠깐 잠을 자기도 했다. 자신이 선반에 누워 있던 사내가 된 듯했다.

어디서 소곤거리는 소리가 들렸다. 그는 그 소리를 자세히 듣기 위해 두 손을 귀에 갖다댔다. 물건들은 서로 속닥거리고 있었다. 어떤 책은 사법고시에 번번이 떨어졌던 전 주인을 그리워했다. 그는 바닥에 귀를 대보았다. 몇 년 동안 자신을 찾아준 사람이 없었다고 가발은 슬퍼했다. 그는 가발이 있는 곳을 찾아갔다. 가발의 전 주인은 쑥스러움이 많아서 가발을 쓰고 밖엘 나가지 못했다. 그는 가발을 쓰다듬어주었다. 키가 커지는 운동기구인 '키높이'는 매장에 다섯 번째 들어왔다. 아이들은 처음 일주일만 열심히 운동을 했다. 대부분의 아이들은 저절로 키가 자랐다. 그러면 부모님들은 구석에 처박아둔 키높이를 꺼내 팔아버렸다. 마술용품도 있었다. 마술용품의 주인은 그걸로 자신의 아이들에게 마술을 가르치곤 했다. 아버지가 마술을 부릴 때마다 아이들은 박수를 쳤다. 마술용품은 그때 얼마나 행복했는지 아직까지도 가슴이 두근거린다고 주변에 있는 물건들에게 말을 했다. 물건들이 속삭이는 소리를 듣다 그는 눈물을 흘렸다. 누군가 가슴속을 똑똑 하고 두드렸다. 그는 자신의 가슴을 들여다보았다. 지난 30년 동안 자신이 얼마나 외로웠었는지를 그는 잊고 있었다.

어렸을 적에, 그는 새벽이면 자주 잠에서 깨었다. 심장이 불에 그을린 것처럼 아팠다. 고등학교를 다닐 적에는 주먹을 움켜쥐는 날이 많아졌다. 길을 걸을 때도, 달리기를 할 때도, 심지어 수학 문제를 풀 때도 움켜쥔 주먹을 풀지 않았다. 침을 삼킬 때면 커다란 얼음을 통째로 삼킨 듯했다. 그러면 그는 자전거를 타고 옷이 땀에 젖도록 공원을 돌고 돌았다. 시청에 다닐 때보다 일은 더 쉬웠는데, 이상하게도 너무 피로해서 눈을 뜰 수가 없는 날이 잦아졌다. 그래도 그는 몰랐다. 그것이 외로움 때문이었다는 것을. 그는 가슴에 손을 댔다. 음악을 틀어놓은 스피커에 손을 댄 것처럼 가느다란 떨림이 느껴졌다.

축제가 시작되었다. 그는 자전거를 덮어두었던 비닐을 벗겼다. 며칠 동안 얼마나 심심했는지 아냐고 자전거들이 아우성을 쳤다. 공원 관리를 하는 김씨가 동상들이 세워져 있는 곳으로 달려갔다. 누군가가 밤새 동상들을 페인트로 칠해버린 것이다. 전직 국회의원의 양볼이 붉어졌고, 공원을 조성할 때 1억이나 기증을 한 지역 유지의 머리는 노란색으로 물들여졌다. 김씨는 축제를 알리는 현수막을 떼어다 동상들을 덮어버렸다. 그는 자전거 옆에 인라인스케이트를 일렬로 세워놓았다. 인라인스케이트는 '숨쉬는 물건들'에서 산 것들이었다. 그는 어느 노부부가 아들네 집으로 들어가면서 어쩔 수 없이 판 장롱을 샀다. 텔레비전도 샀다. 물론 그가 좋아하는 프로야구 팀이 소속된 회사의 제품이었다. 마술도구를 사서 1305호에 사는 여자에게 선물하기도 했다.

하늘이 아주 좋네요.

그는 매점 여자에게 말을 건넸다. 매점 여자는 그에게 커피 한 잔을 타주었다.

설탕을 조금 더 넣었어요. 농구장에 있는 자판기 커피가 다른 곳보다 조금 달더라구요.

매점 여자가 수줍게 말했다. 매점 여자의 남편은 시청 수위실에서 일을 했었다. 그는 시장에게 거수경례를 하던 수위의 모습이 선명하게 기억났다. 수위는 시청 옥상에서 떨어져 불구가 되었다. 옥상에 설치된 옥외광고판에 매달린 풍선을 떼어내다 일어난 사고였다. 풍선을 꺼내 달라고 울던 아이는 너무 놀라 한동안 정신과 치료를 받아야 했다. 시에서는 미망인이 된 수위의 부인에게 공원 매점 자리를 알선해주었다.

자전거를 빌리러 왔던 아이들은 인라인스케이트를 보고서는 마음을 바꾸었다. 사이즈가 맞지 않는 아이들은 울상을 지었다. 인라인스케이트를 타던 아이가 넘어지더니 일어나질 않았다. 그는 자리에서 일어나 아이가 넘어진 쪽으로 뛰었다. 다쳤니? 아이의 부모도 보았는지 호수 저편에서 달려오고 있었다. 아이가 싱긋 웃었다. 아저씨, 하늘이 예뻐서요. 아이가 탄 스케이트는 소아마비를 앓는 아이가 여덟 살이 되던 해 생일날 선물로 받은 거였다. 가끔 인라인스케이트를 타고 공원을 누비는 꿈을 꾸기도 한다고 적혀 있었다. 아이는 손바닥에 난 피를 바지에 문질렀다. 그는 손목을 감은 붕대를 보았다. 약사는 손목에 소독약을 바르고 새로 붕대를 감아주면서 말했다. 왜 매일 병원엘 가지 않았어요. 잘못하다간 흉터가 남겠어요. 그는 흉터가 남는 것쯤은 상관하지 않았다.

잔디밭에서 노래대회가 열렸다. 잔디밭 뒤쪽으로는 고욤나무가 여러 그루 심어져 있다. 동상이 날 때 고욤을 날것으로 찧어서 바르면 좋다는 설명을 붙여놓은 뒤로 고욤이 익기도 전에 따가는 사람들이 생겼다. 노랫소리에 맞춰, 호수에 잔잔한 물결이 일었다. 느릅나무의 열매가 여물었다. 느릅나무의 열매를 뭐라 부르더라? 몇 년이 지나 느릅나무가 든든한 줄기를 만들게 되면 그때 그 아래로 사람들이 모여들 것이다. 지금쯤 어느 공원에서는 앵두가 익어갈 것이다. 어느 공원에서는 닥나무 줄기를 꺾으려다 딱, 하는 소리가 너무 커서 놀란 아이가 있을 것이다. 사람들이 부르는 노랫소리에 맞춰 매점 여자가 몸을 흔들었다. 그는 아는 노래가 나오면 큰 소리로 따라불렀다.

아저씬 손이 왜 그래요? 아이스크림을 먹고 있는 여자아이가 그를 빤히 쳐다보면서 물었다. 아이스크림이 녹아서 아이가 입은 분홍색 원피스를 더럽혔다. 하지만 아이는 아랑곳하지 않았다.

애야, 똑바로 걸었는데도 너도 모르게 넘어질 때가 있지 않니?

여자애는 스타킹을 벗어서 무릎에 난 상처를 그에게 보여주었다.

여기요. 지난번에 넘어졌어요.

이것도 그런 상처란다.

그는 빨간색 자전거를 꺼내 아이에게 주었다.

아저씨 선물이다. 한 시간만 타거라. 넘어지지 않도록 조심하고.

자전거들은 햇빛을 받아 반짝였다. 자전거를 타는 사람들은 지나치게 자주 웃었다. 그는 비가 오던 날을 떠올렸다. 왜 미친 듯 창문을 두드렸지? 그런 의문이 잠깐 들었다가 이내 사라졌다. 그는 왼쪽 눈동자를 지그시 눌렀다. 커다란 얼음덩어리가 가슴에 걸린 것 같았다. 냉기가 느껴져 몸을 부르르 떨었다. 그는 고개를 들어 하늘을 보았다. 구름은 바람을 타고 흐르다가 여자아이가 먹던 아이스크림 모양으로 변했다. 아이스크림이 녹더니, 그의 입속으로 떨어졌다. ■

# 정미경

# 나릿빛 사진의 추억

1960년 경남 마산 출생. 이화여대 영문과 졸업.
2001년 《세계의 문학》으로 등단.
〈오늘의 작가상〉 수상.

# 나릿빛 사진의 추억

안쪽에 작은 형광등이 달린 유리케이스 위에서 사진은 전체적으로 바랜 듯한 주황빛을 띤 채 펼쳐져 있다. 여름이면 아무 곳에나 피어나는 나리꽃 빛깔이라고나 할까. 컬러필름으로 찍은 것이었는데 마치 흑백사진을 붉은색으로 토닝 처리한 것처럼 사진의 컬러는 한 가지 톤이었다.

"찍은 지 오래돼서 필름이 변했어요. 보관 상태도 좋질 못했네요. 왜 이렇게 오래 두셨어요?"

싹싹하게 생긴 사진관 총각이 사진이 제 빛을 잃어버린 건 자신의 잘못이 아니라는 투로 그렇게 물었지만 나는 일 년 가까이 직장을 잡지 못하고 있었고 필름을 맡기는 따위의 일에 돈을 쓸 수 있는 처지가 아니었다는 것까지 말하고 싶지는 않았다.

난방을 하지 못한 반지하의 방엔 벽과 천장에 물방울들이 무수히 매달려 있곤 했다. 사진 속의 여자는 그 물방울들을 보며 내가 모르는 재불 화가의 이름을 말했었다. 더러운 벽의 바탕과 그 위에 맺힌 물방울이 마치 그의 작품 같다는 것이었다. 누군가를 사랑한다는 건 그가 살고 있는 방의 곰팡이 낀 더러운 벽에서 한 폭의 벽화를 읽어내는 건지도 모르겠다. 그때 나는 언젠가 그의 그림을 꼭 한번 봐야지 생각했지만 아직도 그걸 보지 못했고 이젠 그 화가의 이름조차 기억에서 지워져버렸다.

뭐 희미해진 건 그의 이름만이 아니다. 습기가 그려놓은 그 벽화 아래서 우리가 나누었던 얘기들, 지나고 보니 지독히 가벼웠던 맹세들, 새끼 원숭이들처럼 서로를 핥으며 맛보았던 짭쪼름한 땀의 미각, 사랑하고 다투고 다시 사랑했던 그토록 달콤했던 투쟁의 순간들, 그모든 것들도 이 사진처럼 제 색깔과 촉감을 잃어버리고 기억 저편에서 나리꽃빛으로 몽롱할 뿐이었다. 필름을 망가뜨린 건 시간이 아니라 그 지독했던 습기 탓일 것이다.

여자와 함께 여행을 떠나 찍은 사진이었다. 숲이 초록빛을 잃지 않고 있을 때였는데 사진 속의 풍경은 숲도 바위도 사람도 하늘조차도 주황빛으로 물들어 있다. 나하고 같이 여행을 갔고 죽도록 사랑한다고 감히 말했으며 내 앞에서 화장실 문을 열어놓고 웃음을 터뜨리며 오줌을 누기도 하던 여자, 맨 다리를 다족류처럼 내 다리에 감고 또감고서야 잠들었던 여자는 지금 내 곁에 없다. 사진 속의 나는 지금의 나보다 꼭 일 년만큼 젊다. 여자는 그동안 어떻게 변했을까. 코닥 필름도 이렇게 변하는데 그 여자인들 어떻게 변하지 않을 것인가.

하긴 적절한 습도와 온도가 조절되는 지상의 공간에서라면 여자는 그때보다 더 싱싱하고 파릇하게 변해 있을지도 모르겠다. 회상 장면의 영화 화면처럼 전체가 붉은 톤으로 덧입혀진 사진 속에서 여자는 몽롱한 표정으로 웃고 있다.

같이 여행 가서 찍은 필름을 맡길 돈도 없을 만큼 내가 어렵다는 걸 알고 여자는 처음엔 괜찮다고 말했고 좀 지나자 한숨을 쉬기 시작했으며 그 다음엔 이유 없이 울음을 터뜨리곤 했었다. 여자가 떠나고 나서야 나는 그녀가 우리의 이별을 생각하고 미리 울었다는 걸 알았다. 그러고 보면 정말 사진처럼 추억을 불러일으키는 것도 없었다.

여전히 그 방을 떠나진 못했지만 그동안 나는 직장을 구했고 오래 묵은 필름을 맡길 정도의 여유도 생겼다. 이제 내게 아무 의미도 없는 사진을 굳이 현상한 건 일 년 전 그때와 지금은 달라졌다는 걸 확인하고 싶었던 걸까.

직업을 가지기 위해서는 내가 원하는 조건을 찾을 것이 아니라 그들이 원하는 조건에 나를 맞추어야 한다는 사실을 깨닫고 나자 직장도 구할 수 있었다. 그 즈음엔 나도 남 앞에서 나를 포장하는 포장지의 무늬 정도는 고를 줄 알게 된 것이다. 대학병원을 그만두고 개업한 내과의의 아담한 종합병원에서 나는 공식적으론 엑스레이 기사였지만 실제로 내가 해내야 하는 일은 병원에 오는 환자들의 병명만큼이나 다양했다. 존재의 의미를 재는 내 속의 저울 눈금을 조정하고 나자 찾아온 것은 마음의 평화였다. 나는 누구보다 일찍 출근하고 늦게 퇴근했다. 일찍 출근하면 먹을 수 있는 입원환자를 위한 아침식사는 내 주식인 라면이나 인스턴트 국과는 비교할 수 없이 맛있었고 습도와 냉난방이 완벽하게 조절되는 병원 환경이 재불 화가의 벽화가 걸린 반지하 방보다 훨씬 쾌적했기 때문이었다.

다행인 것은 원장이 내 이런 태도를 천성적인 성실함으로 보아주었다는 것이다. 못난 놈들이란 대부분 그렇지 않은가? 못한다고 구박하면 괜한 뒷발질이라도 하고 싶은 심사가 들지만 잘한다 추어주면 때문은 속옷자락까지 들추어 뭔가를 더 보여주려 애쓰는 법이다. 무슨 얘기냐면 지난 일 년 동안 나는 겉모습보다는 속이 더 많이 변했다는 것이다. 사랑받고 살려면 이쪽에서 먼저 화해의 포즈를 취해야 한다는 것을 깨달았다는 것이다.

그래서 나는 화라고는 내본 적이 없는 너그러운 사내의 표정으로 총각에게 대답해주었다.

"서랍 구석에 들어 있었어. 오랫동안 정리를 못했던 거지."

"그랬군요."

건네준 이만 원을 받고 거스름돈을 챙기던 총각이 참지 못하고 기어이 한마디했다.

"재밌는 사진도 있던데요?"

재밌는 사진? 어떤 사진을 얘기하는지 알 수 없었지만 녀석 앞에서 사진을 하나씩 체크하고 싶은 마음은 없었다. 클릭 몇 번이면 동영상 포르노가 뜨는 판에 사진이 재밌으면 얼마나 재밌겠어, 자식. 아직 철이 없어서 고객을 대하는 태도가 안 돼 있군. 조금쯤 야한 사진이 있었다 한들 못 본 척해야지. 그러나 그런 충고까지 해주기엔 요즘 난 병원에서 너무 많은 말을 한다. 환자에게 풀 길 없는 화두나 픽픽 던지는 원장 대신 환자들은 자상한 내게서 병의 전망과 비방까지 알아내려 한다. 환자들은 내가 불성실한 역술인처럼 두루뭉술하고 긍정적인 미래를 전망해주는 걸 듣고 또 듣고 싶어한다. 어제 듣고 오늘 또 듣기를 원하며 한 주가 지나면 싸그리 잊어버리고 또 희망을 노래해주기를 원한다. 그래서 나는 사진관 총각에게는 무심하게 한마디 해주고는 밖으로 나왔다.

"그랬어?"

*

　얼굴에 와닿는 바람이 삽삽했다. 나는 괜히 사진을 현상했다는 생각을 얼핏 해본다. 그때보다 나빠진 건 하나도 없다. 가끔 지독하게 외롭다는 것 외에는. 기온이 좀더 내려가고 난방을 시작하면 벽의 물방울들도 사라질 것이다. 이젠 아무렇지도 않다고 생각했지만 아직 마음의 끄트머리에 그 여자는 남아 있는 것일까. 주머니에 손을 넣어 사진의 뾰족한 모서리를 쓰다듬어본다.

　사진관 옆의 빵집에 들러 통밀과 보리가 섞인 식빵을 샀다. 생크림이 잔뜩 얹힌 조각 케이크에도 잠시 눈길을 주었지만 포기했다. 병원을 직장으로 가진다는 건 일상에서도 건강에 대해 과잉염려증 환자처럼 살게 되는 것을 뜻했다. 하긴 요샌 콜레스테롤 수치가 높지 않으면 유행에 뒤처지는 분위기이긴 하지만. 동네 입구의 백반집에서 저녁으로 육개장까지 먹고 들어온 나는 천장과 벽에 온통 매달린 물방울들을 한번 휘 둘러보았다. 이 집을 그리워하게 될 날도 있을 것이다. 다음 여름이 돌아오기 전엔 이 집에서 나갈 계획이니까.

　뜨거운 걸 먹고 언덕을 걸어 올라와서 그런지 집 안으로 들어오니까 더운 느낌이 갈증과 함께 속에서 확 올라왔다. 나는 냉장고에서 캔맥주 하나를 꺼내들고 책상에 앉았다. 그래서였을 것이다. 가벼운 알코올의 힘을 빌리지 않았다면 사진을 넘겨보다가 총각이 말했던 재미있는 사진, 을 발견했다 한들 여자에게 새삼스럽게 전화를 해보겠다는 생각 같은 건 하지 않았을 것이다. 하긴 인생에서 무엇이든 한 가지만 원인이 되어 일어나는 일은 거의 없지 않을까. 탄 고기와 지나친 음주가 연합하여 종양을 만들고 폭우와 허술한 둑이 만나야 재앙이 시작되며 돈과 사랑이 둘 다 사라졌을 때 연인들은 헤어지게 되지.

　지난 여행지의 싸구려 여관방에서 찍은 사진일 것이다. 제대로 된 누드사진이 아니라 찍는 사람이나 피사체나 깔깔거리며 찍었음이 분명한, 그래서 벌린 여자의 가랑이 사이로 지금도 수면을 퉁기는 돌처럼 생생하게 번져나오는 듯한 웃음소리가 보이고 웃느라 초점이 마구 흔들려버린 그 사진을 보면서 나는 여린 취기처럼 어떤 그리움이 조용히 번지는 것을 느꼈다. 그것은 그 여자의 몸에 대한 그리움이라기보다는 따뜻함에 대한 기억 쪽이 더 했다. 사진에서 음영이 짙은 모래언덕처럼 보이는 여자의 등의 곡선을 보았을 때 나는 그 등을 만질 때 느꼈던 감촉, 어떤 공격성도 느껴지지 않던 고요한 평화의 느낌이 그리워졌고 내가 길어진 오후의 턱수염으로 등을 문질렀을 때 환형동물처럼 부드럽게 허리를 비틀며 여자가 내던 한탄 같은 신음소리를 생각하자 그만 울고 싶어졌다. 내가 그동안 어떻게 참담하고 절망적인 순간을 혼자 견뎌왔는지, 무엇보다도 버려진 아이가 그러하듯 스스로가 얼마나 외로웠는지조차 깨닫지 못하고 살아왔는지를 누군가에게 얘기하고 싶었다. 나는 여전히 기억하는 여자의 전화번호를 떠올리고는 어쩌면 그동안 한 번도 여자에게 전화를 할 생각을 하지 않았는지, 그토록 지독할 수 있었던 자신이 놀랍기까지 했다.

　"여보세요?"

　윤미의 목소리는 그동안 하나도 변하지 않았다. 하기사 목소리란 쉬 변하는 게 아니지.

　"나야."

　내 목소리도 마찬가지였을 것이다. 아무 말이 없는 걸로 봐서 윤미도 내 목소리를 알아들었을 것이다.

　"잘 지내지?"

"그럼. 자긴 어때?"

"나도."

형식을 갖추어 안부를 묻고 보니 둘 사이의 거리감이 명확해졌다. 그러고 나니 할 말이 없었다. 나는 왼손으로 책상 위에 펼쳐진 사진을 만지작거리고 있었다. 나릿빛으로 타오르는 사진들을. 마음이 고즈넉해졌다. 작은 창으로 늦여름의 밤이 오고 있었다.

"우리가 마지막으로 갔던 여행 생각나?"

"지금도 가끔 생각하는 걸."

"그랬어? 그때 찍은 사진들을 오늘 찾았어. 책상을 정리하는데 서랍 구석에 들어 있더라. 사진을 보니, 그 여행 이후로 이토록 밝고 행복했던 시간들은 없었던 것 같아. 흠. 재미있는 사진이 몇 장 있어. 괜찮다면 돌려주고 싶은데."

재미있는 사진. 나도 어느새 사진관 총각의 말을 빌리고 있었다. 여자의 다리 사이의 그늘과 등의 부드러운 곡선이 내게 재미였을까. 아니다. 그때 나는 그곳에 거의 강박적으로 집착했었고 핥고 싶어했으며 거기서 세상의 다른 무엇도 줄 수 없는 온기를 나누어 받았다. 재미, 라고 말하는 나의 어투가 야비한 것 같아 미간이 찌푸려졌다.

"그래?"

윤미는 짧은 순간 생각하더니 재빨리 결정을 내렸다.

"그냥 찢어서 버려줘. 받아도 가지고 있을 만한 사진도 아니잖아."

"그럴까."

전화로 몇 마디 얘기를 주고받았을 뿐이지만 나에게는 어느새 둘 사이의 거리감이나 일 년이라는 시간의 간격조차 사라져버렸다. 그리고 지난 여름날의 두 사람, 서로에게 한없이 친절했고 상처를 주는 말은 하지 않으려 노력했던, 해질녘이면 누군가 먼저 전화를 해서 보

고 싶다고 말했고 우리 집에 왔을 땐 언제나 두 번씩 사랑을 나누었
던 그 시간 속으로 돌아가 있었다. 너를 사랑하지 않아서가 아니라
아무것도 해줄 수 없다는 자존심이 연락을 할 수 없게 했노라고 말하
고 싶었다. 그 말을 하게 되면 혼자 지냈던 시간들은 거미줄이 잔뜩
쳐진 습한 동굴을 더듬어 나온 것처럼 온통 어둡고 막막하기만 했노
라는 얘기도 응석처럼 덧붙이게 될 것이다.

"지금 찢어줘. 그럴 거지?"

"그럴게. 가끔 전화해도 될까?"

"그러든지. 그럼."

싸늘하진 않았지만 윤미의 목소리는 사무적으로 돌아와 있었다.
누군가와 같이 있는 걸까. 하긴 오랜만이기도 했고 갑작스럽기도 했
다. 나는 사진들을 마지막으로 한 번 더 보았다. 그렇다. 치기 어린
사진들은 둘이 보고 낄낄대거나 할 것들이지 보관해둔다거나 누군가
에게 보일 만한 것은 절대 아니었다. 나는 서랍에서 가위를 꺼내 사
진을 세로로 가늘게 자르기 시작했다. 책상 위에 흩어진 조각들은 무
의미한 나릿빛으로 빛날 뿐 핀트가 어긋난 어두운 가랑이도 오후의
모래언덕처럼 따스했던 등의 곡선도 사라져버렸다.

이마에 땀이 배어 나왔다. 가윗날 아래 팔이, 다리가, 엉덩이가, 깔
깔거리는 웃음소리가 잘려나가긴 했지만 사진이란 허상일 뿐. 이마
에 밴 땀은 육체의 훼손 때문은 아닐 것이다. 잘려나가는 사진에서
들리는 듯한 비명소리는 그러니까 기억이라든가 흘러가지 않고 내
속에 고여 있던 시간, 혹은 지나치게 익은 과일이 내는 땀냄새 같은
것들이 지르는 것이었다.

나는 가위를 서랍에 집어넣었다가 다시 꺼내 이번엔 필름을 자르
기 시작했다. 가위는 이가 잘 맞지 않아 가끔 필름을 씹기도 했고 지

루해진 나는 나중엔 뭉텅뭉텅 되는대로 잘라버렸다. 가위를 서랍에 넣고 쓰레기통에 사진과 필름조각을 쓸어담고 있을 때 전화벨이 울렸다.

"나야."

윤미였다.

"그 사진 말이야. 생각해보니까 돌려받는 게 나을 것 같아."

"어떡하지. 방금 다 잘라버렸는데."

"그랬어? 아이 참."

"아무래도 가지고 있긴 좀."

"그래서가 아니고. 다 잘라버렸단 말이야?"

"그래. 다 잘라버렸어."

"후우. 할 수 없지 뭐. 그럼 그거 잘 버려줘."

"갑자기 무거워지네. 알았어."

전화를 끊고 보니 기억 속에 방자한 포즈가 하나씩 떠올랐을 것이다. 돌려받아서 직접 처리하고 싶은 것이 여자 마음일 것이다. 난 방 안의 쓰레기통을 들고 나와 부엌에 있는 쓰레기봉투에 눌러 담았다. 쓰레기는 목까지 차고 넘쳐 필름 조각이 바닥으로 떨어져내렸다. 나는 슬리퍼를 신은 발을 봉투 속으로 넣어 쓰레기를 꾹꾹 밟았다. 발을 넣은 채 봉투의 한쪽 끈을 묶고 발을 빼고 나서 나머지 끈을 마저 묶었다. 바닥에 떨어져 있는 필름 조각들을 봉투의 틈으로 남김없이 밀어넣었다. 맨 마지막으로 집어넣은 조각엔 반쯤 펼쳐진 윤미의 손이 보였다. 내 등을 어루만지던 손, 어느 순간 장난스럽게 내 목을 조르던 손, 나는 그 손이 내 몸에 닿았을 때의 체온을 떠올리지 않으려 애쓰며 봉투 사이로 밀어넣었다.

쓰레기봉투를 들고 대문을 여는 날 보고 주인아주머니가 방충망 너머로 한마디했다. 음식물쓰레기는 없쟈? 요만한 생선토막만 있어도 고양이들이 봉투를 갈가리 찢어선 사람 나자빠지게 해놓는다니까. 집에서 밥도 안 해먹는 걸요, 뭐. 에구, 젊은 사람이 그래서 어째, 사먹는 밥이 살로 가나? 한 조각의 진정도 깃들지 않은 목소리로 해주는 걱정이란 혼자 사는 사람을 더욱 비애롭게 한다는 걸 가르치느니 내가 좀 쓸쓸하고 말지.

씩씩하게 살아왔는데 느닷없이 하게 된 윤미와의 통화는 혼자 누운 잠자리의 허전함을 깨우쳐주었다. 떠난 여자의 체온을 떠올린다는 건 묵은 잡지에서 지난해의 별자리운세를 읽는 것만큼이나 부질없는 짓. 자신의 감정만 함부로 드러내지 않는다면 인간관계의 폭이 넓어지고 행운도 손에 쥘 수 있겠군요, 따위 영양가라고는 없는 이야기를 읽는 것과 같지 않을까.

버렸다고 해버리고 가지고 있을 걸 그랬나? 나는 잠들 때까지 머릿속으로 사진을 한 장씩 넘겨보았다. 그래도 오랜만에 쓸쓸하지 않은 밤이었다. 나는 눈을 감고 내 아랫배를 핥아주던 혀의 느낌을 떠올렸다. 몇 번 손을 움직이지 않아 사정할 수 있었다. 꿈속에서 윤미는 사진 밖으로 걸어나와 사구처럼 부드러운 등을 쓰다듬게 해주었고 음영 짙은 가랑이 속에 얼굴을 묻게 해주었다. 따스한 살의 느낌에 느닷없이 눈물이 날 듯해 나는 자꾸만 여자의 다리 사이로 얼굴을 파묻었다.

\*

아득한 곳에서 초인종 소리가 들려왔다. 오랫동안 내겐 방문객이 없었다. 나는 베개 속으로 얼굴을 푹 파묻어버렸다. 달콤한 꿈의 언저리에서 조금 더 머무르고 싶었다. 누군가 초인종을 간격도 없이 눌러대기 시작했다. 아마 주인집에 찾아온 손님이 아래쪽에 붙은 내 초인종을 잘못 눌렀을 것이다. 창이 훤했다. 늦잠을 잤구나. 나는 반바지를 꿰고 셔츠의 단추를 대충 손으로 여민 채 나갔다. 철제 대문의 조잡한 사방연속무늬 사이로 윤미가 보였다. 문을 열어주자 그녀는 내 방으로 바로 들어왔다.

"그대로네."

애매하고 서먹한 인사를 그렇게 건네고는 바로 물었다.

"사진은?"

"버렸는데? 어제 버리랬잖아."

"아이참."

윤미는 방을 둘러보더니 형사처럼 물어보기 시작했다. 어디다 버렸어? 쓰레기통에. 저 쓰레기통? 방구석의 스누피쓰레기통에 달려갈 기세로 되물었다. 그랬다가 봉투에 담아서 버렸지. 그 봉투는 어딨는데. 대문 밖에. 그러자 그녀는 당장 쪼르르 달려나가 대문 밖을 내다보곤 들어왔다. 없는데? 수거해 갔겠지. 그냥 버렸어? 걱정 마. 가위로 잘라서 버렸으니까. 아이참. 새침해 있더니 할 수 없다는 듯 그랬다. 필름이라도 줘. 필름도 버렸어. 설마? 자긴 필름은 늘 모아두잖아. 옛날 얘기지. 필름도 잘라서 버렸어? 그랬어. 믿을 수 없다는 것 같기도 하고 짜증이 난 것 같기도 한 표정으로 윤미는 그대로 서 있었다. 정말이지? 나는 앞에서 내 눈을 빤히 들여다보며 묻는 여자의 말투와 건조한 갈색 눈동자를 보며 우리 둘 사이는 코닥필름보다 더 돌이킬 수 없을 만큼 변해버렸다는 걸 알았다.

왼손에 들고 있던 핸드백을 오른손으로 옮겨 쥐며 윤미는 말해주었다.

"나 결혼해."

말없이 바라보는 내가 뭔가를 묻고 있다고 느꼈는지 윤미는 덧붙였다.

"누구라고 얘기하면 자기도 알 만한 사람이야."

그 남자에 대해 조금쯤 자랑이라도 하고 싶은데 예의는 아니라고 느꼈는지 그러고는 입을 다물었다.

"사진은, 걱정 마."

내 목소리는 습기 없이 버석거렸다. 필름 하나 현상할 돈이 없던 희망 없는 인간임을 알고 있는데 갑자기 그걸 현상해서 전화까지 했을 땐 비열한 목적이 있지 않을까 하는 생각쯤은 누구나 할 수 있을 것이다. 그걸 가지고 윤미를 원망하고 싶지는 않았다. 다만 남들은 환히 꿰뚫어 보고 있는 내 실상을 나만 모르고 있었다는 쓰라림까지 어쩔 수는 없었다.

"방이 차다. 그땐 습하고 더웠었는데."

"난방을 안 했어."

"새벽엔 서늘한데 따뜻하게 해놓고 지내. 발 시리겠어."

급하게 오느라고 그랬는지 바지 아래 윤미의 발은 맨발이었다.

"안아줄래?"

혼란스럽긴 했지만 나는 윤미의 등에 팔을 돌려 가만히 안았다. 날숨을 쉴 때마다 더운 콧김이 얇은 셔츠를 뚫고 내 가슴에 와닿았다. 마음이 헝클어졌다. 안아 달라는 건 옛정을 생각해서 사진 따위로 자신을 괴롭힐 생각은 제발 말아 달라는 하소연처럼 느껴졌다. 도화지만한 조각창 밖으로 토끼 모양의 구름이 떠 있었다. 하늘색을 보니 정말 가을이 오는 모양이다.

*

출근하면 시간은 정말 빨리 흐른다. 공식적으로 나는 엑스레이 기사지만 직원들 사이의 해결사 노릇을 해야 할 때도 있고 접수창구에서 교통정리를 해주어야 할 때도 있으며 때론 환자에게 의료상담까지도 해주어야 한다.

눈에 보이는 피사체를 찍다가 보이지 않는 피사체를 찍어야 하는 일이 처음엔 이상했다. 그랬는데 오래지 않아 나 자신이 점점 엑스레이 눈을 가진 사람처럼 환자의 겉모습을 보고서 그의 위장이나 간의 크기, 모양이나 상태까지를 짐작할 수도 있게 되었다. 대체로 느낌 좋은 여자들이 위장도 예쁘게 생긴 편이다. 연민을 기대하는 불안한 눈빛을 가진 인간을 기계 위에 올려놓고 버튼을 누르면 겸손해 보이는 흰 뼈나 개구쟁이처럼 명랑한 위가 떠오르는 일은 처음에 내게 마술 같았다. 오래도록 내가 눈에 빤히 보이는 사물들을 인화지에 담아내고는 기꺼워했다는 게 요즘은 좀 우스워졌다. 누구라도 볼 수 있는 사물의 겉모습에 카메라를 대고 포착해낸 순간이 무언가 새로운 의미를 획득하고 예술이 될 수도 있다는 생각을 하며 살았던 날들은 이제 아득하다.

병원에서의 티타임이 일정한 시간에 있는 건 아니다. 의자가 모자라 환자가 서 있기조차 하던 오전 시간이 지나고 오후의 어느 순간 대기실 의자들이 비게 되면 제일 막내인 미스 오가 찻물을 올리고 부은 다리를 주먹으로 탕탕 치면서 좀 쉬었다 해요 하면 그때가 티타임이 되는 것이다. 세 시나 네 시가 될 때도 있었고 유난히 환자가 많은 날은 건너뛰기도 했다. 목요일은 일주일 중에서도 비교적 한가한 날이다. 대기실은 모처럼 조용했다. 포트에 물을 부으며 미스 오는 순대가 먹고 싶다고 했다. 우리 사다리 타기로 해요. 순대랑 떡볶이 사올게요. 김 간호사가 처방전에 사다리를 그렸고 나는 손을 저었다. 오늘 내가 쏠게. 와, 사무장님 웬일이에요. 돈 만 원에 사무장 승진이야? 나는 만 원을 꺼내 미스 오에게 건넸다. 간하고 허파 많이 달라고 해. 최 간호사 살이 달리 찌는 거 아니지. 점심도 못 먹었단 말이에요. 빵은 점심 아니야? 환자 치다꺼리가 얼마나 막노동인지 아시면서. 난 헤이즐넛 싫더라. 커피는 블랙마운틴이지. 원장님 너무 웃기지 않니? 여름 가기 전에 휴가 준다고 했잖아. 하루 쉬면 수백이 날아가는데 나라도 쉽지 않을 거야. 나이 들면 저렇게 체제 속으로 편입된다니까.

사실 나로선 커피보단 세 여자의 수다가 더 즐겁다. 노가다판이라 부르는 여기서 같이 부대끼다 보니 내 앞이라고 내숭을 떨지도 않았고 거의 육친스러운 친밀함을 보여주는 세 여자의 예측불허의 수다를 듣고 있으면 몸에서 비늘처럼 피로가 툭툭 떨어져나가는 것 같다. 그러고 보면 까닭 없이 세상이나 여자와 불화하는 놈만큼이나 미련한 인간은 없지 않을까 싶어진다.

그래서 출입문이 벌컥 열리며 몸피가 문에 꽉 찰 만한 사내 넷이 들이닥쳤을 때 우리는 누가 들어오더라도 그래 주겠다는 듯 여유와 너그러움과 즐거움이 가득한 웃음 띤 얼굴로 그들을 맞게 되었다.

"허. 웃어?"

웃는 얼굴이 필요 이상 그들의 비위를 건드린 모양이다. 놈들은 실내를 빙 둘러보더니 발은 안 아프고 소리만 요란할 것들을 걷어차기 시작했다. 플라스틱 쓰레기통이나 입구에 줄지어 선 링거걸이 같은. 조폭? 입 모양만으로 김 간호사가 묻자 최 간호사가 고개를 끄덕이는 게 보였다.

"원장 안 나와? 이거 병원 하겠다는 거야 말겠다는 거야."

외친 놈이 양복 윗도리와 쫄티를 순식간에 벗어던지며 앞으로 나섰다. 비늘 하나하나가 선명한 용의 목이 젖가슴을 향해 내려와 있고 나머지 부분은 등 쪽으로 넘어가도록 그려진 문신이었다. 초음파나 엑스레이 기사를 하다 보면 갖가지 모양의 문신을 보게 되고 어지간한 건 이야깃거리도 되지 않는다. 배꼽이나 젖꼭지의 위치를 확인하기 어려울 만큼 복잡한 문신을 한 사람이 와도 겁날 건 없었다. 촬영을 위해 불쾌한 액체를 마신 채 기계 위에 누운 인간처럼 겸손하고 무욕한 사람을 딴 곳에서 찾아보기는 어려우니까.

침묵을 깬 건 최 간호사였다.

"어머, 칼라문신이야."

나는 어이가 없었다. 사람들은 사태의 본질보다 껍데기에 열광할 때가 많지. 우선은 아둔해 보이는데 그건 상황을 뒤집는 놀라운 반전의 효과를 불러올 때도 있다. 그런 태도는 적으로 하여금 전의를 상실하게 하고 즉각적인 보호본능을 불러일으킨다. 자신에게 열광하며 천진난만하게 깜박거리는 눈동자에 전의를 느끼거나 폭력을 휘두를 사내는 없을 것이다. 칼라문신은 자신을 알아준 간호사에 대한 답례인 듯 발길질을 멈추고 옷을 걸쳤다.

나는 최 간호사에게 눈짓으로 원장님께 알리라는 신호를 보냈다. 최 간호사가 원장실에 간 사이 칼라문신이 내 앞으로 다가와 섰다. 내 앞가슴에 달린 명찰을 지긋이 내려다보며 니가 이성민이다 이거지, 하더니 문을 열고 나오는 원장에게 돌아섰다. 그 순간 나는 깨달았다. 이 사태의 발단은 나라는 걸.

"왜 이러십니까?"

사람의 목숨을 다루는 일을 하다 보면 일생 동안 몇 번은 멱살 잡힐 각오쯤은 하고 있어야 된다고 했던가. 이유도 밝히지 않고 횡포를 부리는 놈들에게 묻는 말치고는 원장의 목소리에는 어떤 노여움의 흔적도 감정의 흔들림도 없었다. 칼라문신의 대답도 무척 온건했다.

"지나가다 들러봤어요. 의약분업은 잘 되고 있는지, 아픈 놈들 환자대접은 잘 받고 있는지. 가자 얘들아."

그때 막 미스 오가 까만 비닐봉투를 치켜들고 들어오다가 사내들과 부딪쳤다. 쌍년, 조심해. 미스 오는 허억 소리를 내며 봉투를 떨어뜨렸다. 순대 몇 토막이 데구르르 굴러나왔다. 그 위로 구둣발들이 우르르 몰려나갔다.

"요즘 특별히 불만을 품었던 퇴원환자 있었어?"

원장이 최 간호사를 향해 물었다.

"아니오. 없었어요. 원장님 신고할까요?"

"다친 사람 없지? 그럼 됐어. 이 기사, 정리 좀 하고."

원장은 별말 없이 원장실로 들어갔다. 단지 이름표를 보고 내 이름을 부른 데 불과했을까? 아닐 것이다. 칼라문신이 나를 쏘아보던 눈빛에는 어떤 경고가 담겨 있었다. 원장에게 왜 자신들이 왔는지 말하지 않은 건 해고당하는 것보다 내가 시스템 속에 얽혀 있을 때 협박이 더 유용하다는 걸 알기 때문일 것이다.

어머, 얘 영화 같지 않니? 아이, 이 기사님이 한무술 했어야 되는데. 얘, 혼자서 넷을 어떻게? 혹시 알아? 이 기사님의 부모님의 원수들인데 죽인 줄 알았던 외아들이 살아 있는 걸 알고 제거하러 왔는지. 너 비디오 엄청 보는구나. 근데, 순대 어떡하니? 언니. 떡볶이는 괜찮아. 안 터졌어. 이 기사님, 일단 같이 먹고 하자고요.

퇴근을 하고 돌아왔을 때 골목 입구에 윤미가 서 있었다.

"너였니?"

"난 아니야. 그 사람이."

"그 사람이라니."

"결혼할 사람."

"하, 너 그렇게 대단한 분이랑 결혼한단 말야?"

폭력배와 결혼하느냐고 묻는 것처럼 느꼈는지 윤미는 펄쩍 뛰었다.

"아니, 그 사람이 보낸 사람들이지."

"도대체 뭐라고 얘기했기에 이 난리를 겪어야 돼?"

"전화했을 때 사실은 같이 있었어. 지난 일 가지고 뭐라 그러는 사람은 아니야. 세상이 워낙 험하다는 거지. 돈만 가지고 있는 사람은 그런 걱정 안 해. 때로 남자에겐 명예가 인생의 전부일 때가 있잖아."

"아하, 그렇게 대단한 분과 결혼하게 됐다고? 왕가의 후엔가? 처녀성 검사는 안 해?"

나는 내 목소리가 제발 평정심을 잃지 않기를 바랐다.

"떠난 애인이 잘되는 거 남자들이 더 못 본대."

"돌아가서 그렇게 전해줄래? 잘되고 못되는 거 관심 없다고. 사진을 찾았기에 돌려주려 했을 뿐이라고."

"그래도 우리 결혼식이 매스컴에 나고 웃고 있는 내 모습을 보면 억하심정이 생길 수가 있대."

"그래서 어쩌란 말이야."

"병원까지 찾아가 난리친 건 미안해. 그 사람은 자기가 사진을 숨겨놓았다고 생각해. 만약 그렇다면 그냥 돌려줘. 그 사람은 뭐든지 할 사람이야."

"나도 뭐든지 할 수 있어. 니 사진 프린트해서 결혼식장에 뿌려줄까?"

윤미의 안색이 눈에 띄게 변했다. 단칼에 목이 잘려 피를 전부 쏟아버린 듯 푸르고 희게.

"그 사진 안 버렸구나. 가지고 있는 거지? 그렇지? 부탁이야. 자길 위해서라도 돌려줘."

"언제부터 그렇게 날 위했는데. 다시 말하지만 사진은 없어. 가위로 잘라서 쓰레기봉투에 넣어서 대문 밖에 내놓았고 아침에 보니까 봉투는 없었어. 늘 그렇듯이. 구청에 물어봐서 매립지에라도 찾아가서 뒤져볼까?"

윤미는 복잡한 표정으로 한숨을 폭 쉬었다.

"난 자기 말 믿어. 근데 그 사람은 안 믿어. 문제는 그거야."

"그냥 몇 장의 사진일 뿐이야. 웃으며 찍는 바람에 흔들려서 누구 얼굴인지도 알 수 없어. 게다가 필름이 상해서 온통 불그스레한 물감에 적신 것처럼 돼버렸다구. 그리고 나 지금 그렇게 어렵지 않아. 나, 사진 따위를 미끼로 돈을 요구하는 그런 인간은 아니었잖아?"

윤미의 눈을 들여다보며 한 자 한 자 새기듯 천천히 말해주었다. 바비인형처럼 마스카라를 두텁게 칠한 눈이 그동안 네 번쯤 깜박였다.

*

늦은 오후에 검은 양복 넷이 병원문을 열고 들어섰을 때 나는 자료봉투를 들고 막 원장실로 가던 참이었다. 칼라문신이 내게로 슬슬 다가오더니 봉투를 뺏어 열어보았다.

"이것도 사진은 사진이구마. 위장약 선전에서 보던 거하고 똑같이 생겨부렀네. 어떤 년 밥통인지 징하게 앙증맞다 고거."

그러고는 봉투에 도로 담아 얌전히 돌려주었다. 나머지 셋은 출입문 앞에 나란히 섰다. 의자에 앉아 있던 환자들이 겁에 질린 눈빛으로 간호사들을 바라보았다. 또다시 나타날 줄은 생각을 못했던지 간호사들은 폭력적인 분위기였던 어제보다 더 질린 얼굴을 하고 있었다. 문을 열고 들어서던 아주머니가 목을 요리조리 돌려 분위기를 살피더니 조용히 문을 닫고 나갔다. 칼라문신은 책꽂이에서 패션잡지 하나를 빼들고 대기실 의자에 앉았다. 의자에서 순서를 기다리던 환자들이 눈을 마주치지 않으려고 고개를 다양한 각도로 비틀었다. 진료실에 들락거리는 최 간호사가 원장에게 얘기했을 텐데 원장은 나와 보지 않았다. 이십여 년 의사 노릇하면서 지켜온, 어떤 의료사고든 상대방이 요구하기 전에 이쪽에서 먼저 나서지 않아야 한다는 나름의 원칙에 충실한 것이다. 그러니 나로서도 이 일의 발단이 나이며 애초에 빛바랜 몇 장의 사진 때문이라는 장황한 고해를 할 기회가 없었다. 누구도 왜냐고 묻지 않았으니까. 여섯 시에 병원문을 닫을 때까지 아무런 험악한 일도 일어나지 않았고 문 앞에 서 있던 사내들은 다리 근육을 자랑하듯 몸 한 번 비틀지 않고 그 자리를 지켜냈다. 앞장선 칼라문신을 따라 셋이 문 밖으로 사라지자 간호사들은 눈을 동그랗게 뜨고 입을 딱 벌리고는 그동안 참고 있던 수다들을 쏟아내기 시작했다.

어머머, 쟤들 생각보다 순진하지 않니? 눈빛이 뜻밖에 순수하더라. 양복 색깔이 똑같이 검은 것 같아도 원단이 다른 거 니들 알아? 칼라문신이 입은 게 약간 더 진하고 광택이 있는 거 같애. 얘는 마지막 숨을 거두는 순간에도 패션, 이러고 죽을 거야. 문 쪽에 서 있던 앤 어려 보이던데? 미스 오 또랠걸? 내일 오면 인사나 트고 지내. 내일 또 온다구? 그랬어? 근데 맨날 검은 양복만 입고 다니면서 패션

잡지는 왜 보니? 그렇게 궁금하면 내일 오면 물어봐.

　나로선 위가 곤두서서 쪼그리고 앉아 고개만 숙이면 낮에 먹은 오징어덮밥이 그대로 쏟아질 것만 같았다. 재잘거리는 목소리들이 아련해졌다. 몸이 안 좋다며 뒷정리를 부탁하고 먼저 나왔다. 식은땀이 셔츠 깃에 배어 차가웠다.

　생의 밑그림은 불안과 모호함과 이해받지 못하는 것이란 걸 잠시 잊고 살았다. 어둡고 추운 거리를 오래 걷다 보면 불 켜진 모든 창 안은 순결한 기쁨으로 가득해 보이지. 손톱으로 긁어내기 전엔 밑그림은 보이지 않아. 육안으로 볼 수 없는 운명의 문신이 내 어깨 어딘가에 새겨져 있고 아무리 발버둥쳐도 그 견고한 지도 바깥으로 나갈 수 없다는 것을 잊고 있었다. 병원 모퉁이에 기대어 서서 윤미에게 전화를 했다.

　"나한테 왜 이러는 거니?"

　"성민 씨, 나도 이렇게 될 줄은 몰랐어."

　그녀의 목소리는 은혜를 갚고 싶어하는 잉어처럼 선의로 가득했기 때문에 더 이상 따질 수도 없었다.

　"너무 가혹하다고 생각하지 않니?"

　"사진을 돌려줘버리면 되잖아."

　어제까지의 기억을 지워버린 사이보그에게 하듯 사진을 없앤 전말을 다시 얘기해야 한단 말인가? 나는 머리를 저었다.

　"일 년이나 지난 지금 사진 때문에 전화를 했다면 그 사진을 없앴을 리가 없다고 그 사람이 그랬어. 그 사람이 자꾸 그러니까 나도 그렇게 믿어져. 성민 씨가 그런 사람 아니란 건 알고 있으면서도 말이야. 무엇보다도 내가 믿는 건 이제 소용이 없어. 그 사람이 납득하기 전엔."

"어떻게 하면 납득이 되는데?"

"사진이 없다는 건 납득시킬 수가 없게 됐어. 일이 이렇게 될 줄은 정말 몰랐어."

*

다음날도 달라진 건 없었다. 점심시간이 막 끝나자 찾아온 그들은 오늘도 병원 업무를 조금도 방해하고 싶지 않다는 듯 조심스럽게 문 앞에 도열해 있었고 칼라문신은 여전히 패션잡지를 뒤적였다. 눈에 띄게 손님이 줄어든 것은 아니었다. 신고를 하거나 따질 만큼 서투른 원장도 아니었고 피범벅된 환자를 예사로 보아와서 그런지 간호사들도 이젠 겁내는 분위기가 아니었다.

사단은 미스 오로부터 시작되었다. 커피물을 올리던 미스 오가 커피 드시겠어요? 하고 물어본 것이다. 문 앞에 서 있던 녀석이 안면근육을 풀며 대답했다. 아니에요. 잡지를 의자에 가만히 내려놓고 칼라문신이 일어서서는 그 앞에 가서 섰다. 너 지금 놀러 나왔냐? 시방 시시덕거리라고 세워논 줄 알아? 그렇게 목소리를 높인 것도 화난 기색도 아니었다. 그걸로 끝인 줄 알았다. 그러나 양복을 입은 채로 섀도복싱을 하듯 가볍게 시작된 그의 액션은 시간이 흐르면서 점점 에너지와 가속도가 붙기 시작했다. 나머지는 주먹질에 가세하지도 말리지도 않은 채 부동자세로 서 있었다. 맞으면서 녀석은 단 한 번의 비명도 지르지 않았다. 주먹질은 놈이 바닥에 널브러져 형체를 알아볼 수 없이 피범벅이 된 얼굴을 시멘트 바닥에 대고 더 이상 꿈틀거리기를 그만두었을 때 멈추었다. 가자. 칼라문신의 말이 떨어지기가 무섭게 둘이서 재빨리 양쪽에서 쓰러진 놈을 일으켜세웠다.

가장 두려울 때란 목이 졸릴 때가 아니라 손이 내 목 가까이 다가올 때이다. 끌려나간 놈이 나는 오히려 부러웠다. 대기실의 고요를 깨고 최 간호사가 먼저 감탄을 했다.

"액션 죽이지 않니? 영화보다 낫다."

"그래서 라이브 라이브 하는 거야."

"남잔 뭐니뭐니해도 검은 양복에 흰 셔츠가 제일 섹시한 거 같아."

*

아침에 불을 켜놓고 나갔구나.

문틈으로 형광등 불빛이 새어나왔다. 맞은 게 나였던 것처럼 피의 잔상이 눈앞에 어른거렸다. 열쇠를 넣어보니 문이 잠겨 있지 않았다. 허깨비처럼 사는군. 불은 켜놓고 문도 안 잠그고 나가다니.

방문을 열었을 때 잡동사니를 넣어두는 작은 다락문이 열려 있었다. 그 속에서 검은 덩어리가 불쑥 튀어나왔다. 칼라문신이었다. 새삼스러이 놀랄 것도 없었다. 열린 쪽문 사이로 흐트러진 내 삶의 찌꺼기들이 널브러져 있었다.

"별걸 다 모아놓았네요."

뜻밖에 다소곳한 말투였다.

"사진은 없군요."

그의 얼굴이 슬픈 빛을 띠었다. 나는 다락으로 들어가 그의 옆에 앉았다. 커다란 덩치를 감싼, 광택이 유난한 검은 양복도 그의 낙담과 두려움을 감싸주진 못하는 것 같았다. 사진을 찾아가지 못했을 때 그가 당할 일이란 미루어 짐작할 수 있었다. 어떤 이유나 설명도 받아들여지지 않을 것이다.

"같이 한번 찾아볼까요? 혹시 다른 사진이 있을지도."

우리는 나란히 앉아 칼라문신에게 일차 심사된 박스들을 새로 뒤지기 시작했다. 인물이라고 분류된 박스부터 조사를 했다. 누드사진들도 꽤 있었지만 윤미의 것이라고 우길 만한 건 없었다. 모델들은 지방이 녹아내릴 것처럼 풍만해서 안으면 골반뼈가 먼저 부딪치는 윤미의 몸매와는 거리가 멀었고 고개를 숙이고 있는 사진조차 얼굴의 윤곽에서 너무 차이가 났다.

"이런 사진 찍을 땐 어지럽지 않아요?"

"처음엔 그랬죠."

"저 박스 속에도 사진이 있어요?"

"저건, 기자재들이죠. 현상액이나 인화지 같은."

"직접 사진을 뽑기도 하나요?"

"뭐, 옛날에 많이 할 때야 그랬지만 요즘은 그냥 맡기죠. 오래된 것들이에요."

"선생도 작품집이 있습니까?"

갑자기 선생이라 불린 내가 눈을 크게 뜨고 쳐다보자 그는 머쓱하게 웃었다. 가까이서 보는 그의 눈이 생각보다 맑아 나는 좀 놀랐다.

"예술가시잖아요. 이것들을 보니까 벗었긴 해도 내가 보는 잡지에 있는 년들 사진과는 뭔가 다른 거 같아요. 차이가 뭔진 잘 모르겠지만."

예술가. 나는 그의 눈을 피해 고개를 숙였다. 이즈음의 나는 인생의 바닥을 떠나왔다고 생각했다. 차갑고 어두운 수면을 벗어나 참았던 들숨을 내뱉으며 이제는 삶이 주는 달콤하고 신선한 공기를 마실 수 있는 날들이 가까웠다고 생각했다. 아니었다. 다락의 바닥에 펼쳐진 내 사진들, 일용할 양식과 바꾸고도 그토록 나를 포만하게 해주었던, 그러나 이제는 함부로 박스에 처박아둔 기자재들, 베르나르 포콩이나 만 레이의 사진집들이 붉은 노끈으로 묶여져 쌓여 있는 것들을 바라보았다. 그것들은 지금 내가 그것들과 씨름했던 진창의 시간보다 더 어둡고 끈적이고 가망 없는 밑바닥에 가라앉아 있다는 사실을 아프도록 생생하게 깨우쳐주었다.

"와, 이건 나무들의 누드네요."

그가 건네준 사진은 숲에서 앵글을 하늘 쪽으로 잡고 찍은, 잎을 모두 떨군 나무들이 다정하게 머리를 맞대고 찍은 사진이었다. 우리는 이제 먼지 풀썩이는 바닥에 엉덩이를 붙이고 앉아 사진 속의 나무처럼 머리를 맞대고 손에 집히는 사진을 품평하기 시작했다.

콘크리트 건물도 이렇게 사진으로 찍으니 느낌이 다르네요.

이 사진을 보고 있자니 나도 천천히 하늘로 올라가는 거 같아요.

이건 어디예요? 어릴 때 내가 살았던 동네 그 골목길 같애. 어느 동네였죠?

기억할 수 없어요.

내 대답에 칼라문신은 아쉬운 표정을 지었다.

"그러니까 사진은 우리가 눈으로 보면서도 사실은 흘려버리는 것들을 담아두는 기억의 창고 같은 거군요."

검은 양복을 벗어버린 그의 팔뚝에 푸른 용비늘 몇 개가 날리고 있었다.

"그거 지워져요?"

나는 문신을 가리키며 물어보았다.

제 몸을 처음 보듯 찬찬히 살피더니 그는 조심스럽게 말했다.

"어려울 것 같죠?"

그의 얼굴은 좀 침울해졌다.

"나이 들면, 후회하게 될 거 같아요."

"그럴까요?"

"아무래도."

"아까 그 사람은 어떻게 됐어요."

"개? 걱정 마세요. 시스템 속에서 개 역할이 그거니까 불만 같은 거 없어요. 주먹이란 우리들한텐 존재의 증명이니까."

그가 갑자기 쓰는 문자에 나는 속으로 실소했다.

"사진을 못 가져가면 어떻게 되나요?"

"사진."

잊고 있었던 듯 그의 얼굴이 우울해졌다.

"가져가야죠."

나는 고개를 저었다. 윤미의 사진은 한 장도 없었다.

"늘 그 색깔의 양복만 입습니까?"

"일할 때만요. 나도 흰 바지나 주황색 재킷 같은 옷도 있어요."

"그런 걸 입어요?"

"그냥 상징적인 거죠. 옷장에 걸어놓고 보면 나도 자유의지가 있는 인간처럼 생각되니까요."

"그렇군요."

"아까 돌아가서 어렵겠다고 얘기했어요. 그랬더니 그 사람이 그러더군요. 웃기지 마. 내게 불가능이란 없어."

"정말 그 여자 사진은 없어요."

"이 선생. 정답은 출제자가 가지고 있는 거예요. 그 사람이 원하는 걸 해줘요."

나는 칼라문신을 쳐다보았다. 짧게 깎은 머리 아래 배어난 땀방울이 백열등 불빛에 반짝였다. 두려운 것일까.

"그 여잘 불러요. 사진을 돌려주겠다고. 그 여자만 오면 모든 게 다 있잖아요. 카메라도 인화지도 현상액도 모델도. 오면 다리를 벌리게 하고 찍어요. 엎드리게 하고 등을 찍으라구요. 그때 한 걸 지금 못할 건 뭐요. 버티면 한두 대만 패면 된다구요."

나는 고개를 저었다.

"미치겠네. 그 사람이 원하는 건 사진이 아니에요. 자기 힘의 확인이지, 하찮은 진실 따위가 아니라구요. 얼마나 버틸 수 있다고 생각해요?"

그는 포켓에서 핸드폰을 꺼내 내게 건넸다.

"씨발. 하기 싫은 것도 해야 되는 게 인생이잖아. 안 그래요?"

그의 목소리는 위협적이지 않았다. 슬픔을 띤 간절함이 그 속에 있었다. 피부 바깥으로 터져나올 것 같은 그의 섬세하고 아름다운 근육이 불빛에 번들거리는데 누군가 다른 사람이 그의 등뒤에 숨어 말하듯 그의 목소리는 연약하게 떨려나왔다.

나는 구석에 밀쳐져 있는 귀퉁이 찢어진 박스를 끌어냈다. 현상탱크도 있었고 현상액도 있었다. 그 병을 바라보자 후각과 함께 작업에 대한 내 열망까지 자극하던 시큼한 현상액의 냄새가 코끝을 스치는 듯했다. 유령처럼 흔들거리며 떠오르던 사진들을 바라볼 때의 설레던 느낌도 되살아났다. 흑백필름으로 찍는다면 이 시스템으로도 가능할 것이다. 제 빛을 잃었던 그 사진을 재현하려면 칼라보다는 흑백으로 찍어서 다시 토닝처리하는 쪽이 나을 것이다. 박스 속엔 붉은색 토너도 있었고 인화용제, 그리고 픽서로 쓸 수 있는 D76도 보였다. 완벽했다. 나는 칼라문신을 쳐다보았다.

그랬다. 하기 싫어도 해야 하는 일들로 이루어진 게 인생이었다. 그 말은 발포정처럼 내 머릿속에서 거품을 내며 천천히 풀어졌다. 약

효를 기다리는 연약한 환자처럼 나는 잠시 눈을 감았다.

나는 핸드폰을 받아서 번호를 꾹꾹 눌렀다. 칼라문신이 박스 속에서 카메라를 꺼내 만지작거리고 있었다. 내게 카메라는 이제 보이는 세상을 기록하거나 숨겨진 피부 한 꺼풀 아래의 장기를 찍는 것에서 나아가 보이지 않는 것과 부딪치고 필살기의 에너지를 방어할 수 있는 테크놀로지가 되어줄 것이다. 한때는 내 영혼을 성장시켰고 이후엔 더운밥이 되어주었으며 이제 가파른 벼랑에서 추락하려는 내 생을 붙들어줄 사진. 생각해보면 길지도 않은 생에 나는 피사체와 용도가 다른 사진들을 무수히 찍어왔다. 이제 지난 나의 생을 돌이켜보려면 그 시절에 내가 찍은 사진들을 기억해보는 것이 빠를 것이다.

떠나기 전날 밤 윤미는 소리 없이 울면서 나를 안았었다. 섬모처럼 부드러운 손길로 내 몸 구석구석을 더듬었었다. 사랑한다고 말했으며 내가 안고 있는데도 안아 달라고 눈먼 두더지처럼 내 품을 파고들었었다. 그런데도 여자가 다음날 떠날 거라고 생각하는 페시미스트는 없을 것이다. 우주의 이면에 닿을 수 없는 것처럼 가장 가까웠던 타인의 경우도 결국 그러하지 않았는가. 윤미 역시 지금 내가 사진을 돌려주겠다고 불러놓고 그 사진을 다시 찍으리라고는 상상도 못하고 있을 것이다.

"여보세요?"

윤미의 목소리는 나른하고 달콤했다. 그 나릿빛 사진을 찍던 날 우리는 행복하고 또 행복했었지.

그러고 보면 정말이지 사진만큼 우리에게 추억을 불러일으키는 것도 없지 싶다. ■

# 정영문

# 파괴적인 충동

1965년 경남 함양 출생. 서울대학교 심리학과 졸업.
1996년 《작가세계》로 등단.
장편소설 《겨우 존재하는 인간》 《핏기 없는 독백》 《중얼거리다》,
중편소설 《하품》, 소설집 《검은 이야기 사슬》
《나를 두둔하는 악마에 대한 불온한 이야기》 《더 없이 어렴풋한 일요일》.
〈동서문학상〉 수상.

# 파괴적인 충동

생각했던 대로 코트에는 아무도 없었다. 아직 날씨가 추운 탓도 있었지만 땅이 젖어 있어 누구도 테니스를 치러 올 생각을 하지 않은 게 분명했다. 지난가을에 떨어진, 이제는 넝마처럼 너덜너덜해진 낙엽들만이 이따금 부는 바람에 코트 안을 이리저리 뒹굴고 있을 뿐이었다. 잠시 텅 빈 코트를 바라보다가 그 안으로 들어선 나는 코트의 한쪽 구석에 있는, 혼자 연습을 할 수 있는 시멘트 벽을 향해 공 몇 개를 날린 후 그것으로 연습은 충분하다는 듯 코트로 나가 혼자서, 마치 누군가와 시합을 하듯 반대편 코트로 공들을 날렸다. 그런 식으로 주머니에 있던 공을 모두 날려보낸 후에는 다시 반대편 코트로 가 공을 주워 날리기를 반복했다. 나는 그렇게 테니스를 치며 내가 왜 갑자기 테니스를 칠 생각을 하게 되었는지를 생각해보았다. 거의 테니스라곤 쳐본 일이 없는 내가 집 안의 어딘가에 처박혀 있던 라켓을 꺼내게 된 이유는 분명치 않았다. 그날 아침 내가 창밖을 내다보고 있을 때 운동복을 입은 누군가가 마치 테니스를 치기라도 하듯 팔을 휘두르며 골목길을 달려가는 것을 보았기 때문은 아니었다. 오히려, 테니스를 치고 싶은 알 수 없는 충동이 인 것은 아침에 눈을 뜨면서였다. 코트는 테니스를 치기에는 아주 마땅치 않았다. 겨울이 끝나가면서 언 땅이 녹아 흙바닥은 질척거렸다. 공은 제대로 튀지 않았을 뿐만 아니라 제대로 굴러가지도 않았다. 그럼에도 나는 끈기 있게 공을 쳤다. 나는 몸을 기계적으로 움직였고, 그러자 내 몸이 실제로 기계인 것처럼, 또는 기계와 크게 차이가 없는 것처럼 느껴졌다. 하지만 그 기계는 곧 지쳤고, 그래서 나는 잠시 그냥 선 채로 쉬었다. 그러자 뇌사상태로 병원의 중환자실에 누워 있는 아버지에 대한 생각이 떠올랐다. 아버지가 뇌사상태인데도 불구하고 내가 그렇게 테니스를 치고 있는 것이 잘못으로 여겨지지는 않았다. 아버지는 내가 테니스를 치고 있는 것과는 상관없이 뇌사상태에 빠져 있었고, 나는 그가 뇌사상태에 빠져 있는 것과는 상관없이 테니스를 치고 있었다. 아버지의 주치의는 내게 안락사를 제의했다. 아니, 정확히 말해 안락사는 아니고, 인위적인 생명 연장의 노력을 포기해 자연적인 죽음을 맞이하게 하자는 것이었다. 나는 생각해보겠다고 했다. 나는 쉽게 결정을 내릴 수가 없었다. 아버지가 그렇게 죽게 되는 것은 내게보다는 그에게 좋은 것일 수 있다는 것이 나의 생각이었는데 그 생각을 나의 생각으로 인정하기 어렵다는 것 역시 나의 생각이기도 했다. 나의 생각들은 그렇게 서로 갈등하고 있었다. 어쨌든 그는 단지 살아 있다는 사실 그 자체만으로 고통을 겪고 있었다. 나는 공을 주위모은 후 다시 한 번 힘 있게 공을 날렸다. 그런데 공 하나가 코트 구석으로 굴러갔고 그것을 줍기 위해 구석으로 간 나는 그곳에서 죽어 있는 쥐를 발견했다. 아니, 그것은 아직은 완전히 죽지는 않은 상태로 몸을 뒤집은 채로 경련하고 있었다. 그것이 살려두어서는 안 되는 어떤 것처럼 여겨져서는 아니었지만, 나는 거의 나 자신도 모르게 테니스 라켓의 테두리로 쥐를 내리쳤다. 그것은 공격이라고밖에는 표현할 수 없는 어떤 돌발적인 행동이었다. 내 안의 뭔가가 쉽게 폭력적인 양상으로 드러나는 것을 거의 보아온 적이 없는 나였지만 그 갑작스런 행동에 나 스스로도 놀라거나 하지는 않았다. 사실상 나는 아무런 느낌도 가질 수가 없었다. 나는 쥐를 내리치는 일을 태연하게, 어떤 일을 저지르기보다는 수행하듯 했고, 그래서 그 태연함이 다소 지나치다는 생각을 할 수 있었을 뿐이다. 쥐의 내장이 터지며 땅바닥에, 그리고 라켓에 피가 묻었다. 마침내 쥐는 가벼운 경련을 몇 번 일으킨 후 더 이상 움직이지 않게 되었다. 그것을 보자 마음이 가라앉은 것은 아니었지만 마치 그렇기라도 하듯 나는 가벼운 웃음을 지어 보였다. 그런데 그 순간 누군가가 코트 옆을 지나가다가 알은척을 하며 나를 향해 손을 들어 보였다. 하지만 그는 내가 알지 못하는 낯선 사람이었다. 그 낯선 사람은 내게 미소를 지어 보였다. 나는 얼굴을 찡그렸는데 그건 그의 미소가 너무나 어색하게 느껴졌기 때문이라기보다는 너무도 환하게 느껴졌기 때문이었다. 그는 계속해서 철망 너머에 서서 가만히 나를 지켜보고 있었다. 그는 누군가를 감시하기보다는 구경하는 사람의 표정으로 나를 바라보았다. 나는 그를 무시하려 애를 썼다. 하지만 그는 철망 가까이 다가와 철망 사이에 손가락을 끼운 채로 나를 바라보았고, 그러자 그와 나 사이에 놓인 철망이 어떤 동물을 가둬놓은 우리처럼 여겨졌다. 하지만 나와 그 중 누가 갇혀 있는 쪽인지는 분명치 않았다. 그는 바보처럼 입을 헤벌린 채로 웃고 있었다. 나는 분노를, 거의 분노에 가까운 어떤 감정이 치미는 것을 느꼈다. 그의 모습에서 불순한 의도나 악의 같은 것을 읽을 수 있었던 것은 아니었지만 그 사실이 나의 분노를 가라앉히지는 못했다. 나는 다시 그를 무시하고 공을 치기 시작했다. 하지만 공들은 제대로 맞지 않았다. 한데 내가 조금 후 다시 고개를 돌렸을 때에는 그의 모습은 보이지 않았다. 나는 다시 고개를 돌렸고, 그가 조금 전 서 있던 곳과는 반대쪽에 있는 철망 밖에서 나를 바라보고 있는 것을 발견했다. 나는 알 수 없는 수치심이 몰려오는 것을 느꼈다. 나는 당장이라도 달려나가 그를 라켓으로 내려치고 싶은 충동을, 조금 전 라켓으로 내려친, 이미 죽은 쥐를 떠올리며 간신히 눌렀다. 그는 자신의 자리에서 꿈쩍도 않고 있었다. 이제 그는 더 이상 웃고 있지 않았다. 그의 얼굴은 기이하게 무표정했다. 그 얼굴은 아무런 표정이 없다기보다는 표정으로 담을 수 있는 모든 표정을 다 담고 있는 것으로 보였다. 나는 더 이상 공을 치고 싶은 의욕을 이끌어낼 수 없었고, 그래서 그냥 돌아갈 준비를 했다. 하지만 공 하나는 끝내 찾지 못했다. 대신 나는 내 것이 아닌, 털이 모두 빠진 낡은 고무공 하나를 찾아냈고, 그것을 챙겼다. 하지만 코트를 나온 나는 그 사내가 나를 바라보는 대신 조금 전 그가 보고 있던, 그 안에는 이제 아무도 없는 코트를 계속해서 바라보고 있는 것을 보았고, 어쩌면 그는 나와는 상관없이, 단순히 철망 너머의 코트 안을 바라보았는지도 모른다는 생각이 들었다. 집으로 가는 길에 몇 번 뒤를 돌아보았지만 그 사내가 뒤를 따라오거나 하지는 않았다. 그럼에도 나는 필요 이상으로 걸음을 빨리했다. 그런데 집에 도착한 나는 집 앞에 사람들이 모여 있는 것을 발견했다. 그리고 그들 사이에는 개 한 마리가 누워 있었다. 그것은 나도 아는 개였으며, 그것 역시도 나를 알아보았다. 그것은 내가 그것 앞을 지나갈 때면 이유 없이 꼬리를 치곤 했는데 그럴 때면 나는 그것을 향해 내게 그럴 건 없다고, 혼잣말을 하곤 했다. 모여 있는 사람들 가운데는 내가 사는 집의 주인 여자의 모습도 보였다. 이상하게도 집 앞을 지날 때면 거의 매번 그녀와 마주쳤다. 그럴 때면 우리는 인사 정도는 나눴지만 얘기를 나눈 적은 없었다. 그녀는 앞집에 사는 개가 골목을 지나가던 차에 치여 죽었다는 얘기를 했다. 그 개는 주로 앞집의 대문 앞에서 앞발 위에 고개를 얹은 채로 가만히 엎드려 눈을 감고 있거나, 아니면 그 상태로 눈을 뜨고 지나가는 사람들을 조용히 쳐다보거나 했으며, 집 근처 골목을 왔다 갔다 하는 경우에도 활기라곤 없었다. 한마디로 무척 조용했다. 심지어 한 번은 그 개의 이상할 정도의 조용함을 참을 수 없어 그것을 향해 으르렁거려보기도 했지만 그때에도 그것은 무심한 표정으로 나를 물끄러미 쳐다보기만 했다. 어쩌면 그것은 짖는 능력을 상실했는지도 몰랐다. 나로서는 평소에 그 개를 좋아한 건 아니었지만 개의 그러한 점은 좋아했다. 그런데 그 개가 죽었다는 얘기를 듣자 새삼스럽게 불쌍하다는 생각이 들었다. 어떻게 하다 차에 치였다던가요, 주인 여자를 향해 내가 말했다. 목격자가 없어 정확히는 알 수 없지만 개를 친 운전자의 말에 의하면 개가 갑자기 차 앞으로 뛰어들었다고 해요, 주인 여자가 말했다. 평소에 그렇게 느릿느릿하던 개가 갑자기 차 앞으로 뛰어들었다는 건 믿어지지 않는군요, 내가 말했다. 동시에 나는 내가 주인 여자와 그렇게 얘기를 하고 있다는 사실이 믿어지지 않았다. 그리고 나는 내가 그 개에 대해 남의 일이 아닌 것처럼 얘기하고 있다는 사실을 깨달았고, 그 점이 약간 놀랍게 생각되었는데 그건 내게 대상에 대한 애정을 전제하는 진정한 의미의 관심이 아닌 호기심이 있을 뿐이었기 때문이다. 그러게 말예요, 주인 여자가 말했다. 개가 차에 치이는 사고의 경우 대체로 개 쪽이, 개의 임자 쪽이 불리하게 마련이죠. 개로서는 사고 순간을 증언할 수가 없으니까요. 그리고 이렇게 개가 죽어버린 경우에는 더 말할 나위가 없고. 우리는 몇 마디를 더 주고받았다. 하지만 나는 내가 그 죽은 개에 대해 진정한 관심을 갖고 얘기를 하고 있는 것이 아니라는 사실을 새삼스럽게 깨닫고는 주인 여자에게 인사를 한 후 집 안으로 들어갔다. 방 안에 들어서자 죽은 개의 영상이 죽은 쥐의 영상과 자꾸만 겹쳐 떠올랐고, 어느 순간에는 개도 쥐도 아닌 어떤 동물의 모습으로 떠올랐다. 하지만 외투를 벗고 나자 그 모든 영상들이 깨끗이 사라졌다. 나는 깜빡 잠이 들었고, 내가 깼을 때에는 이미 저녁이었다. 나는 잠시 어둠 속에 누워 있었는데 그때 누군가가 초인종을 눌렀다. J였다. 나를 본 그녀는 내게 무슨 일이 있었던 건 아니냐고 물었다. 그건 왜 물어, 내가 말했다. 얼굴이 좋아 보이지 않아서, 그녀가 말했다. 그걸 물어서 말인데 그것까지는 모르겠어, 내가 말했다. 그녀는 더 이상 묻지 않았다. 그래서 나는 그녀에게 다른 얘기를, 앞집의 개가 차에 치여 죽었다는 얘기를 했다. 그녀는 관심을 보이며 상세하게 얘기해 달라고 했다. 나는 상세하게는 모른다고, 내가 아는 거라곤 그 개가 지나가던 차에 치여 죽었다는 것밖에는 없다고 했다. 그 개가 어떻게 죽었는지 내가 자세히 알지 못해서이기도 했지만 그 이상은 얘기하고 싶지 않았고, 그래서 그 죽은 개에 관한 이야기는 그것으로 끝이라고 했다. 그녀는 아쉬운 듯한 표정을 지었다. 그녀의 그 아쉬운 표정이 개가 죽어서인지 아니면 그 개가 어떻게 죽었는지 내가 자세히 알지 못해서인지는 알 수 없었다. 그러자 그녀는 자신이 알게 된 어떤 이야기를 들려주었다. 아이를 보아주는 어떤 여자가 무슨 이유에서인지 몇 달에 걸쳐 계속해서 일정한 시간 동안 아이를 간지럼을 태워 결국 아이를 미치게 만들었다는 것이었다. 나는 그녀의 이야기를 흥미롭게 들었다. 간지럼을 태워 사람을 미치게 만들 수도 있다는 건 몰랐군, 내가 말했다. 나는 그녀가 한 이야기를 잠시 머릿속으로 생각해보았다. 그러자 그 이야기는 슬픈 것으로 여겨졌고, 그래서 더 이상은 생각지 않았다. 그녀는 가끔 내가 좋아할 만한 이야기를 내게 들려주곤 했다. 그녀에게 있어 내가 좋아하는 점은 그런 것이었다. 그리고 그런 것 때문에 그녀를 좋아하기도 했다. 언젠가 그녀가 들려준, 적도 부근의 어느 작은 섬에 사는 사람들의 이야기는 내가 가장 좋아하는 것 중의 하나였다. 그 섬의 특이한 점은 그 섬의 모두도 대부분도 아니지만 많은 사람들이 완전 색맹이라는 것이었다. 일반적인 지역의, 인구 분포당 색맹인 사람의 비율에 비춰보았을 때 그 섬의 색맹 비율은 불가사의할 정도로 높았다. 많은 과학자들이 그 이유를 알아내기 위해 노력했지만 완전한 결론에는 이르지 못한 상태였다. 섬의 풍경 대부분이 초록색의 열대수목들로 이루어진, 그래서 초록색 외의 다른 색상은 거의 찾아보기 어려운 그 섬의 특이한 자연 환경 때문일 수도, 또는 그 섬에 사는 사람들이 거의 주식처럼 섭취하는 어떤 나무의 열매 때문일 수도, 또는 어떤 유전자적인 이유 때문일 수도 있다는 추측은 하지만 더 정확한 이유는 밝혀지지 않았다. 그럼에도 불구하고 그 섬에 사는 사람들은 생활에 거의 아무런 어려움을 겪지 않았다. 그들은 먹기 좋게 익은 바나나를 노랗게 변한 색을 통해서가 아니라 그 과일의 질감과 향기를 통해 구별할 줄 알았다. 그녀의 그 이야기는 그녀가 들려준 이야기 중 내가 가장 좋아하는 것일 뿐만 아니라 내가 아는 가장 서정적인 이야기였으며 가슴 아프면서도 마음을 푸근하게 하는 이야기였다. 그런데 그녀가 하는 어떤 이야기들을 듣고 있으면 어느 순간 아무런 관련 없는 이야기들이 모두 이상한 관련을 갖고 있는 것처럼 느껴지기도 했다. 아니, 그녀의 얘기뿐만이 아니었다. 내가 알게 되거나 생각해낸 많은 것들이 서로 뒤엉켜 본래의 내용과는 다른 것이 되곤 했다. 나의 머릿속에서는 서로 관련이 없어 보이는 것들이 이상한 연관을 갖추기도 하는 반면 밀접한 또는 튼튼한 연관이 있어 보이는 것들의 관련성은 힘없이 부서져나가곤 했다. 언젠가 J가 말한 것처럼 내가 다소 이상한 방식으로 뭔가를 보는 이유도 거기에서 기인하는 것인지도 몰랐다. 우리는 저녁을 같이 먹었다. J는 얼마 전 자신이 여행을 갔다 온 얘기를 했다. 그녀의 여행 얘기는 별로 재미가 없는 정도가 아니라 재미라곤 없었다. 그 얘기를 끝낸 다음 그녀는 나 또한 여행을 갔다 오는 건 어떠냐고 말했다. 여행이라도 갔다 오라고. 내가 말했다. 여행은 내가 엄두를 내기 어려운 어떤 것이었다. 한 번은 여행을 떠나기 위해 기차역에 나갔다가 대합실을 오가는 사람들의 무수한 발걸음—그것은 세상을 움직이는 힘이었다—을 보다가 그것을 더 이상 참을 수 없어 여행을 포기하고 그냥 돌아온 적도 있었다. 나는 그 많은 사람들이 어딘가를 향해 가고 있다는 사실이 무척 놀라웠다. 그럼 함께 여행을 가는 건 어때, 그녀가 말했다. 그녀는 자신이 무척 좋은 생각을 해냈다는 듯 눈을 반짝이며 말했다. 그것은 더 어려운 일로 느껴지는걸, 내가 말했다. 그녀는 나를 재촉했다. 나는, 그건 좋은 생각이 아니라고, 생각을 해보면 그것이 좋은 생각이 아니라는 생각이 들 거라고 말했지만 그녀는 막무가내였다. 그리고 지금은 여행을 하기에 적당한 때가 아냐, 내가 말했다. 여행을 하기에 적당한 때 같은 건 없어, 그녀가 말했다. 언제든 여행을 떠나면 그때가 적당한 때가 되는 거야. 결국 나는 그녀의 억지에 못 이겨 그녀를 따라나섰다. 집 앞에는 그녀의 것인 낡은 자동차가 우리를 기다리고 있었다. 나는 금방이라도 멈춰설 것만 같은 그 차에 타고 싶지 않았지만 그녀는 나를 차 안으로 떠밀어넣었다. 차에 타 출발을 한 후에도 나는 원치 않은 일을 할 때면 그 렇듯이, 그리고 그래야 하듯이 못마땅한 얼굴로 아무 말 없이 차창 밖만 내다보았다. J는 내가 얼굴을 찌푸리고 있는 게 즐거운 모양인 지 속도를 높였다. 곧 우리는 시내를 벗어나 고속도로로 들어섰고 또 다시 얼마 있지 않아 국도로 들어섰다. 나는 졸음이 왔고, 잠시 졸다 가 깨기를 반복했다. 그 중간 중간 그녀는 우리가 어디쯤 가고 있는 지를 얘기했지만 내게는 그 얘기들이 하나도 들리지 않았다. 잠시 후 그녀는 우리가 어느 섬으로 연결되는 다리를 건너고 있다며 잠시 밖 을 내다보라고 했고, 그래서 나는 잠시 밖을 내다보았지만 칠흑 같은 어둠 외에는 아무것도 보이지 않았다. 마침내 목적지에 도착한 우리 는 어떤 여관에 투숙했다. 잠이 덜 깬 나는 계속해서 자고 싶었지만 J 는 잠이 오지 않는 듯 무슨 얘긴가를 계속해서 했다. 나는 잠결에 그 녀의 이야기들을 건성으로 들었다. 하지만 어느 순간 그녀는 잠이 든 듯 잠시 후에는 코를 고는 소리가 몹시 시끄럽게 들려왔다. 그 소리 에 잠이 완전히 달아난 나는 그곳의 모든 사람들이 낮과 밤을 가리지 않고, 잠을 잘 때면 섬이 떠나갈 정도로 심하게 코를 고는, 코골이들 의 섬을 상상하며 잠시 누워 있었다. 하지만 점점 코 고는 소리는 더 커져갔고, 마침내는 참을 수 없는 지경이 되었다. 나는 색맹인 사람 과는, 심지어는 죽은 사람과도 얼마든지, 기꺼이 잠을 잘 수 있었지 만 코를 고는 사람과는 절대로 잘 수 없었다. 나는 방을 나왔고, 여관 주인에게 얘기해 옆방을 달라고 했다. 그녀는 무슨 이유에서 그러는 지 궁금하다는 표정을 지었지만 그 이유를 묻지는 않았다. 새로 들어 간 옆방에서도 그 옆방의 그녀가 코를 고는 소리가 들렸지만 내가 그 소리에 잠을 이루지 못할 정도로 시끄럽게 들리지는 않았다. 그럼에 도 나는 쉽게 잠을 이루지 못하고 뒤척였다. 나는 코골이들의 섬에서 멀지 않은 곳에 있는 불면증에 시달리는 사람들로 가득한 섬을 상상했다. 그들은 이웃한 코골이들의 섬에 사는 사람들과는 무관하게 잠을 이루지 못했다. 그들이 잠을 자지 못하는 이유가 그들 가까운 곳에 있는 코골이들 때문은 아니었지만 코골이들의 섬에서 들려오는 코 고는 소리는 그들을 뒤척이게 했다.

이튿날 거의 정오가 다 되어 일어난 나는 잠시 그곳이 어디인지 알 수 없었다. 나는 창밖을 내다보았고, 갈매기들이 나는 모습을 볼 수 있었고, 그 갈매기들이 내는, 뭔가를 찢어놓고 있는 듯한, 울음소리를 들을 수 있었다. 그럼에도 그곳이 바닷가라는 생각은 쉽게 할 수가 없었다. 나는 천천히 자리에서 일어나 창가로 가 그곳에 놓인 의자 위에 앉아 밖을 내다보았다. 나는 바다를 바라보며 그것이 바다라는 사실을 나 자신에게 주지시키기라도 하듯, 바다야, 하고 천천히 발음했다. 흐린 하늘 아래로 바다를 주된 풍경으로 하고 있는 텅 빈 풍경이 펼쳐져 있었다. 하지만 그 텅 빈 풍경은 황량하거나 황폐한 풍경만이 지닐 수 있는 아름다움을 보여주지도, 마음을 푸근하게 만들지도 않는, 그냥 뭔가가 빠져 있는 듯한 느낌을 줄 뿐이었다. 그때 저 멀리서 누군가가 천천히 걸어와 내가 바라보고 있는 풍경 속으로 들어왔다. 어떤 여자였다. 하지만 모자를 눌러쓴 그녀의 얼굴은 볼 수가 없었다. 그럼에도 나는 그녀가 누구인지 알 수 있었다. 그 모자 아래로 내가 잘 알고 있는 그녀의 작은 체구가 보였던 것이다. 하지만 그녀가 쓴 모자는 처음 보는 것이었다. 모자는 그녀의 작은 몸에 비해 챙이 너무 커 보였다. 그녀는 몇 걸음을 더 옮겼고, 나의 시야 한가운데에서 멈춰섰다. 그녀는 바다 쪽을 향해 고개를 돌린 채로 잠시 가만히 서 있었다. 나는 그녀에게서 눈을 뗴 멀리 수평선을 바라보았다. 수평선 근처에는 고기잡이배들처럼 보이는 몇 척의 작은 배들이 떠 있었지만 그 배들이 돌아오고 있는지 아니면 먼바다로 나가는지, 아니면 그냥 멈춰서 있는지는 알 수 없었다. 바다에 온 것이 후회가 된 것은 아니지만 잘한 일로는 여겨지지 않았다. 한데 내가 다시 시선을 가까이로 가져왔을 때에는 조금 전 내가 본 그녀의 모습이 보이지 않았다. 주위를 둘러보았지만 그녀의 모습은 어디에서도 보이지 않았다. 나는 창 유리에 비친 나의 모습을, 어쩔 수 없이 보이기 때문에 바라본다는 식으로 잠시 바라보았다. 그때 누군가가 내 방문을 여는 소리가 들렸고, 뒤를 돌아보았을 때에는 조금 전 해변가에 서 있던 그녀가 방 안에 서 있었다. 그녀는 잠을 편히 잔 얼굴이었다. 그녀는 내가 옆방으로 옮긴 이유에 대해서는 묻지 않았다. 그 이유는 그녀 자신이 잘 알고 있는 것 같았다. 진작에 내가 코를 심하게 곤다는 얘기를 했어야 했는데, 그녀가 말했다. 우리는 식사를 한 후 바닷가를 산책했다. 나는 방 안에 그대로 있고 싶었지만 그녀의 등쌀에 어쩔 수가 없었다. 대체로 나는 바다를 좋아하지 않았다. 조금도 지칠 줄 모르고 끝없이 출렁이는, 스스로에게, 자신의 어떤 충동에 시달리고 있는 것 같은 파도를 보고 있으면 온몸의 힘이 모두 빠지곤 했다. 새삼스럽게 바다에 온 것이 후회가 되었다. 우리가 온 곳은 우리가 묵었던 여관 외에 다른 여관이 서너 곳 더 있고, 식당과 다른 가게들이 몇 곳 있는, 대체로 한적한 해변이 있는 섬이었다. 이걸 봐, 우리가 해변을 걷기 시작한 지 얼마 되지 않았을 때 J가 모래 위의 뭔가를 가리키며 말했다. 나는 그녀가 가리키는 것을 바라보았다. 조기처럼 보이는 어떤 물고기가 다른 물고기에 의해 물어뜯긴 듯 지느러미와 꼬리와 머리의 일부가 뜯겨져나간 채로 죽어 있었다. 그 훼손된 시체에서 나는 고통이라기보다는 어떤 알 수 없는 불편한 고충 같은 것을 느꼈고, 그래서 그것을 집어 바닷물 속으로 던졌다. 손가락에서 비린내와 함께 생선의 부패한 냄새가 강하게 났지만 나는 그것을 씻어내지 않았다. 우리는 계속해서 해변가를 따라 천천히 걸어갔다. 모래사장 위에는 조개껍질이 널려 있었다. 이곳은 해수욕장처럼 보이지만 수영을 하기에는 알맞지 않아, J가 말했다. 물속에는 조개껍질이 널려 있어 쉽게 발을 베이게 돼. 그걸 어떻게 알아, 내가 말했다. 전에 언젠가 여기 물속에 들어갔다가 발을 베인 적이 있거든, 그녀가 말했다. 그런데 발이 베이고도 그걸 금방 알지 못했어. 조개껍질이 워낙 예리해서야. 이런 곳이라면 해수욕을 금지하는 팻말 같은 거라도 설치해놓아야 하지 않아, 내가 말했다. 그렇기도 하지, 그녀가 말했다. 하지만 내가 그랬던 것처럼, 물속에 조개껍질이 널려 있다는 사실을 알지 못하고 물속에 들어갔다가 발을 베인 후 이곳이 수영을 하기에는 적당치 않은 곳이라는 것을 알게 하는 것도 나쁘지 않은 것 같아. 언젠가 한번 여름이 되면 이곳에 와 발을 베일 수도 있다는 걸 알고도 물속에 들어가보고 싶군, 내가 말했다. 물은 조금씩 들어오고 있었다. 우리가 낮은 모래언덕 하나를 넘어가자 모래사장 위에 소파처럼 보이는 뭔가가 버려져 있는 것이 눈에 들어왔다. 소파야, J가 소리쳤다. 소파처럼 보이는 어떤 것인걸, 내가 말했다. 하지만 우리가 그것 가까이 다가갔을 때 그것은 소파처럼 보이는 어떤 것이 아니라 소파 그 자체였다. 소파가 전혀 의외의 장소에 놓여 있는 것이 낯설게 여겨지거나 하지는 않았다. 저 소파 위에 누군가가 누워 있는 것만 같아, J가 말했다. 하지만 우리가 그것이 있는 곳으로 갔을 때 그 위에는 누구도 없었다. 낡은 3인용 비닐 소파는 군데군데 찢겨져 있었다. 이걸 누가 여기에다 버려놓았지, J가 말했다. 어쩌면 버린 게 아니라 일부러 갖다놓았는지도 모르지, 여기에 이렇게 앉아 있기 위해서, 소파 위에 앉으면서 내가 말했다. 그 말을 듣고보니 그런 것 같기도 한걸, 그녀가 말했다. 아니면 다른 섬에서 이곳으로 떠밀려왔는지도 몰라. 아니, 그 가능성은 큰 것 같지 않군, 내가 말했다. 이렇게 여기 앉아 있으니까 마치 집의 거실에 앉아 있는 것 같아, 소파 위에 앉은 그녀가 말했다. 거실이 넓어서 좋군, 내가 말했다. 해변과 바다와 하늘이 거실의 풍경을 이루고 있어, 그녀가 말했다. 막상 바다에 오니까 생각했던 것만큼 나쁘진 않군, 내가 말했다. 아마도 거실에 있다는 느낌을 가질 수 있어서인지도 모르겠어. 우리는 잠시 말없이 앞쪽을 바라보았다. 하지만 소파 위에 앉은 채로 끈질기게 일렁이는 파도를 바라보고 있자 극심한 무력감이 찾아오는 것을 어쩔 수가 없었다. 그래서 나는 파도를 향해, 너의 필요에 의해 내 앞에서 그렇게 일렁이지는 말라고, 그런 수작은 내게 통하지 않는다고, 조용히 말했다. 하지만 파도에게 나의 그런 이야기는 아무런 소용이 없었다. 그 사이 바닷물이 우리의 발밑까지 차올랐다. 밀물이 들어오면서 조금씩 소파가 물에 잠기기 시작했다. 조금 후면 물 위에 뜬 소파 위에 앉아 있을 수 있겠군, 내가 말했다. 그 순간 무슨 이유에서인지 J가 신발과 양말을 벗고 치마를 걷어올린 채로 차가운 물속으로 들어가 아이들처럼 발로 물장난을 쳤다. 나는 그녀가 하는 짓을 신기하다는 듯이 지켜보았다. 그런데 갑자기 그녀가 비명을 질렀다. 무슨 일이야, 그녀의 비명 소리에 깜짝 놀라며 내가 소리쳤다. 그녀는 물 밖으로 뛰쳐나왔다. 뭔가에 쏘인 것 같아, 그녀가 말했다. 나는 주위를 둘러보았다. 하지만 모래와 물 외에는 아무것도 보이지 않았다. 해파리에게 쏘인 것 같아, 그녀가 말했다. 그녀의 발목이 빨갛게 부어올랐다. 해파리의 모습은 보이지 않았다. 해파리가 분명해, 내가 물었다. 그녀는 말을 잇질 못했다. 그럼 해파리에게 쏘였다고 치고, 해파리에게 쏘인 기분이 어때, 내가 물었다. 그녀는 통증으로 얼굴을 찌푸렸고,

다시금 아무 말도 잇질 못했다. 이곳에 해파리가 사는 줄 몰랐어, 내가 말했다. 그리고 이런 차가운 날씨에도 해파리가 바닷가까지 나오나? 그녀는 신음 소리를 냈다. 해파리에게 쏘였을 때 가장 좋은 방법은 그냥 참는 거야, 내가 말했다. 그 다음으로 좋은 방법은, 이건 어디서 들은 이야기인데, 쏘인 부위에 오줌을 누는 거지. 그녀는 이제악을 쓰며 울부짖기 시작했다. 나는 달리 마땅한 방법을 찾을 수가없었고, 그래서 그녀가 고통스러워하고 있는 모습을 가만히 지켜보았다. 그렇게 쳐다만 보고 있을 거야, 그녀가 말했다. 그래, 그럴 거야, 내가 말했다. 그녀는 나를 흘겨보았다. 설사 내가 그렇게 얘기를했다 하더라도 그것이 나의 본심은 아니라는 건 알 수 있지, 내가 말했다. 그것까지는 모르겠고, 그게 본심이라는 것까지는 알겠어, 그녀가 말했다. 정말 가만히 있기만 할 거야? 나는 어떻게 해야 좋을지알 수가 없었다. 그녀는 나를 흘겨보았다. 나를 그렇게 흘겨보니까하는 말인데 그렇게 흘겨보아도 좋아, 내가 말했다. 그런데 왜 물에뛰어든 거야? 모르겠어, 어쩌면 이렇게 뭔가에 쏘이려고 그런 모양이야, 찌푸린 얼굴로 악을 쓰며 그녀가 말했다. 나는 그녀를 부축해여관 근처로 갔고, 여관 옆에 있는 약국에 가 약을 사왔다. 그녀는 통증이 심한 듯 얼굴을 찌푸렸다. 먼저 들어가, 조금만 더 있다가 들어갈게, 약을 건네주며 내가 말했다. 나는 그녀가 여관에 들어가는 모습을 지켜본 후 다시 바닷가로 나가 소파가 있는 곳으로 갔다. 소파는 이제 물 위에 떠 있는 것처럼 보였다. 그것은 조금씩 흔들리기는했지만 떠내려가지는 않았다. 나는 신발과 양말을 벗은 후 소파가 있는 곳으로 가 그 위에 누워 바다를 바라보았다. 내 옆으로 바다가 나와 함께 누워 있었다. 나는 잠시 잠이 들었고 꿈을 꿨다. 나는 바닷가에 놓여 있는 어떤 침대 위에 누워 있었다. 나는 내가 누워 있는 그 하나의 침대가 아닌, 세상의 모든 침대 위에 있는 것 같았는데 그것은 아늑한 느낌과는 다르며, 색다른 느낌과도 같지 않은 뭐라 말할 수 없는 느낌이었다. 하지만 내가 편안하게 있고자 할 때면 그것을 방해하는 뭔가가 있어야 한다는 듯 근처에서 무슨 소리인가가 들려왔다. 침대에 누워 있던 내가 옆으로 눈을 돌렸을 때에는 내가 알지 못하는, 체구가 몹시 큰 두 사람이 내 옆에 있었다. 그 중 한 사람이 이제 그만 잠을 자야겠다는 말을 하며 그것이 당연하다는 듯 내 침대를 차지했고, 그러자 그의 동행 역시 당연하다는 듯 침대 위로 올라와 내 옆에 누웠다. 그들에게는 나의 모습이 보이지 않는 모양이었다. 침대는 세 사람이 자기에는 너무 비좁았고, 그들의 커다란 덩치는 조금씩 나를 침대 밖으로 밀어냈다. 내 침대를 뺏은 그들은 부부처럼 서로를 마주본 채로 곧 잠이 들어 심하게 코를 골기 시작했다. 내가 다시 잠에서 깼을 때에도 소파는 그대로 있었다. 아주 잠시 잠이 들었던 게 분명했다. 나는 소파에서 일어나 앉아 바다를 바라보았다. 그런데 어쩐 일인지 그 바다의 거대한 풍경 속에 뭔가 어울리지 않는 어떤 것이 있다는 느낌을 지울 수가 없었고, 그래서 나는 잠시 그것이 무엇인지를 생각해보았다. 그리고 잠시 후에는 그 어울리지 않는 것이 그 버려진 소파도 다른 무엇도 아닌, 나 자신이라는 결론에 이르렀다. 나는 나 자신이 어떤 오점처럼 느껴졌다. 그래서 나는 그 느낌을 부풀리기 위해 숨을 한껏 들이쉬었고, 더 이상 숨을 들이쉴 수 없는 상태가 되었을 때, 마치 그 오점의 부피가 포화상태에 이르기라도 한 듯 자리에서 벌떡 일어났다. 나는 다시 해변가를 걸어갔다. 우리가 묵고 있는 여관 앞까지 온 나는 여관을 바라보았다. J가 창가에 서 있는 것이 불분명하게 보였다. 나는 그녀를 향해 손을 흔들었다. 하지만 그녀는 나를 향해 손을 흔들거나 하지는 않았다. 어쩌면 그녀는 나를 보지 않고 있는지도 몰랐다. 아니면 나는 그녀가 아닌 옆방의 다른 누구를 향해 손을 흔들었는지도 몰랐다. 조금 후 내가 여관에 들어갔을 때 그녀는 잠이 들어 있었다. 나는 그녀의 코 고는 소리를 잠시 듣다가 내 방으로 갔다.

이튿날 우리는 다시 해변으로 나갔다. 해파리인지 뭔지 알 수 없는 어떤 것에 쏘인 J의 상처는 아물어 있었다. 그녀는 그녀가 해파리에게 쏘였을 때 내가 보인 반응을 두고 나를 욕했다. 나는 그 욕을 들어 마땅하다는 듯 잠자코 그것을 들었다. 하지만 내가 아무런 반응을 보이지 않자 그녀는 더 이상 내게 욕을 하지 않았다. 우리는 전날과는 반대쪽으로 해변을 따라 산책을 했다. 우리가 한참을 걸어 섬의 끝에 있는 언덕 가까운 곳에 이르렀을 때 갑작스럽게 어디선가 요란한 폭음과 함께 비행기의 희미한 소음이 들려왔다. 약 삼백 미터쯤 떨어진 해변가의 진지에서 전방 천 미터쯤 떨어진 곳을 날고 있는 소형 모형 비행기의 뒤쪽에 매달린 긴 끈에 매달린 표적을 향해 사격을 가하고 있었다. 진지가 있는 언덕 위에서 섬광이 번쩍였다. 대공포 사격 연습을 하나봐, 내가 말했다. 여긴 안전할까, 불안스런 얼굴로 J가 말했다. 어디에도 안전한 곳은 없어, 내가 말했다. 그 말을 하며 나는 며칠 전 내가 테니스 코트에서, 죽어가는 것을 내리쳐 죽인 쥐를 떠올렸다. 혹시 이쪽으로 포탄이 날아오지는 않을까, 그녀가 말했다. 잘못하다가 이쪽에 떨어질 수도 있잖아. 우리를 표적으로 해서 쏘는 건 아니니까 이쪽으로 날아오기는 힘들 거야, 내가 말했다. 그래도 잘못 날아올 수 있잖아, 그녀가 말했다. 아주, 잘못 날아오기를 바라는 것처럼 말하는군, 내가 말했다. 우리는 잠시 점점 강도를 더해가는 기관포 사격을 지켜보았다. 그런데 그때 어디서 어떻게 왔는지 알 수 없게 몇 명의 아이들이 모습을 나타냈다. 아니, 그들이 어떻게 왔는지는 알 수 없었지만 그들이 어디서 왔는지는 알 수 있었다. 그 조금 전 나는 그들이 해변의 어떤 가게 근처를 서성이고 있는 것을 보았던 것이다. 내가 알 수 없었던 건 그들이 어떻게 그렇게 빨리 우리가 있는 곳으로 올 수 있었는가 하는 것이었다. 내가 산책을 하면서 문득 뒤를 돌아보았을 때 그들은 우리와는 꽤 떨어진 곳에 있었던 것이다. 어떻게 잠깐 사이에 그들이 그렇게 빨리 올 수 있었는지 이해가 되지 않았다. 어쩌면 그들은 내가 생각했던 곳보다 가까운 곳에 있었거나, 내가 그들을 그들이 있었던 곳보다 먼 곳에 있다고 생각한 게 틀림없었다. 이 두 경우 실제로 그들이 있었던 곳은 동일한 곳이었을 테지만 나는 그 두 경우의 장소를 나의 생각으로 일치시킬 수도, 거리를 좁힐 수도 없었다. 내 생각 속에서는 먼 곳에 있었던 그들은 내가 고개를 돌려 그들을 마지막으로 본 이후로 빠르게 그들과 우리 사이의 거리를 좁히며 줄곧 우리의 뒤를 밟았는지도 몰랐다. 모두 다섯 명으로 십대 후반으로 보였다. 두 아이는 코밑에 솜털밖에 없었지만 다른 두 아이는 제법 수염이 듬성듬성 났고, 한 아이는 어른처럼 무척이나 무성한 수염을 깎지 않은 얼굴을 하고 있었다. 어느 모로 보아도 착해 보이지는 않았다. 그 중 한 아이가 아주 공손한 태도로 돈이 있으면 조금만 달라고 했다. 그 공손한 태도 뒤로 그는 우리를 위협하고 있었다. 세 명만 돼도 어떻게 해볼 텐데, 다섯은 너무 많아, 하는 생각을 나는 했다. 얼마나 필요하지, 내가 말했다. 나의 목소리는 내가 듣기에도 약간 떨리고 있었다. 나는 지갑에 있는 돈 일부를 꺼내 그에게 주었다. 그는 더 이상은 없냐고 말했다. 이번에도 공손한 태도는 잃지 않았다. 나는 남은 일부 중의 일부를 다시 주었다. 그는 나를 다시 쳐다보았다. 나는 지갑 속에 남아 있던 돈 모두를 주었다. 하지만 그 돈 모두를 합해도 그렇게 많은 액수는 아니었다. 이게 다예요,

다른 한 아이가 말했다. 그리고 그들 가운데서 가장 어려 보이는 또다른 한 아이가 호주머니 속에 든 날카로운 칼을 살짝 내보였다. 그의 뺨에는 칼자국이 나 있었다. 나는 그 칼이 나를 찌를 수도 있다는 두려움과 함께 무자비하게 난자당하고 싶은 어떤 충동에서 비롯된 강한 기대감을 갖고 그것을 바라보았다. 칼을 든 아이는 이 모든 것이 재미있다는 듯 웃고 있었다. 그는 얼마 전 내가 테니스를 칠 때 코트 밖에서 나를 향해 웃고 있던 자를 떠올리게 했다. 하지만 이번에는 분노도 수치심도 일지 않았다. 오히려 웃음이 나려 했고, 나는 하마터면 그 아이와 함께 웃을 뻔했다. 그때 J가 재빨리 자신의 지갑 속에 든 돈 모두를 꺼냈다. 그것은 상당히 많은 액수였다. 나는 그녀가 평소에 그토록 많은 돈을 지니고 다니는 것은 알지 못했다. 아이들은 그 중의 일부를 다시 돌려주고 나머지를 가진 후 이번에도 공손하게 고맙다는 말을 한 다음 갔다. 어쩌면 남자가 그렇게 가만히 당하고만 있을 수 있어, 우리만 남게 되었을 때 J가 말했다. 내가 얼마나 겁이 많은지, 그리고 기회가 주어지면 얼마나 비겁할 수 있는지 몰랐단 말야, 내가 말했다. 그 정도인지는 몰랐어, 그녀가 말했다. 그런데 당신의 잘못으로 돌릴 수는 없지만 당신이 이렇게 여행을 오자고 하지만 않았으면 일어나지 않았을 이 일을 누구의 잘못으로 돌려야 하는 거지, 내가 말했다. 그녀는 나를 흘낏 쏘아보았다. 누구의 잘못도 아냐, 그녀가 말했다. 그런데 살다보면 누구의 잘못으로도 돌리기 어려운 일들이 종종 일어난단 말야, 내가 말했다. 그녀는 아무 말도 하지 않았다. 그런데 평소에도 그렇게 많은 돈을 갖고 다녀, 내가 물었다. 아니, 이런 적이 없는데 어쩌면 이렇게 잃기 위해서, 쓰기 위해서 가져온 것 같아, 그녀가 말했다. 어쨌든 다행이야, 별일 없이 지나가서. 일이 이렇게 되어서가 아니라, 진작에 이런 일이 일어날 줄을 알았다는 생각이 들어, 내가 말했다. 그녀는 아무 대답도 하지 않았다. 나는 고개를 돌려 멀어져가고 있는 아이들의 모습을 바라보았다. 그들은 이번에는 실제로도, 그리고 나의 생각으로도 아주 천천히 멀어져가고 있었다. 그리고 그렇게 가고 있는 그들이 우리와는 아무 상관없는 존재들로 느껴졌다. 그리고 조금 전의 두려움은 이상하리만치 금방, 그리고 완전하게 사라졌다. 마치 우리에게 아무 일도 없었던 것처럼 느껴졌다. 그것은 J 역시 마찬가지인 것 같았다. 내가 다시 고개를 돌려 그녀를 바라보자 그녀는 웃음을 지었고, 우리는 함께 웃었다. 그 순간에도 포사격은 계속되고 있었다. 저녁이 되면서 하늘이 어두워지며 섬광이 더욱 또렷하게 빛이 났다. 우리는 충분히 안전한 곳에 있는 것처럼 느껴졌다. 한데 그 순간 J가 소리를 질렀다. 왜 자꾸 사람 놀라게 소리를 지르는 거야, 내가 말했다. 머리 위에 뭐가 떨어졌어, 그녀가 말했다. 그녀의 머리에는 뭔가가 묻어 있었고, 그녀는 손으로 그것을 떼어냈다. 푸르스름한 뭔가가 그녀의 손에 묻었고, 그녀는 손을 코에 갖다대었다. 이게 뭐지, 그녀가 말했다. 갈매기의 똥 같은데, 내가 말했다. 그리고 실제로 그것은 갈매기의 똥이었다. 갈매기 똥이잖아, 하고 말하며, 또다시 그녀는 웩, 하고 소리를 질렀다. 내가 뭐랬어, 내 말이 맞지, 내가 말했다. 그녀가 정말로 난처한 표정을 지었으므로 나는 그녀를 재미있다는 듯이 바라볼 수 있었다. 그녀는 가방에서 휴지를 꺼내 머리와 손에 묻어 있는 똥을 닦아냈다. 하지만 아무리 닦아내도 냄새는 쉽게 사라지지 않았다. 그런데 왜 당신과 함께 있으면 꼭 내게만 좋지 않은 일이 생기는 거지, 그녀가 말했다. 그게 내 잘못인가, 내가 말했다. 당신의 잘못은 아니지만, 그럼에도 당신의 잘못으로 돌리고 싶어, 그녀가 말했다. 달리 누구의 잘못으로도 돌릴 수 없으니까. 그래, 어쩌면 그 갈매기가 내 머리를 겨냥

했는데 당신 머리 위에 잘못 떨어졌는지도 모르지, 내가 말했다. 다시 우리가 여관으로 돌아왔을 때 J는 그만 집에 돌아가고 싶어했다. 더 이상 당신과 함께 이곳에 있게 되면 무슨 좋지 않은 일이 또 일어날지 모르겠어, 그녀가 말했다. 어떤 좋지 않은 일이 일어날지 두고 보는 것도 재미있을 텐데, 내가 말했다. 지금까지 일어난 좋지 않은 일만으로도 충분해, 그녀가 말했다. 하지만 나는 혼자 남아 좀더 있고 싶다고, 그러니 먼저 가라고 했다. 어쩐지 나는 그녀가 그렇게 먼저 가겠다는 얘기를 꺼내지 않았으면 내가 그녀에게 먼저 가달라는 말을 했을 거라는 생각이 들었다. 그리고 그녀와 함께 하는 그 여행에서의 그녀의 역할은 끝이 난 것 같았다. 그럴 이유라도 있어, 그녀가 물었다. 아니, 모르겠어, 그냥 혼자 더 있고 싶어, 더 있어야 할 것 같아, 내가 말했다. 하지만 이곳이 마음에 들어서는 아냐. 말은 그렇게 했지만 그곳의 어떤 점이 마음에 들려고 하는 것도 사실이었다. 그녀는 더 이상 캐묻지도, 함께 돌아가자고 강요하지도 않았다. 그녀는 몸을 씻은 후 자신의 짐을 챙긴 다음 내가 돌아가는 데 필요한 여비를 준 후 떠났다. 나는 그날 밤 혼자 여관방의 침대에 가만히 누워 천장을 멍하니 바라보며 머릿속에 아무렇게나 떠오르는 생각들에 잠겨 시간을 보냈다. 나는 내가 왜 하루를 더 머물려고 했는지 생각해보았지만 알 수 없었다. 아무 일도 없는 하루를 더 보내기 위해서, 아니면 무슨 일이 생기기를 바라며? 그 어느 쪽도 아닌 것 같았다. 하지만 나는 무슨 일이 생기게 된다 하더라도, 아니면 아무 일도 일어나지 않게 된다 하더라도 상관없다는 생각을 했다. 어쨌든 그것은 중요한 것이 아니었다. 그렇다고 다른 어떤 중요한 것이 있는 것도 아니었다. 나는 머릿속에 어지럽게 파고드는 생각들을 도무지 정리할 수가 없었다. 그럼에도 나의 정리되지 않은 생각 속에서 이 세계는 너무나도 잘 정리된 채로 있는 것 같았고, 그래서 그 세계는 그대로, 그런 상태로 있어야 한다는 생각은, 그런 정도로는 정리할 수 있었다. 그런 다음 나는 나의 시선을 좀더 좁혀 좀더 먼 곳에 시선이 가 닿게 하거나 시선을 좀더 넓혀 좀더 가까운 곳에 이르게 했다. 하지만 그 모든 시선은 그 시선을 가로막고 있는 천장에 가 닿을 뿐이었다. 점차 나의 시선들이 서로 어긋나게 겹치기 시작했고, 수많은, 분명치 않은 생각들이 파도처럼 떠밀려왔다가 물러났다. 나는 그 중의 어떤 생각들을 마치 테니스공을 라켓으로 툭툭 치듯 갖고 놀다가 던져버리곤 했다. 그러던 어느 순간 문득 어떤 파괴적인 충동에 대한 생각이 떠오르며, 그에 어울리는 영상들이 집요하게 떠돌았고, 나는 그 집요하게 떠도는 영상들을 물리치기 위해 모래 외에는 아무것도 없는 텅 빈 사막을 떠올리며 그 사막의 영상 속으로 걸어들어가는 상상을 하려 했지만 쉽지 않았다. 다시금 파괴적인 힘에 대한 막연한 생각들이 이어졌다. 그것은 분명하게 알 수는 없었지만 쥐를 라켓으로 내리칠 때 또는 기관포 사격에서 발생하는 폭발하는 힘과는 또 다른 어떤 성질의 힘으로 느껴졌다. 나는, 너의 쉬고 있는 어떤 충동을 일깨워 그것으로 하여금 너를 상대하게 할 필요는 없겠지, 하고 나 자신을 향해 말했다. 그렇게 혼자 공상을 하던 중 잠이 들긴 했지만 잠자리는 무척 불편했다. 어쩐지 품을 수 없는 생각을 품은 채로 잠을 자서라는 생각이 이튿날 오후가 되어서야 일어났을 때 들었다. 정신을 차린 후 옷을 모두 입은 다음에도 나는 곧바로 방을 나서지 못하고 머뭇거렸는데 그건 뭔가가 나를 그곳에서 나서지 못하게 하는 것만 같았기 때문이다. 그래서 나는 나의 이마를 세게 문지르는 것으로 그 순간 나를 가로막고 있는 듯한 느낌을 문질러 지웠고, 실제로 그렇게 한 후에야 그 방을 나설 수 있었다. 그날도 나는 식사를 한 후 해변을 따라 섬을 산책했다. 한데 얼마 걷지 않아 전날 본 아이들이 바닷가에 서 있는 것을 발견했다. 그들이 무엇을 하고 있는지, 또는 무슨 일을 꾸미고 있는지는 알 수 없었다. 그들은 별 생각 없이, 그리고 마땅히 할 일도 없이 서성이고 있는 것 같았다. 아니면 그들의 또 다른 희생양을 찾고 있는지도 몰랐다. 나는 그들 가까운 곳을 지나쳐 갔다. 이미 그들이 나를 발견한 후라 뒤돌아가기도 그들을 피해 우회 해 가기도 어색했기 때문이다. 그들은 나를 모르는 척했다. 마치 전 날 우리 사이에는 아무 일도 없었던 것처럼 태연했다. 나 역시도 그 들이 전날 마주친 아이들이었음에도 불구하고 모르는 아이들로 여겨 졌다. 다시 또 돈을 요구해도 할 수 없어, 내게 남은 돈은 없으니까, 나는 생각했다. 하지만 그들은 내게로 와 또다시 돈을 요구하거나 하 지는 않았다. 어쩌면 전날 우리가 준 돈을 아직 다 쓰지 않았는지도 몰랐다. 나는 계속해서 한참을 걸었고, 전날 갔던 곳과는 반대쪽에 있는 섬의 끝에 이르렀다. 그곳에는 작은 돌산이 있었고, 그 아래에 는 더 이상 사용하지 않는 채석장이 방치된 채로 있었다. 잔인하게 파헤쳐진 산의 잘려나간 바위 아래로는 돌 부스러기들이 널려 있었 고, 그 옆에는 오래전에 멈춰선 듯 녹이 슨 암석 분쇄기가 거의 쓰러 질 듯한 모습으로 서 있었고—그것은 그 섬에서 본 것 중 가장 인상 적인 것이었고, 나는 그 섬에 오길 정말 잘했다는 생각이 들었다—, 자갈을 실어나르는 컨베이어 벨트는 군데군데 구멍이 나 있었다. 나 는 그 볼 만하지 않은 잔해들을 마치 현장을 꼼꼼히 조사하는 토목기 사처럼 천천히 살펴보았다. 한데 어느 순간 내가 뒤를 돌아보았을 때 에는 내 뒤에 누군가가 서 있었다. 전날 호주머니 속의 칼을 꺼내 보 인 아이였다. 그는 혼자였다. 나는 순간적으로 분노를 느끼거나 하지 는 않았고, 다만 그가 왜 그곳에 서 있는지가 궁금했다. 어쩌면 그는 해변에서 나를 본 후 줄곧 내 뒤를 밟았는지도 몰랐다. 그는 전날 우리가 마주쳤을 때 그랬던 것처럼 또다시 웃고 있었다. 하지만 그는 호주머니 속의 칼을 꺼내 보이거나 하지는 않았다. 그가 웃고 있는 모습을 보자 문득 어쩌면 이 아이는 늘 이렇게 웃고 있는지도 모른다는 생각이 들었다. 아니면 그는 누군가를 위협할 때, 또는 어떤 위험이 따르는 순간에만 웃는지도 몰랐다. 하지만 그는 웃음을 지을 뿐 어떤 말도 하지 않았다. 잠시 나를 쳐다보던 그는 나와는 볼일이 없는 듯 나를 지나쳐 채석장으로 쓰였던 산 쪽을 향해 갔다. 나는 잠시 그가 그다지 높지 않은 산 위로 올라가기 시작하는 것을 바라보았다. 하지만 그 다음 순간 어찌 된 일인지 나 또한 그를 따라 그 야산을 향해 가고 있었다. 그리고 그때 문득 좋은 생각이 떠올랐다. 나는 양말을 두 짝 모두 벗어 돌멩이 하나를 집어 양말 속에 넣은 다음 또 다른 양말로 그것을 쌌다. 그의 모습이 바위산의 소나무와, 소나무 아래 자라고 있는 덤불숲 사이로 잠시 보였다가 사라지곤 했다. 나는 조용히, 하지만 빠른 걸음으로 그의 뒤를 밟았고, 우리 사이는 계속해서 좁혀졌다. 나는 그의 뒤를 밟으며 그에 대한 적의를 일깨우기 위해 애를 썼지만 소용이 없었다. 그는 야산의 정상에 있는, 묘석도 없고, 군데군데 파헤쳐진, 방치된 무덤 위에 조용히 앉아 바다 쪽을 바라보고 있었다. 나는 덤불 뒤에 몸을 숨긴 채로 잠시 그를 바라보고 있다가 그를 향해 살금살금 다가갔다. 하지만 그는 깊은 생각에 잠긴 듯, 아니면 아무 생각 없이 멍하게 있는 듯 내가 그의 바로 뒤에 있다는 사실을 깨닫지 못했다. 뒤로 돌아앉아 있는 그는 어쩐지 어린 시절을 불우하게 보낸 것처럼 보였다. 나는 얼핏 그가 측은하게 느껴졌다. 나는 잠시 주춤했지만 곧 손에 들고 있던, 양말로 싼 돌멩이로 그의 머리를, 그 정도로는 죽지 않을 정도로 내리쳤다. 그에게 아무런 적의를 느끼지 못한다는 사실이 그를 돌로 내리치는 데 방해가 되지는 않았다. 그에게 해를 입힐 생각은 없었다. 다만 그에게 어떤 타격을 가하고 싶었다. 그리고 돌멩이를 양말 속에 넣어 충격을 줄이는 방법을 생각해내지 못했다면 이런 일은 저지르지 않았으리라는 생각이 들었다. 후회는 되지 않았다. 그렇다고 조금 전 내가 저지른 일이 잘한 일로도 생각되지 않았다. 다만 이 모든 것이 뭔가의 당연한 귀결처럼 여겨졌고, 그래서 나는, 이건 부득이한 일이었어, 라고 중얼거렸다. 그는 옆으로 쓰러졌고, 머리에는 약간의 피가 묻어 있었다. 그는 잠시 실신했을 뿐 그의 생명에 지장이 있는 것으로는 보이지 않았다. 그가 정신을 잃은 채로 쓰러져 있는 모습을 보자 왜 내가 하루를 더 머물려고 했는지 그 이유를 알 수도 있을 것 같았다. 하지만 그 이유가 좀더 분명해진 것 같았을 뿐 끝내 그것을 완전히 알 수는 없었다. 나는 잠시 쓰러져 있는 그의 모습을 바라보았다. 야비하거나 비굴해 보이는 웃음을 짓고 있지도, 누군가를 위협하는 표정을 짓고 있지도 않은 그 순간의 그는 오히려 순진한 얼굴을 하고 있었다. 그리고 그의 콧수염 역시 아직 어른이 되지 못한 아이의 것처럼 보였다. 그는 그를 따라다니는 근심이 무엇이든 그것을 잊은 채로 잠들어 있는 것처럼 보였다. 나는 그를 향해 아무런 개인적인 감정은 없었다는 얘기를 했다. 하지만 정신을 잃은 아이는 그 말을 알아듣지 못했다. 나는 잠시 그를 위해 할 수 있는 일이 없을까를 생각했고, 그가 추울 수도 있다는 생각이 들었고, 그래서 외투를 벗어 그의 몸을 덮어주었다. 하지만 그렇게 하고 나자 내가 추웠고, 그래서 나는 그 외투를 벗겨 다시 껴입었다. 어쨌든 그는 옷을 충분히 두껍게 입고 있어 몸이 얼거나 하지는 않을 것 같았다. 나는 무심히 그의 호주머니 속에 손을 넣었고, 그 안에서 칼을 꺼냈다. 칼은 생각만큼 예리하지는 않았다. 나는 그 칼을 내 호주머니에 넣은 다음 다시 한 번 그가 괜찮은지를 확인한 후 그를 뒤로하고 산을 내려왔다. 이제는 그 섬을 떠날 충분한 이유가 마련된 것처럼 느껴졌고, 그래서 나는 해변을 따라 가게들이 있는 곳으로 와 근처의 버스 정류장이 있는 곳으로 향했고, 곧 도착한 버스에 몸을 실었다. 한데 버스가 출발한 후 그 아이가 벙어리인지도 모른다는 생각이 불현듯 들었다. 실제로 그는 내 앞에서 계속 웃기만 할 뿐 말을 한 적은 없었다. 그리고 그의 웃음은 벙어리들이나 짓는 웃음으로—벙어리들이 모두 그런 웃음을 짓는지는 알 수 없었지만—여겨졌다. 어쩌면 아무런 근거도 없는 생각일 수도 있었지만 그런 생각이 들면서 그 생각은 그가 벙어리임에 틀림없다는 생각으로 기울어졌다. 그리고 그날 저녁 집에 돌아온 나는 짧은 여행의 기억들을 되새기며 순간순간의 느낌들을 떠올리며 재미 삼아 그 모든 느낌들을 합산해보았다. 예상했던 것처럼 역시 아무런 느낌도 들지 않았다. 모든 느낌을 청산해버린 느낌마저도 들지 않았다. 그리고 아무런 느낌도 들지 않는 그 상태는 여행에 대한 기억 또한 말끔히 지워주었다. 마치 여행 같은 것은 다녀온 적이 없는 것처럼 여겨졌고, 나는 그 점이 만족스러웠다.

이튿날 나는 다시 병원에 갔다. 하지만 이번에 간 것은 아버지가 입원해 있는 병원이 아니라 치과병원이었다. 오래전부터 가려고 했지만 계속 미뤘던 일이었다. 나는 젊은 의사의 지시대로 몸을 뒤로 누일 수 있는 의자에 앉아 치료를 받았다. 치아 두 개가 썩어 덧씌우기를 해야 하는 상태였다. 우선은 신경치료를 받기로 했다. 나는 의사가 내 잇몸의 신경을 건드리며 치료를 하는 동안 발 아래쪽의 책상 위에 놓여 있는 나선형의 어떤 작은 스테인리스 구조물을 골똘히 바라보았다. 장식품으로 보이는 그것은 어떤 전기 장치에 의해 나선형의 착시를 만들며 계속해서 돌고 있었는데, 그것을 한참 동안 보고 있으면 그 안으로 무한히 빨려들어가는 느낌을 주는 것이었다. 그 구조물은 원형 계단을 떠올리게 했다. 언젠가 한번 우연히 들어서게 된 빌딩에서 원형 계단을 발견하고는 그 계단을 올라가 꼭대기에서 지칠 줄 모르며 아래를 내려다본 적이 있었는데, 그 순간 나는 내가 나선형에, 나선형의 구조물에 어떤 집착을 보인다는 것을 처음 깨달았다. 그런데 나선형은 때로는 그 안으로 무한히 빨려들 것 같은 느낌을 주기도 하지만 때로는 그것으로부터 무한히 튕겨나고 있다는 느낌을 갖게도 했다. 그리고 그 느낌은 그 순간의 어떤 느낌 속에서 어느 쪽으로도 기울었는데 일단 한쪽으로 기운 느낌은 다른 한쪽으로 기우는 것이 거의 불가능했다. 나는 나의 신경을 건드리는 소형 드릴의 날카로운 느낌을 고스란히 느끼며 병원 안에 있는 여러 가지 의료 기구와 장비들을 둘러보았다. 이빨을 뽑거나 치료하는 데 쓰이는 여러 가지 기구들이 있는 병실은 작은 실험실을 연상시켰다. 나는 그것들을 볼 수 있어서 무척 기분이 좋았고, 마취도 않은 채로 행한 신경 치료의 통증도 거의 느낄 수가 없었다. 치료는 곧 끝이 났고, 나는 다음 진료 예약을 했다. 나는 치과병원에서의 그 좋았던 기분을 그대로 유지한 채로 아버지가 입원해 있는 병원의 중환자실로 갔다. 그곳에는 치과병원보다도 더 많은 볼 것들이 있었다. 중환자실에 들어선 나는 아버지를 잠시 살펴본 후 주위에 있는 산소 발생기와 인공호흡 장치, 가느다란 호스와 밸브와 튜브와 마스크, 그리고 그래프로 표현되는 뇌파 측정기, 그밖의 다른 기계 장치의 게이지 등을 실컷 구경했다. 자신이 하는 일에 깊이 빠져 있는 기계 장치들은—나는 기계 장치들을 보면 그것들이 명상에 잠겨 있다는 착각마저 들곤 했다. 그리고 아주 단순한 것에서부터 아주 복잡한 것에 이르기까지 기계들의 완결성은 유기체의 그것만큼이나 나를 감탄하게 만들었다. 하지만 세상의 모든 기계 장치들은 너무나 기능적이고 효율적이어서, 바로 그 이유로 나는 효율성을 전적으로 무시한, 또는 배반한, 전혀 기능을 알 수 없는, 엄청나게 비대한, 아무런 쓸모가 없는 기계 장치─태생적으로 너무나 완벽한 결함 덩어리인, 아무런 용도도 갖지 못하는 그 기계는 완성되는 순간 폐기 처분될 것이다─를 제작해보고 싶은 유혹을 종종 느꼈다─나의 마음을 달래주었다. 나는 나의 기분을 돋워주는 여러 가지 기계 장치들에로 번갈아가며 시선을 옮긴 후 잠시 시선을 두었다가 거두는 일을 되풀이했다. 하지만 평소 같았으면 불필요한 관심을 지대하게 보이며 전혀 지루해하지 않으며 바라볼 수도 있었을 그 모든 기계 장치들에도 불구하고 곧 나는 시큰둥해질 수 있었는데 그건 내 앞에 누워 있는 아버지 때문이었다. 그는 그의 애처로운 모습으로 어떻게든 나의 기분을 상하게 하고 있었다. 나는 다시 아버지를 유심히 바라보았다. 그의 꼭 쥐어진 손이 눈에 들어왔다. 그것은 그 전에 내가 다녀갔을 때부터 계속해서 쥐어진 상태로 있었던 모양이었다. 뭔가를 숨기고 있는 듯한 그 손이 내가 그를 참는 것을 어렵게 만들었다. 그럼에도 나는 그 손에 대해 커다란 관심을 가진 것처럼 유심히 바라보았다. 하지만 내가 그것을 그렇게 유심히 바라본 것은 그것에 대한 미미한 정도의 관심마저 마저 잃기 위해서였다. 조금 있자 의사가 왔고, 나는 아버지의 몸에 부착된 인공적인 생명 연장 장치를 제거하는 데 동의를 했다. 의사는 언제쯤 그 일을 하면 좋겠는지 생각을 해본 후에 다시 찾아오라고 했지만 나는 지금 바로 하는 것이 좋을 것 같다고 했다. 의사는 나를 한 번 흘낏 쳐다보았다. 나는 더 이상 기다릴 것도, 생각할 것도 없다고 했다. 의사는 다른 한 의사를 불렀고, 그 새로 온 의사는 아버지의 몸에 연결되어 있던 튜브와 마스크, 그리고 주삿바늘을 제거했다. 아버지는 잠시 경련을 일으키더니 곧 잠잠해졌다. 이렇게 해서 마침내 아버지는 죽게 되었군. 아버지의 마지막 순간을 지켜보며 나는 생각했다. 의사는 잠시 자리를 비켜주었다. 나는 죽은 아버지를 내려다보았다. 나는 난생 처음 보는 어떤 희귀식물을 구경할 때처럼 그를 마지막으로 바라보았다. 연민과 경멸이 함께 하는 어떤 감정이 치밀지도, 치밀 것 같지도 않았다. 나는 어떤 감정도 느낄 수 없었다. 나는 여전히 꼭 쥐어져 있는 아버지의 손을 잡아 그것을 펴려 했다. 하지만 손을 잡으려는 순간 나는 흠칫하지 않을 수 없었다. 정전기가 심하게 일며 불꽃이 번쩍 일었다. 나는 센 전류에 데인 것처럼 손을 흠칫 뗐다. 그리고는 다시 조심스럽게 그의 손에 다시 손을 대어보았다. 이번에도 정전기가 일었지만 조금 전처럼 심하지는 않았다. 나는 그의 손을 펴보았다. 그 안에는 아무것도 들어 있지 않았지만 다른 놀라운 것이 눈에 들어왔다. 그것은 손톱이었는데 손톱은 아주 길게 자라 있었다. 그것은 관 속의 시체의 손톱을 떠올리게 하는 것이었다. 나는 놀라운 어떤 것을 보기라도 한 듯 그 순간의 놀라움을 표정에 그대로 지닌 채로 병실을 나섰다. 나는 접수창구에서 몇 가지 필요한 수속 절차를 밟은 후 병원을 떠났다. 장례식은 이틀 후로 잡아두었다. 나는 아무에게도 연락을 하지 않기로 마음을 먹었다. 연락할 만한 사람도 없었다. 아버지와 오래전부터 따로 살아온 어머니는 연락을 해도 오지 않을 것이었다. 그리고 딱히 준비를 해야 할 것도 없었다. 한데 내가 병원을 나와 걷기 시작한 지 얼마 지나지 않았을 때 내 앞에 놀라운 어떤 광경이 펼쳐졌다. 내 앞쪽에서 걸어오던, 짧은 치마를 입은 한 젊은 여자가 마치 연극 무대에서처럼 갑자기 길 위로 쓰러지더니 발작 증세를 보이기 시작한 것이었다. 길을 가던 사람들이 걸음을 멈췄고,

그녀의 주위를 에워싸기 시작했다. 하지만 누구도, 그녀를 지켜볼 뿐 어떤 조처를 취하지는 않았다. 그녀의 흔히 볼 수 없는 표정과 몸동작이 그것을 막고 있었다. 그녀는 간질 발작을 일으키고 있는 것이 분명했다. 한데 흰 눈자위가 드러난 그녀의 일그러진 표정과는 너무도 대조를 이루고 있는 그녀의 고급스런 파란색 웃옷과 살짝 걷어올려진 짧은 치마 아래로 드러난 너무도 하얀, 탄력 있는 허벅지가 약간은 기이하게 느껴졌고, 나는 그 점을 생각하며 그녀를 내려다보았다. 그런데 그때 누군가가 나서서 그녀를 진정시키려고 했는데 소용이 없었다. 그도 그럴 것이 그 순간 그녀가 갑작스럽게 발작을 멈추며 몸을 일으켰고, 잠시 자신에게 무슨 일이 있었는지, 그리고 그녀를 에워싸고 있는 사람들이 뭘 하고 있는지 이해할 수 없다는 표정을 지은 후 너무도 태연스럽게 옷에 묻은 먼지를 턴 후 다시 걷기 시작한 것이다. 나는 잠시 그녀가 멀어져가는 것을 지켜보았다. 조금 전의 발작의 흔적은 그녀에게서 찾아볼 수가 없었다. 모든 것은 너무도 순식간에 일어났고, 나는 조금 전 본 것이 무엇이었는지 알 수가 없게 느껴졌다. 나는 쉽게 발을 뗄 수가 없었다. 나와는 상관없이 일어난, 내가 모르는 어떤 여자의 갑작스런 발작이 나를 내가 헤어나오기 어려운 상태로 몰아넣은 것처럼 느껴졌기 때문은 분명 아니었다. 그럼에도 오로지 자기에 의한, 자기를 향한, 자기 속에서 이루어지는 운동처럼 여겨지는 그 발작은 분명 인상적인 데가 있었다. 잠시 나는 내 주위로, 도로 위를 빠르게 지나가는 차량들과 그보다는 느리게 보도 위를 지나가는 사람들의 움직임을 바라보며 그(것)들의 움직임이 내가 몸을 움직이는 것을 어렵게 만들고 있는 것은 아니라는 생각을 하면서도 동시에, 내가 몸을 움직이는 것이 어려운 것은 그(것)들 때문이기라도 한 듯 그(것)들을 바라보았다. 그 모든 움직임들이 나와는 아무런 상관도 없이 이루어지고 있는 것 같았고, 그것들 역시 서로 무관하게 이루어지고 있는 것 같았다. 나는 잠시 그 느낌 속에 머물다가 나의 그 느낌을 내가 서 있던 그 자리에 나를 대신해 남겨놓은 다음 다시 걸음을 옮겼다. 나는 조금 전의 그녀가 간 방향을 뒤쫓아갔지만 그녀의 모습을 찾을 수는 없었다. 나는 길을 잃은 것처럼 잠시 사람들 사이에 서 있다가, 근처에서 누구의 것인지 알 수 없는, 나무 울타리 속에 있는 흉상 하나를 발견하고는 그 앞으로 걸어갔다. 청동으로 만들어진 흉상 아래에 있는 팻말에는 그의 이름이 적혀 있었지만 먼지에 가려 잘 보이지 않았다. 그가 어떤 이유로 역사에 길이 남게 되었는지, 그래서 흉상으로 그 거리의 한 모퉁이에 서 있게 되었는지는 알 수 없었다. 나는 누구의 것인지 알 수 없는, 자신의 모습에, 자신의 기억에, 그리고 자신을 그렇게 서 있게 한 역사에 대해 흠칫하는 듯한 모습으로 서 있는 듯한 그 흉상이 그곳에 있어야 할 이유를 끝내 찾을 수 없었고, 마치 그 흉상의 모습을 참을 수 없어서인 것처럼, 그래서 그럴 수 있는 것처럼 다시 걸음을 옮기기 시작했다. 그 후로 나는 뚜렷한 목적 없이 시내를 돌아다녔고, 완전히 지친 상태에서 집으로 돌아왔다. 나는 침대에 누워 아무 생각 없이 텔레비전을 켰다. 텔레비전에서는 테니스 시합을 하고 있었다. 시합을 하는 두 사람은 이 세계에서 가장 실력 있는 두 선수였다. 하지만 이상하게도 그날따라 그들은 실수를 많이 범했다. 세계 최고의 선수들이라는 말이 무색하게 느껴질 정도였다. 나는 텔레비전의 볼륨을 완전히 줄였다. 그러자 그들의 생동감이 없어진 동작은 우스꽝스럽게 느껴졌다. 나는 잠시 그들을 구경하다가 텔레비전을 끈 후 텔레비전의 어두운 화면을 노려보았다. 검은 화면 위로 어두운 통로 속에 서 있는 듯한 나 자신의 모습이 보이는 것은 아니었지만 나는 그러한 상상을 하면서 화면 속의 나 자신의 모습에 손을 대어보았다. 그 순간 정전기가 심하게 일었다. 나는 심한 충격을 받은 사람처럼 넋이 나간 듯 그대로 누워 있었다. 그리고 잠시 후에는 어떻게 된 일인지 전기스탠드를 켠 후 종이를 꺼내 그 위에 수많은 나선들을 그리기 시작했다. 여러 개의 나선들이 포개지며 그것들은 서로 연결된 마술사의 링처럼 서로 뒤엉켰다. 나는 그 뒤엉킨 나선들 위로, 내가 어쩔 수 없는 이 상황이 나의 변함없는 상황이라고 나는 적는다, 라고 적은 후 어쩌면 그것은 틀린 생각일 수도 있다, 는 말을 덧붙였다. 그런데 그 순간 갑자기 전구에서 펑하는 소리가 나며 전등이 나갔다. 방 안이 깜깜해졌고, 나는 아무것도 볼 수가 없었다. 나는 잠시 어떤 의문 속에서처럼 그 어둠 속에서 조용히 앉아 있었다. 그러자 마치 누군가에게 나의 가장 큰 약점을 잡힌 것 같았다. 나는 나의 약점을 인정하듯 눈을 감았지만 곧 누군가를 조롱할 때처럼 혀를 내밀었고, 혀끝에 닿은 어둠을, 또는 고요를, 그 아무렇지 않은 맛을 맛보았다. 그러면서 나는 눈에 보이지 않는 곳에, 집 안 구석구석 쌓여 있을 먼지들을 상상했다. 이상하게도 그 메마른 먼지를 상상하자 입 안에 침이 고이기 시작했다. 나는 물을 마시기 위해서인 듯 자리에서 일어났지만 그렇게 하는 대신 가만히 손을 더듬어 스탠드를 찾았고, 그 안에 든 전구를 빼냈으며, 그런 다음 아무렇지 않게 그것의 갓 속에 손을 집어넣었다. 마치 기다렸다는 듯 220볼트의 전류가 나의 몸을 관류했다. 전율이 느껴졌고, 나는 그것을 모르는 척 가만히 손을 빼지 않고 있었다. 아니, 그것은 손을 뺀 후의 나의 생각일 뿐 짧은 순간에 손을 뺐다. 하지만 감전의 충격은 정전기의 충격과는 비교가 되지 않게 컸다. 왼쪽 상반신이 뭔가에 심하게 부딪힌 것 같았다. 또는 끓는 물에 살이 살짝 데쳐진 것 같았다. 나머지 몸과는 확연히 구분되는 느낌에 의해 나는 나의 왼쪽 상반신이 마치 바닥에 떨어져 부딪히며 떨어져 나간 석고상의 일부처럼 느껴졌고, 그래서 항상 부동의 상태에 놓여 있는 석고상처럼 꼼짝 않고 앉아 있었다. 그러다가 문득 잠이 들었고 꿈을 꿨다. 내가 귓속에 손가락을 넣자 그것이 아무런 어려움 없이 안으로 깊숙이 들어가 그 손가락으로 뇌를 만지작거리는, 고통스럽지는 않았지만 아주 비위가 상하는 꿈이었다.

이튿날 아침식사를 한 후 무엇을 할지 망설이다가 나는 다시 테니스 코트에 갔다. 하지만 테니스장을 가려고 해서 간 것은 아니었다. 집을 나와 걷다보니 어느새 그곳에 가 있었다. 하지만 이번에는 테니스 라켓도 공도 가져오지 않은 상태였다. 그날은 정전기가 너무도 심해 그 어떤 사물에도 손을 대기가 어려울 정도였다. 나는 실제로 공은 치지도 않으면서 마치 공을 치는 것처럼 팔 동작을 하며 코트를 누비고 다녔다. 실제로 테니스를 치는 것이 아니라 치는 흉내를 내는 것이기에 더욱 열중할 수 있는 것 같았다. 하지만 혼자 테니스를 치면서도 부진을 면치 못하고 있다는 생각이 들었고, 그래서 나는 다소 과장되게, 아주 큰 동작으로 손목을 휘둘렀다. 그런데 그 순간 손목 관절이 삐끗했다. 하지만 통증은 느껴지지 않았고, 대신 전날 감전된 부위의, 잊고 있었던 뻐근한 느낌이 다시 찾아왔다. 나는 잠시 테니스 코트를 둘러싼 철망 가까이를 따라 코트를 돌기 시작했다. 하지만 일전에 본 사내의 모습은 찾아볼 수가 없었다. 대신 나는 한쪽 구석에서 낙엽에 덮여 있는 공 하나를 발견했다. 어쩌면 그것은 내가 지난번에 잃어버리고 찾지 못한 것인지도 몰랐다. 나는 벤치에 앉아 공을 땅바닥에 튕기며 공이 바닥에 튀는 소리에 귀를 기울였다. 탁하면서도 메마른 소리가 났다. 그리고 그때 근처에 있는 어느 집에서 그게 무엇인지 분명하게 알 수 없는 어떤 관악기를 연습하는 소리가 계속해서 들려왔다. 나는 잠시 그것이 무슨 곡인지를 골똘히 생각해내려 해보았고, 마침내 생각해낸 것은 그것이 내가 모르는 곡이라는 것이었다. 그 곡뿐만 아니라 그것을 연주하는, 관악기인 것이 분명한 그 악기 또한 무엇인지 끝내 알 수가 없었다. 그래서 나는 마치 그 동작에서 어떤 도움을 구하듯 손가락 관절을 천천히 구부리며 관절의 구부러지는 모습을 가만히 바라보았다. 손목에서 약간의 통증이 느껴졌고, 자세히 보자 손목이 약간 부어 있었다. 그때 문득 조금 전 손목을 큰 동작으로 휘두른 기억이 떠올랐고, 거기에는 휘두른 행위가 있었을 뿐 그 휘두름에 가격당한 것은 아무것도 없었다는, 그리고 그것은 내가 그 코트에서 얼마 전 쥐를 내리쳤을 때에도, 여행을 간 섬에서 만난 그 아이를 내리쳤을 때에도 마찬가지였다는 생각이 들었다. 그런데 그 순간 내가 앉아 있던 벤치 옆에 있는 수돗가에 있던 고무호스에서 갑작스럽게 물이 뿜어져나오기 시작했다. 똬리를 튼 뱀처럼 감겨 있던 호스가 물이 뿜어져나오며 춤을 추기 시작했다. 호스가 이리저리 맴을 돌면서 물줄기가 나를 향해, 나를 뒤쫓듯이 뿜어졌다. 나는 자리에서 벌떡 일어나 물줄기를 피했다. 그런데 어쩐 일인지 물줄기는 마치 나와 장난을 하듯, 계속해서 끈질기게 나를 따라다녔다. 나는 물줄기를 피할 수가 없었고, 몸이 물에 젖는 것을 피할 수가 없었다. 그도 그럴 것이 나는 물줄기를 피하듯 몸을 이리저리 움직였지만 사실은 그 물줄기가 내게 퍼부어질 수 있도록 하며 그것을 완전히 피하지는 않았던 것이다. 나는 계속해서 뿜어져나오는 물줄기를 피하지 못하며 이리저리 미친 듯이 뛰어다녔다. 그사이 나의 입에서는 웃음이 터져나왔고, 나는 그 터져나오는 웃음을 멈출 수가 없었다. 그리고 그 순간 문득 그 웃음에서, 웃음을 향한 충동에서 나는 파괴적인 충동을 느낄 수 있었다. 하지만 그 파괴적인 충동이 그 멈출 수 없는 웃음 속에 있는 것인지 또는 그 웃음을 짓고 있는 내 안의 뭔가에서 기인하는 것인지는 알 수 없었다. 그럼에도 나는 그 파괴적인 힘이 내가 테니스 코트에서 죽어가는 쥐를, 그리고 여행중 만난 아이를 내리칠 때 느낀 파괴적인 충동과도, 기관포탄의 공중에서 파열하는 힘과도 또 다른, 아니, 크게 다르지는 않고, 약간 다른, 그럼에도 분명히 다른 점이 있는 것이라는 생각을 다소 어렵게나마 할 수 있었다. ■

## 역대수상작가 최근작

### 그 남자네 집
박완서

★  ★  ★

### 별의 향기 ─ 우리들의 전설(3)
윤후명

★  ★  ★

### 이 사
김영하

# 박완서

# 그 남자네 집

1931년 경기도 개풍 출생. 서울대학교 국문과 수학.
1970년 《여성동아》로 등단.
장편소설 《나목》《휘청거리는 오후》《도시의 흉년》《목마른 계절》《욕망의 응달》
《오만과 몽상》《서 있는 여자》《그대 아직도 꿈꾸고 있는가》《미망(未忘)》
《그 많던 싱아는 누가 다 먹었을까》《그 산이 정말 거기 있었을까》.
소설집 《부끄러움을 가르칩니다》《배반의 여름》《엄마의 말뚝》《꽃을 찾아서》《저문 날의 삽화》
《한 말씀만 하소서》《너무도 쓸쓸한 당신》, 짧은 소설 《나의 아름다운 이웃》.
〈한국문학작가상〉〈이상문학상〉〈대한민국문학상〉〈이산문학상〉〈현대문학상〉〈동인문학상〉 수상.

# 그 남자네 집

1

아파트에 살던 후배가 땅집으로 이사 간다고 하길래 덮어놓고 잘했다고 말해주긴 했지만 정작 어디다 집을 샀는지 동네 이름은 별로 귀담아듣지 않았다. 무심한 것도 일종의 버릇인가보다. 내 노쇠현상의 특징은 이름이나 숫자에 대한 현저한 기억력 감퇴라는 걸 깨닫게 되면서부터 그런 것들은 아예 건성으로 들어 버릇한 게 굳어진 듯싶다. 그 대신 어떻게 생긴 집이며 마당은 있는지 방은 몇 개고 전망은 어떤지에 대해서는 꽤 꼬치꼬치 알고 싶어했다. 사실 말하고 싶은 건 그게 아니었는데.

나도 수 년 전 오랜 아파트생활을 청산하고 단독으로 이사를 했다. 땅집에 누운 첫날밤 도대체 뭘 찾아먹으려고 여기까지 왔나, 내가 저지른 일이 하도 한심하고 딱해 잠을 이루지 못했다. 아름다운 전망, 상쾌한 공기, 조용한 환경, 적당한 고독 그런 것들은 오랫동안 내가 꿈꾸던 것이 아니던가. 그밖에 뭘 더 바랐을까. 온갖 편리한 기능이 구비되고 투자가치까지 보장된 아파트에 살면서 줄창 이게 아닌데 싶었다면 이게 아닌 저것은 뭐였을까. 나만의 비밀스럽고 고유한 추억이 점점 안 중요해지다가 마침내 아무것도 아닌 게 돼버리는 텅 빈 느낌이 아파트 탓이 아니듯이 땅집은 그런 것을 저절로 품고 있는 것도 아닐 것이다. 지은 지 얼마 안 되는 단독주택일수록 아파트의 구조와 기능을 그대로 본떠 불편한 점이 조금도 없을 것 같지만 건물을 관리하는 책임은 전적으로 집주인에게 달렸다. 수도꼭지 하나 갈아 낄 능력이 없는 위인이라는 사실을 왜 이제야 깨달았을까. 실은 이사 온 첫날밤의 불안 중 그게 가장 공포스러웠다. 마침 봄이었다. 다음 날 아침 마당에 내려서자 에서 제서 흙을 뚫고 솟아오르는 여리고 예쁜 싹들이 보였고, 그것들이 이 세상 빛을 보길 참 잘했다고 저희끼리 좋아라 하는 소리가 들리는 듯하면서 내 안에서도 땅집에 이사 오길 잘했다는 화답이 샘솟는 느낌이 왔다. 예기치 않은 기쁨이요 위안이었다. 후배는 나보다 이십 년은 아래다. 실리와 편리를 둘 다 희생하고 얻은 게 기껏 분꽃이나 채송화 나부랭이라 해도 하나도 손해본 것 같지 않은 나이가 되려면 아직 아직 멀었다. 그런 조심스러운 의구심 때문에 도대체 당신은 뭘 찾아먹으러 그 좋은 아파트 놔두고 땅집에 가려는 거야? 라는 난폭한 질문을 예비해놓고 있는지도 몰랐다. 내가 속으로 무슨 생각을 하건 말건 후배는 예정대로 이사를 했고 낯선 동네의 새로운 풍경을 얘기해주었다. 주로 점잖은 중산층들이 모여 사는 오래된 주택가라 분위기가 가라앉아 있을 줄 알았는데 대학이 가까워 그런지 온종일 창밖만 내다보고 있어도 그 활기 때문에 심심한 줄 모른다고 했다. 대학 이름을 물었더니 성신여대라고 했다.

성신여대면 돈암동에 있을 텐데? 나는 좀 놀란 소리로 물었다. 맞다고 했다. 그러나 지금은 여러 동으로 나누어져 제각기 다른 이름으로 부르고 있었고 후배가 가르쳐준 건 새 이름이었던 것이다. 나는 그쪽 지리에 훤했다. 위치를 자세히 물어보니 성신여대와 성북경찰서 사이였다. 내 처녀적의 마지막 집도 성신여고와 성북경찰서 사이에 있었다. 나를 시집 보내는 것과 거의 동시에 친정집도 딴 동네로 이사를 가버려서 다시는 가볼 기회가 없었다. 기회가 있다고 해도 피했을 것이다. 나는 50년 전 그 동네를 떠났다. 50년은 긴 세월이다. 돈암동은 외진 동네가 아니다. 도심에서 멀지도 않다. 혜화동 고개를 넘어 미아리 길음동 수유리로 통하는 대로를 거치는 일이 50년 동안에 어찌 한두 번만 있었겠는가. 그 길가에 내가 단골로 다니던 동도 극장이 없어진 것도 오래전이다. 그게 없어진 걸 안 것은 버스나 전차의 차창을 통해서였을 것이다. 나는 몸을 꼬고 고개가 아프게 뒤돌아보면서 비 내리는 흑백 화면 속의 장 마레와 샤르르 보와이를 안타깝게 배웅했었다. 그럼 후배가 이사 간 건 한옥이란 말인가. 한번 떠난 후 다시는 안 가봤기 때문에 오히려 생생하게 그 동네를 떠올릴 수가 있었다. 얌전하게 쪽 찐 노부인처럼 적당히 품위 있고 적당히 퇴락한 조선 기와집 동네를. 후배는 아니라고, 반지하와 이층은 세를 놓을 수 있게 지은 최신식 이층집이라고 했다. 그 동네도 한옥은 얼마 남아 있지도 않거니와 남아 있는 한옥도 조선 기와지붕만 겨우 남겨놓고 카페나 패스트푸드점, 의상실 등으로 구조 변경을 한 집이 대부분이라고 했다. 대학이 들어섰으니까 주택가가 대학촌으로 변한건 당연지사라 하겠다. 그러면 그렇지, 내가 생생하게 떠올릴 수 있

는 게 그 자리에 그냥 있었던 적이 어디 한 번이라도 있었던가. 서운
하면서도 마음이 놓였다.

후배가 집 구경 오라고 날을 잡아주었다. 집수리와 마당 꾸미는 일
때문에 후배는 나에게 자주 전화할 일이 생겼고 그럴 때마다 나는 그
가 묻는 말보다는 그 동네에 대해 이것저것 호기심을 나타내보인 것
을 어서 집들이하라고 조르는 줄로 알아듣고 부담스럽게 여겼나보
다. 초대한 손님은 나 혼자였고 아직 수리가 깔끔하게 끝난 상태가
아니니 점심은 집 근처에서 사먹고 집에서는 차나 마시자고 했기 때
문이다. 그가 성신여대역까지 마중을 나와주었다. 어디쯤이라고 말
만 해주면 찾아갈 수 있다고 말해도 듣지 않고 나와준 건 고마운 일
이었다. 그를 따라간 동네는 내 머릿속에 입력된 그 옛날의 돈암동이
아니었다. 가볍고 세련되고 없는 것 없고 활기가 넘치는 전형적인 대
학촌이 거기 펼쳐져 있었다. 그 대학의 길지 않은 역사에 비해 활기
가 부글부글 넘치지 않고 오히려 자제하려는 품격 같은 게 느껴지는
건, 아주 드물게 눈에 띄는 거긴 하지만 모던하게 꾸민 쇼윈도 위로
고즈넉하게 내려앉은 조선 지붕 때문인 듯도 싶었다. 내 기억은 조선
기와지붕 그거라도 확실하게 거머쥐려고 허둥대고 있었다. 후배가
미리 답사까지 해보고 정했다는 음식점은 해물탕집이었다. 그의 선
택은 탁월했다. 기본적인 몇 가지 해물에다 각종 야채와 양념을 기호
에 따라 집어넣어가면서 손수 끓여 먹을 수 있는 잡탕은 시원하면서
도 깊은 맛이 있었다. 값도 적당했다. 값싸고 맛있고 풍성하기까지
하니 최고의 식사였다. 통유리로 된 창가 자리여서 노천카페 같은 기
분이 나는 것도 나쁘지 않았다. 요샌 뭐든지, 먹는 것도, 입는 것도,
돈 버는 것도, 사랑하는 것도 여봐란 듯이 하는 세상이니까. 저만치
산 밑으로 성신여대의 높은 축대가 보였다. 내가 살던 돈암동집 골목

을 나오면 꼭 그만한 각도로 그만큼 떨어져서 성신여고를 바라볼 수 있었는데. 그럼 내가 나의 옛 집터에서 점심을 먹었나. 기분이 이상해지려고 했다. 내가 그런 얘기를 했더니 후배는 그럼 자기 집으로 가기 전에 우선 내가 살던 집부터 찾아보자고 했다. 안감내만 찾으면 그 집을 쉽게 찾을 줄 알았다. 성북동 골짜기에서 발원하여 삼선교 돈암교를 거쳐 우리 동네 앞을 흐르던 개천을 우리는 그때 '안감내(安甘川)'라고 불렀다. 안감내는 수량이 풍부하고 맑아서 동네 사람들은 큰 빨래만 생기면 그리로 들고 나갔다. 개천과 나란히 난 천변길은 인도와 차도가 따로 있을 정도로 너른 한길이고 개천 쪽으로는 수양버들이 늘어져 있어 차가 많지 않은 당시에는 다른 동네 사람들까지 일부러 산책을 올 정도로 한적하고 낭만적인 길이었다. 내 머릿속 지도의 한가운데를 대동맥처럼 관통하던 안감내는 찾아지지 않았다. 그게 안 보이는데 무슨 수로 어디가 어딘지 분간을 한단 말인가. 안감내가 복개됐다는 건 진작부터 알고 있었을 것이다. 복개됐더라도 개천과 천변길을 합치면 8차선 넓이의 대로로 남아 있어야 했다. 80년대 초 처음으로 유럽 여행을 가서 센강을 보고 애개개 그 유명한 센강이 겨우 안감내만하네, 라고 생각할 정도로 내 기억 속의 안감내는 개천치고는 넓은 시냇물이었다. 집만 나서면 개천 건너로 곧바로 성북경찰서의 음흉한 뒷모습과 거기 속한 너른 마당이 바라다보였다. 그만한 거리감 없이 우리 식구가 거기서 허구한 날 그 건물을 바라보며 살 수는 없었을 것이다. 그 동네에 그렇게 넓은 이면도로는 없었다. 복개된 개천 자리 다음으로 표적이 될 만한 건 성북경찰서였다. 그건 금방 찾을 수 있었다. 내가 찾은 게 아니라 우리가 맴돌던 지점에서 후배가 조오기라고 손가락질해 보여주었다. 그제서야 내가 천주교회와 신선탕 중간 지점에 서 있다는 걸 알았다. 나의 옛집은 바로 신선탕 뒷골목에 있었고 그 남자네 집은 천주교당 뒤쪽에 있었다. 천주교당도 신선탕도 천변길에 있었다. 교회는 증축을 했는지 개축을 했는지 그 자리에 있으되 외양은 많이 바뀌고 커져 있었지만 목욕탕은 그때 그 모습 그대로이고 이름까지 그대로였다. 세상에 50년 전 그 목욕탕이 그대로 남아 있다니, 50년이면 목욕탕이 온천이나 사우나나 찜질방으로 변하고도 남을 시간이 아닌가. 나는 그놈의 목욕탕 때문에 그 넓지 않은 이면도로가 안감내를 복개한 길이라는 걸 믿을 수밖에 없었다. 내 머릿속 지도의 거리는 실재하는 거리가 아니라 다만 확보하고 싶은 거리에 지나지 않았던 것이다. 신선탕 뒷골목의 옛 조선 기와집은 남아 있지 않았다. 그 일대가 다세대주택이 들어서서 정확한 집터조차 분간할 수 없었다.

후배네 집에 가서 집구경도 하고 차도 마셨다. 넓지는 않지만 마당도 있었다. 전 주인이 가꾸지 않아 공터처럼 버려져 있어 후배는 아마 거기 반했을 것이다. 지대가 높은 편이어서 동네가 한눈에 들어왔다. 그 남자네 집은 어디쯤일까. 후배는 내년 봄 마당에다 이것저것 나무들을 심을 계획으로 들떠 있었다. 소나무 후박나무 왕벚꽃 영산홍에서 체리나무 앵두나무 대추나무 등 유실수로 옮겨가다가 작약 모란 창포등 숙근초까지 손바닥만한 마당을 놓고 한없이 가지 수를 늘려가는 후배를 바라보면서 나는 딴생각을 했다. 왜 그런 생각이 들었을까. 자꾸만 그 남자네 집은 남아 있을 것 같은 생각이 드는 거였다.


2


그 남자네가 안감천변으로 이사 온 것은 우리가 그리로 이사한 지한 달도 안 돼서였을 것이다. 어머니가 철물전에 가는데 따라가서 바케스 쓰레받기 부삽 쥐덫 따위 너절한 것들을 들고 오다가 그 남자네가 이삿짐을 부리는 걸 만났으니까. 이사 오는 집 안주인이 우리 어머니를 보고 반색을 했다. 어머니는 달갑지 않은 얼굴로 마지못해 인사를 받았다. 그 집 안주인은 어머니보다 열 살은 더 들어 보이는 허리가 많이 굽은 노부인이었다. 먼 친척인 듯했다. 설사 촌수로 따져서 항렬이 어머니가 위라고 해도 손윗분인 건 분명한데 그렇게 데면데면하게 대하는 건 어머니답지 않았다. 옆에서 민망하기도 하고 우습기도 했다. 나는 어머니가 왜 그러는지 알고 있었다. 조금씩 조금씩 집을 늘려가던 재미로 살던 어머니가 이번에는 당신이 납득할 수 없는 이유로 가세가 기울어 집을 왕창 줄여먹게 된 것이다. 전에 살던 동네보다 집값이 훨씬 싼 동네에다 며느리에 손자까지 본 삼대가 살기에는 턱없이 작은, 어머니 말을 빌리자면 코딱지만 한 집으로 이사를 했으니 어머니가 남부끄러워하는 건 당연했다. 그래도 집 안에서는 어머니의 기세가 그 어느 때보다도 등등할 때였다. 대식구가 셋방살이로 나앉지 않고 오막살이나마 집을 지니게 된 것은 어머니 공이 컸기 때문이다.

어머니가 달가워하건 말건 노마님은 희색이 만면해서 우리더러 집 구경하고 가라고 부득부득 안으로 이끌었다. 이사하는 그 북새통에 스스러운 사람한테 집구경을 시키고 싶어하다니, 사람이 너무 좋아 보이기도 하고 조금은 주책스러워 보이기도 했다. 장정들 여럿이 짐을 안으로 나르고 있었다. 그 중엔 일꾼도 있고 아들도 있고 사위도 있었다. 이삿짐은 그 집의 살림 규모를 노골적으로 드러내게 돼 있다. 어머니는 품위 있고 화려한 화류 장롱, 고풍스러운 문갑, 길이 잘 든 사방탁자 등을 보고 기가 꺾였겠지만 나는 대강 묶기만 한 책들이 몇천 권은 될 것 같은 데 질리고 말았다. 노마님의 강권에 못 이겨 기웃거려본 집도 그 동네의 고만고만한 기와집들하고는 규모가 달랐다. 집 앞은 트럭이 몇 대 서 있는데도 차나 사람들의 통행에 불편을 안 줄 정도의 대로인데도 그 집은 대로에서 들어간 골목 안에 있었다. 막다른 골목이라고 볼 수 있었으나 골목이 넓고 골목을 같이 쓰는 이웃 없이 그 집 혼자 쓰는 전용공간이어서 바깥마당처럼 보였다. 그뿐이 아니었다. 한길에서 그 집을 들여다보면 대문이 보이지 않고 고궁에서나 볼 수 있는 홍예문이 보였다. 홍예문은 사랑마당으로 통하는 문이었고 안채로 통하는 대문은 홍예문이 달린 담장과 기역자로 꺾인 곳에 달려 있었다. 난 왠지 문지방이 돌로 된 위압적인 솟을대문보다는 단아하고 고풍스러운 홍예문에 더 압도당하고 있었다. 추녀를 나란히한 고만고만한 조선 기와집하고는 격이 달라 보였다. 마침 짐을 나르던 청년이 우리 곁에서 머뭇대며 아는 척을 하고 싶어하는 눈치를 보이자 노마님이 우리 막내라고 인사를 시켰다. 서글서글한 미남이었다. 막내를 보는 노마님 얼굴은 흐뭇한 미소로 주름이 가득해졌다. 손자라야 알맞을 것 같은 나이 차이 때문에 노마님이 좀 더 주책스러워 보였다. 청년은 평상복에 교모를 쓰고 있어서 나는 냉큼 그가 어느 학교 다닌다는 것부터 알아보았다. 내가 다니는 여고하고 같은 동네에 있는 고등학교였다. 당시 광화문을 중심으로 신문로 안국동 계동 수송동 일대에는 열 개도 넘는 남녀 중·고등학교가 몰려 있었으니까 그 정도를 무슨 기이한 인연이라고 생각한 건 아니었다. 나는 그저 그가 다니는 학교가 우리 학교 애들이 별로로 치는 중간급 정도의 학교라는 것 때문에 열등감을 다소나마 만회할 수 있어서 다행이었다. 그런 일은 그 후에도 또 생겼다. 그날은 안팎이 하도 어수선해서 중문간에서 안채를 기웃대다 나오고 말았지만 노마님이 하도 친절하게 집구경을 시켜주고 싶어하던 게 어머니 마음에 걸려 있었나 보다. 노마님은 어머니보다 예닐곱 살가량 손위지만 외가 쪽으로 조카뻘 되는 먼 친척이니까 남남처럼 지내도 그만인데 하도 친한 척하니 암만해도 한번 들여다봐야 할 것 같다더니 성냥을 한 통 사가지고 다녀온 듯했다. 그 집에 맏이가 중앙청의 고관이고 며느리도 예의범절이 깍듯하더라면서 부러운 듯 심난한 눈치였다. 그러면서도 토를 다는 걸 잊지 않았다.

"그러면 뭐 하나? 시집갈 때도 친정 형편이 처지는 데다가 인물도 신랑이 훨씬 잘나고 공부도 많이 했으니 잘 살아낼지 모른다고도 어른들이 걱정해쌌더니만 여태까지도 영감 시집살이가 수월치 않은가 보더라."

"그 노인네가 엄마한테 그런 얘기까지 해요?"

"꼭 얘기를 해야만 아냐? 며느리를 그만큼 음전하게 들이고도 진일을 못 면하는 눈치더라. 남한테 잘하는 것도 영감님하고 시집 식구들한테 기죽을 못 펴 버릇한 게 아주 굳어버린 게지 뭐. 원 부잣집 마나님이 왜 그러고 사는지, 몽당치마에다 손은 갈퀴 같고."

내 주장이 강한 어머니다운 자기 위안의 방법이었다. 결정적으로 어머니에게 우월감을 안겨드린 것은 나였다. 대학 신입생이 되고 나서 어머니하고 구두를 맞추러 나가다가 그 노부인을 만났다. 어머니는 우리 딸이 서울대학에 들어가서 지금 구두 사주러 나가는 길이라고 자랑을 했다. 그냥 대학에 들어갔다고만 해도 될 텐데 명토까지 박은 것은 서울대학 이상 가는 대학은 없으니까 하는 어머니의 자만심 때문이었을 것이다. 노마님의 막내도 대학에 붙었다고 했다. 좋은 대학이었지만 서울대학은 아니었다. 어머니가 으스대는 걸 보고 나는 생전 처음 효도한 것 같은 우쭐하면서도 계면쩍은 기분을 맛보았다.

등교 시간만 되면 원남동에서 안국동까지의 한적하고 아름다운 길은 제복의 남녀 학생으로 넘쳐났다. 만약 그 밀도가 조금이라도 성기어지는 기미가 보인다면 그건 지각할지도 모른다는 신호니까 그때부터라도 뛰는 게 수였다. 우리 학교는 교장 선생님까지 교문에 지키고 있다가 지각생에게 모욕을 주는 것으로 유명한 학교였다. 홍예문집 막내가 다니는 학교 아이들한테는 특별히 더 신경을 쓴 관계로 등굣길에 몇 번 눈길이 마주친 적이 있었다. 그애도 나를 알아보았는지 미처 확인할 새도 없이 황급하게 눈길을 피하긴 했지만. 그건 내가 특별히 얌전하거나 내숭스러워서가 아니라 당시의 금기사항이었기 때문이다. 둘이 똑같이 대학생이 된 걸 알고 제일 먼저 떠오른 생각은 이젠 마주쳐도 그럴 필요가 없다는 설레는 자유에의 예감이었다. 흰 교복 깃을 안으로 구겨넣지 않고도 극장에 드나들 수 있다는 사소한 자유만 상상해도 가슴이 터질 듯한 초년생이었으니 그까짓 게 특별한 감정일 리는 없었다.

3

후배네 집은 아직 수리가 덜 끝난 상태였다. 뒷베란다에 알루미늄 새시를 달고 간 뒤에 곧 흙차가 마당에 객토를 하러 왔다. 어수선한 김에 그만 일어서려고 했더니 후배가 부득부득 따라나오면서 지하철 정류장까지 배웅을 해주겠다고 했다. 아까 옛집을 찾는답시고 얼마나 길눈이 어둡게 보였던지 지하철 정류장도 못 찾아나갈 대책 없는 위인 취급을 했다. 나는 가다가 둘러볼 데가 있다면서 완곡하게 거절한다는 게 그 남자네 집 얘기를 비치고 말았다. 김 아무개도 이 아무개도 아닌 남자와 여자 사이에 있었던 일은 감추거나 줄여서 말하려고 하면 할수록 상대방의 호기심을 자극하게 돼 있는 것을. 후배는 연애소설에 맛을 들이기 시작한 소녀 같은 얼굴로 내 길잡이가 돼주었다. 나의 옛 집터를 알아놓았으니까 거기서 다시 출발하면 그 남자네 집을 찾는 것은 어렵지 않을 것 같았다. 그 남자네 집은 천주교당 뒤쪽, 성북경찰서 옆 양회다리로 통하는 큰길가에 있었다. 그 집은 한길에서 한 걸음 물러나 있긴 해도 대로변에 바깥마당을 끼고 있는 집이었다. 그렇게 대지 넓은 집이 날로 번창하는 대학촌에 아직까지 가정집으로 남아 있길 바랄 수는 없는 일이었다. 물론 내가 생각하는 가정집은 후배가 이사 간 이층이나 삼층짜리 양옥집 정도지 조선 기와집은 아니었다. 내 예상을 뒤엎고, 이 시대의 도도한 흐름에서 홀로 초연히 그 남자네 집은 그냥 조선 기와집으로 남아 있었다. 대문이 한길로 면한 그 길가의 다른 집들이 다 사오층 높이의 빌딩으로 변해버려서 그런지, 한 걸음 물러나 있음으로 더욱 당당해 보이던 집이 푹 꺼져 보였다. 한길을 향해 개방돼 있던 바깥마당에다 철문을 해 달은 게 옛날과 달라진 유일한 변화였다. 철문은 완강하게 닫혀 있었다. 철문 때문에 그 안의 조선 기와집은 좌우의 빌딩들과 나란히 있는 것 같으면서도 접근을 거부하는 은둔의 자세를 취하고 있었다. 철문은 가슴 높이부터 안을 들여다볼 수 있는 창살로 돼 있는데도 그 안에 나무를 빽빽하게 심어놓아 홍예문이 잘 보이지 않았다. 적어도 사람이 지나다닐 수 있는 길은 남겨놓고 나무를 심어도 심었으련만 가지가 하도 무성하게 뻗어 안을 엿볼 수 있는 시각적인 통로조차 없었다. 문득 집에도 영(靈) 같은 게 있을지 모른다는 생각이 얼음 조각처럼 가슴을 섬뜩하게 했다. 홍예문집은 사랑마당은 물론 안마당에도 유난히 나무와 화초가 많았다. 그 집 뒤꼍에는 겨울을 밖에서 날 수 없는 유도화 석류 파초 등을 갈무리할 수 있는 움까지 있었다.

5월에 사랑마당에 활짝 핀 라일락이 담장을 넘어오면 길 가던 사람들이 다들 홍예문 위를 쳐다보고 코를 벌름거리면서 걸음을 멈추거나 늦추었다. 옷이나 몸에 그 향기가 배기를 바라는 듯이. 나는 철문 기둥을 받치고 있는 초석에 올라서서 키를 돋우고 안을 기웃거렸지만 반듯한 조선 기와지붕을 확인한 것밖에는 아무것도 더 알아낼 수 없었다. 조선 기와지붕은 손이 많이 간다. 더군다나 요즈음에는 제대로 된 기와장이 구하기도 어렵다. 예전에도 기와장이 품삯은 미장이의 세 곱절은 됐다. 기술은 안 이어받고 품삯에 대한 풍문이나 믿는 얼치기나 걸리기 십상이다. 도심에서 빌딩 숲 사이에 어쩌다 남아 있는 조선 기와지붕의 그 참담한 퇴락상을 보면 전통가옥 보존 어쩌구 하는 소리가 얼마나 무책임한 개소리인지 알 것이다. 그 남자네 집은 거의 해마다 손을 봐준 것처럼 기왓골의 선이 가지런하고 윤기가 흘렀다. 돈과 정성이 꽤 드는 까다로운 치다꺼리를 마다 않는 주인이라면 팔리지 않아서 억지로 사는 게 아니라 조선 기와집을 사랑하는 유복한 사람일 것이다. 그 남자네 집이 주인을 잘 만났다는 게 기쁘다 못해 감동스러웠다. 그 남자네가 그 집을 떠난 건 내가 시집간 지 얼마 안 돼서이니 문서상의 소유권이 바뀌어도 열 번도 더 바뀌었을 세월이 흘렀는데도 말이다. 그러나 바깥마당에 너무 빽빽하게 나무를 심어 홍예문을 들여다볼 수 없는 건 암만해도 섭섭했다. 나무는 사철나무처럼 잎이 두껍고 윤이 나는 관목이었지만 사철나무보다는 키가 컸다. 무슨 나무일까 내가 궁금해 하자 후배가 보리수라고 했다. 그는 나무 이름에 해박했다. 나무만이 아니라 작은 풀꽃도 이름 모를 꽃으로 대강 보아 넘기지 못하고 꼭 그 이름을 알아내고야 마는 노력에는 집요한 데가 있다는 걸 알고 있었다. 그가 보리수라면 보리수가 맞을 것이다. 그러나 내가 아는 보리수하고는 얼토당토않았다. 나는 딱 한 번 보리수를 본 적이 있었다. 지금보다 훨씬 젊었을 적 힌두교 문화권의 더운 나라를 여행한 적이 있는데 어느 외딴 마을에서 관광버스를 멈추고 잠시 휴식을 취한 적이 있었다. 그때 이십여 명의 일행이 약속이나 한 듯이 강렬한 햇볕으로부터 몸을 피해 한곳으로 모인 데도 보리수나무 그늘이었다. 30미터도 더 되는 거대한 나무는 줄기가 울퉁불퉁 꼬이긴 했어도 잔가지 없이 곧장 자라 아득한 높이에서 풍성한 녹음을 우산처럼 펼쳐주고 있었다. 가이드가 보리수라고 그 나무 이름을 가르쳐주었다. 부처님이 그 아래서 정각을 얻고 성불했다는 보리수하고 동일한 보리수일 리는 없었지만 왜 하필 보리수나무였을까가 충분히 이해될 만큼 그 나무는 자비롭고도 권위가 있어 보였다. 그런 것이 신성이라는 거 아닐까. 그때의 인상이 하도 강렬해서 국내에 보리수나무가 있다고 생각해본 적이 없었다. 우리나라는 그런 거목을 키울 기후가 아니다. 그렇다면 밀러가 노래한 린덴바움? 그렇지만 그 집 바깥마당에서 홍예문을 가로막고 우거져 있는 나무들은 그 그늘 아래서 단꿈을 꾸기에는 너무 옹졸하지 않은가. 그 나무는 내가 품고 있는 보리수나무에 대한 두 개의 상이한 이미지 중 어떤 것하고도 닮아 있지 않았다. 그러나 친구가 툭 던진 보리수라는 이름을 나는 놓치고 싶지 않았다. 집에도 영이 있을지도 모른다는 생각은 얼음조각이 아니라 불씨가 아니었을까.

집에 와서 수목도감을 찾아보았다. 자연 상태에서 자랄 수 있는 국내의 수목을 총망라한 도감이었는데 보리수도 나와 있었다. 사진을 봐도 그렇고 간단한 설명을 봐도 그렇고 그 나무들이 보리수라고도 아니라고도 못하게 불충분했다. 그래도 가을이면 지름이 6~8밀리미터 정도의 구형 열매가 붉은색으로 변한다는 설명은 확실하게 머릿속에 챙겨넣었다. 세종로의 은행나무들이 자기 안에 깊숙이 숨어 있던 노랑 중 최고로 순수한 금빛을 환장을 한 것처럼 한꺼번에 분출하던 날 5호선 지하철을 타고 집으로 가다 말고 동대문운동장에서 4호선으로 갈아탔다. 교보문고에서 산 책 보따리가 제법 무거웠지만 달리 어쩔 도리가 없었다. 성신여대 정거장에서 내렸다. 나는 결코 길눈 같은 건 어둡지 않았다. 곧장 그 남자네 집으로 갔다. 혼자여서 아무것도 은폐할 필요가 없었다. 여전히 철문은 굳게 닫혀 있었다. 수목도감에는 낙엽관목으로 나와 있었으나 그 두텁고 푸른 잎들은 약간 윤기가 퇴색했을 뿐 아직도 심술궂게 나하고 홍예문 사이를 가로막고 있었다. 그러나 이파리 사이로 삐죽삐죽한 잔 가장귀엔 서너 개씩 빨간 열매가 달려 있었다. 아마 여름엔 이파리하고 같은 색이어서 눈에 안 띄었나 보다. 이 나무들은 얼마나 있어야 그 밑에서 단꿈을 꿀 만큼 자랄까. 한 50년쯤. 나는 보리수나무가 세월을 거꾸로 먹어 50년 전엔 그 무성한 그늘에서 관옥같이 아름다운 청년이 단꿈을 꾼 것 같은 착란에 빠졌다.

4

그 남자를 다시 만난 것은 우리 집에 아녀자만 남고 나서였다. 나는 아이들과 여자를 동격시하는 아녀자란 말이 싫었지만 차차 동의하게 되었다. 전쟁이 휩쓸고 간 후 집안 꼴이 그렇게 되었다. 남자들은 성북경찰서를 거쳐서 이세상 사람이 아니게 되었다. 전쟁이 난 지 일 년이 넘었는데도 전선은 서울 북쪽 몇십 리 안에서 일진일퇴를 거듭하고 있었고 피난 못 간 서울 사람들은 가난뱅이들뿐이었다. 다들 가난할 때여서 진짜배기 가난뱅이는 오히려 귀했다. 생업에 종사하는 것은 여자들이었다. 우리 집만 아니라 이 도시에 남은 것은 아녀

자뿐인 것 같았다. 뚝섬서 열무를 떼다가 팔면 반찬값은 떨어진다고 해서 올케하고 같이 새벽장사에 따라나선 적이 있다. 안감내를 남쪽으로 남쪽으로 한없이 따라가면 개천이 어디론가 숨었다가 또 나타나곤 하면서 살곶이 다리와 살곶이 벌판이 나온다. 밭주인은 돈 낸 것만큼 네모반듯하게 열무밭을 떼어주면서 캐가도록 했다. 거기까지는 남들 하는 대로 하다가 그 다음부터는 남들 하는 대로 할 수가 없었다. 남들은 더 달라고 아우성인데 우리는 덜 줄 수 없다고 뒷걸음질을 쳤다. 떼어주는 열무의 양이 엄청났기 때문이다. 우리가 이고 오던 열무를 수없이 땅바닥에 태질하면서 어찌어찌 집에 당도한 건 어둑어둑해질 무렵이었다. 남들은 열무 장사한 이문으로 쌀 사고 반찬 사다가 저녁밥을 지을 시간이었다. 팔 시간이 있었다고 해도 수없이 태질을 당한 열무는 이미 상품가치를 상실하고 있었다. 나는 그후 미군부대에 취직을 했다. 그전부터 부대에서 허드렛일을 하는 이웃 아줌마가 우리 처지를 딱하게 여겨 소개해주겠다는 걸 어머니가 굶어 죽어도 그 노릇만은 못 시킨다고 펄쩍 뛰어 못하던 취직 자리였다. 아줌마는 나 같은 대학생은 청소보다 나은 자리도 있을 것처럼 말했는데 그걸 어머니는 양공주 자리가 났다는 것처럼 알아들었나 보다. 열무 장사의 실패는 어머니에게도 충격이었던지 혹은 목구멍이 포도청이었는지 어머니는 못 이기는 척 설득을 당했고 그 후 나는 미군부대의 꽤 편한 자리에 취직이 되었다. 먹고 사는 문제가 해결됐는데도 가난은 날로 남루해졌다. 딸이 미군부대에서 벌어오는 돈으로 먹고 사는 걸 식구들이 치욕스러워했기 때문이다. 그해 겨울 퇴근하는 전차 안에서 그 남자를 만났다. 남자가 먼저 반색을 했다. 그는 다짜고짜 나를 누나라고 불렀다. 누나라는 말은 묘했다. 마음을 놓이게도 섭섭하게도 했다. 늦은 시간의 전차 안은 텅 비어 있었지만 그

안에서는 서로 반가워서 어쩔 줄 모르는 것 이상의 감정표현을 하지
못했다. 종점에서 내려서 불빛이 희미한 빵가게로 들어갔다. 주인이
손수 만든 도넛이나 찐빵 같은 걸 파는 궁기가 더덕더덕한 가게였다.
시척지근한 막걸리 냄새가 진동하는 찐빵을 시켜놓고 나는 제일 먼
저 나를 누나로 부른 까닭부터 물었다. 이유는 간단했다. 같은 해에
대학에 들어갔으니까 동갑일 텐데 자기는 일곱 살에 소학교에 들어
갔으니 십중팔구 나보다 한 살 아래일 거라고 했다. 그건 맞는 말이
고 그럴듯한 계산법이었다. 그는 군복을 입고 있었다. 졸병들이 입는
허술한 군복이 아니라 미군 장교나 입을 것 같은 날이 선 사아지 군
복 바지에 반짝거리는 구두에다 안에 털이 달린 파카를 입고 있었다.
비록 미군부대에 다니지만 미군 장교는 좀 그렇고 국군 장교하고 친
할 수 있었으면 얼마나 좋을까 속으로 동경해 마지않던 때였다. 전시
에 군복이 잘 어울리는 장교는 권력의 상징이자 백마 탄 기사였다.
그러나 장교가 아니라도 좋았다. 신분이 확실한 젊은 남자라는 것만
으로도 웬 떡이냐 싶었다. 찐빵에 손도 대기 전에 그는 주인에게 싸
달라고 하더니 나가자고 했다. 괜찮은 포장마차를 알고 있다고 했다.
그럼 처음부터 그리로 가자고 하던지, 그의 경박함이 못마땅했지만
아직도 그는 나의 웬 떡이었음으로 놓치고 싶지가 않았다. 삼선교까
지 전차 한 정거장 거리를 그를 따라 되돌아갔다. 천변에 불빛이 보
였다. 도깨비불처럼 귀기가 돌게 창백한 불빛은 칸델라 불이었다. 카
바이드 냄새가 싫지 않았다. 찐빵집보다 더 허술한 천막집이었는데
이상스럽게도 궁기는 없었다. 나중에 안 일이지만 그 남자는 궁기를
가장 참을 수 없어했다. 궁기를 좋아할 사람은 없지만 그는 좀 유별
나서 특정 냄새를 못 참는 것처럼 즉각 생리적인 반응을 나타냈다.
그날 나는 그 포장마차에서 처음으로 구공탄 불이라는 걸 보았다. 구

멍마다 독한 불꽃이 올라오는 연탄난로 위 무쇠솥에서 오뎅국물이 끓고 있었다. 앞치마를 두른 오뎅집 남자가 그를 무심하게 맞았다. 막사기 대접에다 달걀과 덴뿌라와 무 토막과 두부 튀긴 것과 정체 모를 고기의 힘줄 같은 걸 꿴 꼬챙이를 하나씩 넣고 뜨끈한 국물을 부어주었다. 오뎅국물도 꼬챙이에 낀 것도 심지어는 달걀까지도 진한 간장 빛이었다. 그러나 맛은 슴슴하고 들척지근했다. 주인은 벙어리처럼 말이 없고 무심했다.

"이번 난리에 느네 식구 중엔 다친 사람 없냐? 우린 아녀자만 남았는데……."

나는 그가 묻기 전에 냉큼 그 말부터 했다.

"우린 달랑 모자만 남았는데……."

"정말? 그 큰 집에? 그 전엔 몇 식구였는데?"

"일곱 식구, 엄마, 아버지, 큰형 내외하고 조카들 둘."

"말도 안 돼. 아이들까지 다 죽었단 말야. 폭격도 안 맞았으면서……."

"아냐 죽긴 왜 죽어. 넘어갔어. 북쪽으로. 큰형이 좌익이었거든."

"중앙청 고관이라고 우리 엄마가 부러워했는데 그런 사람도 좌익이 될 수 있구나."

"고관은 무슨, 우리 형은 자타가 공인하는 수재였으니까 그 정도의 고관은 그쪽에서도 해먹겠지 뭐."

"그럼, 넌 뭐니? 니 정체는 도대체 뭐냐구?"

나는 핍박받아야 할 월북자 가족과 그의 번드르르한 군복 차림이 도무지 꿰맞춰지지가 않아 신경질적으로 따져 물었다. 빨갱이 가족이 당해야 할 고통과 수모와 감시라면 나도 이가 갈릴 만큼 알고 있었다. 그러면 그렇지 이 세상에 웬 떡이 어디 있을라구. 께적지근한 낙담으로 똥 밟은 얼굴이 되고 말았다. 그는 대답하지 않고 꼬챙이에 낀 힘줄같이 생긴 걸 늙은이처럼 느릿느릿 신중하게 씹기 시작했다. 마치 그 안에 숨어 있는 미소한 고기맛도 안 놓치겠다는 듯이 그의 턱운동은 철저하고 집중적이었다. 그러나 하나도 게걸스럽지는 않았다. 다 씹어 삼키고 나서 주인에게 한다는 소리가, "아저씨 접때 먹은 힘줄은 그래도 양키 군화 삶은 정도의 누린내는 나던데 이번 건 영 아냐. 꼬랑내만 조금 나는 게 혹시 마루 밑에서 옛날에 신던 아저씨 구두를 주워다 과낸 거 아뉴?"

"아차, 그런다는 게 그만 우리 어머니 고무신을 훔쳐다 삶아 냈는지도 모르겠네."

두 남자가 낄낄거렸다. 화음이 잘 맞는 웃음소리였다. 나는 잔뜩 신경을 곤두세우고 그들이 주고받는 수작을 지켜보았다. 뜻밖에 요새 읽은 책 얘기를 했다. 둘이서는 서로 책을 빌려보는 사이인 듯했다. 나는 그들이 나를 의식하고 꼴값을 떠는구나, 하고 같잖게 생각했다. 그가 주인 앞으로 돈을 밀어놓으며 일어섰다. 거스름돈을 주려 하자 어머니 고무신 사드리라고 손을 내저었다.

"장한 우리 상이군인 아저씨, 사골국물이라도 한번 진하게 내드리는 게 국민된 도린 줄은 알겠는데 당최 그놈의 마루 밑 밑천이 떨어져야 말이지. 번번이 미안하이."

주인이 하나도 안 미안한 얼굴로 머리를 긁적거리며 우리를 배웅했다. 나는 밖으로 나오자마자 그에게 따져 물었다.

"아니, 상이군인이라니 그게 무슨 소리야. 이렇게 사지가 멀쩡해 가지고. 너 그 어수룩한 사람한테 사기친 거지? 그치? 도대체 네 정체가 뭐냐, 말해봐 빨리."

그는 느리게 조근조근 말했다. 삼선교에서 안감천변, 목욕탕, 뒷골목, 우리 집까지 오는 동안의 그의 이야기는 끝났다. 딱 그 길이에 분량을 맞춘 것처럼. 그 거리는 얼마 안 됐다. 따라서 그의 이야기도 간결하게 요약된 것이었다.

여름에 인민군이 들어오고도 어떻게 된 게 그의 형은 숙청 대상이 안 되고 계속해서 안정된 신분은 유지했다. 그러나 사람에게는 양다리밖에 없으니까 양다리 이상은 걸칠 수가 없다는 건 자명한 이치, 석 달 만에 인민군이 후퇴할 때 그도 따라서 북으로 가버렸다. 처음엔 처자식과 노부모를 남겨놓은 단신 월북이었다. 그러나 세상은 또 한 번 뒤집혀 겨울에 인민군이 다시 서울을 점령했을 때 형이 가족을 데려가려고 나타났다. 처자식은 두말없이 따라나섰겠지만 부모는 달랐다. 왜냐하면 인민군이 후퇴하고 서울이 수복된 동안에 막내가 국군으로 징집됐기 때문이다. 막내가 국군이 되었기 때문에 그동안 그 집 식구들이 월북자 가족으로 받아야 할 핍박을 많이 줄여준 건 사실이지만 노부모에게는 이럴 수도 저럴 수도 없는 딜레마였다. 결국 노부부는 헤어지는 쪽을 택했다. 아버지는 큰아들네 식구를 따라 북으로 가고 어머니는 남아서 군인 나간 막내아들을 기다리기로 했다. 그런 연유로 그 남자가 넓적다리에 부상을 입고 명예 제대하여 집으로 돌아와보니 그 큰 집에 늙은 어머니 혼자 달랑 남아 있었다. 그동안에 파파 할머니가 돼버린 어머니를 부둥켜안고 눈물을 흘리기는커녕 무슨 효도를 보려고 자기를 기다렸느냐고 드립다 구박만 했다. 저 노모만 없었으면 얼마나 자유로울까, 그 생각만 하면 숨이 막힐 것 같아서 요새도 맨날맨날 구박만 한다고 했다. 한번 뒤집혔던 세상이 원상으로 복귀해서 미처 숨 돌릴 새 없이 다시 뒤집혔다가 또 한 번 뒤집히는 엎치락뒤치락 틈바구니에서 우리 집에서는 이런 일이 있었고 그 남자네 집에서는 그런 일이 있었던 것이다. 국가라는 큰 몸뚱이가 그런 자반뒤집기를 하는데 성하게 남아날 수 있는 백성이 몇이나 되 겠는가. 하여 우리는 서로 조금도 동정 같은 거 하지 않았다. 우리가 받은 고통은 김치하고 밥처럼 평균치의 밥상이었으니까. 만약 아무 도 죽지도 않고 찢어지지도 않고 온전한 가족이 있다면 우리는 그 얌 체 꼴을 참을 수 없어 그 집 외동아들이라도 유괴할 것을 모의했을지 도 모른다.

나는 그날 밤잠을 이루지 못했다. 그의 아름다운 얼굴에서 창백하 게 일렁이던 카바이드 불빛, 불손한 것도 같고 우울한 것도 같은 섬 세한 표정, 두툼한 파카를 통해서도 충분히 느껴지는 단단한 몸매, 나는 내 몸에 위험한 바람이 들었다는 걸 알아차렸다. 피차 동정 같 은 건 하지 않았지만 닮은 불운을 관통하는 운명의 울림 같은 걸 감 지한 건 아니었을까. 나는 마치 길 가다 강풍을 만나 치마가 활짝 부 풀어오른 계집애처럼 붕 떠오르고 싶은 갈망과 얼른 치마를 다독거 리며 땅바닥에 주저앉고 싶은 수치심을 동시에 느꼈다. 장작을 아끼 기 위해 우리 식구들은 다들 안방에 모여 자고 있었다. 깊이 잠든 살 아남은 식구들, 두 과부와 두 어린것들의 평화로운 숨소리가 들렸다. 마침내 더는 나빠질 수 없는 밑바닥에 도착한 안도감과 평화는 같지 않을 수도 있었다. 그러나 살아남은 자의 슬픔보다는 평화가 얼마나 더 거룩한가. 나는 내 안에서 회오리치는 위험에의 갈망과 이렇게 맞 섰다.

그 남자는 거의 매일같이 부대 앞에서 나를 기다렸다. 미군 부대의 잡역부들은 일자무식으로부터 대학을 나온 사람까지 다양했지만 다 들 어딘지 켕기는 데가 있는 사람들이었다. 특히 병역기피자가 많았 다. 정식으로 허락된 건 아니지만 군복을 입을 수 있고 꼬부랑글씨로 된 신분증이 나오니까 요령만 좋으면 큰소리쳐가면서 검문을 피할 수 있었다. 찌들고 떳떳치 못한 사람들은 군복이 썩 잘 어울리고 건강하고 거침없어 보이는 미남자에 대해 이것저것 궁금해 했다. 동생뻘 되는 친척이라는 소리는 안 했으면 좋았을 것을. 아무도 안 믿었다. 사지가 멀쩡한 상이군인이라는 신분은 선망과 질시의 대상이었다. 마음대로 생각하라지, 우린 그런 것들을 즐겼다. 그런 것들은 우리의 행복감을 상승시켰다. 남이 쳐다보고 부러워하지 않는 비단옷과 보석이 무의미하듯이 남이 샘내지 않는 애인은 있으나마나 하지 않을까. 그가 멋있어 보일수록 나도 예뻐지고 싶었다. 나는 내 몸에 물이 오르는 걸 느꼈다. 그는 나를 구슬 같다고 했다. 애인한테보다는 막내 여동생한테나 어울릴 찬사였다. 성에 차지 않았지만 나도 곧 그 말을 좋아하게 되었다. 구슬 같은 눈동자, 구슬 같은 눈물, 구슬 같은 이슬, 구슬 같은 물결……. 어디다 그걸 붙여도 그 말은 빛났다.

그해 겨울은 내 생애의 구슬 같은 겨울이었다. 안감냇가 말고 애인들이 갈 수 있는 데는 많지 않았다. 우리는 둘 다 대학생이 되고 고등학교 때의 금기의 장소에 미처 익숙해지기도 전에 난리가 나고 서울은 폐허가 돼버린 것이다. 그나마 극장이 남아 있다는 게 천만다행이었다. 전시의 극장은 난방이 안 됐다. 그는 내 옆에 꿇어앉아 자기 털장갑을 뒤집어서 내 발끝에 씌워주곤 했다. 손가락장갑을 바닥만 뒤집으면 그 안에 다섯 손가락이 뭉쳐 있게 되고 그걸 발끝에다 신으면 아무리 꽁꽁 언 발가락도 스르르 녹으면서 훈훈해진다. 그는 어떻게 그런 신통한 생각을 해낼 수가 있었을까. 그건 일석이조였다. 언 발가락이 따뜻해졌을 뿐 아니라 내가 얼마나 애지중지당하고 있다는 만족감까지 맛볼 수 있었으니까. 주로 중앙극장에서 영화를 보았기 때문에 곧잘 명동으로 진출할 수 있었다. 종로 거리가 완전히 파괴되고 시민들은 거의 다 피난을 가서 주택가에도 사람 사는 집이 얼마 안 되던 전시에 명동의 은성한 불빛은 비현실적이었다. 우리는 부나비처럼 불빛 안에서 자유를 만끽했다. 근사한 단골 다방도 생기고 비싼 제과점도 알게 되었고 양품점에서 앙증맞고 불필요한 소품을 사는 재미도 알게 되었다. 명동에는 그런 것들 말고도 미군 장교하고 살림을 차린 고급 양부인이 주 고객인 중후하고도 화려한 보석상도 있었다. 드넓은 한구석엔 응접실처럼 꾸며놓은 은은한 코너도 있어서 요염하게 화장을 한 고객들이 서양 배우처럼 세련되게 다리 꼬고 앉아 주인의 아첨을 즐기는 게 밖에서도 훤히 보였다. 서서 구경만 하는 고객은 안 보여서 우리는 감히 그 안에 들어가볼 용기가 나지 않았다. 그 대신 내가 쇼윈도에 붙어서서 눈독을 들인 귀금속들은 모조리 장차 내 것이 되었다. 나는 보석보다 그의 허황한 약속이 더 좋았다. 비싼 보석에 눈요기 이상의 욕심을 내지 않았건만도 연애는 돈이 많이 드는 짓이었다. 그는 한 푼도 못 버는 백수였고 나는 돈을 벌긴 해도 다섯 식구의 밥줄이었다. 밥줄의 존엄성을 무시할 만큼 우리의 연애질은 외람되지 않았다. 상이군인에게 아직 연금도 없을 때였다. 그의 가장 만만한 돈줄은 늙은 어머니였다. 큰아들과 영감을 따라갈 것이지 무슨 효도를 받으려고 나 같은 걸 기다리고 있었느냐고 노모를 구박하던 그 남자는 툭하면 노모를 못살게 굴었다. 그에게 반찬 없는 밥을 안 먹이는 것만도 노모로서는 습관화된 살던 가락 아니면 유지하기 벅찬 노릇이련만 그는 그걸 과람해할 줄 몰랐다. 용돈에 목말라 노모를 괴롭혔다. 노모가 시장 바닥에 옷가지도 들고 나와 팔고 광주리를 이고 다니면서 푸성귀 장사까지 한다는 걸 나는 어머니를 통해 알았다. 이사 올 때보다 허리가 더 굽어 거의 기역자로 보이는 노인이 무거운 걸 머리에 이어주면 발딱 일어서서 곧바로 걷는 게 너무 신기하다고 했다. 우리 집도 툭하면 어머니가 시장 바닥으로 물

물교환을 하러 나갔다. 서울이 텅 빈 것 같아도 동네 시장에 가면 사람들이 바글바글했다. 살기에 가까운 생기가 넘치는 그곳에는 사는 사람과 파는 사람이 따로 있지 않았다. 아무나 아무 데나 물건을 펴놓고 팔기도 하고 필요한 걸 사기도 했다. 재래시장의 가게 주인들도 거의 다 피난을 갔기 때문에 열려 있는 가게는 얼마 없었다. 죽기 아니면 살기 식의 거친 상행위는 닫힌 가게의 추녀 끝이나 시장통 골목 등 아무 데서나 이루어졌다. 어머니는 그의 노모에게 임을 이어준 얘기를 하고 나서 한동안 씁쓸하고 하염없는 표정을 지었다. 출세한 아들을 둔 부잣집 마나님과 비교해서 자존심 상해하던 어머니답지 않게 마음으로부터 동정심이 우러나는 것 같았다. 그러나 우리 어머니의 동정심이 자기 위안일 뿐 그의 노모에게 해당되는 건 아니었다. 허리가 굽어 실제의 나이보다 훨씬 더 늙어 보이는 그 노인이 아들이 못되게 굴 때마다 마치 늦둥이 재롱 보듯 즐거워하는 걸 여러 번 보았다. 아들에게 주머니를 몽땅 털리고도 합죽한 입 언저리에 여러 겹의 파문 같은 주름을 지으며 웃는 모습을 보면 동정받아야 할 사람은 우리 어머니라는 걸 알 수 있었다. 그 남자는 살아 돌아왔다는 사실 하나만으로도 충분한 효도를 하고 있었다. 그래 그랬던가, 나는 그 남자가 노모를 가혹하게 착취하는 걸 부추겼다고는 할 수 없어도 말리지도 않았다. 그래도 누울 자리 보고 다리 뻗는다고 잔돈푼보다 큰돈에 궁하면 그 남자는 부산까지 원정을 갔다. 그 남자하고 큰형 사이에는 누님이 두 분 있었는데 한 분이 의사였다. 부산으로 피난 가서 큰 병원에 취직해서 계속해서 돈을 벌 수 있었기 때문에 그 남자에게는 가장 큰 돈줄이었다. 그 남자에게 의사 누님은 여러모로 쓸모가 많았다. 노모가 돈을 잘 안 주면 부산 가서 누나한테 달랠 거라고 공갈을 치면 귀한 골동품이라도 내다 팔아 돈을 마련해주곤 했기 때문이다. 속속들이 점잖은 노모는 아들이 시집 간 딸한테 폐가 되는 걸 여간 싫어하지 않았다. 그러나 착한 딸은 어머니에게 생활비를 보태고 싶어 동생을 부산에 부르곤 했다. 그가 부산 간 날이면 나는 외롭고 쓸쓸해서 이불 속에서 몰래 숨을 죽여 흐느끼곤 했다. 아무리 시장 바닥에 인간들이 악머구리 끓듯 하면 뭐 하나, 그가 없는 서울은 빈 거나 마찬가지였다. 마지막 남은 남녀는 절대로 헤어져서는 안 된다. 하루만 더 그 무의미, 그 공허감을 견디라 해도 차라리 죽는 게 낫다고 생각할 정도로 하루하루 절박하고도 열정적으로 그를 기다렸다. 돌아오겠다는 날보다 더 있다 온 적이 없었건만 그는 돌아오던 날마다 벌을 받아야 했다. 일상적인 위안보다 더 큰 위안, 그건 휘황한 장소에서 분수에 넘치는 호화 취미를 즐기는 거였다. 그렇다면 그가 어머니와 누나를 무차별적으로 착취하도록 부추긴 건 내가 아니었다고는 못하겠다. 그렇다고 분수에 넘치는 호사 취미에 대한 나의 욕구가 물질적인 것에만 국한됐던 건 아니다. 그는 시를 좋아할 뿐 아니라 외우고 있는 시가 많았다. 가로등 없는 골목길 오 리를 십 리, 이십 리로 늘여서 걸으면서, 또는 삼선교의 포장마차 집의 새파랗고도 어둑시근한 카바이드 불빛이 무대 조명처럼 절묘하게 투영된 자리에서 그는 나직하고도 그윽하게 정지용 한하운의 시를 암송하곤 했다. 그는 그밖에도 많은 시인의 시를 외우고 있었지만 내가 누구의 시라는 걸 알고 들은 건 그 두 시인이 고작이었다. 포장마차 집에서는 딴 손님이 없을 때에만 그런 객쩍은 짓을 했기 때문에 주인 남자도 잠자코 귀를 기울였다. 다 듣고는 분수에 넘치는 사치를 한 것 같다고 고마워했다. 나에겐 그 소리가 박수보다 더 적절한 찬사로 들렸다. 우리에게 시가 사치라면 우리가 누린 물질의 사치는 시가 아니었을까. 그 암울하고 극빈하던 흉흉한 전시를 견디게 한 것은 내핍도

원한도 이념도 아니고 사치였다. 시였다.

　뭐니 뭐니 해도 가장 돈 안 드는 사치는 그 남자네 집 사랑채에 있었다. 홍예문이 달린 사랑채는 니은(ㄴ) 자 구조로 돼 있었다. 안채의 기역(ㄱ) 자 구조와 맞물리면 미음(ㅁ) 자가 되지만 맞물리지 않고 넉넉한 공간을 두고 떼어놓았기 때문에 서로 독립적이었다. 사랑채엔 따로 사랑마당이 딸렸을 뿐 아니라 대문을 거치지 않고도 외부와 소통할 수 있는 홍예문이 있었다. 사랑마당을 바라볼 수 있는 툇마루가 딸린 큰방은 그의 아버지와 형이 공유하던 서재고, 큰방에서 안채를 향해 꺾어진 작은방은 그의 형이 처자식과 따로 홀로 취미생활을 즐기던 방이라고 했다. 형의 취미는 음악감상이었을까. 그 방엔 당시엔 드문 전축이 있었고 빼곡하게 꽂은 음반이 두 벽 천장까지 닿아 있었다. 내 귀는 클래식에 전혀 훈련이 돼 있지 않았다. 그것 때문에 나는 은근히 그에게 열등감을 느끼고 있었고 그것을 눈치챈 그는 나에게 최대한으로 친절하려고 애썼다. 그러나 이래도 귀에 기별이 안 가고 배기나 보자고 위협이라도 할 듯이 들려준 베토벤의 〈9번 교향곡〉을 듣고도 너무 시끄럽다, 어머니 깨시겠어, 라고 소음 취급을 하자 어처구니없어하는 표정이 되었다. 그렇다고 아주 단념한 건 아니었다. 고등학교 음악 시간에 귀에 익은 〈들장미〉〈라르고〉〈보리수〉 같은 가곡을 들려주기 시작했다. 그는 음반을 조심조심 마치 애무하듯이 다루었다. 그는 전축이 돌아가는 동안 다음에 걸 음반을 골라서 호호 살짝 입김을 불어넣기도 하고 작은 솔로 닦아내기도 했다. 그 솔은 원래는 음반 청소용이 아니라 화장할 때나 쓰는 것일 수도 있었다. 서양 여자의 속눈썹을 연상시키는 정교하고 섬세한 솔이었다. 부드러울 것도 같고 빳빳할 것도 같은 그 솔에 닿으면 전류가 통할 것 같은 기분이 들곤 했다. 음반을 어루만지고 싶어서 그러는지 먼지를 닦으려고 그러는지 분간이 안 되는 그의 골똘하고도 탐미적인 손놀림 때문일 것이다. 그는 또 내가 이름을 알 리 없는 외국 테너의 기름진 미성도 애무하듯이 가만가만 관능적인 허밍을 넣으면서 들었다. 솔이 허밍인지 허밍이 솔인지 잘 구별이 안 됐다. 촉각과 청각이 서로 녹아들면서 아슬아슬한 도취의 순간을 만들어냈다. 그가 가장 자주 틀어준 음반은 〈보리수〉였다. 그 가사는 우리가 고3 때 배운 독일어 교과서에 나오는 시였다.―암 부룬넨 포어 뎀 토레 다 슈타트 아인 린덴바움, 이히 트러임트 인 자이넴 샤텐 조 만헨 쥐센 트라움―그 가사에다 그가 허밍을 넣는 걸 듣고 있으면 나는 온몸에 솜털이 곤두서는 것 같았다. 그 시절부터 우리는 얼마나 멀리 와 있나. 그 시절이 우리에게 정말 있기나 있었을까. 여긴 어딘가. 그건 일종의 위기의식이었다. 5월이 되자 사랑마당에서 온갖 꽃들이 피어났다. 그렇게 여러 가지 꽃나무가 있는 줄은 몰랐다. 향기 짙은 흰 라일락을 비롯해서 보랏빛 아이리스, 불꽃같은 영산홍, 간드러지게 요염한 유도화, 홍등가의 등불 같은 석류꽃, 숨가쁜 치자꽃, 그런 것들이 불온한 열정―화냥기처럼 걷잡을 수 없이 분출했다. 이사하고 나서 조성한 정원이어서 그 남자도 이렇게 꽃이 잘 핀 건 처음 본다고 했다. 그런 꽃들을 분출시킨 참을 수 없는 힘은 남아돌아 주춧돌과 문짝까지 흔들어대는 듯 오래된 조선 기와집이 표류하는 배처럼 출렁였다. 우리는 서로 부둥켜안고 싶을 만큼 아슬아슬한 위기의식을 느꼈다. 돈 안 드는 사치는 이렇게 위험했다.

휴전이 되고 집에서 결혼을 재촉했다. 나는 선을 보고 조건도 보고 마땅한 남자를 만나 약혼을 하고 청첩장을 찍었다. 마치 학교를 졸업하고 상급학교로 진학을 하는 것처럼 나에게 그건 당연한 순서였다. 그 남자에게는 청첩장을 건네면서 그 사실을 처음으로 알렸다. 어떻게 이럴 수가 있냐고, 믿을 수 없다는 표정을 짓고 나서 별안간 격렬하게 흐느껴 울었다. 그는 그동안 좀 바빴었다. 정부가 환도하고 피난 간 누나들이 돌아오고 서울 집값이 오르면 팔려고 겨우 버티던 집도 복덕방에 내놓는 등 여자한테 신경쓸 시간 없이 지내는 동안에 그렇게 됐다고 생각하는 것 같았다. 그러나 그건 전부터 예정된 일이었다. 나도 따라 울었다. 이별은 슬픈 것이니까. 나의 눈물에 거짓은 없었다. 그러나 졸업식 날 아무리 서럽게 우는 아이도 학교에 그냥 남아 있고 싶어 우는 건 아니다.

5

그 남자네 집 바깥마당의 무성한 나무가 보리수임에 틀림이 없다는 생각이 들자 도망치듯이 그 집 앞을 벗어났다. 그러나 멀리 가지는 못하고 지금은 땅 밑을 흐르는 안감냇가를 중심으로 그 동네를 돌고 또 돌았다. 그 남자의 부음을 들은 지도 십 년 가까이 될 것이다. 그동안 우리는 한 번도 만나지 않았다. 나에게 그가 영원히 아름다운 청년인 것처럼 그에게 나도 영원히 구슬 같은 처녀일 것이다. 우리는 그때 플라토닉의 맹목적 신도였다. 우리가 신봉한 플라토닉은 실은 임신의 공포일 따름인 것을. 어디선가 연탄불 냄새가 났다. 휴전이 되고 연탄불은 급속히 확산돼 내 결혼생활은 연탄불과의 투쟁의 역사라고 해도 과언이 아니었다. 그러나 지금 끼쳐오는 냄새는 그런 지겨운 냄새가 아니라 카바이드 냄새도 섞인 그리운 냄새였다. 나는 부유하듯 다리에 힘 빼고 그 냄새에 이끌렸다. 연탄 갈비라고 간판을 붙인 집에선 연탄 화덕을 주룬히 추녀 끝에 내놓고 불이 괄해지길 기다리고 있었다. 복고풍이 마침내 연탄불에까지 이른 모양이다. 가게 안은 어둑해 보였다. 옛날 집 대문처럼 해달은 널빤지 문을 열고 들어갔다. 바닥에 비질을 하고 있던 남자가 다섯 시가 지나야 저녁 영업을 한다고 알려주었다. 실내 어디에도 카바이드 칸델라는 보이지 않았다. 아무 데나 앉아서 좀 쉬고 싶었지만 청소를 하고 있는 남자의 표정이 하도 시큰둥해 말도 못 붙여보고 돌아나왔다. 세종로에 있는 것 못지않게 곱게 물든 그 동네 은행나무가 표표히 잎을 떨구고 있었다. 아늑함이 그리웠다. 부드러움도. 내부가 훤히 들여다보이는 커피 집 문을 밀고 들어갔다. 창가에 앉았다. 안에서 본 은행잎 지는 거리는 아름다운 애니메이션 화면처럼 동화적이었다. 그 거리를 오가는 젊은이들의 발랄하고 거침없는 몸짓 때문일 것이다. 그 애들과 나와의 거리가 연령 차가 아니라 엽전과 양놈이라는 종족의 차이만큼이나 아득하게 느껴졌다. 그 남자의 그닥 밝지 않은 소식을 간간이 들을 때마다 나도 마음이 편치는 않았다. 그때 왜 그랬을까, 되짚어 곰곰 생각도 해보고 너무 맺고 끊는 듯한 내 성깔이 남의 일처럼 정 떨어지기도 했었다. 얼마 전 TV로 〈내셔널 지오그라피〉를 보다가 오랫동안 궁금했던 것의 해답을 얻은 것처럼 느꼈는데, 그것도 거기 정말 정답이 있어서라기보다는 줄창 답을 구하는 마음을 가지고 있었기 때문일 것이다. 거기서 보여준 건 새들이 짝을 구하는 방법이었는데, 주로 수컷이 노래로 몸짓으로 깃털로 암컷의 환심을 사려고 온갖 노력을 다 한다는 건 다 아는 사실이니까 그저 그렇고, 가장 흥미 있었던 것은 자기가 지어놓은 집으로 암컷의 환심을 사려는 새였다. 그런 새가 있다는 건 처음 알았다. 수컷은 청청한 잎이 달린 단단한 가지를 물어다가 견고하고 네모난 집을 짓고, 드나들 수 있는 홍예문도 내고, 빨갛고 노란 꽃가지를 물어다가 실내장식까지 하는 것이었다. 암놈은 요기조기 집구경을 하고 나서 그 중 가장 마음에 드는 집을 골라잡기만 하면 짝짓기가 이루어진다.

그래, 그때 난 새대가리였구나.

그게 내가 벼락치듯 깨달은 정답이었다. 나는 작아도 좋으니 하자 없이 탄탄하고 안전한 집에서 알콩달콩 새끼 까고 살고 싶었다. 그의 집도 우리 집도 사방이 비 새고 금 가 조만간 무너져내릴 집이었다. 도저히 새끼를 깔 수 없는 만신창이의 집, 아직 태어나지 않은 내 새끼를 위해 그런 집은 버릴 수밖에 없었던 것이다.

앉은자리가 불편해지기 시작했다. 여긴 내가 있을 자리가 아니었다. 경양식도 같이 파는 찻집은 자리가 꽉 차 주로 쌍쌍인 젊은이들이 내가 앉은 테이블의 빈자리를 잠시 넘보다가 나가버리곤 했다. 주인의 시선이 따가울 수밖에 없었다. 연탄 갈비집도 영업을 시작했을 시간이다. 그 가게 앞을 카바이드와 연탄불 냄새를 그리워하며 천천히 걸어가는 늙은이가 눈에 선하다. 그는 누구일까. 애무할 거라곤 추억밖에 없는 저 처량한 늙은이는.

나는 마지못해 자리를 떴다. 쌍쌍이 붙어 앉아 서로를 진하게 애무하고 있는 젊은이들에게 늙은이 하나가 들어가든 나가든 아랑곳없으련만 나는 마치 그들이 그 옛날의 내 외설스러운 순결주의를 비웃기라도 하는 것처럼 뒤꼭지가 머쓱했다. 온 세상이 저 애들 놀아나라고 깔아놓은 멍석인데 나는 어디로 가야 하나. 그래, 실컷 젊음을 낭비하려무나. 넘칠 때 낭비하는 건 죄가 아니라 미덕이다. 낭비하지 못하고 아껴둔다고 그게 영원히 네 소유가 되는 건 아니란다. 나는 젊은이들한테 삐지려는 마음을 겨우 이렇게 다독거렸다. ■

# 윤 후 명

# 별의 향기
## ―우리들의 전설(3)

1946년 강원도 강릉 출생. 연세대 철학과를 졸업.
1979년 《한국일보》로 등단.
장편소설 《이별의 노래》《약속 없는 세대》.
소설집 《돈황의 사랑》《협궤열차》《여유사냥》《가장 멀리 있는 나》.
〈현대문학상〉〈이상문학상〉 수상.

# 별의 향기
### -우리들의 전설(3)

　여기가 어디일까, 하고 고개를 드는 순간, 나는 그곳이 카페 '소행성'인 것을 알아차렸다. 생텍쥐페리가 쓴 동화에서 어린 왕자가 이르렀던 어느 소행성을 생각해서 붙인 이름이라고 들었던 기억이 동시에 머리를 스쳤다. 동화 속의 별…… 소행성…… 그러자 별들이 하늘에서 빙글빙글 돌고 있는 천체도(天體圖)의 모양이 그려졌다. 언젠가 인사동을 어슬렁거리다가 쇠로 만든, 제법 오래된 천체도를 팔고 있는 걸 보았었다. 그림이 아니라 쇠에 찍은 거니 천체도가 아니라 천체판(板)이라고 해야 더 맞을까. 하여튼 거기에는 검은 바탕에 흰 별들이 점점이 하늘에 박혀 있었고, 머리를 숙여 들여다보자, 갑자기 빙글빙글 돌고 있다는 느낌이 일었다.
　별들이 빙글빙글 돌고 있는 아래 나는 비로소 깨어나고 있었다. 늦은 밤에 혼자서 어떻게 찾아들어 술을 퍼마신 기억은 나는데, 그 한구석에 쓰러져 있었다니, 낭패였다. 물론 나는 젊은 여주인을 알고 있었다. 내 개인 사무실에서 멀지 않은 곳에 조그만 식당을 열었던 여자였다. 나는 얼마 동안 단골이 되어 그 식당을 드나들며 밥도 먹고 술도 마셨다. 그런데 문을 닫고 어디론가 종적을 감추었다가 느닷없이 카페를 열었다고 했을 때, 축하를 한다고 왔던 것이 첫 방문이었고, 몇 개월 만에 다시 온 것이었다.

나는 '소행성' 안을 휘둘러보았다. 흐리나마 홀의 전모를 비춰주고 있는 불빛은 한귀퉁이에 세워져 있는 키 큰 스탠드의 전등에서 흘러나오고 있었다. 사람을 마냥 캄캄한 곳에 둘 수는 없어서 그 한 등을 켜놓은 것은 여주인의 배려라고 생각되었다. 그렇다면 그녀는? 어디 따로 내실이라도 있어서 거기서 잠을 자고 있는 것일까. 약간 살집이 올라 통통한 몸피의 그녀가 곤하게 자고 있을 모습이 떠올랐다. 그러나 그곳에는 내실이니 밀실이니 할 만한 구석이 어디에도 보이지 않았다. 말했듯이 나는 간밤의 마지막 순간들을 기억해내려고 잠깐 동안 눈을 감아보았다. 헛일이었다. 머릿속은 천체도처럼 검은 바탕에 별 같은 것이 빙빙 돌 뿐이었다. 이른바 작취미성이었다. 필름은 어디서부터 끊어졌단 말인가. 술 취한 내가 막무가내로 그곳에 버티고 있어서 하는 수 없이 혼자 놔두고 가야만 했을 상황이 뻔하게 연상되었다. 정말 밥맛이군. 입속말이 소리가 되어 흘러나왔다. 여차하면 경찰을 부를 수도 있었을 텐데, 하는 데 생각이 미치자 목덜미에서 식은땀까지 흐르는 듯했다. 하지만 경찰까지야. 나는 스스로를 다독거렸다. 그러길래 어떤 사람은 술 취한 뒤의 자신의 모습이 어찌될지 몰라 술을 피한다고도 했었다. 맞는 말이었다. 나도 술 때문에 곤욕을 치른 적이 한두 번이 아니었다. 아니, 술 때문에 내가 치른 곤욕이야 스스로 저지른 죄끝이니 말해서는 안 될 것이다. 그 때문에 다른 어떤 사람이 당한 봉변에는 도대체 무슨 변명이 가 닿으랴. 아무리 술에 관해 너그러운 사회라 해도 한계는 분명히 있었다. 그리하여 나는 누구에겐가 보내려고 다음과 같은 엉터리 한시도 한 편 지었었다.

辯昨日缺因酒鬼(어제 잘못은 술귀신으로 말미암음이며)
請今日恕因我醒(오늘 용서를 청함은 깨어남으로 말미암음이나이다)

아마도 그 무렵 보았던 책에서 본 어떤 한시를 약간 변형시켜 지어 놓은 것으로 기억되는데, 한문을 이용한 것은 어색함을 조금이라도 묻어보려는 의도였으리라. 정작 누구에게 보냈는지는 확실치 않아도, 나는 내게 봉변을 당한 모든 사람에게 다음 날 이 시를 다시 보낸다는 생각을 하곤 했었다.

나는 쓰러져 있던 카펫 바닥에서 일어나 출입구 쪽으로 가서 문을 밀어보았다. 통유리로 된 커다란 문은 꼼짝도 하지 않았다. 그 문을 열고 나가 계단을 올라가면 거기에는 철제 셔터가 내려져 있을 것이었다. 지하에 자리잡은 '소행성'에서 화장실을 드나드느라고 몇 번 계단을 오르내렸던 기억이 났다. 문을 잠그고 갔으리란 것은 너무도 당연했다. 그러고보니 나는 문이 꼼짝 않는 한 꼼짝없이 갇힌 것이었다. 도대체 어쨌길래 이렇게 아무런 배려도 없이 가두어놓고 간 것인지, 부아가 나기도 했고 한심하기도 했다. 하지만 한편으로, 취한의 그야말로 못 말리는 작태를 잘 알고 있는 나는, 오죽했으면 그런 상태로 내팽개치고 가버렸을까 싶기도 했다. 아니, 내팽개친 게 아니라 그것만 해도 그녀의 따뜻한 배려가 틀림없었다. 지하 카페의 전등 하나에 의지하고 있는 어두컴컴한 분위기에 익숙해진 나는 벽 한쪽에 붙어 있는 전기 스위치를 눌러 천장의 불들을 밝혔다. 천장의 불들이라고 해봐야 할로겐 매입등 몇 개가 전부였다. 온통 검정 색조의 실내는 여전히 어두웠다.

목이 말랐다. 탁자 위에 어지럽게 널려 있는 맥주병 중에서 먹다 남은 맥주가 있는 걸 병째로 꿀꺽꿀꺽 들이켰다. 김빠진 맥주라지만 몸속의 알코올이 반응하여 취기가 슬며시 돋쳤다. 오줌이 마려웠다. 화장실도 갈 수 없었다. 망설이던 나는 빈 맥주병 주둥이에 오줌구멍을 맞춰 대고 조심스레 오줌을 흘렸다. 그러나 마침내 오줌은 병 밖으로까지 뻗쳤다. 맥주병에 오줌을 눈 것은 예전에도 있었던 일이었다. 술집에서 두어 번, 고속버스에서도 한 번 있었다. 빈 맥주병에 누어놓은 오줌을 맥주인 줄 알고 마셨다는 일화는 사실 그리 드물지 않았다.

나는 의자에 앉아 간밤의 일을 되살려보려고 곰곰 생각에 잠겼다. 그러나 내가 '소행성'에 갇혀 있다는 사실만이 사실로서 다가올 뿐이었다. 다른 것은 모두 불투명했다. 마치 아무것도 없는 무중력의 우주 공간을 지나온 듯했다. 그러니까 카페 '소행성'이 우주 공간을 떠돌고 있는 진짜 소행성이 된다는 상상이 뒤따랐다.

오래전에 이균영 소설가가 쓴 《어두운 기억의 저편》이라는 소설을 읽었었다. 그것은 술을 마시고 어디선가 잃어버린 가방을 다음 날 찾아다니는 이야기였다. 그래서 가방을 찾았던가. 아마 못 찾았지? 소설의 결말은 떠오르지 않았다. 그러나 가방을 찾고 못 찾고가 문제가 아니었다. 모든 것은 그렇듯 '어두운 기억의 저편'에 놓이고야 만다는 안타까움, 삶의 어쩔 수 없는 한계가 문제인 것이었다. 그토록 소중했던 사랑의 순간들도 결국 '어두운 기억의 저편'으로 사라져버린다…….

　그 뒤 경기도 안산에서 이균영과는 같은 아파트의 아래위층에 살게 되었었다. 그곳에서도 대학교수들이 들고 다니는 그런 가방을 그는 또 잃어버렸었다. 그와 함께 찍은 사진도 여러 장 있는데……. 몇 해가 지나 서울로 거처를 옮긴 어느 날 그는 택시를 타고 가다가 교통사고로 그만 세상을 떠나고야 말았다. 나보다 여러 해 아래인 그는 그 며칠 전에 나를 찾아왔었고, 우리는 중국집에서 맥주를 기울이며 지난 삶과 앞으로의 삶에 대해 이러쿵저러쿵 이야기를 나누었다. 그는 일본 식민 시절의 '신간회' 연구에 바쳤던 지난 몇 년 동안의 일들을 회고하고 있었다. 그리고 진정한 글을 쓰겠다는 앞으로의 계획……. 지난 삶은 그렇다 치고 앞으로의 삶이라니, 얼마나 덧없는 일이었는가. 그의 죽음은 신문의 짧은 기사로 내게 전해졌다.

　다른 맥주병에도 김빠진 맥주가 조금씩 남아 있었다. 나는 그것을 모아 컵에 따랐다. 그러자 옆 테이블 위에 책 한 권과 낯선 운동기구 같은 것이 놓여 있는 게 눈에 띄었다. 그와 함께 '어두운 기억의 저편'에서 어제의 일들이 살별같이 머리에 내리꽂혔다. 《분노의 강》과 쌍절곤(雙節棍). 서로 아무런 연관도 없는 이가형 선생의 소설과 운동기구 쌍절곤이 옆에 가지런히 놓여 있다는 사실이 왠지 눈물겹게 느껴졌다. 그것은 아무런 연관도 없다지만, 나로 인해서 지금 한 테이블 위에 나란히 놓여 있게 된 것이었다. 나는 어제 저녁 쌍절곤협회에 들러 그 낯선 기구를 얻어 들고 밤중에 서울대 병원 영안실에 가서 《분노의 강》을 받았다. 그리고 술에 곤죽이 된 채 '소행성'으로 기어든 것이었다. 아주 또렷하지는 못하다 하더라도 '어두운 기억의 저편'은 어느덧 '밝은 기억의 이편'으로 옮아왔다.

　나는 손을 뻗어 책을 집어들었다. 할로겐전구의 불빛이 밝게 비치는 쪽으로 책을 펼쳐 첫 문장부터 읽기 시작했다.

"현재의 용산고등학교 정문 맞은편에 있었던 일본군 야포 26부대에서 편성된 늑대사단 산포 49연대 2대대가 남방으로 출발한 건 1944년 6월 18일 밤이었다."

우선 '용산고등학교'가 있었다. 내가 졸업한 고등학교였다. 그것은 문장에서 별다른 역할을 못하고 단순히 위치만을 가리키고 있었지만, 내 눈길을 한동안 붙잡았다. '정문 맞은편'이라면 어디일까. 대각선 쪽으로 문방구가 있던 곳이었을까, 아니면 미군부대가 있던 곳이었을까. 그곳에서 그런 일이 일어났을 줄은 꿈에도 모르고 나는 고등학교 3년 동안 그 길을 오르내렸다.

내 삶이 거쳐온 자취를 찾아 예전의 어떤 장소를 갈 때마다 알 수 없는 회한에 사로잡힌다. 내 삶의 자취뿐만 아니라 공평동의 사무실로 접어드는 길목에서 '민영환 선생 자결 터'라는 표지 옆을 지나며 스쳐간 마음은 또 어떠했던가. 나라를 일본에 빼앗긴 울분을 참을 수 없어 자결하고 만 장렬한 뜻이 그곳에 있었다. 그러나 그것은 아무도 눈여겨보지 않은 채 한낱 돌덩이에 새겨진 몇 글자로만 남아 있었다.

나는 책을 계속 읽어나갔다.

주인공은 용산고등학교 맞은편에서 출발하여 부산을 거쳐 일본으로, 다시 동지나해와 남지나해를 항해하여 '남방'으로 가고 있었다. 그해, "1944년의 여름은 일본군이 제해권과 제공권을 적에게 완전히 빼앗긴 때였"으므로, "대수송선단이 규슈 근해는 고사하고 동지나해 및 남지나해를 항해한다는 것은 죽음의 바다로 나가는 것과 진배없었"고 했다. "수많은 수송선이 폭격기의 폭격이나 잠수함의 어뢰 공격을 받고 물고기의 밥이 되고 있었다"는 것이었다.

나는 추리작가협회의 일로 주인공, 아니 선생을 두어 차례 만났었다. 대학에서 정년퇴임을 하고 선생은 집에 들어앉아 무슨 글인가를 쓰고 있다고 했다. 선생이 추리작가협회의 전신인 미스터리 클럽을 주도했기에 그 일에 관해 물어볼 것이 있었던 것이다. 집으로 찾아가자 머리에 수건을 동여매고 교자상 앞에 앉아 있는 모습은 결연한 듯했다. 훨씬 나중에 책이 나왔다는 소식을 듣고 그때 머리에 수건을 동여매고 쓰던 글이 필경《분노의 강》이었음을 짐작하기는 어렵지 않았다. 책을 읽어나가는 동안 나는《분노의 강》이라는 제목의 유래를 알 수 있었다. "중국 신강성 산악에서 발원한 노강(怒江)은 라오스, 태국, 미얀마의 국경을 따라 남으로 흘러 미얀마에서는 살르윈강으로 이름이 바뀐다. 살르윈은 미얀마어로 분노라는 뜻이리라."

"동경제국대학 불문과 학생으로 나는 자주 들렀던 하숙 근처의 다방 '자매'에서 '토요 그룹'을 알게 되었다. '토요 그룹'이란 평안도 출신 청년들의 사회주의 색채를 띤 항일 그룹이며 당시의 신인작가 박경준이 리더격이었다. 여름방학에 고향인 목포에 돌아와 있던 나는 '토요 그룹'과의 관련으로 목포경찰서에 연행되어 사회주의 운동자로 취조를 받고 있었다. 아버지가 관선부회 의원이었기 때문에 나는 학도지원병에 지원하는 조건으로 석방되었다. 사실 말이지 나는 박경준을 형님처럼 따랐을 뿐 '토요 그룹'과 실질적인 관계는 전혀 없었다. 결국 나는 일본의 형무소보다 군대를 택한 셈이다. 아버지는 당장 아들을 살리기 위해 군대를 택하지 않을 수 없었지만, 군대가 형무소보다 못하다는 것을 뒤늦게 깨달았던 것이다. 후회막급! 아, 후회막급!"

그래서 주인공은 '남방'으로 끌려갔다. 이 구절에서 나는 뭔가 오싹하는 기운을 느꼈다. 삶의 방향이 어처구니없이 정해진다는 것은 견딜 수 없는 노릇이었다. 그러나 삶이란 자신의 의지와 상관없이 막다른 길로 접어드는 경우가 있다는 걸 나는 알고 있었다. 쉽사리 내린 결정이 죽음에 이르는 길이라면…… . 무서운 일이었다. 그것을 운명이라고 부른다면, 운명이란 실로 가혹하고 맹랑한 것이었다. 배 밑창에 쑤셔박히듯 실려 가는 주인공의 모습이 눈에 선했다.

나는 컵의 맥주를 한 모금 마셨다. 약간 지린 듯한 냄새가 입 안에 퍼졌다. 주머니에서 담배를 뒤졌으나 어디에도 담뱃갑은 없었다. 나는 재떨이에 수북한 꽁초들 가운데 긴 것을 골라 입에 물고 라이터를 켰다. 여주인이 올 때까지 꼼짝없이 갇혀 있을 수밖에 없을 듯싶었다. 손목시계를 보니 아직 새벽 다섯 시도 채 되지 않은 시각이었다. 적어도 날이 밝아야 그녀는 올 것이었다. 나는 주인공처럼 배 밑창에 실려 있다는 생각도 들었다.

한국전쟁이 일어나던 해에 내 나이는 우리 나이로 다섯 살이었다. 아버지를 잃고 어머니의 손에 이끌려 피난길에 오른 나는 무엇 때문인지 먼저 미군의 큰 배에 실렸다. 아무도 없는 배 밑창이었다. 그때의 내 울음소리는 유년을 기억할 때마다 종종 상기되는 것 가운데 다섯 손가락 안에 꼽히곤 했다. 나는 울다가 지쳐 잠들었고, 목적지에 닿아서야 깨어나 어머니를 보았다. 그곳이 부산이었다.

나는 '소행성'의 배 밑창을 다시 한 번 훑어보았다. 사각형의 그리 크지 않은 방에 테이블이 겨우 다섯 개, 그리고 칵테일 바처럼 안쪽을 향해 나란히 앉도록 된 높은 의자 여러 개. 벽에는 무슨 흑백사진들이 서너 장 걸려 있었다. 어두컴컴한 실내가 파도에 기우뚱거리는 것만 같았다. 그때마다 테이블이 이리 밀리고 저리 밀리며, 맥주병과 컵과 재떨이 따위가 굴러다니는 소리가 들려오는 듯했다.

주인공은 그 배에 실려, 다행히 물고기 밥이 되지 않고 싱가포르에 이르렀다. 그동안 바다에 뛰어들어 사라진 동료도 있었다. 함께 떠난 '대선단'은 이미 상당히 타격을 입고 있었으며, 어떤 배는 그보다 한 달 뒤에야 도착했다고도 했다. 그러나 싱가포르는 목적지가 아니었다. 거기서 미얀마까지 행군해 가야 하는 것이었다. "미얀마의 전황은 우리의 예상보다 훨씬 나빴다. 연합군은 이때쯤 이미 맹렬한 반격을 시작하고 있었다. 폭격이 심하기 때문에 병사들은 주간 행동을 할 수가 없었다. 낮 동안 적기는 미얀마의 하늘을 누비고 있기 때문에 병사들은 올빼미나 박쥐처럼 숨어서 숨을 죽이고 있어야 했다. 그리고 해가 지면 병사들은 움직인다."

미얀마는 그 무렵에는 버마라고 불리던 나라였다. 일본어로는 '비루마(ビルマ)'였고, 중국어로는 '면전(緬甸)'이라고 표기되었다. 미얀마라고 바뀐 건 오래되지 않은 일이었다. 텔레비전에서 불교국가인 미얀마의 절들을 본 적도 여러 번이었다. 민주투사로 노벨평화상을 받은 아웅산 수지의 모습도 신문에서 보았다. 《분노의 강》에 의하면 수지의 아버지인 아웅산은 일본이 진격하여 세운 괴뢰정권의 군사령관으로 임명되었다가 그 군대를 이끌고 일본군에 대항하는 유격대를 만들었다는 것이었다. 일본군은 아웅산을 온산이라고 불렀는데, 그의 게릴라 전법에 여간 신경을 쓰지 않았다는 것도 알 수 있었다.

나는 이제까지 미얀마에 가보지 못한 것을 후회했다. 이 배 밑창에서 벗어나면 곧 겨울, '남방'의 나라 미얀마로 가리라. 미얀마를 무대로 한 〈비욘드 랭군〉이라는 영화에서처럼 택시 한 대를 세내어 시골로 들어가리라. 그리하여 '분노의 강'까지 갈 수 있을까. 나는 책에서 주인공이 행군한 지도를 들여다보았다. 주인공은 그 길을 말도 끌고 소도 끄는 병사로서 죽어라 내닫고 있었다. 미얀마 여행은 오래전부터 꽤 별러왔었다. 하지만 이제 그 여행은 그냥 여행이 되지는 않을 터였다. 그곳은 내가 아는 사람이 그다지도 모질게 목숨을 이끌고 걸은 땅이었다.

어느 날 주인공은 "출정 후 처음으로 군사우편을 쓰라는 지시와 함께 엽서 두 장을 배당받는다." 그리고 부르짖는다. "엽서에 무슨 말을 쓰라는 말인가. 그동안 죽을 고생을 하느라고 편지 쓸 짬도 없었다고 쓴단 말인가. 그동안 죽을 고비를 수없이 넘겼다고 쓸 수 있겠는가. 그동안 받은 고초와 수모에 대해서 쓸 수 있단 말인가. 지금부터 '지옥가도'를 행군한다고 쓰란 말인가. 모울메인에서 또는 마르타반에서 당한 무서운 폭격에 대해서 한마디라도 언급할 수 있단 말인가. 아니면 조선인 위안부의 이야기를…… 밤중에 질주하는 목탄열차 위에서 밤새도록 불티와 싸웠던, 미얀마에서 가장 지겨웠던 밤에 대해서 쓸 수 있단 말인가."

그 결과 주인공은 고향의 부모와 친구에게 각각 한 통씩 편지를 쓴다.

—아버님께. 저는 지금 버마의 라시오라는 곳에서 글월을 올립니다. 이제부터 최전선으로 출진합니다. 소자는 건강하오며 원기왕성하옵니다. 만리 이역에서 아버님을 생각하니 감루가 눈앞을 가립니다. 태산과 같은 은혜를 언제 갚게 되는지요.

—병철아. 나는 지금 버마의 라시오에서 처음이자 마지막이 될지도 모르는 나의 소식을 띄운다. 지금부터 중국 운남 땅 5백 리 길을 야간 행군해야 한다. 이 길을 '지옥가도'라고 하는군. 나는 지옥에

떨어진단 말인가. 갑자기 생각나는군. 보들레르의 시구에 있지 않았 던가. "나날이 우리는 지옥에 떨어진다(Chaque jour vers l'enfer nous descendont)." 소식 없거든 먼저 간걸세. 아듀, 아듀.

선생이 세상을 떠났다는 전화를 준 건 추리작가협회에서였다. 아, 그렇구나 하면서 나는《분노의 강》을 머리에 떠올렸다. 나는 그 책이 출판되었음을 알고도 챙겨 갖지 못한 것을 은근히 짐스럽게 여기고 있었다. 올해 몇이시냐는 물음과 함께 나는 그 책을 한 권 구할 수 없 겠느냐고 엉뚱하게 사무적으로 말했다. 1921년생이니 우리 나이론 여든하나가 된다는 말이 수화기를 통해 들려왔다. 덧붙여 책은 한번 알아보겠다는 대답이 전해져왔다. 고인의 영안실에 문상을 가서 고 인이 쓴 책을 받는다? 별스러운 일이 아닐 수 없었다. 혹시 결례가 되는 건지도 몰랐다. 나는 앞뒤를 따지지도 않고 불쑥 떠오른 대로 그 생각부터 내밀고 말았던 것이다.

그렇다 하더라도 막상 책을 받으리라는 기대는 하지 않았다는 게 옳을 것이었다. 나는 오후에 집을 나서서, 마음먹었던 대로 쌍절곤협 회에 들러 이것저것 알아본 뒤, 느지막이 영안실로 향했다. 나는 국 화꽃 한 송이를 영전에 올려놓고 향을 살랐다. 그런데, 밖으로 나와 음식이 장만되어 있는 곳에 가 앉자 웬 남자가 와서 책을 내밀었던 것이다. 협회에 관계된 사람이라고 직감되었다.

"꼭 한 권 있는 걸 가져왔습니다."

"아니, 이걸……."

나는 당황했다. 말했다시피 나는 '불쑥 떠오른 대로' 말했을 뿐이 었다. 나는 예전에 머리에 수건을 동여맨 선생을 찾아간 이래 한 번 도 발걸음을 하지 않았다. 또 책이 나왔다는 소식을 듣고도 서점에도 들르지 않았다. 내게 책이 없는 건 당연했다. 고인의 부음을 받는 자리에서 겨우 한다는 말이 그걸 구할 수 없겠느냐는 것이었으니 그야말로 알쪼였다. 나는 얼른 책을 내려놓고 알 듯 모를 듯한 사람들 틈에 앉아 애꿎은 술잔만 연거푸 들었다. 옆자리에서는 고인이 한때 펜클럽 회장 선거에 나와 아깝게 떨어진 얘기가 한창이었다.

애초에 쌍절곤협회에 가려고 했던 것은 그곳이 내가 강사 노릇을 하는 북아현동 학교 근처에 있기 때문이었다. 왠지 모르게 그 이름에 흥미를 느낀 나는 오며가며 그 도장의 간판을 눈여겨보았다. 쌍절곤이라…… 저런 것도 있었구나. 어느 무술 영화에서 본 듯도 싶은데 잘 그려지지 않았다. 아마도 쇠사슬 끝에 쇠곤봉 같은 게 달린 것 같긴 한데…… 쌍(雙)자가 들어 있는 걸 보면 쇠곤봉은 양쪽에 있을 테고……. 겨우 그 정도였다. 그것은 일종의 무기였다. 그러나 그 무기를 들고 있는 사람이 이기는 걸 본 적이 없다는 생각이 들기도 했다. 왜 그런 생각이 들었을까. 어느 무도(武道)든 그 무도 나름으로 정체성이 있어서 다른 무도에 버금간다고 여기지는 않을 것이었다. 언젠가는 꼭 들러본다는 게 바로 그날이었다.

협회의 간판은 5층 건물의 4층에 붙어 있었다. 나는 그리로 올라갔다. 그러나 협회는 얼마 전에 어디론가 옮겨가고 말았다는 것이었다. 내게 쌍절곤을 배울 생각이 있는 것도 아니었다. 다만 나는 묵은 숙제를, 아무도 독촉하지 않는 숙제를 뒤늦게야 해결한다는 마음뿐이었다. 그러니까 안 해도 그만인 것이었다. 겉핥기로 쌍절곤이란 걸 안다고 해서 무슨 지식이 되는 것도 아니요, 어디다 써먹을 것도 아니었다. 그건 내 인간의 어떤 허영이 시킨 짓인지도 몰랐다. 어쨌든 그곳으로 찾아가야만 했다. 옮겨갔다는 말을 듣는 순간 더 급했다. 건물을 빠져나온 나는 114에 전화를 걸고 또 협회로 전화를 걸어 길음동으로 옮겨갔음을 확인했다. 나는 길음동에 추억을 가지고 있었다. 대학 시절 길음시장의 밥집에 식권을 얼마씩 끊어놓고 근처 친구들의 자취방을 전전하며 살았던 때가 있었다. 추억이라기엔 서글픈 추억이었다. 그나마 눈 질끈 감고 한 달치 식권을 끊을 수 있는 달은 든든하고 행복했다.

길음시장은 예나 제나 사람들로 붐볐다. 나는 서글픈 추억 속으로 걸어들어갔다. 그 시절의 친구들은 다 어디로 갔는가. 우리를 애태우게 했던 여자들은 다 어디로 갔는가. 청운의 꿈과 앳된 사랑과 설익은 고뇌는 다 어디로 갔는가. 이른바 잿빛 노트에 적었던 푸르른 시(詩)는 어디로 갔으며, 시와 함께 서식하던 엄청난 이와 서캐들은?

회상에 잠겨 시장통을 걸어들어가던 나는 나도 모르게 싸구려 식당으로 발길이 향했다. 그리고 막걸리 한 병을 순식간에 들이마셨다. 아무래도 그런 다음에야 길을 제대로 걸을 것 같았다.

협회는 곧 도장이었다. 나는 건물 앞 노점에서 산 귤과 사과를 건네고, 관장 겸 협회장이라는 사람과 마주앉아 쌍절곤의 이모저모에 대해 이야기를 들었다. 그는 내게 조선시대의 책인 《무예도보통지(武藝圖譜通誌)》와 자신이 쓴 《쌍절곤 교본》을 보여주었다. 쌍절곤은 조선시대에도 우리나라의 정통 무예에 사용되어 왔으며, 오늘날에는 호신술은 물론 미용술에도 탁월한 효과를 볼 수 있는 기구라는 것이었다. 그는 적당히 설명을 마치고 플라스틱 막대 둘을 헝겊 끈으로 연결한 요즘의 쌍절곤을 내게 선물했다.

협회를 방문한 목적은 그것으로 충분히 달성하고도 남았다. 나는 내가 무엇 때문에 그렇게 집요한지 스스로에게 놀랐다. 저런 게 있구나, 하는 단순한 호기심이 나를 길음시장까지 끌고 온 것이었다. 하지만 나는 순간적으로 하나의 깨달음을 얻고 있었다. 나를 끌고 온 것은 그 호기심이 아니라 다른 무엇이라는 깨달음이었다. 그것이 무엇이었을까. 한낱 별볼일없는 호기심 때문에 거기까지 허위허위 달려왔을 까닭이 없었다. 그럼 무엇 때문에? 차근차근 물어볼 필요도 없었다. 내 눈에 길음시장의 망령이 와락 달려들었다. 길음시장 밥집의 망령, 한 그릇 밥이 고마워 흘렸던 눈물의 망령, 누울 곳이 없어 밤늦게 헤매던 발길의 망령, 어설프게 보낸 청춘의 망령이었다. 바로 옛 추억의 망령이 나를 부른 것이었다. 아, 하고 나는 하마터면 외마디소리를 지를 뻔했다. 나는 쌍절곤이고 뭐고 허둥거리며 협회를 빠져나왔다. 그리고 또 한 병의 막걸리를 마신 다음 병원으로 택시를 몰았던 것이다.

그리하여 쌍절곤과 《분노의 강》이 나란히 '소행성'에 있게 된 데는 또한 어떤 망령이 도사리고 있단 말인가. 책장을 넘기다가 다시 발견한 보들레르의 시 구절에 있는지도 모른다고 나는 홀로 웃음을 베어물었다. "거지들이 이를 기르듯이/우리는 사랑스러운 뉘우침을 기른다." 길음시장의 망령 가운데는 그놈의 이의 망령도 결코 빠뜨려서는 안 되었다. 내가 무수한 이를 잡아 손톱으로 눌러 죽인 것처럼 주인공도 그랬다. 그런 뜻에서 보들레르는 틀렸다. 나도 주인공도 '거지'는 아니었다. 시대가 어찌됐든 보들레르의 시는 우리에게 와서 그냥 '이를 기르듯이/우리는 사랑스러운 뉘우침을 기른다.'로 달라져야 했다. 아니다. 다음 구절에 이르면 "사랑스러운 뉘우침" 따위는 발도 못 붙이고 아예 사라지지 않으면 안 될 것이었다.

"사타구니가 갑자기 따뜻해진다. 누운 채 오줌을 싼 것이다. 이런 짓은 말라리아 환자에게 흔히 일어나는 일이다. 오줌은 바로 식는다. 속수무책이다. 체온으로 말릴 수밖에 도리가 없다. 새벽녘에는 대충

마를 것이다. 이젠 나에게도 체념에서 오는 배짱만이 남아 있었다. 아노페레스 악성 말라리아와 아메바 적리의 중환자에게 무슨 체면이 있는가. 지린내와 구린내가 온몸에 배었고, 온갖 이가 득실거리고, 밤에는 악몽에, 낮에는 망상에 사로잡혀 발광 직전을 헤매고 있는 처지에 무슨 놈의 체면이 있단 말인가!"

일본군이 쫓긴다 해도 전쟁은 가혹하게 계속되고 있었다. 주인공은 몇 달 동안 거의 실성한 상태에서 전선을 헤맸다기보다 끌려다녔다. "우리는 나날이 지옥에 떨어진다"며 두려움으로 편지를 보냈던 그 "지옥가도"에서 살아남아 되돌아와 만달레이를 향하여 전진하고 있었다. 하기야 전진이 아니라 후퇴라고 해야 마땅했다. 일본군을 몰아가고 있는 것은 연합군측의 운남원정군이라고 했다. 그들이 바짝 쫓고 있으니 언제 어느 순간에 앞에 적군이 불쑥 나타날지 모르는 상황이었다. 병사들 사이엔 이미 패배감이 팽배하게 감돌고 있었다.

일본군 병사들에게는 투항이 허용되어 있지 않기 때문에 전쟁이 끝날 때까지 어떻게 해서라도 살아남아야 한다. 주인공은 속으로 다짐하며 외치고 있었다. 목숨 조심! 목숨 조심!

쫓기는 군대도 군대였다. 어느 날 주인공은 "앞마당 한구석에 꽁꽁 묶인 포로 셋이 꿇어앉아 있는" 걸 본다. 붙잡아 온 "중국인 첩자"라는 것이었다. 주인공은 "이 포로들은 혹시 군도로 참수되지 않을까" 염려한다. 군도는 무겁고 거추장스러운 데다 녹이 슬지 않도록 간수하는 것도 쉽지 않았지만, 하사관까지 허리에 차고 다녔다고 했다. "쓸모없이 차고 다니는 무딘 군도가 포로의 목을 베는 장면을 생각하면 참으로 끔찍하다"고 주인공은 치를 떤다.

어디 "중국인 첩자"뿐이었던가. 일본군들이 "무딘 군도"로 우리의 독립투사들을 무참히 목 베는 사진을 본 적도 있었다. 그들의 만용을 알리는 위해 종로 길거리에 걸려 있던 사진들 가운데 하나였다. 말뚝에 묶어놓고 총을 쏘아 죽이는 연속 사진도 있었고, 잘린 목들을 쌓아놓은 사진도 있었다. 목이 잘리고 머리만 남았는데도 얼굴들은 뜻밖에 별일 없다는 듯 평온해 보였다. 목이 잘리는 순간 고통에 일그러진 얼굴을 한다면 저렇지는 않을 거라는 생각이 들었다. 모든 죽음이란 불가사의라고, 나는 또 한 번 확인하지 않을 수 없었다. 나는 내 죽음에 대해서도 의연해져야 한다고 맹세하면서도 자신이 서지 않았다. 죄 없는 많은 사람들이 일본군에 의해 죽었다. 광복이 되어 일본이 이 땅에서 물러간 이듬해 태어난 나는 내 태어남에 감사하지 않으면 안 된다.

일본군은 쫓기고 또 쫓기고 있었다. 적군, 즉 연합군에게 추월되기 전에 남하를 서둘러야 하는 것이었다. 밤낮을 가리지 않고 행군하여 위험하다 생각하면 언제라도 멈추곤 하는 쫓김이었다. 게다가 주인공의 부대는 어느 결에 본대를 잃어버린 단열(段列)이었다. 그리고 완전히 전투능력이 없는 부대였다. 단열에는 열 명 내외의 분대에 한두 자루의 38식 소총과 각 병사가 자결용이라는 수류탄 한 개씩밖에 가지고 있지 않았다. 총이 없는 병사가 포로가 되지 않으려면 수류탄으로 자결해야 하는 것으로 되어 있었다.

그런 어느 날 주인공은 일직선으로 뻗은 길에서 한 대열과 만난다. 대열이 가까이 다가왔을 때 주인공은 깜짝 놀란다. 이열종대의 선두에 두 여자가 걸어오고 있었던 것이다. 어느 부대의 병사들인 줄은 몰라도 아마 남으로 향하는 병사들임에는 틀림이 없었다. 주인공은 두 여자를 바라본다. 바지를 입고 류색을 짊어지고 있어서 마치 등산 차림이었으나 한눈에도 조선인 위안부일 것이라고 판단되었다. 여자들은 행군에 약하기 때문에 마치 향도병(嚮導兵)처럼 대열 맨 앞에 내세운 것일까. 이때쯤 메이크틸라, 만달레이가 괴멸되고 일본군은 총붕괴되어 산야에는 패잔병, 이탈병, 탈주병 들로 가득 차 있었다. 그들이 갈 곳은 적군의 탱크가 다가오지 못하는 곳으로 우선은 시탕 강 너머로 도주하는 것이었다.

어느새 시계바늘은 여섯 시를 훨씬 넘어 있었다. 그동안 병병이 쥐어짜듯이 모아놓은 김빠진 맥주도 바닥이 났고, 담배꽁초도 더 이상 어쩔 게 없는 형편이었다. 여기저기 어딘가를 뒤진다면 맥주든 뭐든 나올 것이었다. 충분히 가능했다. 아무리 영업집에서 담배를 파는 게 금지되어 있다손 치더라도 담배까지 있을 수도 있었다. 하지만 나는 그러고 싶지 않았다. 가끔 나타나는, 도무지 종잡을 수 없는 결벽증에 대해 나는 싸늘한 연민의 눈길만을 보낼 뿐 다른 도리가 없었다. 그게 앞 뒤 꽉 막힌 나라는 존재라고 매도당해도 그만이었다. 내 자존심의 정체가 뭔지는 나도 모르는데, 가끔 그런 모습으로 머리를 뾰족 내민다는 생각이었다.

나는 의자에서 일어나 홀 안을 서성거렸다. 벽에 걸린 흑백사진에는 스테판 그라보우스키, 팻 나라로, 쳇 베커 등 내게는 낯선 이름들의 얼굴이 보이고 구형 포드 승용차도 보였다. 그밖에 장식이라고 할 만한 건 달리 없었다. 그저 검은 색조의 벽과 천장만이 나를 가두어 놓고 있었다. 불안했다. 그녀가 혹시 오지 않을지도 모른다는 염려가 몰려왔다. 좀더 갇혀 있다가 와락 폐쇄공포증이라도 도지는 날에는 큰일이었다. 나는 폐쇄공포증 때문에, 죽어서 관 속이나 무덤 속에 어떻게 들어가나 걱정할 지경의 사람인 것이다. 화장도 마찬가지여서, 최근까지도 섬지방에 있었다는 초장(草葬)은 어떨까, 아니면 네팔이나 티베트 등지에서 행해진다는 조장(鳥葬) 혹은 천장(天葬)이라는 건 어떨까, 기웃거렸다. 같은 화장이라도 불구덩이에 갇히는 게 아니라 하늘이 열린 곳에 장작을 쌓아놓고 불태우는, 스님들의 다비(茶毘)가 그래도 마음을 끌었다.

카운터라고나 할지 그녀가 앉아서 쉬는 곳이라고 할지, 홀 한구석에 텔레비전 수상기가 놓여 있었다. 무심코 전원 스위치를 누르자 외국 여가수의 공연 장면이 나왔다. 마돈나였다. 그녀는 언제나처럼 무대 위를 이리저리 누비며 몸을 흔들며 노래하고 있었다. 나는 가수들의 계산된 율동에는 닭살이 돋는 사람인데도, 처음으로 계산도 아름답다고 받아들여졌다. 그만큼 '소행성'이니 《분노의 강》이니 하고 나를 압박하고 있다는 증거였다. 노래는 〈캔디 퍼퓸 걸(Candy Perfume Girl)〉에 이어서 〈뷰티풀 스트레인저(Beautiful Stranger)〉로 이어졌다. 캔디 퍼퓸 걸…… 달콤한 향내의 여자…… 뷰티풀 스트레인저…… 아름다운 타인(他人)…… 감미로운 여자와 낯선 남자의 그림이 겹쳐졌다. 페미니즘에서는 문제가 되는지 몰라도 내게는 설렘을 주는 그림이 되었다. 나 역시 스스로 타인, 말하자면 이방인이나 방랑자의 일종이라고 자처했던 시절에 '달콤한 향내의 여자'를 얼마나 그리워했던가. 그건 심신이 피폐해지면 피폐해질수록 더했다. 나는 내가 만든 그림 속으로 들어가고 싶었다. 간밤에도 나는 느닷없이 '방랑자'가 되어 '달콤한 향내의 여자'를 그리며 '소행성'에 왔음에 어김없었다. 언젠가 그녀가 식당 일을 할 때도 술에 취해 어디 멀리 가서 함께 살자고 헛말을 하며 엉겨붙었던 기억이 되살아났다. 그러나 어느덧 분위기가 달라지는가 하더니 무대장치와 등장인물들은 모두 일본풍으로 바뀌었다. 이른바 닌자의 검은 옷차림과 사무라이의 붉은 피를 상징하는 색조라고 여겨졌다. 하필이면 또 일본이었다. 설렘은 가뭇없이 사라졌다. 나는 텔레비전을 끄고 의자로 돌아와 앉았다.

일본이라……. 우리나라 사람으로서 억울하게 '후회막급' 일본군이 된 주인공은 중국 운남 땅의 완팅으로부터 인도양의 해변까지 무려 3천 리 길을 '적군'에게 쫓기어 걷고 또 걷고 있었다. "운남 산악지대를, 샨 고원지대를, 중부 미얀마의 산악지대를, 헤아릴 수 없이 많은 강의 지류 및 본류를, 또다시 샨 고원지대를, 그 많은 산하를 오르내리고 있었다."

목숨이란 그다지도 끈질긴 것이었다. 아니, 허무하고 맥없이 죽어간 사람도 많았다. 목숨은 살아 있는 사람에게만 끈질긴 것이었다. 죽은 사람에게는 한순간의 숨넘어감에 지나지 않았다. 주인공은 "악성 말라리아와 아메바 이질에 끝내 이겨내고, 피부병과 전염병에도 견뎌내고 헤아릴 수 없이 잦았던 폭격, 포격, 총격을 피해내고, 미얀마의 게릴라의 습격도 물리치고 황야의 굶주린 늑대처럼, 절망의 도주자처럼 강인하게 악착같이 살아남아 있었다."

그런 뒤에 마침내 일본은 항복하고야 말았다. 만약 항복이 더 늦었더라면 "미얀마의 일본군은 시탕강과 살르윈강 사이에서, 아니면 살르윈강과 태국-버마 국경의 산악과 협곡 사이에서 완전히 괴멸되었을 것"이라고 했다.

선생이 머리에 수건을 질끈 동여매고 쓴 '논픽션 소설'《분노의 강》은 거의 끝나가고 있었다. '논픽션 소설'이란 미국 소설가 프루먼 캐포티의 선례를 따른 것이라고 밝혀져 있기도 했다. 그야 어쨌든 일본이 항복했음에도 불구하고 주인공이 당장 우리 땅으로 돌아오게 된 것은 아니었다. 그는 연합군에 항복한 일본군의 한 군인이었다. 그로부터 1년 가까이 포로수용소 생활을 더 견뎌야만 하는 것이었다. 그 1년 동안의 또 다른 굴욕의 이야기는 달리 쓰겠다고 했지만, 선생은 약속을 뒤로하고 결국 세상을 떠나고 말았다.

"미얀마의 무동 포로수용소, 그리고 양곤 교외의 아롱 포로수용소, 그리고 싱가포르의 주롱 포로수용소를 거쳐 싱가포르의 세레타 군항 부두에서 제2차 송환선, 7천여 톤의 리버티형 미국 화물선 캠벨호를 타게 된 건 1946년 7월 말경이다. 배에는 우리들 40여 명의 병사 외에 조선 위안부 5백여 명과 조선인 포로 감시원 7백여 명이 타고 있었다."

　이야기는 끝났다. 주인공은 아무도 따뜻한 눈길 한번 안 주는 조국 땅에 쓸쓸히 돌아왔다. 잊을 수 없는 악몽과 같은 일이 있었을 뿐…… 아무도, 아무도……. 그건 덧없는 이야기에 지나지 않았다. 아무도 귀담아들어주지 않는 지겨운, 남의 이야기였다.
　테이블 위 꽃병에는 안개꽃 다발에 작은 장미꽃이 섞여 꽂혀 있었다. 나는 선생이 마지막에 쓴 진언(眞言)을 읽고 책을 덮었다. 그것은 어렸을 적 주인공에게 한문을 가르친 이웃 어른이 그가 떠나올 때 한지에 써준 불교의 진언이었다. 무슨 뜻인지는 주인공도 모른다고 했다. 밝히려면 얼마든지 밝혔을 텐데 어디에도 밝혀져 있지 않으므로 나는 더욱 뜻모를 진언이었다. 그런데 주인공은 곤경을 겪을 때나 사경을 헤맬 때면 입에서 뱉어내고 있었다. 옴 아라나야 훔 바탁!
　이야기는 끝났다. 나는 책을 덮고 의자에서 일어났다. 그동안 무슨 일이 일어났던가. 내 손에는 엉겁결에 쌍절곤이 들려 있었다. 나는 검은 벽과 천장을 번갈아 응시했다. 그리고 수많은 망령들이 살아 움직이기를 바랐다. 아름다운 망령, 헛된 망령, 썩은 망령, 일본군의 망령, 길음시장의 망령, 사랑과 이별의 망령, 감미로운 여자의 망령, 방랑자의 망령, 이승의 망령, 저승의 망령……. 나는 그것들을 향해 따질 것 없이 쌍절곤을 휘두를 태세였다. 망령들아, 나와라!
　그런데 망령들 대신 멀리서 하나의 소행성이 다가오고 있었다. 밝지도 어둡지도 않은 빛을 뿜으며 하나의 별이 다가오고 있었다. 이 빛이 있는 한, 이 빛의 향기가 있는 한, 절망하지 말고 살아 있으라. 빛에서 향기가 뿜어졌다. 나는 그만 맥을 놓고 그 자리에 주저앉았다. 그렇지 여기가 바로 별…… 소행성…… 별이었지……. 나는 중얼거렸다. 이야기는 끝났다. 옴 아라나야 홈 바탁!

문이 열리는 소리가 들리고 바깥 날빛이 별빛처럼 비쳐들었다. ■

# 김영하

## 이 사

1968년 경북 고령 출생. 연세대 경영학과 및 동대학원 졸업.
1995년《리뷰》로 등단.
장편소설《나는 나를 파괴할 권리가 있다》《아랑은 왜》,
소설집《호출》《엘리베이터에 낀 그 남자는 어떻게 되었나》.
〈문학동네신인작가상〉〈현대문학상〉 수상.

# 이 사

다들 아무것도 아니라 했다. 이사는 저희에게 맡기고 여행이나
다녀오세요. 어떤 포장이사업체의 광고 전단에는 그런 말까지 씌어
있었다. 별거 아니야. 아침에 인부들이 오고 저녁엔 가. 물론 그사
이에 짐은 새 집에 가 있지. 그게 전부야. 깨끗하게 청소도 해주고
심지어 아줌마가 따라와서 부엌살림까지 정리해줘. 장롱 뒤쪽에 구
멍이 뚫리는 경우도 있지만 수리도 해주고 뭐 상태가 심하면 변상
도 해준다나봐. 눈, 친구는 손가락으로 자기 눈을 가리켰다. 요 눈
만 똑바로 뜨고 있으면 만사 오케이야. 주위에서 모두 그렇게 말해
주었지만 진수는 아직 안심하지 못했다. 그래도 누군가 짐은 지켜
야 하지 않을까? 훔쳐갈 수도 있잖아? 글쎄. 그런 걱정은 안 해도
돼. 왜냐하면 요즘 웬만하면 사다리차를 이용해서 짐을 내리는데,
그러면 바닥에 내려놓을 새도 없이 5톤 트럭의 적재함으로 쉬익, 짐

이 들어가버려. 훔쳐 갈래야 훔쳐 갈 틈도 없고 또 모두 상자로 포장
돼 있어서 뭐가 들어 있는지도 몰라. 기껏 훔쳐 갔는데 이불 보따리
면 얼마나 허탈하겠어? 듣고 보니 그도 그러네. 하긴 요즘 주변에서
이사하다 물건 도둑맞았다는 얘기는 못 들어본 것 같아. 친구는 아
직 불안에 떨고 있는 그를 안심시키기 위해 몇 마디 더 덧붙여주었
다. 짐을 미리 싸놓을 필요도 없어. 그 사람들이 다 알아서 하거든.
근데 주인이 미리 싸놓으면 나중에 풀어서 정리할 때 헷갈리기만 한
다구. 책도 책꽂이에 원래 꽂혀 있던 순서 고대로 꽂아주고 간다니
까. 이사하는 날 아침에 지하철에서 읽으려고 뽑아들고 간 책 저녁
에 제자리에 고대로 꽂을 수 있다는 거, 한마디로 대단하지 않냐?
우리나라도 정말 많이 발전했어. 그 친구의 말을 액면 그대로 믿지
는 않았지만 어느 정도 마음이 놓이는 건 사실이었다. 그래서였을
까. 진수는 이사업체를 선정하는 일을 차일피일 미루었다. 그것보다
는 부족한 집값을 은행으로부터 대출받아 보태는 일이나 이사 갈 집
의 수리에 더 관심을 기울였다. 도배도 했고 장판도 나뭇결 흉내를
낸 것으로 새로 깔았다. 오래 써서 문짝이 덜렁거리는 싱크대와 신
발장을 새것으로 갈았다. 조도가 떨어지는 형광등도 교체했고 먼지
가 더덕더덕 엉겨붙은 식탁등은 갖다 버리고 낭만적인 할로겐 등을
사다 달았다. 이사가 아니라 신혼살림을 차리는 것 같아. 싱크대가
들어오고 장판이 새로 깔린 아파트에서 아내는 꿈꾸듯 말했다. 30평
대의 아파트는 그들의 오랜 소망, 소파에 누워서 텔레비전을 보겠다
는 그 소박한 꿈을 실현시켜줄 것이었다. 그들은 바겐세일이 시작되
자마자 백화점으로 달려가 소파와 식탁, 다탁을 살펴보았다. 사은품
을 하나라도 더 받아내려면 주문을 나눠서 해야 돼. 그의 아내는 쌩
긋 웃으며 말했다. 생활의 지혜지! 첫날은 소파, 둘쨋 날은 식탁, 그

리고 그 다음날은 티테이블을 주문했다. 석 장의 영수증으로 그들은 일본제 식기 세트와 충전식 청소기, 전기주전자를 타냈다. 기분이 좋아진 진수는 내친김에 아내를 위해 작은 거울이 달린 화장대도 샀다. 그냥 화장실에서 하는 게 편한데, 라고 말하면서도 아내는 기뻐했다. 그럴 수밖에. 그의 아내는 5년 동안 칫솔과 치약, 샴푸와 비누, 빨래용 고무장갑과 샤워캡이 어지러이 널려 있는 화장실에서 얼굴에 파운데이션을 발라야만 했기 때문이다. 다행히 그 좁은 아파트에서도 그들은 별로 다투지 않았다. 아침마다 화장실 문을 다급하게 두드리며 먼저 들어가 있는 사람을 재촉했지만 그렇다고 짜증을 부리는 사람은 없었다. 전형적인 맞벌이 부부였던 그들은 상대방이 퍼뜨린 악취가 그대로 남아 있는 화장실에서 신문을 읽고 머리를 감고 이를 닦았다. 그렇게 열일곱 평짜리 아파트에서 5년을 살았다. 그는 소파가 놓인 거실과 널찍한 책상이 기다리는 자기만의 방이 필요했고 아내에겐 화장대와 또 하나의 화장실이 절실했지만 그들은 결코 조급하게 서두르지 않았다. 조금만 기다리자구. 그렇게 서로 혹은 자신을 위로하는 동안 5년이란 세월이 흘러갔다.

이사하기 일주일 전, 진수는 드디어 이사업체를 선정했다. 아니, 선정, 이라고 말하기도 멋쩍은 것이었다. 어느 우편물엔가 묻어 들어온 광고지를 보고 거기에 나와 있는 번호로 전화를 한 것에 불과했다. 그들은 시원시원하게 집으로 찾아와 견적을 뽑아가지고 돌아갔다. 가격도 예상했던 것보다는 저렴했고 찾아온 직원도 친절했다. 인부들이 마음에 안 들면 언제라도 바로 전화주세요. 저희는 그 자리에서 교체해버리니까요. 그가 견적을 뽑아주고 돌아간 바로 그날 그들이 살고 있던 낡은 아파트 1층에 고지문 한 장이 나붙었다. 그동안 툭하면 말썽을 부려왔던 엘리베이터를 교체하기 위하여 사흘

후부터 열흘 간 사용을 중지하겠으니 널리 양해해주시기를 바란다
는 내용이었다. 진수는 얼굴을 찌푸렸다. 진수네는 자그마치 12층이
었다. 복도식이어서 모든 세대가 가운데에 자리잡은 엘리베이터를
이용해야만 했다. 내가 위에서 짐 내리는 거 감독할 테니 당신은 내
려가서 할 일을 하면 돼. 뭐 필요한 게 있으면 핸드폰으로 연락하면
되고. 12층까지 헐떡이며 올라온 진수는 그렇게 말하며 아내를 진정
시켰다. 하필이면 왜 이럴 때 엘리베이터를 교체하느냔 말야. 적당
히 수리나 하며 살면 될 것을. 아내는 분통을 터뜨렸다. 그래도 어쩔
수 없는 노릇이었다. 사흘 후 엘리베이터가 있던 자리는 거대한 공
동으로 변해버렸다. 벌어진 엘리베이터 문틈 사이로 깊고 검은 어둠
이 존재를 드러냈다. 할 수 없지 뭐. 진수와 그의 아내는 숨이 턱끝
까지 차오르도록 계단을 오르고 내렸다. 그나마 다행이지 뭐야. 우
리는 사흘만 다니면 끝이잖아. 이 아파트 사람들은 우리가 떠난 후
로도 일주일이나 더 이 계단을 올라다녀야 된다니까. 진수도 맞장구
를 쳤다. 그러게 말야. 정말 지긋지긋했어. 툭하면 고장에, 누수, 단
전, 단수. 게다가 부녀회는 왜 그렇게 드세? 관리는 제대로 하지 않
으면서 관리비는 비싸잖아. 복도를 놀이터 삼아 질주하는 어린애들
도 끔찍했어. 그 모든 것들과 이제는 안녕이다. 만세라도 부를 듯 신
나게 떠들어대던 두 사람이 약속이나 한 듯 말을 멈추었다. 아마도
문득 이 모든 타박이 집이 가진 어떤 고대적 신성함에 대한 모독처
럼 느껴져서였을 것이다. 물경 5년이나 정 붙이고 살아온 곳을 그렇
게 말해서는 안 될 것 같다는 생각. 그래도…… 진수가 애써 밝은 어
조로 말을 이어갔다. 여기서 모든 게 잘됐잖아. 내 연봉도 두 배가
됐고 당신은 서울로 옮겨오고. 좀 시끄럽고 어수선한 곳이었지만 정
도 들었는데. 말끝을 흐리면서 진수는 자리에서 일어났다. 버릴 것

들 좀 버리고. 아내도 그를 거들었다. 두 사람은 오래된 잡지와 보지 않는 책, 쓰지 않는 가구를 정리했다. 목장갑을 끼고 땀을 뻘뻘 흘리며 두 사람은 그 일에 매달렸다. 생각보다 집에는 숨어 있는 물건들이 많았다. 진수의 아내는 베란다 창고에서 물건들을 끄집어내다가 피식 웃었다. 당신 뇌 속을 들여다볼 수 있다면 아마 이렇게 생겼을 거야. 그녀는 고르디우스의 매듭처럼 복잡하게 얽힌 전선들을 가닥가닥 풀어내면서 말을 이었다. 가끔 그런 생각 안 들어? 그 사람 집이 그 사람 머릿속이야. 진수는 주위를 둘러보았다. 잘 분류돼 있지 않은 책더미들, 다시는 들춰보지 않을 사진더미들, 컴퓨터와 프린터, 온갖 잡동사니들이 자리다툼을 벌이는 서랍들. 한구석엔 그의 범속한 예술적 취향을 보여주는 복제화가 붙어 있었다. 그의 두뇌 속에서 퇴화돼가는 기능들은 집에서도 어김없이 먼지를 뒤집어쓰고 있었다. 어디선가 고등학교 수학 참고서가 건드리면 먼지가 되어 내려앉을 것 같은 모양으로 튀어나왔고 작동법이 정확히 기억나지 않는 낡은 수동 카메라도 모습을 드러냈다.

　오늘은 그만 하자. 진수가 목장갑을 벗으며 아내에게 말했다. 그래요. 두 사람은 차례차례 화장실에서 몸을 씻고 침대로 기어들어가 말똥말똥 천장을 바라보았다. 가끔 나타나던 그 친구 요즘 좀 뜸하네. 잘 있나? 아내가 진수의 옆구리를 쿡 찔렀다. 농담이 아니라니까. 정말 있어. 삼십대 남자고 키는 큰 편이야. 꼭 시골 공무원 같은 얼굴이야. 머리맡에 서서 내가 자는 걸 내려다보고 있어. 나쁜 귀신 같지는 않아. 진수는 푸, 입술을 떨며 장난스럽게 웃었다. 유부녀를 좋아하는 귀신인가? 흐흐. 기가 허해서 그럴 거야. 저번에 빈혈약 먹고 나선 한동안 안 보였잖아. 아내는 입을 비쭉거렸다. 그래도 금방 또 나타났어. 근데 그 귀신, 이상하게 당신이 있을 때는 조용하거든. 장난기가 동한 진수가 몸을 일으켜 벽에 등을 기대고 앉았다. 혹시. 진수의 눈이 빛났다. 그 친구, 저 속에 사는 거 아냐? 아내는 진수 쪽으로 몸을 붙여왔다. 저 속이라니. 진수는 불을 켜고 손가락으로 어딘가를 가리켰다. 사물의 형체들이 분명해졌다. 왜 이래, 정말. 아내는 진수의 등을 세게 쳤다. 그런 말 하지 마. 무섭단 말야. 진수가 가리킨 곳엔 항아리 모양의 거무죽죽한 토기 하나가 덩그러니 놓여 있었다. 토기의 양쪽엔 끈을 연결해 벽에 걸어둘 수 있도록 작고 앙증맞은 귀가 붙어 있었다. 뚜껑은 없고 목은 짧았다. 귀가 두 개 붙어 있다 하여 양이, 목이 짧다 하여 단경호, 그래서 그런 토기들을 양이단경호 토기라 부른다 했다. 그쪽에 밝은 선배를 따라 인사동을 기웃거리다가 집어들게 된 물건이었다. 신용카드를 꺼내면서 진수는 조심스럽게 주인에게 물었다. 연대가 많이 올라가나요? 주인은 마치 설렁탕 식대라도 계산하듯 심드렁하게 카드를 받아들며 대답했다. 낙동강 동안 지역의 가야토기니까, 한 사오 세기쯤? 그쪽에 밝은 진수의 선배도 조금 놀라는 눈치였다. 다른 고가구들을 집적거리다가 주인 쪽으로 몸을 돌렸다. 근데 이거밖에 안 해요? 그는 신용카드 전표를 흘깃거렸다. 물건이 많이 나오니까요. 요즘 토목공사다 도로공사다 해서 그쪽 물건들은 쏟아지는데 반출은 어렵고, 국내에는 수요가 없고, 그러니 쌀 수밖에요. 옛날엔 일본인들이 많이 사갔거든요. 걔들이야 환장하죠. 근데 요즘에 어디 가져가기가 원체 어려워야지요?

가게를 나오자마자 선배가 진수를 끌고 근처 찻집으로 데려갔다. 물건 좀 다시 보자. 주인이 비닐 완충재로 조심스럽게 포장한 물건을 그는 굳이 뜯어 자세히 살펴보았다. 도굴품이야. 그의 손가락이 토기 아래쪽의 엉덩이 부분을 가리키고 있었다. 마치 마마로 얽은 얼굴처럼 군데군데 누런 속살을 드러낸 곳들이 있었다. 무덤 속에 있는 걸 도굴꾼들이. 선배는 팔을 벌려 긴 작대기로 무덤을 찌르는 모양을 흉내내며 말했다. 이렇게 찔러대는 거야. 물건이 있나 없나. 그래서 이런 상처들이 생기는 거야. 창 맞았다고도 하고. 어쨌거나 잘 샀다. 멀쩡한 가야토기가 괜찮은 양복 한 벌 값밖에 안 한다니. 집에 1천하고도 5백 년 더 된 물건을 두기가 어디 쉽냐. 선배는 입맛을 다셨다.

날이 어둑해지자 두 사람은 술집으로 자리를 옮겼다. 그렇지만 진수는 전혀 취하지 않았다. 가야토기 때문이었다. 이런저런 물건을 수없이 사며 살아왔지만 그렇게 오래된 물건은 그날이 처음이었다. 그는 적당히 자리를 마무리한 뒤 지하철을 타고 집으로 돌아왔다. 그리고 그것을 조심스럽게 풀어 먼지를 털어내고는 안방 서랍장 위에 고이 모셔두었던 것이다. 스무 평 아파트에 자리를 잡긴 했으나 천오백 년의 세월을 건너온 토기는 단연 특유의 아취를 발했다. 천오백 년의 세월을 건너온 그 가야토기는 아파트라는 집단 주거 공간의 태생적 속물성을 일거에 무화시키는 것만 같았다. 진수는 매번 설레는 마음으로 토기의 귀와 입을 어루만졌다. 조금만 기다려라, 토기야. 이제 새 집으로 이사 가거든 멋진 자리를 마련해주마.

그렇지만 그의 아내는 조금 껄끄러워했다. 그녀는 토기 아래에 난 상처, 그러니까 '창 맞은' 자국을 손으로 만지며, 자꾸 여기가 마음에 걸려, 라고 말하곤 했다. 인사동엔 이런 물건 천지야. 걱정하지 마. 아내는 고개를 저었다. 아니, 걸릴까봐 그러는 게 아니야. 둥글넓적한 게 꼭 사람 얼굴 같아서 여기 이게 꼭 상처라도 난 것처럼 보인다니까. 당신은 그런 생각 안 들어? 그러면서도 그녀는 토기의 표면을 손으로 연신 쓰다듬고 있었다. 그래도 멋져. 그가 말했다. 무덤 속에서 천 년을 있으면 뭘 해. 나와서 빛도 보고 이렇게 손도 타는 게 좋지. 안 그래? 그게 이 친구 입장에서도 복이라고. 다른 친구들은 아직도 저 남쪽 어느 깊은 땅 속에 처박혀서 숨도 잘 못 쉬고 있을 거야.

그날부터 가야토기는 온갖 잡동사니로 가득한 이 아파트에 한자리를 차지하였다. 내가 가위눌리는 거하고 저거하고는 관계없어. 그녀가 이불을 눈썹 끝까지 끌어올리며 말했다. 왜냐하면, 저게 오기 전에도 자주 그랬으니까. 진수는 침대에서 몸을 빼 토기가 있는 쪽으로 걸어갔다. 그렇지만 그 시골 공무원 닮은 남자한테 가위눌린 건 저 토기가 온 뒤부터 아냐? 아내가 이불을 끌어내리고 매섭게 그를 노려보았다. 혹시 당신 그 귀신한테 질투하는 거야? 그만 하고 일루 들어와 그만 잠이나 자. 으이구. 내일 아침 일찍 나가야 되는데 남편이라는 작자는 헛소리나 하구 말야. 그런 농을 주고받으며 둘은 소르륵 잠이 들었다.

그로부터 이틀 후 옛 집에서의 마지막 밤이었다. 마음이 설레는지 진수의 아내는 쉽게 잠을 이루지 못했다. 이럴 바엔 일어나야지. 아내는 카디건을 걸치고 거실로 나와 공연히 싱크대 여기저기를 살폈다. 진수도 마찬가지였다. 해야 할 일들, 그러니까 전입신고며 전화 이전, 도시가스 차단 신고, 관리비 정산, 잔금 지급에 관련한 서류들을 정리했다. 생각보다 할 일이 많았다. 그들은 밤이 이슥해서야 잠자리에 들었다. 그날 밤 아무도 그들 부부를 찾아오지 않았다. 대신 황사를 동반한 강한 바람이 그들이 곤히 잠든 아파트의 창문을 두들기기 시작했다. 바람은 밤이 깊어갈수록 거세어갔다. 덜컹덜컹, 창문틀과 그 위에 허술하게 얹혀 있는 창문들이 부딪치며 요란한 소리를 냈다. 타클라마칸에서 발원한 먼지들이 안간힘을 쓰며 그들이 고요히 잠들어 있는 방으로 비집고 들어와 사막의 냄새를 남겼다. 바다를 건너온 먼지들은 가야시대의 토기 위에도, 미리 싸둔 귀중품 가방 위에도, 진수와 아내의 콧잔등 위에도 평등하게 내려앉았다.

에에취. 재채기를 하며 진수는 자리에서 벌떡 몸을 일으켰다. 텔레비전 위의 디지털시계는 아침 여섯 시 십오 분을 가리키고 있었다. 가습기에서 뿜어나온 수증기는 눅눅한 곰팡이 냄새를 풍기고 있었다. 목이 칼칼하고 콧구멍 속이 간지러웠다. 거실에 나가 냉장고 문을 열고 물통을 꺼내 그대로 입에 대고 들이켰다. 쿵쿵쿵쿵. 멀리서 울리는 북소리 같기도 했고 자욱한 먼지구름 속으로 달려가는 소떼들의 발굽 소리 같기도 했다. 귀를 기울이자 소리의 근원이 점점 분명해졌다. 진수는 베란다로 통하는 유리문을 열었다. 창문이 흔들리고 있었고 틈새를 지나는 바람이 길고 날카로운 휘파람 소리를 냈다. 진수는 창에 바짝 붙어 아파트 아래를 내려다보았다. 나뭇가지들이 한 방향으로 누워 격렬히 몸을 떨고 있었다. 아파트 진입로에 붙어 있던 플래카드는 밤새 찢겨졌는지 전장의 깃발처럼 거세게 나부끼고 있었다. 자전거 보관소에 세워둔 자전거들 중 다수가 쓰러져 있었다. 대단한 바람이었다. 만약 그날이 다른 날과 다름없는, 그저 그런 평범한 날이었다면 진수는 더 이상 그 바람에 대해 생각하지 않고 조간신문이 제대로 배달되었는지 정도에만 관심을 두었을 것이다. 그러나 그날은 그들이 새로이 장만한 아파트로 이사하는 날이었다. 12층에서 내린 짐을 차에 싣고 가서 17층에 올려놓아야 하는 것이다. 진수는 아내를 깨웠다. 부스스한 눈으로 그녀는 한 가지를 더 발견했다. 황사였다. 그녀의 손가락이 허공을 가리키고 있었다. 산이 사라졌어. 그들이 가끔 배드민턴채를 들고 오르던 뒷산의 그 확고한 형체를 누런 장막이 대신하고 있었다. 해발 고도가 고작 백여 미터에 불과한 산이었지만 그것이 있어 아파트의 주민들은 자신들이 허공에 떠 있지 않다는 걸 분명히 알 수 있었다. 그러니 이렇게 산이 사라지는 날이면 12층에 사는 그들은 허황함에 사로잡히는 것이었다. 어, 황사가 대단한걸. 단잠에서 깨어났지만 그녀는 하품을 하지 않았다. 어쩌지. 그녀는 걱정스런 얼굴로 베란다에 서서 사라진 산 쪽을 바라보고 서 있었다. 어쩌긴 뭘 어째. 어서 씻고 준비하자구. 말을 꺼낸 진수가 먼저 씻었다. 얼굴과 손을 씻고 대충 면도를 했다. 머리를 감을까 하다가 그만두었다.

번갈아 화장실을 들락거리며 부산을 떠는 사이 현관의 초인종이 울렸다. 벌써 온 건가? 아내는 물기가 채 마르지 않은 손으로 문을 열었다. 늙었다고도 그렇다고 젊다고도 할 수 없는 나이의 남자가 서 있었다. 나이가 가늠이 안 된다기보다 어떤 나이라고 해도 어울리지 않을 사람이었다. 오십대라고 하기엔 경망스러워 보였고 삼십대라고 하기엔 세월의 흔적이 많았다. 사십대라고 하기에는 미심쩍은 그 사내는 술기운 때문인지 실핏줄이 터진 희끄무레한 눈으로 두 사람을 바라보고 있었다. 푸른색 반팔 셔츠 위에 노란색 조끼를 걸치고 있었는데 등에 '까치트랜스'라는 포장이사업체의 이름이 고딕체로 희미하게 인자되어 있었다. 그리고 마치 그가 몰고 오기라도 한 것처럼 거센 바람이 열린 문을 통해 밀려들었다. 바람 때문인지 진수의 아내는 눈을 가늘게 흡뜨고 돌아섰다. 좀 일찍 오셨네요.

대꾸는 없었다. 대신 포장이사업체의 사내는 성큼 집 안으로 발을 들여놓았다. 그리곤 신발을 신은 채로 거실로 성큼성큼 걸어들어왔다. 그의 농구화가 우리가 5년 동안 물걸레질을 해온 장판 위에 선명하게 발자국을 남겼다. 엘리베이터 고장났으면 미리 말씀을 해주셨어야지. 반말인지 존댓말인지 가늠하기 힘든 말을 내뱉으며 그는 냉장고 문을 활짝 열었다. 그 속에서 맥주캔 하나를 꺼내 손에 쥔 그는 진수를 향해 씩 웃었다. 그것은 동의를 구하는 자의 모습이라기보다는 전리품을 획득한 군인의 자세에 가까웠다. 진수는 어색하게 따라 웃으며, 아, 네, 드세요, 라고 말했다. 엘리베이터는 언제 고장난 겁니까? 사내가 따지듯 물어오자 진수 쪽에서도 마냥 부드러울 수만은 없었다. 며칠 됐습니다. 견적을 낼 때는 이렇게 될 줄 몰랐습니다. 그리고 사다리차도 온다기에 엘리베이터가 없어도 될 것 같았는데요. 사내는 다 마셔버린 맥주캔을 손아귀에 쥐고 간단하게 찌그러뜨렸다. 그리고 그 찌그러진 캔을 닮은 미소를 지었다. 보는 사람에 따라선 위협으로 느낄 수도 있을 태도였다. 사내는 밖을 가리켰다. 그러니까 우리더러 사다리차로 오르락내리락하라는 거요? 그게 어디 사람 타는 건가? 사내의 입에서 술냄새가 제법 풍겨왔다. 진수는 손을 내저으며 사과했다. 전 사람도 탈 수 있는 건 줄 알고, 아, 어쨌든 미안합니다. 그래도 어쩝니까? 엘리베이터는 없고.

좆빠지게 올라다녀야지, 별수 있나. 사실, 우리도 가끔 사다리차 타고 올라오는 날이 있지. 그렇지만 오늘같이 바람 불면 위험하지. 잘못하면. 그는 자신의 손으로 목울대를 그었다. 끽이야. 목울대를 그은 그의 손가락이 방바닥을 향해 곤두박질쳤다. 휘유웅, 쾅. 끅. 일인극의 배우처럼 그는 자신의 손으로 추락사를 표현하고 있었다. 그러면서 뭐가 재밌는지 얼굴을 일그러뜨리며 낄낄거렸다. 짐이 많지는 않구만. 책이 좀 많고. 어이구, 이건 또 뭐야. 웬 항아리요? 사내는 가야시대의 토기를 목장갑을 낀 손으로 만지작거렸다. 진수는 황급히 그를 향해 다가가며 그의 손에서 조심스럽게 토기를 빼앗으려 했지만 사내는 몸을 슬쩍 돌려 진수의 접근을 막았다. 거 좀 봅시다. 뭐 얼마나 대단한 거라구 그래. 그냥 흙단지구만.

아저씨. 부드럽게, 그렇지만 단호하게 진수의 아내가 일침을 놓았다. 있던 데 그냥 놓으시고 그만 일 시작하시죠. 사내도 호락호락하지는 않았다. 거 이상들 하시네. 이게 뭐냐고 묻는데 대답은 안 하고 왜 화들을 내시나. 내가 이걸 뭐 어떻게 하기라도 할까봐 그러시나. 사내는 느물거리며 토기를 다시 제자리에 올려놓았다. 니미, 물건이 똥인지 된장인지 알아야 비닐로 싸든지 박스에 넣든지 버리든지 할 거 아냐. 나보고 일이나 하라니. 이게 일이 아니면 내가 새벽같이 뜬 신 밥 잘 처먹고 엘리베이터도 안 되는 아파트에 아침부터 헐떡대면서 올라와서 혼자 체조하나. 진수가 사내의 팔을 잡았다. 미안합니다. 이사가 처음이라서요. 저건 가야시대 토기입니다. 깨지지 않게 조심해주세요. 오늘 옮기실 물건들 중에서 저게 제일 중요한 겁니다. 사내가 다시 토기를 집어들었다. 그는 그 어떤 행위도 누군가에게 허락을 받아본 적이 없는 사람처럼 행동했다. 가야라, 가야면 내 전공이지. 내가 김해 김씨거든, 김수로왕의 85대손인가, 그런데, 이야, 가야라, 젊은 사장님, 근데 가야가 언제 망했지? 진수의 호흡이 거칠어지고 있었다. 그의 아내도 마찬가지였다. 이보세요. 아저씨. 가야가 언제 망했는지까지 아셔야 됩니까? 여간해선 언성을 높이지 않는 진수로서는 상당한 용기였다. 진수의 대응에 사내는 의외로 순순히 토기를 제자리에 놓고 물러섰다. 핏줄이 댕긴다는데도 화를 내시네. 아, 니미. 사내는 현관을 향해 걸어가며 복도에 카악, 하고 가래침을 뱉었다. 그 행동이 너무도 자연스러워 전혀 추하다는 느낌이 들지 않을 정도였다. 밖으로 나간 사내는 12층 난간에서 아래를 내려다보며 소리를 질렀다. 어이, 올려보내. 잠시 후, 위잉, 철커덕, 위잉, 철커덕 소리가 점점 가까워졌다. 종내는 쿵, 하는 소리와 함께 밀어올려진 사다리의 끝이 12층의 난간에 닿았다. 노란 조끼 사내는 사다리를 고정시키고 난간 위에는 낡은 카펫을 깔았다. 동작이 숙련된 것으로 보아 뜨내기는 아닌 것 같았다.

사내가 그 작업을 하는 동안 진수의 아내가 진수에게 다가와 속삭였다. 어쩔 거야? 그냥 할 거야? 저 사람 기분 나빠. 인부 바꿔 달라그래. 진수는 난색을 표했다. 오늘 손없는 날이잖아. 오전까진 집 비워줘야 되는데, 이제 와서 어떻게 사람을 구해. 아마 안 될걸. 괜히 전화했다가 안 된다고 하면 저 사람 더 길길이 날뛸걸. 이젠 어쩔 수 없어. 진수의 아내도 물러서지 않았다. 전화라도 해봐. 할 수 없이 진수는 베란다로 나와 포장이사업체로 전화를 걸었다. 신호는 가는데 아무도 받지 않았다. 모든 직원이 일을 나갔거나 아니면 아직 아무도 출근하지 않은 모양이었다. 초조하게 전화를 걸고 있는 그에게 어느 샌가 사내가 다가왔다. 진수는 휴대폰의 폴더를 접었다. 마음에 안 들어도 우리보고 뭐라 하지 마쇼. 우린 오늘만 일당 받고 뛰는 거니까, 할말 있으면 업체에 하든가 말든가. 우린 이 짐만 그 집으로 옮겨주면 땡이니까. 마치 그의 마음을 읽기라도 한 것처럼 사내는 이죽거리며 말했다. 아마 오늘은 딴 인부 구하기 힘들 거요. 손없는 날이라는 게 무서운 거거든. 목장갑을 낀 자신의 양손을 들어 보이며 그는 씩 웃었다. 간단하지. 손이 없는 날이라는 거지. 그가 끼고 있는 목장갑은 손바닥 쪽에 빨간색 방진 처리가 되어 있어 얼핏 피에 젖은 손처럼 보였다. 진수는 자신도 모르게 몸을 떨었다. 그리곤 비굴하게 웃으며 말했다. 그러게 말입니다. 누가 손없는 날 같은 걸 만들었는지 모르겠네요. 어쨌든 오늘 잘 부탁드립니다. 아, 사다리는 다 올라왔나요?

사내는 대답 대신 베란다의 창문을 활짝 열며 얼굴을 찌푸렸다. 오늘 바람이 지랄맞아서, 니미 사다리나 제대로 붙어 있을지. 황산

지 뭔지 덕분에 목도 칼칼하고. 하여간 날 한번 기똥차게 잡았소. 사내는 다시 복도 난간의 사다리 쪽으로 가버린다. 진수는 베란다에 그대로 남아 창밖을 바라본다. 황사는 점점 더 강해지는 것 같다. 이젠 아파트 앞동도 선명하게 보이질 않았다. 흐어. 진수는 딱히 누구에게랄 것 없는 탄식을 토했다. 그것이 신호라도 되는 것처럼 현관을 통해 두 사람이 들어왔다. 사십대 중반의 아주머니와 삼십을 갓 넘겼을 남자였다. 아주머니는 계단을 올라오느라 벌써 지쳤는지 가쁜 숨을 몰아쉬고 있었다. 반면 흰 운동화를 신은 남자는 별로 힘든 기색 없이 조용했다. 두 사람은 보일 듯 말 듯 까딱 고개를 숙였을 뿐 진수 내외를 향해 별다른 말을 꺼내지 않았다. 어서 오세요. 뭐 시원한 거라두? 여자는 됐다며 손사래를 쳤다. 진수는 흰 운동화 쪽을 쳐다보았지만 그는 대꾸도 없었을 뿐 아니라 진수 쪽을 아예 쳐다보지도 않았다. 진수가 남자의 의사를 다시 한 번 물으려 하자 중년여자가 말렸다. 됐어요. 조선족인데, 귀가 안 들려요. 안산에서 가죽공장인가 가방공장인가에 다녔다던데 거기서 무슨 사고가 났다든가 귓방망이를 얻어맞았다든가, 하여튼 간에 귀먹었으니까 하고 싶은 말이 있으면 글로 쓰든가 아님 나한테 말해요. 두 사람의 대화가 들릴 리 없는 조선족은 묵묵히 사다리를 타고 올라온 종이상자를 집 안으로 끌어들이고 있었다. 노란 조끼는 밖에서 사다리로 올라온 장비들을 부리고 있었다. 진수는 여자에게 다시 한 번 부탁했다. 저 토기 보이시죠? 저거 가야토기거든요. 저거 조심해서 포장해주세요. 여자는 힐끗 살피더니 걱정 말라고 했다. 깨진다 이거죠? 여자는 싱크대 여기저기를 살피며 말했다. 아니, 깨지면 안 되죠. 안 깨지게 해달라는 얘기죠. 여자는 웃었다. 바본 줄 아시나. 떨어뜨리면 깨지냐 이거지, 누가 일부러 깨뜨린대요? 답답하시기는. 여자는 요란한 소리를 내며 접시들을 밖으로 끌어내고 있었다. 안방에서 침구들을 매만지던 진수의 아내는 거실로 나오다 무엇에라도 놀란 듯 발걸음을 멈추었다. 그녀는 귀머거리 조선족의 옆모습을 뚫어져라 주시하다가 천천히 고개를 저었다. 아냐, 그럴 리가 없어, 라고 말하는 것처럼 보였다. 왜 그래? 진수가 다가와 낮게 속삭이자 진수의 아내는 씩 웃으며 도리질을 칠 뿐 아무 말도 하지 않았다. 괜찮아. 아무것도 아냐.

　집을 싸는 일은 순조롭게 진행되었다. 난간에 걸쳐진 사다리가 강풍에 밀려 요란한 소리를 내며 덜컹거렸지만 노란 조끼는 별일 아니니 안심하라고 했다. 그러면서도 그는, 끽해야 떨어지기까지밖에 더 하겠냐고 말해 안심하려는 그들을 다시 불안하게 만들었다. 3년 전인가. 꼭 이 집처럼 엘리베이터 고장난 집이 있었는데 그날도 이렇게 바람이 억세게 불었거든. 인부 하나가 걸어내려가기 귀찮다고 사다리차 타고 장롱 위에 앉아 내려가다가 그만 사다리 중간에서 딱 멈춰버린 거야. 야, 정말 죽겠더구만. 그는 신이 나서 떠들어댔다. 동네 사람들 다 구경 나오고 난리가 아니었어. 우리가 소리를 질러댔다고. 야 임마. 꼼짝 말고 있어. 뭐 걸린 모양인데 우리가 밑에서 고쳐보고 안 되면 119 부를 테니까. 그런데 이놈이 좀 어렸거든. 그 위에서 가만히만 있었어도 괜찮았을 텐데, 이놈이 자꾸 움직인 거야. 바람은 불지, 사다리는 흔들거리지. 제 딴에는 오금이 졸아들었겠지. 그래도 새끼, 가만 있었어야 했는데. 남자는 거기까지 말하고 담배를 피워 물었다. 어떻게 됐습니까? 진수의 물음에 노란 조끼는 담배 한 모금을 쭉 빨더니 내뱉듯이 말했다. 죽었을 것 같지? 남자는 웃었다. 태국놈이었어. 급하니까 제 나라 말로 뭐라고 소리를 질러대는데 우리가 그걸 무슨 수로 알아들어? 엉금엉금 사다리 타고 내려오다가 갑자기 돌풍 부니까 꼭 비니루 봉지모냥 펄렁거리더니 5 미터 아래로 뚝 떨어졌어. 운 좋았지. 아파트 나무에 걸려서 다리 두 군데하고 갈빗대 석 대 부러지고 끝났으니까. 그새끼 죽었어봐. 이 사고 나발이고 다 끝이라고. 우리 젊은 사장님. 이사에서 제일 중요한 게 뭔지 알아? 그는 진수의 대답을 기다리지 않고 스스로 답했다. 사람이 안 죽어야 되는 거야. 사람 죽으면 이사고 나발이고 그냥 요대로 주저앉는 거라고. 흐.

그래, 죽지 말아 다오. 우리의 이사가 끝날 때까지만. 책을 싸는 조선족도 부엌살림을 챙기는 아줌마도 그리고 저 노란 조끼도 결코 죽어서는 안 되는 것이다. 이들이 죽어서는 안 되는 이유가 고작 자신의 이삿짐 때문이라는 데에서 진수는 비밀스런 쾌감을 느꼈다. 열린 현관문으로 바람이 훅, 먼지를 불어올리며 끼쳐 들어왔다. 마른 흙냄새가 강렬했다. 반기기라도 하듯 창문들이 일제히 덜컹거렸다. 멀리 오래된 왕릉의 능선을 닮은 산등성이가 모습을 드러냈다. 산의 뿌리는 먼지구름 속에 잠긴 채 오직 마루의 윤곽만이 공중에 떠 있었다. 진수는 서랍 속에서 마스크 두 개를 꺼내 하나는 아내에게 주고 나머지 하나로 입을 가렸다. 입김에서 비린내가 났다.

서로 전혀 의사소통을 하지 않는 세 사람의 인부들은, 그럼에도 불구하고 나름대로 착착 일을 진행해가고 있었다. 집 안의 물건들은 하나 둘 상자 속으로 들어가 포장되었다. 흰 운동화를 신은 조선족은 가끔 뭐가 좋은지 혼자 실쭉 웃었다. 테이프를 입으로 끊어내다가도 웃었고 바퀴 달린 깔판에 짐을 올려놓다가도 그랬다. 난 내려가 있을게. 아내가 다가와 진수에게 말했다. 누군가는 내려가 있어야잖아. 무슨 일 있으면 전화해. 아내는 계단으로 걸어다닐 때마다 어지럼증 때문에 고생하곤 했다. 빙빙 도는 건 질색이거든. 그러니까 코앞의 계단을 보지 말고 멀리 보고 다녀. 그럼 덜 어지러워. 진수의 충고는 별 도움이 되지 않았다. 그렇게 해보려고 했는데 잘 안돼. 밑을 안 보면 갑자기 허공을 디딜 것만 같아. 그럴 때마다 진수는 웃었다. 어렸을 때 옛날이야기를 너무 많이 봐서 그래. 거기엔 허공으로 난 계단들이 있지. 한없이 올라가면 거기 성이 있고. 주인공이 가는 사이에도 계단들은 허물어져 내리고. 진수의 아내는 손사래를 쳤다. 그러지 마. 정말 어지럽단 말야. 진수의 아내는 난간을 잡고 12층을 내려갔다. 아, 다시 올라올 일이 없어야 할 텐데.

중앙계단에서 돌아오자 세 인부는 냉장고 앞에 한데 모여 하드 아이스크림을 먹고 있었다. 어차피 녹을 건데. 아줌마가 태연하게 말하며 혓바닥으로 막대기를 핥고 있었다. 아줌마의 발치엔 아이스박스가 입을 열고 있었다. 새댁이 냉장고 청소는 생전 안 하나봐. 하긴, 요즘 젊은 언니들이 그런 거 할 새가 어딨어. 흰 운동화의 조선족도 탐욕스럽게 아이스크림을 빨아먹고 있었다. 이마에서 땀이 송골거리다가 더러운 바닥으로 똑 떨어졌다. 목장갑을 낀 손등으로 이마를 훔쳤다. 진수는 안방으로 들어가 일의 진척 상황을 살폈다. 어느새 많은 것들이 상자 속으로 들어가버렸다. 토기는 잘 싸셨나요? 진수가 눈에 띄지 않는 토기의 행방을 물었다. 노란 조끼는 고개를 저었다. 내가 안 쌌는데. 그는 조선족을 가리켰다. 저 친구가 쌌겠지. 노란 조끼는 손으로 토기 모양을 그려가며 조선족에게 그걸 어떻게 했느냐고 물었지만 조선족은 뭘 묻고 있는지 잘 이해하지 못하고 있는 것 같았다. 진수가 토기가 놓여 있던 서랍장을 가리키자 그때야 조선족은 이해를 했는지 손으로 동그라미를 그려 보이며 어눌한 발음으로, 오케라고 말했다. 진수의 미심쩍은 표정을 보더니 그는 손으로 토기의 윤곽을 그려 보이며 확인해주었다. 단지, 단지, 오케. 답답해진 진수는 노란 조끼에게 말했다. 그거 따로 가져가거나 아니면 나무 상자 같은 데에 깨지지 않게 잘 넣어야 하는 건데요. 노란 조끼는 별거 아니라는 듯 피식 웃었다. 저 친구가 조선족이고 벙어리라고 무시하시나 본데, 그렇다고 바보는 아니니까 걱정하지 마쇼. 저 친구도 이 바닥 짬밥이 나보다 더 됐지 덜 되진 않을 거요. 뭐 어련히 알아서 했으려고. 저 박스들 어딘가에 잘 챙겨넣었겠지. 노란 조끼는 안방에 수북이 쌓여 있는 상자들을 가리켰다. 어느 상자에 넣었는지까지 묻고 싶었지만 그만두었다. 그렇다고 지금 와서 뜯어볼 수도 없는 노릇이었다. 미리 따로 챙겨 승용차로 가져갈 것을. 진수는 후회했지만 뒤늦은 일이었다.

자 그럼, 한번 내려볼까. 노란 조끼는 복도의 난간으로 나가 아래를 보고 소리를 질렀다. 올려보내. 괴물의 울부짖음 같은 소리와 함께 사다리 상판이 올라오기 시작했다. 우우우우웅. 진수는 아래를 내려다보았다. 바람 때문에 사다리는 위태롭게 휘청거렸다. 아내도 아래에서 위를 올려다보고 있었다. 황사바람 부니 차 안에 들어가 있으라고 진수가 여러 번 전화했지만 아내는 괜찮다며 들어가지 않았다. 대신 음료수를 사와 아래에서 짐을 받는 사다리차의 운전기사와 인부에게 주고 위로도 올려보냈다.

노란 조끼는 상판이 다 올라오자 그 위에 짐을 올려싣기 시작했다. 나루에 배를 대듯 난간과 평행한 높이로 이어진 상판 위로 노란 조끼는 짐을 쌓아나갔다. 가끔은 자기가 그 상판 위에 올라가서 짐의 위치를 조정했다. 바람이 많이 불고 있는데도 그는 별로 거리낌이 없었다. 죽지 않아야 한다. 진수는 난간 위에 올라선 그를 올려보며 그의 안위를 빌었다. 이윽고 노란 조끼가 탕탕, 상판을 두드리자 여섯 개의 상자를 실은 상판이 사다리를 따라 내려갔다. 바람이 기다렸다는 듯 노란 조끼와 진수를 때렸다. 진수는 자기도 모르게 노란 조끼의 팔을 잡았다. 노란 조끼가 반사적으로 진수의 손을 털어냈다. 그 순간 쿵, 소리와 함께 사다리에서 나는 소리가 멈췄다. 두 사람은 동시에 아래를 내려다보았다. 7층쯤에서 상판이 멈춰 있었다. 뭐야? 노란 조끼가 소리를 질렀다. 좆도 얼마 얹지도 않았는데 왜 지랄이야. 그가 중얼거리는 순간 천천히 다시 상판이 내려가기 시작했다. 아래에서 리모컨을 쥔 기사가 조심스럽게 상판을 끌어내렸다. 몇 번을 더 멈추고 나서야 상판은 바닥에 닿았다. 진수는 안도의 숨을 쉬었다. 노란 조끼는 대수롭지 않다는 듯 다시 집으로 들어가 짐들을 끌어냈다. 상자에 쌓인 짐들을 다 내려보내고 나서 노란 조끼와 흰 운동화는 장롱처럼 큰 짐들에 손을 댔다. 어느새 집은 휑한 속내를 드러내고 있었다. 냉장고 뒤에는 그을음과도 같은 검은 먼지가, 장롱 뒤에는 곰팡이가, 세탁기 아래에는 흑갈색 슬러지가 쌓여 있었다. 열심히 쓸고 닦으며 사는 동안 먼지는 먼지대로 곰팡이는 곰팡이대로 그들 옆에서 자리를 잡고 살고 있었다. 진수는 노란 조끼와 흰 운동화가 땀을 흘리며 장롱을 들어내는 동안 쪼그리고 앉아 굴러다니는 백 원짜리 동전들을 챙겼다. 더러워진 백 원짜리 동전 위를 개미 군단이 열을 지어 횡단하고 있었다.

집이란 게 혼자 사는 거 같아도 그게 아니라니까. 어느새 들어온 노란 조끼가 손가락으로 개미들을 눌러 죽이고 있는 진수 뒤에서 뇌까렸다. 진수는 손가락에 묻은 개미의 시체를 털어내며 일어났다. 그러게 말입니다. 이 좁은 집에 별게 다 살았지요. 귀신도 살았다니까요. 노란 조끼는 장롱 앞쪽에 담요를 씌웠다. 이상하게 귀신들도 따뜻한 집을 좋아하지. 이 집이 딱이네. 애도 없어 조용하고 사모님도 이쁘고, 호호.

마지막 장롱이 내려가면서 집은 텅 비어버렸다. 빗자루를 들고 건성으로 마루를 쓸어대는 아줌마를 피해가며 진수는 집 여기저기를 둘러보았다. 아내와 결혼하면서 얻은 신혼집이었다. 그래, 처음엔 이렇게 넓었었지. 나중에 살림으로 가득 차 숨쉬기조차 어려워졌지만 애초부터 그렇지는 않았었다. 둘은 마루를 뒹굴며 행복해했고 음악을 틀어놓고 블루스를 추었다. 그러나 그들이 뒹굴던 자리엔 곧 오디오가 들어왔고 블루스를 추던 곳에 책장이 놓였다. 종내는 러닝머신부터 가야토기까지 공존하는 집이 되어버렸다. 자, 내려갑시다. 노란 조끼가 남은 상자와 공구들을 마지막으로 내려가는 사다리 상판 위에 얹었다. 에이, 나도 타고 내려갈까부다. 진수는 말리지 않았다. 조선족은 듣지를 못했는지 묵묵히 중앙계단 쪽으로 걸어갔다. 난간 위로 올라간 노란 조끼는 줄타기라도 하는 것처럼 양손을 벌려 중심을 잡으려 했지만 쉽지 않은지 위태롭게 휘청거렸다. 내려오시죠. 진수의 그 말을 기다리기라도 한 듯 그는 상판 쪽으로 몸을 실었다. 아래에서 봅시다. 그가 아래쪽으로 신호를 보내자 철커덕 소리와 함께 상판이 아래로 내려가기 시작했다. 진수는 난간에 몸을 기댄 채 그가 점점 작아지며 아래로 사라지는 모습을 지켜보았다. 바람이 여전히 거셌고 멀리 산등성이는 여전히 윤곽으로만 남아 있었다. 노란 조끼는 낄낄거리며 진수를 향해 손까지 흔들어댔다. 사다리의 한 구간 한 구간을 지날 때마다 심하게 덜컹거리던 상판은, 그러나 아무것도 떨어뜨리지 않은 채 무사히 아래에 도착하였다. 진수는 다리에 힘이 풀리는 것을 느끼고 난간 벽에 몸을 기댄 채 복도에 주저앉아 담배를 피워 물었다. 긴 하루였다. 삐리리릭. 아내에게서 전화가 왔다. 다 내려보낸 거야? 응. 끝이야. 잘 둘러보고 내려와. 알았어. 근데 밑에는 별일 없어? 마지막 짐을 트럭에 옮기고 있어.

참, 집은 어때? 집? 무지하게 더럽지. 여기서 살았다는 게 잘 믿기질 않아. 아내의 웃음소리가 전화를 통해 들려왔다. 오늘따라 왜 이렇게 감상적이야? 사람 사는 데가 다 그렇지. 참, 재미있는 얘기 하나 해줄까? 이쯤에서 그의 아내는 목소리를 낮췄다. 그 조선족 아저씨 말야. 내가 보던 그 귀신하고 쏙 빼닮은 거 알아? 근데 그 사람, 정말 조선족 맞아? 말을 안 하니 알 수가 있어야지. 혹시 귀도 들리는 거 아냐?

문을 잠근 진수는 1층까지 계단으로 걸어내려갔다. 노란 조끼가 5톤 트럭의 적재함에 빗장을 지르고 있었다. 조선족 인부는 보이지 않았다. 현장을 정리한 다음, 진수와 그의 아내는 배웅 나온 경비원과 인사를 나눴다. 잘 가요. 진수와 아내는 승용차에 올라 트럭에 앞서 출발했다.

이사갈 집은 그곳에서 멀지 않았다. 점심을 먹고 나서 일은 다시 시작되었다. 이번에는 엘리베이터를 통해 짐을 옮겼다. 아파트 관리실에서 사다리차의 사용을 허가하지 않았기 때문이었다. 17층은 무섭습니다. 잘못하면 정말 떨어진다니까요. 짐을 들여놓는 일은 훨씬 간단해 보였다. 먼저 큰 짐들이 들어와 자리를 잡았고 이어 잔짐들이 뒤를 이었다. 흥부네 박처럼 상자들은 살림살이를 쉴 새 없이 쏟아냈다. 그런 와중에 도시가스를 연결하러 온 사람이 진수에게 사인을 받아갔고 전화국에서 연결 여부를 확인하는 전화를 걸어왔다. 인부들은 쉴 새 없이 진수에게 이 짐은 어디에, 또 저 짐은 어디에, 라고 물어왔다. 노란 조끼가 장롱을 들여놓는다고 새로 깐 장판을 세 군데나 찢어놓았을 때 진수는 다시금 새로운 살의를 느꼈다. 자꾸 여기 놨다 저기 놨다 하니까 그러지, 라고 말하며 진수에게 책임을 떠넘길 때는 더욱 그랬다. 너를 사살한다. 죄목은 새로 산 장판을 찢은 것이다. 정말이지 진수는 그의 면전에다 그런 준엄한 선고를 내리고 싶어 미칠 지경이었다. 그들의 집에 출몰하던 귀신을 닮은 조선족 역시 책꽂이를 들여놓다가 두 군데의 벽지에 흠집을 냈다. 파란색 계통의 벽지여서 하얀 속살은 더 도드라졌다. 게다가 그는 이불장의 얇은 뒤판에 어린애 주먹만 한 구멍도 냈다. 진수의 인내심도 한계에 다다르고 있었다. 냉장고에서 나온 것들은 엉망이 되어 냉장고로 다시 들어갔으며 싱크대의 부엌살림들은 비닐 포장이 된 채로 수납되었다. 뭐라고 해야 되는 거 아냐? 진수의 아내가 인상을 찡그리며 나직하게 물어왔지만 진수는 입을 꾹 다물고 있었다. 말 좀 해봐! 진수는 오디오를 들여오고 있는 노란 조끼에게 갔다. 정말 이런 식으로 할 겁니까? 오디오를 들여오던 노란 조끼는 빤히 진수를 바라보았다. 이런 식이 뭔데? 진수는 손가락으로 바닥을 가리켰다. 이 장판 찢어진 거 이거 어떡할 겁니까? 노란 조끼의 시선이 아래를 훑었다. 이거? 그래서 장판 새로 깔아 달라구? 이사비보다 비쌀걸. 그냥 껌이나 붙여 쓰시지. 노란 조끼는 진수의 앞을 바람 소리를 내며 지나쳐갔다. 오늘 같은 날 목숨 걸고 짐 날라주면 고맙다고는 못할망정 뭐가 어째? 이런 비니루 장판이 뭐 천년만년 새삥이겠냐고. 재수가 없으려니까, 별 거지 같은 걸로 시비네. 젊은 놈의 새끼가 말야.

진수는 노란 조끼의 멱살을 잡았다. 노란 조끼는 당황하지 않고 한 손으로 진수를 가볍게 뿌리쳤다. 진수는 상자와 상자 사이에 나가떨어졌다. 진수의 아내가 소리를 질렀지만 그 외에 누구도 이 싸움에 관심을 가지지 않았다. 귀머거리 조선족은 어디 갔는지 뵈지 않았고 아줌마는 애당초 관심이 없는 듯 부엌살림만 여기저기에 구겨넣고 있었다. 아저씨, 도대체 왜 이래요? 진수의 아내가 노란 조끼에게 달려가 따졌지만 노란 조끼는 태연하게 대답했다. 왜 이러냐고? 잘난 남편한테 물어보시지. 당신 남편이 멀쩡하게 가만 있는 내 멱살을 잡으면서 달려들었잖아, 안 그래? 찢어진 입이 있으면 말을 해보시지.

진수는 허리를 만지며 힘겹게 몸을 일으켰다. 좋아. 이런 식으로 나오면 우리도 잔금은 못 줘. 진수의 말에 노란 조끼는 코웃음을 쳤다. 그으래? 그럼 저 아래에 있는 짐은 혼자 올리시게? 아니, 여기 올린 짐도 다시 내려놓고 가야겠구만. 밤새 저 아래에서 황사먼지 먹어가며 짐 한번 지켜보라구. 아주 볼 만할 거야. 노란 조끼가 소리를 질렀다. 야 모두 철수해. 부엌에선 벌써 아줌마가 목장갑을 벗어 던지고 있었다. 의사소통이라고는 없던 두 사람이 이럴 때는 호흡이 아주 잘 맞았다. 노란 조끼는 집을 돌아다니며 조선족을 찾았다. 어디에도 없었다. 마지막으로 그는 거실에 붙은 화장실 문을 열어젖혔다. 귀머거리 조선족이 거기에 있었다. 흰 운동화를 신고 변기 위에 올라가 쪼그리고 앉은 채 일을 보고 있었다. 그가 모두를 향해 실쭉 웃었다. 병신, 양변기도 사용할 줄 모르는. 노란 조끼는 욕을 퍼부으며 문을 닫았다. 그러면서 마치 변명처럼 모두를 향해 말했다. 저렇게 안 하면 똥이 안 나온다는 데야.

잠시 후, 물이 내려가는 소리와 함께 조선족이 화장실에서 나왔다. 노란 조끼는 다짜고짜 그의 팔을 잡고 현관으로 걸어나갔다. 영문을 모르는 조선족은 흘러내리는 면바지를 추어올리며 그를 따라갔다. 진수의 아내가 그들을 붙잡았다. 미안하다, 죄송하다, 용서해 달라, 그제야 그들은 엘리베이터 앞에서 발길을 돌렸다. 그리고 당당하게 돈을 요구했다. 주네 못 주네 소리 다시 듣고 싶지 않으니 먼저 주쇼. 아내는 노란 조끼의 손 위에 준비해둔 봉투를 얹어주었다.

그들은 그전보다 더 험하게 일했다. 있어야 할 곳에 놓인 짐은 냉장
고밖에 없는 것 같았다. 진수는 그들을 피해 베란다에서 담배만 피
워대고 있었다. 내려다보면 17층은 참으로 아득한 높이였다. 바람은
계속해서 거세게 창문을 두들겨대고 있었다. 아까 그 사다리차에서
조금만 더 불어주었더라면. 진수는 노란 조끼가 장롱과 함께 거꾸로
떨어져내리는 모습을 상상하고 있었다. 아마 둘이 거의 동시에 바닥
에 닿았겠지. 장롱은 네 조각으로 쪼개지고 노란 조끼의 머리는 박
살났으리라. 추락하는 속도가 무게와 관련이 없다는 걸 밝힌 게 갈
릴레이였던가. 생각들이 이어지는 가운데 밖이 소란해졌다. 그들이
철수하고 있었다. 진수는 떨떠름한 표정으로 그들이 나가는 것을 지
켜보았다. 그들 셋, 어쩌면 남매인 것도 같이 보이는 그 셋은 올 때
와는 달리 너무도 다정하게 열을 지어 집을 빠져나갔다. 노란 조끼
는 아내를 향해 미소까지 지어 보였다. 흰 운동화를 신은 조선족은
헤벌쭉한 얼굴로 그 뒤를 따라나갔다. 진수는 아무 말도 하지 않은
채 그들을 따라 아래로 내려갔다. 그리곤 무뚝뚝한 얼굴로 트럭의
적재함을 살폈다. 적재함은 텅 비어 있었다. 불쾌하게 생각한다 해
도 어쩔 수 없어. 도둑놈들. 진수가 지켜보는 사이 그들은 트럭에 올
라타고 떠났다.

　진수는 다시 집으로 돌아왔다. 형식적으로나마 그들은 자신들이
가져온 모든 짐을 풀어놓았다. 진수는 집 안 곳곳을 다니며 물건들
을 체크했다. 그러는 사이에도 서풍이 실어온 황사가 집 안 곳곳에
스며들어 먼지 냄새를 풍겼다. 그 냄새는 아주 먼 곳에서 전해오는
것처럼 느껴졌다. 동시에 아주 오래된 어떤 것을 상기시켰다. 의자
에 앉아 있던 진수는 튕기듯 자리에서 일어났다. 없다. 어느 곳에도
가야토기가 없었다. 개새끼들. 진수의 마음은 다급해졌다. 베란다로

나가 아래를 내려다보았다. 지붕에 전화번호가 씌어진 5톤짜리 트럭은 어디에도 보이질 않았다. 수첩을 꺼내 전화를 걸었다. 아무 응답이 없었다. 그들은 어디에서 왔다 어디로 간 것일까. 진수는 고개를 들어 창밖을 보았다. 산등성이의 윤곽은 완전히 사라져버리고 없었다. 정말 산이 거기에 있었던 것인지도 의심스러워졌다. 경찰에 신고해. 아, 우리가 그걸 얼마나 좋아했었는데. 곁에서 입술을 잘근잘근 씹으며 아내가 말했다. 진수는 고개를 저었다. 경찰이 도굴품인 걸 알면, 괜히 우리만 고달파져. 아, 개새끼들. 그 노란 조끼가 뭘 아는 눈치였어. 피가 댕기네 어쩌고 할 때 알아봤어야 했는데.

혹시 그거, 거기 있는 거 아냐? 거기라니? 어딘긴, 우리 옛날 집 말야. 진수는 고개를 갸웃거렸다. 아까 다 확인해봤는데 아무것도 없었어. 그래도 다시 가봐. 진수는 자동차 키를 챙겨들고 17층 아래로 내려갔다. 그리고 잠시 후, 그들이 떠나온 아파트에 다시 도착했다. 계단을 따라 12층까지 지친 다리를 끌다시피 하며 올라갔다. 새 주인들이 짐을 들이고 있었다. 실례합니다. 혹시, 항아리 하나 못 보셨습니까? 그들은 눈을 가늘게 떴다. 항아리요? 못 봤는데요. 진수는 물러나왔다. 그리곤 터덜터덜 다시 12층을 걸어내려왔다. 문득 어지러웠다. 계단은 한 층을 내려올 때마다 한 바퀴를 돌도록 되어 있었다. 정확히 열두 바퀴를 돌고서야 진수는 땅을 밟을 수 있었다. 개새끼들. 진수는 발치께에서 굴러다니는 콜라캔을 있는 힘껏 걷어 찼다. 콜라캔은 럭비공처럼 튀며 굴러가다가 멈추었다. 진수는 발걸음을 멈추었다. 콜라캔이 멈춘 곳에 무언가 있었다. 그는 천천히 걸어가 몸을 굽혔다. 잘게 부서진 토기 조각들이 어지럽게 흩어져 있었다. 그 중 한 조각을 집어들고 진수는 천천히 몸을 일으켰다. 그리고 고개를 들어 위를 보았다. 누런 하늘 위로 새로 이사 오는 사람들이 설치한 사다리가 거대한 탑처럼 우람하게 솟아 있었다. 토기는 정확히 그 사다리의 아래에 떨어져 아무짝에도 쓸모없는 파편이 되어 있었다. 도대체 언제 떨어진 거지. 그는 오전 내내 난간의 사다리 옆에 서 있었고 그의 아내 역시 토기 조각이 발견된 곳에서 불과 10미터도 안 떨어진 곳에 있었다.

뭐가 깨진 거야? 진수의 등 뒤에 아파트 경비원이 서 있었다. 네, 깨졌나봐요. 경비는 빗자루를 가지고 왔다. 가야의 유물은 간단하게 쓰레기봉투 속으로 쓸려들어갔다. 경비원은 토기 조각들을 화단 쪽으로 쏟아버리며 말했다. 아, 죽일 놈의 황사 때문에 당최 눈을 뜰 수가 없네.

진수는 화단으로 들어가 버려진 토기 조각 하나를 주머니에 집어넣고 집으로 향했다. 돌아오는 길에 그는, 이사가 아무것도 아니라고 했던 친구들의 이름을 생각했다. 이사는 저희한테 맡기고 여행이나 다녀오라던 이사업체가 어디였던가도 기억해냈다. 새로운 집으로 들어서는 그의 표정을 보고 아내는 아무것도 묻지 않았다. 진수는 주워온 토기의 조각을 신문지에 싸 책상 서랍 깊은 곳에 쑤셔넣었다. 어디선가 진한 흙냄새가 났다. 타클라마칸에서 날아온 황사에서인지 천오백 년 전의 무덤에서 끌려나온 토기 조각에서인지 분명히 알 수 없었다. 도무지 알 수 없는 것들 속에서 오직 분명한 한 가지는 그가 전날과는 전혀 다른 곳에서 잠들게 된다는 것뿐이었다. 사람들은 그것을 이사라 불렀다. ■

# 경이로운 체험, 문학적 체험

### 김미현 · 손정수

　텍스트 위의 글자들을 읽는 지루한 과정에서 돌연 종이 아래 감추어져 있던 어떤 삶의 실체에 접하게 되는 경이로운 체험, 이는 곧 문학적 체험에 다름아니다. 글자가 삶으로 전환되어 읽는 사람의 의식을 긴장으로 충만케 하는 이 체험을 건너뛰고 작품에 대해 판단하는 것은 무의미하다. 아니, 원천적으로 불가능하다. 당선작인 조경란의 〈좁은 문〉을 비롯한 다음의 여섯 편의 작품들은, 지난 일년 간 발표되었던 280편이 넘는 소설 가운데 유독 이러한 체험을 우리들에게 짙게 강요한, 글자로 위장된 삶 혹은 의식이다.

　박정규의 〈타블로 비방 혹은 비너스의 내부 — 작품번호 1〉에서 화자 '나'가 현실을 바라보는 시선은 아내의 소설 〈타블로 비방 혹은 비너스의 내부 — 작품번호 1〉과 되블린의 소설 《베를린 알렉산더 광장》(1929)이라는 두 텍스트에 의해 교란되어 있다. 허구에 지나지 않는 소설들이 '나'의 감정을 조장하고 의식을 형성한다면, 그것은

'살아 있는 그림(타블로 비방)'에 필적하는 '살아 있는 소설'이라고 해야 하지 않겠는가. 이와 같은 소설적 상황은 허구와 실재 사이에서 방황하는 인간의 존재론적 상황에 대응되고 있다는 점에서 의미 깊은 주제를 내포하고 있다.

윤성희의 〈누군가 문을 두드리다〉는 이 작가의 전작 〈어린이 암산왕〉에 이어져 있는 일종의 연작이다. 좌절된 욕망의 풍경이 '그'의 일상 가운데 펼쳐져 있다. 그 풍경은 좌절된 욕망의 흔적이 새겨져 있기에 쓸쓸하고 고독하지만, 그럼에도 그것은 또한 일상이기에 그럭저럭 견디고 헤쳐나가야 할 현실이기도 하다. 그런데 어느 순간 '그'가 자신도 모르게 의식의 유리창을, 그 밑바닥에 침전된 우울한 기억을 향해 미친 듯이 손이 피투성이가 되도록 두드리고 있다. 그래서 손목에 남은 상처, 똑바로 걸었는데도 자신도 모르게 넘어져 생긴 이 상처야말로 우리들 삶에 대한 섬뜩한 증언이 아닐 것인가.

오수연의 〈마니아〉는 표면상으로 '나'의 어머니가 살고 있는 아파트 주민들을 곤혹스럽게 만들었던 어느 미친 여자의 사건을 다루고 있다. 그러나 이 이야기 속에 숨어 있는 주제는 이 사건에 반응하는 어머니의 태도를 바라보는 '나'의 의식에 있다. 아들에 대한 희생에 중독된 '마니아'인 어머니를 바라보는 딸('나')의 소외된 의식이 그것이다. 이 소설은 이 의식을 노골적인 이데올로기로 제시하는 것이 아니라 어머니의 행동과 말 속에, 또 그것을 바라보고 듣는 '나'의 표정 속에 깊이 감추어놓고 있다. 이 깊이야말로 이 작품에 내장된 의식의 밀도에 대한 증거물일 것이다.

이나미의 〈봉인〉에는 '나'가 겪은 두 가지 죽음이 나란히 놓여 있다. 러시아문학에 경도되어 오십대 중반의 나이에 노문과에 편입, 학위를 받고도 성이 안 차 러시아에 와서 '나'가 머무는 기숙사 뒤편 호수에 빠져죽은 주 선생과 명퇴와 이혼을 연거푸 당하고 심장마비로 죽은 옆집 남자의 죽음이 그것. 그들 죽음의 이면에는 인생에 대한 지독한 회의가 놓여 있다. 그러나 그것이 전부일까. 죽음은 살아 있는 자들에게 비밀일 수밖에 없는 법. 그것은 살아서는 결코 풀 수 없는 철저하게 '봉인'된 은밀하고도 성스러운 비밀이기에, 그들의 삶과 죽음 앞에서 한 잔 술을 올리는 '나'의 태도는 말할 수 없이 겸허하면서도 인간적이다.

정미경의 〈나릿빛 사진의 추억〉에서 지금은 병원의 엑스레이 기사인 '나'는 한때 예술가를 꿈꾸던 사진작가였다. 삶의 현실 앞에 굴복한 '나'에게 그 젊음의 시절은 나릿빛 추억으로만 남아 있다. 그런데 어떤 우연한 계기로 인해 그 나릿빛 추억이 현상되어 한 장의 사진으로 현실화된다면 어떠한 일이 벌어지겠는가. 힘 있는 남자와 결혼을 앞두고 있는 그 나릿빛 시절의 여인이 지금 예전의 사진 한 장을 돌려받고자 '나'의 삶을 위협하고 있다. 그렇다면 이 위협이란 예술에 대한 잊혀진 열정과 현실의 갈등이 의식 속에서 빚어낸 환상의 일종이 아닐 것인가.

정영문의 〈파괴적인 충동〉에서 '나'는 테니스 코트에서 죽어가는 쥐를 내리치기도 하고, 여행중 만난 아이를 돌멩이가 든 양말로 내리치기도 한다. 물론 이유는 없다. 그러나 이 소설에서 말하고자 하는 진정한 파괴적인 충동은 이러한 행위들 속에 있지 않다. 그러한 행위들과 크게 다르지 않지만, 그럼에도 분명히 다른 점이 있는 파괴적인 충동, 웃음을 향한 충동이 그것이다. 삶을 온통 무로 돌려버리고 싶은, 존재의 근원까지 뿌리뽑아버리고 싶은 이 충동이야말로 의식의 밑바닥에 자리하고 있는 삶의 본원적인 층위이며, 이는 이 소설의 그로테스크한 풍경이 흘러나오는 원천이기도 하다. ■

# 자전적 글쓰기와 그 넘어서기

## 김윤식

　〈불란서 안경원〉(96)으로 등단한 조경란 씨만큼 쉼 없이 창작에 임해온 작가는 드물다. 이 지속성이 지닌 중요성은 그것이 질적 상승에 알게 모르게 관련됨에 있을 터이다. 많이 쓰지 않으면 잘 쓸 수 없다는 말이 있거니와, 글쓰기 자체가 열정과 자질의 결합이고 보면, 이 명제만큼 글쓰기판에서 확실한 것은 많지 않으리라 여겨진다. 확실한 작가 반열에 조경란 씨가 올라 있다는 사실이 우리 소설판의 한 즐거움인 까닭이 이로써 말미암는다.

　근자 조경란 씨는 두 가지 종류의 글쓰기를 보여주었다. 그 하나는 이른바 자전적 소설. 글쓰기 자체가 자전적이라면 할 말이 없겠으나, 굳이 '자전적 소설'이라는, 발표지의 주어진 틀을 의식하면서 쓴 작품들이 있을 수 있겠는데, 〈코끼리를 찾아서〉(2001)가 이런 범주에 든다. "내가 갖고 있는 폴라로이드 카메라는 '폴라로이드 스펙트라'다"에서 시작, "나는 세상에서 가장 행복한 사람은 아니지만 가장 불행한 사람도 아니다"로 끝나는 이 자전적 소설이 지닌 매력은 성실성에 있다. 이 경우 그것은 삶의 성실성과 글쓰기의 성실성 양쪽을 동시에 가리킴이다. 코끼리를 꿈꾸며, 옥탑방에서 사진 찍기, 그것은 그녀의 인상을 차압하려드는 아비(가족)에 대한 애증의 산물인 까닭이다. 그 연장선상에 〈나는 봉천동에 산다〉(2002)가 놓인다. '하늘을 받들고 살기'란 무엇인가. 글쓰기 그것의 메타포가 아니었을까.

글쓰기의 다른 한 줄기는 이런 자전적 소설의 넘어서기에 있다. 〈좁은 문〉이 그런 갈래에 든다. "커다란 물방울 하나가 남자의 이마 위에 떨어졌다"로 시작되는 이 작품은 그 물방울의 행방 찾아가기에 초점이 놓여 있거니와, 이는 이른바 상상력의 고유한 영역인 탐구적 측면이다. 물방울을 두고, 세잔모양 "순금으로 변해라!"고 무수히 외치기, 이는 연금술의 일종일 터. 안개에서 순금 되기, 돌멩이에서 순금 되기, 이를 탐구적인 측면이라 부를 것이다. 이 연금술을 가능케 한 것은 물을 것도 없이, 옥탑방에서 사진을 무수히 찍고 있는 봉천동에 사는 어떤 집 맏딸의 코끼리 꿈꾸기, 곧 삶의 진실성에서 온다. 누구나 전당포에 "그래도, 아직 뭔가 맡기고 찾아갈 게 있다는 건 다행한 일"이 그것이다. ■

# 기이한 '오리무중'의 보석

## 김화영

  소설을 읽을 때 독자는 그의 마음속에 아직은 백지상태인, 그러나
그 윤곽과 형식이 백지 저 너머로 어렴풋하게나마 비쳐보이다가 사
라졌다가 또 비쳐보이기를 거듭하는 자신의 소설, 자신의 '욕망의
소설', 자신의 기대의 소설을 자신도 모르게 펼쳐놓고 있는 것이다.
어떤 작가가 쓴 소설, 그래서 지금 독자가 눈앞에 펼쳐놓고 읽어나
가고 있는 소설은 바로 독자가 자신의 마음속에 이미 펼쳐놓고 있는
그 백지의 소설, 욕망의 소설 위에 겹쳐지면서 그것과 더러는 어긋
나고 더러는 일치 혹은 교차하는 가운데 그 윤곽과 진실을 드러낸
다. 작가가 쓴 소설은 바로 독자 자신의 그 욕망의 소설과의 관계에
있어서 교차하고 어긋나는 편차의 정도와 리듬과 충격을 통해서 독
자의 마음속에 일정한 정서의 메시지로 변용된다. 어떤 소설은 통째
로 이 편차의 궤적이 그려보이는 어떤 리듬, 혹은 시적 호흡, 바로
그것일 뿐이다.

조경란의 소설은 독자의 '욕망의 소설'과 맺는 특유의 어긋남의 관계를 통해 거의 위험할 정도의 팽팽한 긴장을 유지하면서 나타남과 사라짐을 반복한다. 소설의 제목 〈좁은 문〉은 앙드레 지드의 《좁은 문》이나 독자가 평소에 보고 여닫는 '좁은' 벽을 무심하게 비껴가면서 저 혼자 열리고 닫히는 소리를 낸다. 이번 현대문학상 당선작으로 (만장일치로!) 선정된 이 소설은 매우 다양한 질료(고체, 액체, 기체)와 느낌(막연한 고통, 약간의 공허함, 불안, 몽상, 당황스러움)과 감각(촉각, 청각, 시각)과 인물(이름 없는 '남자'와 '여자'), 그리고 형언할 수 없는 욕망의 흐름을 상감기법으로 정교하게 짜맞춘 기이한 '오리무중'의 보석이다. 건물 4층에 자리잡은 전당포 행운기업사 '남자'와 어두운 카페의 높은 천장 바로 밑에서 그네를 타고 "환경과 혼동될 정도로 눈에 띄지 않는" 보호색의 나방이 되어 날아다니고 있는 '여자' 사이의 틈을 안개는 채워주는 동시에 그 틈의 거리를 유지시킨다. 안개는 이렇게 그 양자를 감싸고 "절박한 열망처럼 세상을 옥죄어" 그들을 존재하게 한다. 안개의 박명 속에서야 비로소 "안도"하는 존재를 조경란은 작은 입자 속에 가두어놓고 그 특유의 빛, 그 덧없음의 빛을 투과한다. 현대문학상의 매우 사실적인 역사 속에서 '안개가 되어버린' 한 남자와 허공에서 '나방처럼 팔랑거리며 날아다니는' 한 여자, 그 고독한 입자들은 다분히 물리학을 닮은 그 언어 빛을 받아 산란하며 독자 앞에 꿈인 양 나타났다 사라졌다 하기를 거듭할 것이다. 소설의 마지막 줄을 읽고 나면 잠시 생각에 잠겼다가 우리는 또다시 그 첫 줄을 읽기 시작해야 한다 : "커다란 물방울 하나가 남자의 이마 위로 떨어졌다." 안개가 갑자기 사라지고 나면 "돌연한 두려움"을 느끼기 때문이다. 지금까지 힘겹게 읽은 소설이 한낱 물방울이었던가?

이 치열한 작가를 너무나 늦게 찾아간 '최초의 문학상'이 그에게
부디 높이 높이 솟는 도약대 구실을 할 수 있기 바란다. ■

# 광물적 상상력의 은밀한 폭발

## 오정희

정영문의 〈파괴적인 충동〉 전편을 통해 교묘히 숨겨 위장하고 있는 것은 생에 대한, 혹은 피투성의 존재로서의 분노이다. 살아 있음과 살아 있지 않음의, 의식과 무의식의 경계에서 한없이 건조하고 삭막한 문체의 느린 변주로 '헛것'을 드러내보이는 방식을 통해 오히려 실체와 본질을 보여주는 일견 '허깨비의 미학'이랄 수 있는 독특한 세계를 일구고 있다.

정미경의 〈나릿빛 사진의 추억〉은 잘 짜여진 날렵한 작품이다. 사람 사이 관계맺음의 쓸쓸함과 아이러니를 경쾌하고 재기발랄하게 드러낼 수 있는 솜씨가 돋보인다.

오수연의 〈마니아〉는 시종 끈덕진 호흡과 입심으로 끌어가고 있다. 가볍지 않은 재미와 언뜻언뜻 내비치는 삶에의 통찰력에도 불구하고 작품의 무게중심이 입담 쪽으로 기울어 단편소설로서의 긴장이 풀어졌다.

조경란의 〈좁은 문〉은 음습하고 불투명한 안개 속에 벌레처럼 숨어서야 숨을 쉴 수 있는 전당포 남자와 카페 천정에 매단 그네를 타는 것을 생업으로 삼는 여자와의 소통과 어긋남이 그로테스크한 상상력으로 형상화되어 있다. 현실 혹은 지상에서 한뼘의 영토도 누릴 수 없는 가난하고 남루한 사람끼리의 기묘한 사랑과 고독, 불안을 그 극점까지 밀어붙이고 있다. 불이 당겨지기를 기다리는 바싹 마른 건초와도 같이 뜨거운 폭발력을 숨긴 문체와 주제가, 형식과 내용이 버성김없이 하나로 녹아들어, 작품을 만들기까지의 공력과 사색의 치열함을 보여주고 있다. 자칫 감상이나 연민에 빠지기 쉬운 주제에 이만한 거리두기나 지상에서 띄워올린 주인공들에게 부여한, 보호색으로 은폐함으로써만 생존할 수 있는 벌레의 이미지, 그리고 그들이 세상으로 향한 통로로 차용한 순금이라든가 보석의 현란한 광채라는 광물적 상상력은 그리 흔하게 얻어지는 것은 아닐 것이며 이 작가의 문학적 성숙이라고 보아도 좋을 것이다. ■

# 한 그루 나무가 되고 싶습니다

조경란

제가 꿈꾸었던 삶은, 낮잠을 자고 산책을 하고 때로 친구의 손을 꽉 맞잡고 좋은 영화를 보고 책을 읽고 이따금 국수를 끓여 먹고 그러다 밤이 오면 고요히 들어앉아 글을 쓰는 것이었습니다. 삶은 그런 식으로는 진행되지 않았습니다. 해마다 그랬지만, 특히 올해를 보내기가 정말 어려웠습니다. 내가 가고 있는 길이 틀렸다는 생각과 그 길이 어쩌면 길이 아닐지도 모른다는 불안과 그런 길이 세상에 아주 없을지도 모른다는 의심이 끊임없이 문 밖에서 제 이름을 불러댔습니다. 어둠 속에서 마지막 성냥을 켠 사람의 얼굴을 한 채 한해가 가는 것을 지켜보았습니다. 마음을 일으키는 일은 노력만큼 쉽지는 않았습니다. 한 번도 오지 않아도 좋다고 생각했으나 단 한 번쯤 내심 기다렸던 순간이 바로 지금입니다. 소설가가 된 후 처음 수상하게 된 문학상이 현대문학상이어서 그 기쁨이 무척이나 큽니다. 소설가가 된 지 이제 팔 년이 됩니다. 너무 늦지도 너무 빠르지도 않은, 저에게는 가장 적절한 순간에 수상의 영광을 안게 된 이 기쁨 또한 영원히 잊지 못할 것입니다. 좋은 일이 생기면 아무한테나 사과부터 하고 싶어집니다. 내적인 불안감에 휩싸이게 됩니다. 짐을 꾸리다 말고 이 글을 씁니다. 석류는 반드시 익어야 터집니다. 익을 때까지는 오로지 중심을 향하는 그 힘으로 부풀어오르며 스스로 탐스러운 알을 만듭니다. 중심은 보이지 않지만, 중심을 향해 가는 그 힘만은 늘 잊지 않겠습니다. 많이 사색하고 조금 말하고 아주 적게 쓰고 싶습니다. 얼마전 뜬금없이 전화를 걸어 이 생의 고단함과 문학의 어려움에 대해 칭얼거리던 저에게 지나친 결핍도 지나친 충족도 장애가 되는 게 우리 생이라고, 그러니 어서 주먹을 불끈 쥐라고 말씀해주신 J 선생님, 고맙습니다. 그리고 제 소설을 읽어주신 독자분들, 심사위원 선생님들, 현대문학에 깊은 감사드립니다. ■

2003 現代文學賞 수상소설집

# 좁은 문

지은이 | 조경란 외
펴낸이 | 양숙진

초판 1쇄 펴낸날 | 2002년 12월 16일
초판 3쇄 펴낸날 | 2003년 1월 24일

펴낸곳 | ㈜ 현대문학
등록번호 | 제1-452호
주소 | 137-905 서울시 서초구 잠원동 41-10
전화 516-3770
팩스 516-5433
E-Mail | book@hdmh.co.kr / webmaster@hdmh.co.kr
홈페이지 | www.hdmh.co.kr

찍은곳 | 대한교과서주식회사

ⓒ (주)현대문학 2002

값 8,500원

ISBN 89 - 7275 - 233 - 9  03810